취사병, 전설이 되다

취사병, 전설이 되다 1

지은이 오종필(제이로빈)

초판 1쇄 발행일 2025년 10월 20일

발행인 오종필
책임 편집 위크래프트
디자인 김경희
발행처 제이알매니지먼트
주소 경기도 부천시 원미구 길주로17, 803호(상동, 웹툰융합센터)

ⓒ 제이로빈, 2025
ISBN 979-11-94274-26-1 04810

- 이 책은 저작권법에 따라 보호받는 저작물이므로 무단 전재와 복제를 금합니다.
- 이 책의 전부 혹은 일부를 이용하려면 저작권자와 출판사의 동의를 받아야 합니다.
- 잘못된 책은 구입하신 곳에서 바꿔드립니다.
- 책 모서리에 찍히거나 책장에 베이지 않게 조심하세요.

제이로빈 현대 판타지 소설

취사병, 전설이 되다

1

제이알매니지먼트

작가의 말

안녕하세요. 제이로빈입니다.

2008년부터 2015년까지 7년간 장교로 군복무를 하며, 정말 좋은 인연들을 많이 만났습니다. 국가를 위해 일하는 동안 힘든 점도 많았지만, 결과적으로 보면 저에게는 최고의 경험을 선사한 곳이었습니다.

군 제대 후, 웹소설 작가로 입문하게 되었습니다. 군 복무시절에 대한 즐거운 기억들을 여러분과 함께 하고 싶은 마음에 기억에 남는 에피소드를 바탕으로 제가 좋아하던 부하들과 상관, 그리고 동료들의 모습을 재구성해 '취사병, 전설이 되다'라는 작품을 집필할 수 있었습니다.

과분하게도 여러분의 많은 사랑을 받아 웹소설이 나오고, 웹툰으로도 연재되고, 이번에는 종이책으로도 만들어질 수 있었는데요.

이 책이 군 생활을 마친 예비역 분들이나, 이제 막 복무를 해야 하는 예비군인 여러분, 그리고 군인 가족들께 많은 도움이 되었으면 좋겠습니다.

마지막으로 지금 현재도 군 복무를 열심히 하고 계신 군인 여러분, 힘내세요!

예비역의 한 사람으로서 응원합니다. 당신들이 있기에 현재의 대한민국 국민들이 안전할 수 있습니다. 대한민국 현역 군인 및 예비역 여러분, 파이팅입니다.

2021년 8월

제이로빈

취사병, 전설이 되다

1권 등장 인물

강성재 — 이등병

가정형편이 어려워 중학교만 졸업하고 공사판에서 돈을 벌어 가족을 부양하다 입대한 청년. 심성이 곧고 긍정적인 성격임에도, 가정환경만 보고 관심사병으로 낙인찍히는데, 그의 눈앞에 요리사의 길 튜토리얼이라는 묘한 시스템이 나타나는데?

윤동현 — 병장

4중대 2소대 강림소초의 취사병. 성재가 취사병 후임으로 들어오자 휴가를 나가기 위해 본인의 조리 노하우를 적극 전수해준다. 적극적으로 배우려고 노력하는 성재를 알아보고 따뜻하게 대하는 인물.

박재영 — 상사

가정형편이 어려운 성재를 색안경을 끼고 보는 4중대 행정보급관. 격오지 근무를 돌며 나라에 충성하지만 아내와 이혼하게 되어 불만이 많다.

조석호
대위

4중대 중대장. A급 관심사병으로 등록된 성재가 사고를 칠까봐
편한 보직인 TOD 감시병으로 보내버리려고 한다.
취사병을 원하는 성재의 요청을 차갑게 거절한다.

김관철
상병

4중대의 악마 선임이라 불리는 심술궂은 상병.
성재가 포상 휴가를 받는 것에 불만을 품고 사사건건 훼방을 놓고
대원들과 성재 사이를 이간질한다.

강일웅
민간인

성재의 아버지. 배관공으로 일하다 허리를 다쳐 은퇴한 후
푸드트럭을 운영하며 생계를 유지한다.
마음먹은 것처럼 장사가 잘 되지 않아 재정적으로 곤란에 처한 상태.

배원영
대령

60연대 연대장. 학사장교 출신으로 대령까지 오를 정도로
능력과 인품을 갖춘 군인.
성재의 복무태도와 적극성을 알아보는 인물이다.

1권 차례

001	요리사의 길 튜토리얼이 시작되었습니다	10
002	너 전역 며칠 남았어?	15
003	휴가 잘리는 거 아니야?	19
004	너 신병이냐?	24
005	너 마음에 든다	32
006	TOD 할래? 스틱만 돌리면 돼	40
007	거짓 보고 하면 가만 안 둔다고 했지?	47
008	넌 뭘 잘 할 수 있는데?	55
009	직업 보너스를 알게 되었습니다	64
010	밥이 좀 맛있더라?	71
011	인정받자. 난 할 수 있다!	78
012	한 가지 애로사항이 있습니다	86
013	저는 중대장님께 인정받고 싶었을 뿐입니다	94
014	대대장 식사 홀로 준비하기	103
015	충성! 사랑합니다	112
016	넌 챙겨줘야겠다	122
017	내가 구우면 맛있어	129
018	돼지들도 좋아해	136
019	황금마차 매출이 떨어졌다?	143
020	상담관과의 만남	151
021	이병! 강성재!	159
022	크크크, 하하하하!	167
023	니…야아아아아옹	175
024	재생속도 1.5배	181
025	드릴 말씀이 있습니다	188

026	너 우리 소초는 왜 왔냐?	194
027	졸라 맛있잖아?	201
028	경례 잘하는 이등병	209
029	연대장이 주는 선물	216
030	체력검정입니까?	223
031	국방부의 시계는 흘러간다	230
032	국방일보 취재	240
033	우리 소초 야식이 맛있어요	247
034	국민 영웅 강성재!	256
035	아버지 힘내세요	263
036	푸드트럭	271
037	돈 많이 벌게 해드릴게요	280
038	좋은 부위가 뭐가 있더라?	288
039	육즙이 정답이었네요	295
040	왈왈왈!	303
041	가성비 정말 좋아요	310
042	엄마, 저 꿈이 생겼어요	318
043	진급을 명받았습니다! 이에 신고합니다	326
044	하얀 쓰레기?	335
045	전투식량	343
046	전문하사	351
047	조명탄 사격?	359
048	형이라고 불러봐	367
049	후임병이 왔다!	375

요리사의 길 튜토리얼이 시작되었습니다

전입할 때 탄 차는 작전차량 레토나였다. 선임병이 레토나에 타고 왔으니 행운이라고 한 말을, 성재는 아직 이해하지 못하던 시절이었다.
"야!"
"이병 강성재!"
"이거 작성해."
간이 신상명세서를 내놓는 선임병.
성재를 인솔해 온 박재영 행정보급관은 사무실에서 담배를 쩍쩍 피워대고, 그 옆에선 작대기 세 줄의 김영민 상병이 성재를 보며 히죽히죽 웃고 있다.
그때 행보관이 담배 연기를 천장으로 내뿜으며 김 상병에게 말했다.
"야! 인사! 3종 세트 시키고 결과 가져와. 중댐 보여드리게."
"네. 바로 시키겠습니다."
성재는 결과라는 게 무엇인지 금세 알 수 있었다.

계원 컴퓨터에 인성검사 프로그램이 떴다.
육군 다면적 인성검사(KMPI), 게임중독 검사, 우울증 검사.
프로그램으로 각 항목을 클릭하는 다면적 인성검사(KMPI)와 간단한 엑셀로 기입하는 게

임중독과 우울증 검사. 가장 먼저 실시한 다면적 인성검사에서 300여 항목을 선택하고 나니, 프린터로 출력본이 나왔다.
"음…"
김 상병은 결과지를 보고 고개를 갸웃거리더니, 이내 옆자리에서 다른 아이디와 비밀번호로 인성검사 프로그램을 접속했다.
대위 조석호라고 떠 있는 사용자 정보. 대위면? 중대장이다.
김영민은 행정보급관에게 결과를 가져가며 말했다.

"자살 징후 나왔는데요?"
성재는 어이가 없었다. 당사자가 바로 앞에 있는데도 아무렇지 않게 말하는 그들의 태도.
"아, 진짜야? 우울증은? 게임 중독은?"
"예. 금방 가져오겠습니다."
그리고 이내 엑셀에 성재가 기입한 내용을 출력하는 선임병.
행정보급관에게 쪼르르 달려간다.
"우울증 2단계 나왔고, 게임중독은 없습니다."
"…2단계? 하아… 십할! 경계부대에 개 같은 게 왔네."
성재는 오늘 처음 보는 행정보급관의 욕에 기가 죽었다.
그리고 이어지는 상담.
상담실이라 불리는 이곳은 부담스럽게도 행정보급관실이다.
성재는 자는 방에서도 흡연하는 행정보급관의 성격이 쉽게 예상이 갔다.
성재의 신상명세서와 생활지도기록부를 펼쳐 본 행정보급관이 성재에게 반말을 했다.
"엄마 언제 돌아가셨냐?"
"5년 전에 암으로 돌아가셨습니다."
"음… 아빠는? 무직이야?"
"일용직 하시다가 1년 전 허리 다치시고, 지금은 푸드트럭하고 계십니다."
"후우… 여동생도 있네? 6살? 이것 때문에 너희 엄마 치료 시기 놓친 거 아니야?"
"예. 맞습니다."
"너 신교대 때는 총 쐈어? 안 쐈어?"
"총은 쐈습니다."

"그런데 왜 기록이 없어? 사격 합격 기록이 왜 없냐고?"
"…잘 모르겠습니다."

상담이 아닌 취조. 불편한 분위기. 그러나 여기는 계급이 우선이다.
"아, 미치겠네."
박재영 행정보급관은 알 수 없는 욕을 내뱉더니, 갑자기 어디론가 전화를 걸었다.
스피커폰으로 바꿔놓아 다 이야기가 들린다.
"야! 인사담당관! 너 일 똑바로 안 해?!"
- 4중대 행보관님, 무슨 일 때문에 그러십니까?
"야! A급을 우리 중대로 보내면 어떻게 해! 우리가 어떤 근무냐! 해안 경계 근무잖아! 실탄 쏘는 부대에 A급을 왜 보내는데?"
- 아, 그것 때문에 그러십니까? 어차피 소초별로 A급 하나씩은 다 있습니다. 취사병으로 돌려쓰든, 작업병으로 돌려쓰든, 알아서 하시면 되지 않습니까! 지금 각 부대별로 다 인원 부족합니다. 준 것만 해도 감지덕지 생각하십쇼.
"와 이 새끼, 진짜 많이 컸네. 야! 내가 대대 들어가면, 넌 뒤진다."
- 맘대로 하십쇼. 한 번만 더 협박하면 주임원사님께 말씀드릴 겁니다.
"야! 야! 인사 담당관! 야!"

행정보급관이 대대 인사담당관과 한바탕하고 난 후, 담배를 피웠다. 대대 인사담당관. 불과 2시간 전에 보았던 그 쩌렁쩌렁한 여자 상사분의 목소리임에 틀림없었다.
잠시 후, 점심시간. 아직 생활관도 배정받지 못한 성재는 중대본부 인사계원인 김영민에게 이끌려 취사장으로 이동했다.
약 20여 평의 작은 크기. 한정된 공간에서 단 세 명이 식사하고 있다.
"얘가 전입신병이야?"
"어. 상준아, 얘 아무래도 중본 계원으로 올 것 같은데?"
보급 계원 조상준. 김영민과는 동기. 각각 인사, 보급계원으로 중대본부에서 일한다.
"뭐하냐? 쫄지 말고 먹어. 여기도 다 사람 사는 곳이야."
"예."
강성재는 오늘 막 나온 카레 덮밥을 먹으며 익숙지 않은 분위기에 적응하고 있다.

오후. 소초에서 야간 근무를 한 후 자고 있던 사람들이 일어났다. 오후 점호를 시작하고, 체조하는 사람들. 식사를 마치고 취사장을 나오면서 점호를 주관하는 소대장을 보며, 인사계원 김영민이 성재를 향해 말했다.

"저분이 소초장님, 그리고 저기 나와 있는 사람들은 우리 4중대 2소대 강림소초원들."

약 30여 명이 근무하고 있는 소초, 그 안에 딸려서 같이 생활하는 중대본부.

"우리는 OP(observation post) 관측소라는 건데, 중대본부라고 생각하면 돼."

"김 상병님. 저 궁금한 게 있습니다."

"말해."

"김 상병님은 점호 참석 안 해도 됩니까?"

성재의 물음에 김영민이 씩 웃으며 성재의 어깨를 툭 쳤다.

"후후, 우리는 중본이라니까! 우리는 점호 없어."

이틀이 지났다. 하는 거라고는 보급계원을 따라 삽질을 하거나, 창고 부식을 나르거나 취사장 청소를 하는 것뿐이었다. 3일째 되는 날에야 중대장과 첫 면담을 할 수 있었다.

"강성재?"

"이병 강성재!"

"행보관님하고 면담은 했고?"

"……."

강성재는 당황했다. 그게 면담인가? 취조인가?

그러자 박재영 행보관이 옆에서 지켜보다 입을 열었다.

"첫날 내 방 왔었잖아. 기억 안 나?"

"아… 예. 했습니다."

성재의 말에 행보관이 답답함을 토로하며 불만 섞인 표정을 드러냈다.

"생활지도 기록부는 잘 봤어. 우리가 뭐하는 부대인지 이제 좀 알지?"

"예. 해안 경계한다고 들었습니다."

"그런데 넌 그거 못 해."

"예? 할 수 있습니다."

"아니, 못한다니까! 성재 네가 할 수 있는 걸 알려 줄 테니까, 묻는 말에 대답하는 거야."

"예."

"혹시 컴퓨터 관련해서 자격증 같은 거 있어?"

"…그런 건 없습니다."

"그럼 군대 오기 전에 뭐 했어?"

"낮에는 노가다를 뛰고, 밤에는 푸드트럭에서 일했습니다."

"…후우…."

중대장 또한 근심어린 표정을 짓더니, 이내 행정보급관에게 자신의 의견을 말했다.

"행보관님, 성재, 얘 취사병으로 쓰죠?"

"예? 취사병은 이미 꽉 차 있는데요. 그냥 제 작업병 시키면 안 됩니까?"

"취사병 시키면서 제 순찰병으로 쓰려고 합니다. 작업병 시키면 대대본부도 왔다갔다 해야되고, 행보관님은 이미 보급계원하고 군수계원 둘 있으시잖습니까!"

"…알겠습니다. 그럼 일단 편제에는 중대본부로 넣고, 소초 취사보조로 집어넣겠습니다."

행정보급관 박재영은 중대장의 핀잔에 고개를 푹 숙이며 대답했다.

"예. 그렇게 합시다."

그러자 중대장은 무덤덤한 표정으로 대답하며 성재의 직책을 정해버렸다.

그때… 성재에게 묘한 전자음이 들려왔다.

> 요리사의 길 튜토리얼이 시작되었습니다
> 취사병 보조로 전직했습니다
> 현재 레벨 0, 경험치를 얻어 잠긴 기능을 해제하십시오

"어?"

강성재의 반말을 보며 박재영 행정보급관이 혀를 차며 소리쳤다.

"야? 중대장님이 말씀하시는데! 어? 어라고 했어?"

"아닙니다. 죄송합니다."

"후우, 진짜…골칫덩어리네."

행정보급관의 말투에 중대장은 한숨을 내쉬며 생각을 정리했다.

'당분간은 힘들겠네. 힘들겠어.'

너 전역 며칠 남았어?

해안 경계 대대는 통신 소대를 제외하고 총 13개 소대로 이루어져 있고, 각 소대는 소초라는 거점을 두고, 책임구역을 24시간 경계한다.
그래서 각 소대별로 취사병이 편제되어 있고, 취사병은 40여 명의 식사를 책임져야 한다. 성재의 선임인 2소대 윤동현 병장도 마찬가지였다. 그는 소초 투입 전 내륙에서도 취사병을 한 베테랑 선임이었다. 박재영은 성재를 취사장에 데려가서 윤동현 병장에게 말했다.
"너네 부소대장 지금 어디 있냐? 왜 전화를 안 받아?"
늘 성격이 급한 행정보급관의 평소 모습. 윤동현은 병장답게 재빠르게 대답 했다.
"아, 지금 철책에 예초기 돌리러 갔습니다. 한 시간 내로 온다고 했습니다."
"그래? 윤동현!"
취사병이 대답하자 마자 행정보급관은 그를 다시 부르고, 윤동현은 영문을 몰라 관등성명을 대며 행정보급관의 의도를 파악한다.
"병장 윤동현?"
박재영 상사는 윤동현을 향해 강성재의 등을 밀며 말했다.
"네 보조니까 잘 키워봐."
"아… 행보관님, 제 후임입니까?"
윤동현의 입가에 미소가 번졌다.

"야! 인마, 후임 이야기가 왜 나와? 너 전역 며칠 남았어?"
행보관이 혀를 차면서, 윤동현을 째려보며 묻는다.
"98일 남았습니다."
축 늘어진 대답. 그리고 이어지는 박 상사의 편잔.
"장난하냐?"
이럴 때는, 용서부터 빌어야 한다.
"죄송합니다."
그러자 행보관이 피식 웃더니, 윤 병장의 어깨를 툭툭 치며 말했다.
"일단 잘 키워봐. 네 후임이 될지도 모르지."
서로의 목적이 일치하자, 윤 병장과 행정보급관의 얼굴에 미소가 깃들었다.
이제 윤 병장이 궁금한 것을 물을 차례였다.
"예. 알겠습니다. 행보관님?"
"뭐? 문제 있냐?"
"1종 언제 들어옵니까? 쌀 오늘분이면 다 떨어집니다."
"야, 그걸 왜 지금 말해?"
"보급계원한테는 1주일 전부터 말했습니다."
"아, 진짜야? 조상준한테 진짜 말했어?"
"예. 진짜로 말 했습니다."
"알았다. 조상준 오늘 나한테 뒈졌어. 아씨~ 아침에 대대 갔다 왔는데 또 갔다와야겠네."

행정보급관이 찰진 욕을 하며 밖으로 나가고, 성재는 윤동현 병장의 눈치를 살폈다.
윤동현은 병장답게 재빠르게 성재의 전투복 이름표를 보더니 씩 웃는다.
"음, 강성재?"
"이병 강성재?"
"관등성명은 됐어. 야, 일단 나 따라와. 창고부터 갈 거니까."
부식창고 안에는 각종 식재료가 쌓여 있었다. 가정집하고는 비교도 안 될 만큼 큰 10L 깡통에 참기름, 식용유 등이 담겨 있고, 쌀, 당면, 라면, 등이 나란히 진열되어 있었다. 커다란 스테인리스 냉장고에는 돼지고기, 닭고기, 냉동만두 등이 가지런히 정리되어 있다.
윤동현은 얼굴에 미소를 지은 채, 성재를 쳐다보았다.

"야, 너 숫자 읽을 줄 알지?"

"…예. 압니다."

"여기 포장용지에 유통기한을 다 적어. 매직으로 크게 적으면 돼. 끝낸 다음에는 저기 부식 잔여량 표 있지? 저거 최신화해. 다 할 필요 없고 지금 남은 양으로 바꿔놓으면 돼. 다 하면 취사장으로 올라와라."

"예. 알겠습니다."

지시는 매우 간단했다. 현재 있는 양 그대로 읽고, 표에 적고, 새로 들어온 물품이 있으면 유통기한을 보고, 각 재료 겉면 포장용지에 매직으로 적으면 끝난다.

윤동현이 나간 후, 성재는 왜 그가 미소를 짓고 나갔는지 알 수 있었다.

현황판 상으로는 매일 최신화하게 되어 있지만, 이미 한 달 째 적은 흔적이 없었다.

군대에서 소위 말하는 짬을 때린 것이다.

매일 하면 넣고 빼는 양의 증감만 기록하면 되는 간단한 업무인데, 처음부터 해야 하니 오래 걸린다. 하지만 성재는 큰 불만을 품진 않았다.

'그래. 다 해 봤던 거야. 아버지랑 푸드트럭에서 했던 거….'

아버지는 푸드트럭에서 장사를 시작하기 전 항상 유통기한부터 확인하셨다. 바깥 장사인데도 위생을 가장 중요하게 여기셨다. 자신이 먹을 수 있는 음식이어야 다른 사람에게 자신 있게 팔 수 있다며, 원칙을 지켰다. 아버지를 보고 자란 성재도 마찬가지였다.

그는 일단 창고 가장 왼쪽 끝으로 이동했다. 순서를 잊지 않기 위해서였다.

그때, 또 이상한 전자음이 들려왔다.

> ⚙ ✓ ✗
> 식재료 정리 입문 단계에 진입하였습니다. 현재 레벨 0. 경험치를 쌓으십시오

"뭐야? 이 소리… 나 귀신에게 홀렸나?"

환청이 들려오는 것을 보며 애써 무시했다.

'아니야. 긴장해서 그래. 신경 쓸 거 없어.'

성재는 자신의 마음을 다잡으며 이상한 잡음을 애써 기억 속에서 지웠다.

그리고 해야 할 일을 떠올렸다.

냉장고부터 정리하자. 왼쪽부터 오른쪽 순으로 차근차근 정리해서 실수 하지 않는 거야.

냉장고 문을 하나하나 여닫으며, 냉장고 겉면에 붙은 현황판부터 최신화해갔다. 냉동식품도 확인했다. 유통기한이 지난 물품을 구석에 빼놓고 반대쪽 냉장고를 열었다. 슈넬치킨이라는 냉동식품이 있었다. 성재는 슈넬치킨이 뭔지 알고 있었다.
'충성 마트에서 팔던 건데? 이것도 부식으로 나오나?'
애매했다. 이건 일단 보류. 유통기한이 지난 물품과 슈넬치킨을 함께 빼놓고 이제 시선을 돌려 부식창고 쪽으로 향했다.
난잡하게 놓여있는 식재료들. 종류별로 보기 좋게 쌓아올린 다음, 붙어있는 아스테이지에 매직으로 각 품목을 적은 후 차례대로 진열해놓았다.
'고추장 5kg, 2EA / 오뚜기 당면 300g, 12EA'
판매하는 물품은 아니지만, 일단 정리해두면 찾기도 쉽고, 나중에 시간도 적게 걸린다.
'유통기한이 빠른 순으로 앞에다 놓자. 유통기한 지날까봐 일일이 신경 쓰지 않아도 되게.'
매장에서는 유통기한이 짧은 물품을 앞에 놓는다. 부식 창고도 마찬가지다. 유통기한이 도래하는 물품부터 먹어줘야 한다. 그래야 창고가 유지된다.
창고 안에서 홀로 2시간을 보냈다. 그 동안 윤동현 병장은 단 한 번도 창고에 오지 않았다. 다행히 그 이상한 전자음은 더 이상 들려오지 않았다.
마지막 작업으로 창고 현황표를 최신화했다. 성재는 안도하며 주변을 둘러보았다.

완벽한 마무리.
"너무 긴장하지 말자. 사람 사는 곳은 다 똑같아."
성재는 다시 마음을 다잡았다.
그런데… 또 한 번 전자음이 들려온다.

⚙ ✔ ✘

식재료 경험치 100을 쌓았습니다. 레벨이 0에서 1로 상승하였습니다
식재료 정리하기 (입문) 단계를 클리어했습니다
식재료 정리하기 (초급) 단계에 돌입합니다
사용자 정보 잠금 기능이 해제되었습니다
사용자 정보를 불러옵니다

휴가 잘리는 거 아니야?

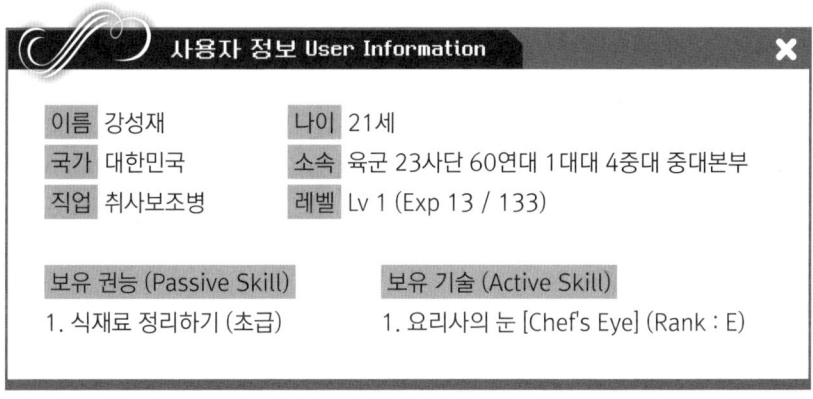

눈 앞에 투명한 창이 떠 있다. 성재는 한동안 말을 잇지 못했다.

"이게 어떻게 된 거지?"

성재는 무심결에 시스템창에 쓰인 글자에 손을 가져다 대었다.

그가 손을 댄 곳은 '보유 권능(Passive Skill)'칸의 식재료 정리하기 (초급)였다.

"어?"

성재가 누른 화면에 또 다른 보조창이 뜨며 눈앞에 글자가 펼쳐졌다.

> **식재료 정리하기 (초급)**
>
> 식재료를 정리할 때, 숙련도 보너스를 받습니다
> 식재료 정리 시, 처리 동작과 판단력이 20% 향상됩니다

어이가 없었다. 동작과 판단력이 빨라져? 이게 말이야? 방귀야?

고개를 돌려 조금 전까지 정리했던 창고를 쳐다보았다.

'어라? 내가 숫자를 잘못 기입했잖아.'

숫자가 머릿속에서 빠르게 계산된다. 마요네즈 숫자를 잘못 기입했다! 숫자를 고치기 위해 몸을 움직이자, 자신의 몸이 평소보다 현저히 빨라진 것이 느껴진다.

'뭐지?'

성재는 다시 시선을 돌렸다. 보조창 오른쪽 상단의 ×를 누르고 보유 기술을 눌러보았다. 또 다른 보조창이 눈앞에 펼쳐졌다.

> **skill   요리사의 눈 (Rank : E)**
>
> 액티브 스킬인 요리사의 눈은 자신의 심력을 소모해서 식재료의 신선도나 원산지를 파악할 수 있으며, Rank가 상승함에 따라 요리의 등급이나 조리 방법도 확인할 수 있다. 현재 Rank인 E수준에서는 식재료의 신선도 정도만 확인이 가능하다
> **발동방법** 눈을 세 번 연속 깜박이면 스킬이 발동되고, 다시 세 번 연속 깜박이면 발동이 해제된다. 요리사의 눈을 발동하면 심력소모가 심하므로, 낮은 레벨에서는 오래 사용하는 일이 없도록 주의하도록 하자

발동방법을 알았으니 사용하지 않을 수 없다.

성재는 눈을 깜박였다. 그리고, 그의 눈에 또 다른 세상이 펼쳐지기 시작했다.

재료 위에 떠 있는 선명한 점들. 어떤 것은 녹색이었고, 어떤 것은 주황색, 빨간색도 있었다. 성재는 일단 녹색으로 표시된 식재료가 뭔지 살펴보았다.

통조림에 들어있는 물품은 대체로 녹색이었다. 주황색은 유통기한이 임박한 재료들, 빨간색은 유통기한이 지난 것들.

어?! 냉장고 뒤에 검은색 점이 보인다. 호기심이 동한 그는 냉장고 뒤편을 살펴보았다.

"악!"

썩은 채 말라 비틀어 버린 쥐의 사체다.

놀란 가슴을 겨우 진정시키고 빗자루를 들었다. 성재는 사체를 치우며 생각을 정리했다.
'아예 먹지 못하는 것이 검은색이야. 부패하고 썩은 것들. 아, 미치겠네. 이거 진짜야? 나 귀신 홀린 거 아니야?'
성재는 미지의 현상에 혼란스러웠지만, 창고 안에 계속 머무르며 상황 파악에 집중했다.

각 해안을 담당하는 소초가 바닷가에 위치한 것과 다르게, 대대본부는 내륙에 있다. 그래봤자 해안선에서 5km 이내이지만, 아무튼 내륙은 내륙이다. 바다가 안 보이니까.
"휴가 잘 다녀오셨습니까?"
인사담당관은 지원과장이 출근하자 어색한 인사를 건넸다.
"허 상사, 표정이 안 좋아요. 무슨 일 있었어요?"
대대 지원과장이 묻는다. 인사담당관은 직속상관에게 자신이 겪은 일을 늘어놓았다.
"과장님, 4중대 행보관이 요즘 힘들게 합니다."
지원과장 윤민우 대위는 인사담당관 허란희 상사에게 재차 물었다.
"4중대 행보관이 뭐 때문에 그런데요?"
"아니, 글쎄, A급 병사 보냈다고 난리 치지 않습니까? 이런 말 하기는 뭐하지만 A급 하나 보냈다고 절 죽인답니다."
"죽여요? 그 사람 무슨 말을 그따위로 해요?"
"원래 또라이로 유명합니다. 지원과장님은 겨우 1년 볼 사람이지만, 저희 부사관들은 5년은 봐야 하니 미치겠습니다. 저는 여군이니 그나마 덜한데, 군수보급관은 힘들겁니다."
"그래요? 그럼 오늘 불시 점검 가보죠. 인사분야 볼 거 있어요? 난리 치면 나아지겠죠."
"제가 나서면 또 4중대 행보관이 난리 칠 게 분명해서…."
"그럼 군수 분야만 점검할게요. 어차피 군수는 행보관이 책임지니까 한번 깨주죠. 걱정하지 마세요. 허 상사 피해 없게 잘 처리할 테니까, 그나저나 보급관 어디 갔습니까?"
"아, 잠깐 연대 군수과 갔습니다. 금방 올 겁니다."
"그럼 전화해 두세요. 바로 4중대 책임지역 군수분야 불시 점검 간다고요, 저는 대대장님께 참모순찰 간다고 보고하겠습니다."
"역시 과장님밖에 없습니다. 감사합니다."
"하하, 그러니까 허 상사, 스트레스 너무 받지 마세요. 우리 지원과가 중대에 휘둘리는 거,

저는 용납 못합니다."
"감사합니다."
허란희 상사는 윤민우 대위의 배려에 감동했다.
지원과장이 나가자마자 같은 지원과 2년 후배 군수보급관에게 전화를 걸었다. 김상훈 중사의 목소리가 휴대폰 너머로 전해졌다.
- 충성! 담당관님, 무슨 일이십니까?
"보급관!"
- 예. 듣고 있습니다.
"과장님이 4중대 군수분야 점검 간다니까, 평가표 준비해. 지금 대대장님께 보고하러 가셨다."
- 갑자기요?
"응. 나중에 다 설명해줄게."
- 예. 알겠습니다. 10분 내로 사무실 들어가겠습니다.
대대 내의 알력 다툼. 잘 지내면 허물없는 곳이 군대라지만, 빈정 상하는 일을 당하고 가만히 있을 리 없다. 먹고 먹히는 약육강식의 조직, 이곳이 바로 군대다.

같은 시각, 박재영 상사는 5/4t 트럭 포차에 탄 채 소초에서 대대로 들어가고 있었다.
"미치겠네. 왜 쌀이 떨어져? 야, 운전병 넌 어떻게 생각하냐? 쌀이 떨어지는 게 말이 돼?"
"아닙니다."
"그럼 어떻게 해야겠냐? 보급병을 죽여야겠지? 다리 하나 분지르면 될까?"
연대 수송부에서 파견 온 운전병은 이제 겨우 일병이다. 행보관의 말에 긴장한 채, 정면을 응시하며 아무 말도 하지 못했다.
자갈길에서 2차선 도로로 진입하자, 포차 운전병은 살벌한 분위기 속에서도 임무를 상기하며 입을 열었다.
"우회전하겠습니다. 기어 2단 넣겠습니다."
박 상사는 허탈하게 웃었다.
"하하, 됐다. 내가 너한테 무슨 대답을 바라냐? 아, 보급병 이 개쉑! 잡아 족쳐야지."
털털거리는 차. 조수석에 탄 행보관은 스마트폰을 꺼내 주식 화면을 보며 툴툴 거렸다.

'오늘은 삼성전자 안 올랐나?'

반면, 보급계원 조상준 상병은 포차 뒤 짐칸에 방탄 헬멧을 쓰고 앉아 있었다. 행정보급관이 단단히 화가 났는데, 처벌을 면할 방법이 뭘지 고민하고 있다.

'행보관님한테 뭐라고 말해야 넘어가지? 나 경계 보상 휴가 잘리는 거 아니야?'

너 신병이냐?

박재영 상사는 대대 주둔지에 도착하자 마자 곧바로 지원과에 들렀다.
"야. 보급관 어디 갔냐?"
대대 군수계원에게 묻는 4중대 행정보급관, 안절부절 못하는 중대 보급계원 조상준.
"보급관님, 잠깐 연대 가셨는데요."
"인사담당관은?"
"잠시 화장실 간다고 했습니다."
박 상사는 혀를 차며, 중대 보급계원에게 명령했다.
"야~ 보급! 못 받은 쌀, 창고에서 꺼내서 실어. 한 시간 뒤에 갈 거니까 준비 해놔라."
"예. 알겠습니다. 어디 다녀오십니까?"
박 상사는 오전에도 들렸었지만, 본인도 마침 빼먹은 일이 있었다.
사격용 실탄을 수령하지 않은 것.
어차피 대대 앞에 있는 연대에 들러야 했기에, 보급계원의 실수를 크게 나무라진 않았다.
"연대 탄약고 간다. 오늘 즉각조치 사격 탄 수령해서 갈 테니까, 시킨 것 다 해라. 늦으면 알지?"
"예. 알겠습니다."
행정보급관이 씩 웃으며 떠났다. 대대 군수계원이 조상준을 보며 입을 열었다.

"아저씨, 많이 힘들죠?"
"아니에요. 힘들긴요, 제 잘못인데요."
"창고로 가죠."
병사 상호 간에는 계급이 우선이지만, 중대까지만이다. 부대에 따라 다르지만 보통 상비사단은 중대 규모로 계급을 끊는다. 23사단 60연대 1대대의 경우도 마찬가지였다. 대대 군수계원이 병장이어서 계급이 더 높았지만, 상호존칭으로 서로를 대했다.

같은 시각, 4중대 1소대가 맡고 있는 강원 소초는 갑자기 들이닥친 지원과장과 보급관 때문에 곤욕을 치르고 있었다.
"윤 중사, 이것밖에 못 해?"
"…죄송합니다."
"5년 차 부소대장이면 제대로 해야 하는 거 아니야? 기본이잖아. 독립소초라고 대충대충 해도 되는 거야?"
대대 군수보급관이 취사장과 개방한 1종 창고 앞에서 평가점검표에 체크한 사항으로 지적하는데, 강도가 장난이 아니다.
"죄송합니다. 잘 하겠습니다."
"야, 젖은 행주 누가 쓰라고 했어? 이러다 노로바이러스 걸리면 어떻게 할 거야? 햇빛에 안 말려? 발판에는 왜 물을 안 채워놓는데? 발판 물 채워놔야 취사장에 먼지가 안 들어올 거 아니야!"
"…죄송합니다."
"그것만이 아니야. 조리기구 훼손되면 보급청구 넣어야지. 취사기구 부족하면 청구 넣으라고 내가 1주일 전에 인트라넷 메일 보냈지? 왜 청구 안 넣었어? 어!"
"……."
옆에 서 있던 군수보급관도 입을 열었다.
"강원 소초장님!"
"예. 보급관님."
"소초장님은 작전과 인사가 주 분야이지만 군수도 신경 써야 해요. 아닙니까?"
"예. 맞습니다."
"이렇게 개판인데, 중대는 뭘 하는지 모르겠네. 잘 좀 했으면 좋겠네요. 오늘 점검은 대대장님께 보고 들어갑니다. 월말 소초평가에도 반영되고요."
지원과장이 없는 틈을 타, 소초장은 군수보급관에게 사심 섞인 요청을 한다.
계급이 높아서가 아니라 친한 사이여서 나올 수 있는 부탁.
"군수보급관, 봐주면 안 됩니까? 저 올해 장기지원 들어갑니다."
그들은 둘 다 미혼으로, 내륙에 있을 때는 종종 삼척 시내로 나가 볼링도 치고, 술도 자주 먹는 사이였다. 소초에 들어온 후 뜸해졌지만, 사석에서 친한 사이임은 분명했다. 하지만 지원과장으로부터 4중대 행정보급관의 언행을 전해 들은 군수보급관은 참지 않았다.
"그거야 소초장님 사정이고요. 저희는 점검 결과만 가지고 대대장님께 보고 들어갈 겁니다. 원망하지 마십시오."
소초장은 입을 다물었다. 더 이상 말해봐야 자신만 비참해진다. 어차피 지적사항은 군수분야. 나까지 책임이 올 가능성은 적다. 부소대장에겐 타격이겠지만….
거기까지 생각이 들자, 강원 소초의 소초장은 바로 보급관의 말에 수긍했다.
"…알겠습니다."

보급관은 점검사항을 마친 후, 취사장 밖에서 홀로 담배를 태우는 지원과장에게 말했다.
"과장님, 여기 형편없습니다."
"그래? 군수분야는 신경 안 쓴다, 이거지? 잘됐네. 대대장님께 보고할 건수 하나 생겼어. 다음 순서는 어디지?"
"강현, 강림, 지암 소초 순입니다."
"그럼 빨리 가자. 이 자식들 서로 연락해서 조치하기 전에 털어버리자고!"
"예. 그럼 4중대 직사화기 소대가 맡고 있는 강현 소초부터 가겠습니다."
장교와 부사관은 존대하는 게 원칙이다. 하지만 지원과장은 나이가 한 살 어린 김상훈 중사에게는 하대어로 대했다. 나이 많은 인사담당관과 다르게 군수보급관은 나이도 어리고, 계급도 낮으니까 편한 반말을 하는 것이다.
레토나를 운전하는 군수보급관과 조수석에 탄 지원과장이 강원 소초를 떠났다. 1소대 부소대장인 윤 중사는 입술을 깨물고, 털린 사실을 보고하려 전화를 했다.
하지만 하필이면 탄약고에 들어간 행정보급관.
탄약고에는 핸드폰을 들고 들어갈 수 없기에 연락을 받을 수 없었다.
"아… 안 받네."

부소대장은 답답해서 행정보급관이 개설한 카톡 단체 대화방에 점검 사실을 알렸다.

- 충성! 행정보급관님, 강원소초 부소초장입니다. 대대 지원과장, 군수보급관 15:32분 부로 들어와 취사장 및 1종 창고 점검하고 15:46분 부로 나갔습니다. 지적사항은 인트라넷 메일로 보내드리겠습니다. 지금 다른 소초 점검하러 이동한 것 같습니다. 확인하시면 전화 부탁드립니다.
- 어떤 사항 점검했습니까? [직사화기 부소대장]
- 지적 사항 뭐 나왔습니까? [3소대 부소대장]
- 선배님, 고생하셨습니다. 전 지금 예초기 정비하러 시내 나왔습니다. 지적사항 보내주시면 금방 조치하겠습니다. [2소대 부소대장]

윤 중사의 메시지가 뜨자, 곧장 응답하는 같은 중대 인접 소초 부소대장들.
곧바로 전화가 오고, 지적사항을 확인하고 조치하려 연락을 돌린다. 이 치열함은 군대에서 살아남기 위해 터득한 유일한 생존 방법이었다.
그래봐야 다들 어설프게 군 생활을 겪고 전문성도 없는 초급 간부였지만.

한 시간 후. 채팅방은 난리가 났다.
- 지원과장하고 군수보급관 왜 그럽니까? 아주 작정하고 털러 왔습니다. [직사화기 부소대장]
- 왜 우리 중대만 오는 겁니까? 와 어이없네. 저희도 털렸습니다. [3소대 부소대장]
- 아씨, 아직 나 소초 못 들어갔는데, 예초기 고치는데 엄청 오래 걸림. [2소대 부소대장]
- 난 이미 멘탈 나감, 뜬금없이 오더니, 인사도 안 받고 바로 취사장 가더라. 너희들 지원과에 뭐 잘못한 거 있냐? [1소대 부소대장]

박재영 행정보급관은 탄약고에서 실탄을 분배받고 나오며 단체톡방에 올라온 부소초장들의 하소연 글을 열람했다.
"뭐지? 갑자기 웬 점검? 지원과가 왜?"
그는 부소초장들에게 전화를 걸어 곧바로 상황을 파악했다.

"어떻게 된 거야! 야! 왜 미리 연락 안 해?!"
- 전화드렸는데, 연락을 안 받으셔서….
"쓰바, 이 개 XX들, 탄약고에 전화라도 걸어서 연결했어야지. 중댐 알아 몰라? 털린 거 아냐고 모르냐고!"
- 아직은 모릅니다.
"보고하지 마, 내가 다 알아서 해결할 테니까, 우리 지적받은 거 중댐이나 대댐 귀에 들어가면 너흰 뒤진다."
- 예. 다른 부소초장들한테도 연락 돌리겠습니다.

박재영 상사는 바로 포차에 올라타서 짜증스러운 태도로 운전병을 쪼았다.
"당장! 최대한 빨리 소초로 돌아가!"
"기름이 없어서 수송부에서 기름 넣고 가야됩니다."
"야, 왜 미리 안 넣었어? 어?!"
"쌀 싣는다고 해서 못 넣었습니다."
"아쒸! 빨리! 왜 이렇게 되는 일이 없냐?"

한편, 강림소초 부소초장은 예초기를 고치고 소초로 들어오자마자 인터폰으로 상황병에게 물었다.
"지원과장님 들어왔나?"
- 아직 안 오셨습니다. 5분 전에 3소대에서 나왔다고 통신 왔습니다. 10분 내로 들어올 것 같습니다."
"알았다. 알았어. 아 X됐네. 윤동현 이 새끼, 분명 안 해놨을 텐데…."
부소초장은 곧바로 취사장에 들어가서 안도의 한숨을 내쉬었다. 취사병 윤 병장이 인접 소초 취사병들한테 전달받은 사항을 처리하고 있었다.
"행주 햇빛에 말려놨지?"
"예. 발판에도 물 채워놨습니다."
"취사기구 망가진 것은 없고?"
"예. 다행히 없습니다."

"창고는? 창고는 최신화 다 했어?"
"일단 거기는 제가 아까 취사보조로 온 신병한테 맡겨놨습니다."
"뭐? 신병? 우리가 신병이 어딨어?"
"행보관님이 중본 신병 한 명 붙여줬습니다."
"뭐? 그 A급?"

이미 간부들 사이에서 관심병사로 소문난 그 녀석, 강성재. 물론 병사들도 다 알고 있다. 40명이 살고 있는 조그마한 소초에 비밀이란 없으니까.
"……."
"야, 뒤질래! 이 멍청한 새끼야. 걔를 혼자 두면 어떻게 해? 걔가 뭘 안다고! 걔 자살하면 네가 책임질 거야?"
그때… 취사장에 차량 엔진음이 울려 퍼졌다. 지원과장과 군수보급관이 당당한 얼굴로 취사장에 들어왔다.
"후후, 부소초장, 평소에 잘해야지. 지금 취사병 갈군다고 안 된 게 갑자기 잘 돼?"
"아닙니다. 과장님, 죄송합니다."
"됐어. 죄송할 것 없고, 결과로 보여주면 돼. 군수보급관, 여기 창고부터 가자고!"
지원과장의 매정한 말과 이어지는 군수보급관의 대답.
"예. 과장님, 바로 모시겠습니다. 부소초장 뭐해! 창고 키 들고 오지 않고?"
부소초장은 하얗게 질린 채, 1종(부식) 창고가 있는 곳으로 안내했다.
관심병사를 혼자 둔 것 때문에, 그리고 털린 상황을 전달받았기에 긴장감이 고조된 부소초장과 취사병.
그러나 지원과장의 예상과는 달리 이등병의 군기가 바짝 든 목소리가 들려왔다.

"충성!"
"쉬어!"
"어? 아, 너 신병이냐?"
"이병 강성재! 그렇습니다."
"부소초장 뭐해? 하급자가 쉬어 했으면 경례해야지."
"예. 충성! 1종 부식창고 점검 준비 중!"

"크큭, 사열에 대해서 신병이 제대로 배웠네. 그럼 점검해볼까?"
지원과장은 평가점검표를 비교하며 하나하나 훑었다. 그리고 이어지는 감탄.
"어? 이야. 부소초장?"
"예?"
"너 평가점검표 미리 받았냐?"
"아닙니다."
"완벽한데?"
"……."

긴장한 표정을 짓고 있던 취사병 윤동현은 지원과장의 말에 환한 미소를 지었다.
"여긴 그래도 평소에 좀 하긴 했네. 다른 소초랑 확실히 틀려."
지원과장은 씩 웃고는 부소초장의 어깨를 툭 치며 밖으로 나갔다.
그러자 군수보급관이 점검표에 사인하며 말했다.
"여기 이등병이 혼자 한 건 아닐 테고, 미리 우리가 올 거 알고 막 세워둔 거지? 그래도 평소에 군생활 열심히 하나 봐?"
"예. 열심히 하고 있습니다. 보급관님."
지원과장은 간단히 점검을 마치고 창고 밖으로 나왔다. 그는 멀뚱멀뚱 서 있는 이등병을 향해 웃음을 머금었다.

"후후, 강성재?"
"이병 강성재?"
"전입한 지 며칠 됐냐?"
"3일 됐습니다."
"아, 나 휴가 갔을 때 왔나 보구나. 귀엽네."
"……."
"부소초장, 잘했어. 취사장하고 창고 관리 잘하고 있네. 역시 4중대 중에는 2소대가 제일 낫네."
"감사합니다."

부소초장은 얼떨결에 칭찬을 받자 당황스러워했다.

점검을 마치자마자 떠나는 대대 지원과장과 군수보급관의 뒷모습.

타고 온 차량이 시야에서 사라지자, 긴장이 풀린 부소초장이 취사병에게 말했다.

"윤동현, 잘했어. 평소에 잘해 놨네."

"감사합니다."

"그래. 역시 넌 우리 소초 에이스야."

"하하, 예."

"그리고 이등병!"

"이병 강성재."

"너도 아까 경례 잘했다."

"감사합니다."

윤동현은 강성재가 한 성과를 독차지하고, 부소초장의 귀여움을 받았다. 강성재 또한 성과는 빼앗겼지만, 부소초장과 취사병 선임의 신뢰를 얻었다.

강성재는 슬슬 군대를 파악하게 되었다.

어떻게 하면 간부한테 인정받고, 선임에게 예쁨받는지.

'그래. 차라리 잘 됐어.'

지원과장과 군수보급관의 차량이 떠나고, 성재의 머리에 자꾸 이상한 종소리가 들렸다.

'아… 머리 아파.'

그가 두통을 참지 못하고 머리를 흔들자, 우측 상단에 시스템창과 다른 별도의 창이 보이기 시작했다.

'이건 뭐지? 언제부터 떠다닌 거야?'

성재의 시야 오른쪽 끝에 아른거리는 메시지.

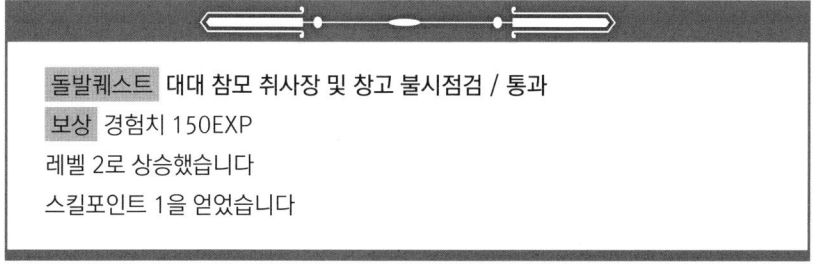

돌발퀘스트 대대 참모 취사장 및 창고 불시점검 / 통과
보상 경험치 150EXP
레벨 2로 상승했습니다
스킬포인트 1을 얻었습니다

너 마음에 든다

성재는 곧바로 사용자 정보를 띄웠다.

분명히 아까와는 달라져 있었다.

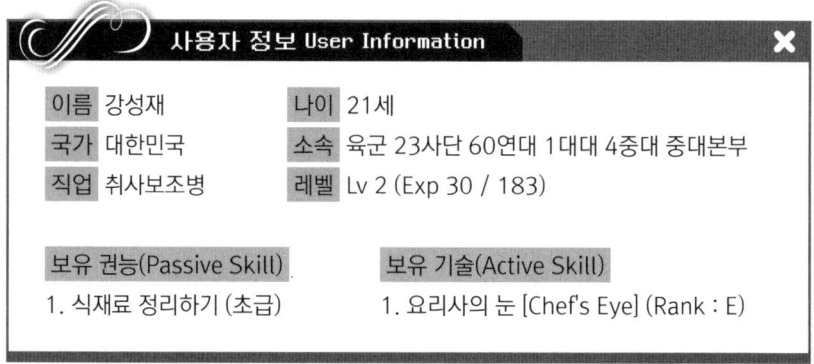

레벨 2? 이것 때문에 달라진 것은 뭘까? 아까 스킬 포인트라고 했지?

진짜 게임하고 똑같은 걸까?

성재는 보유 권능(Passive Skill)을 눌러보았다. 변한 것은 없었다.

다음은 보유 기술(Active Skill)을 눌러보았다.

이번에는 확연히 달라진 것이 보인다.

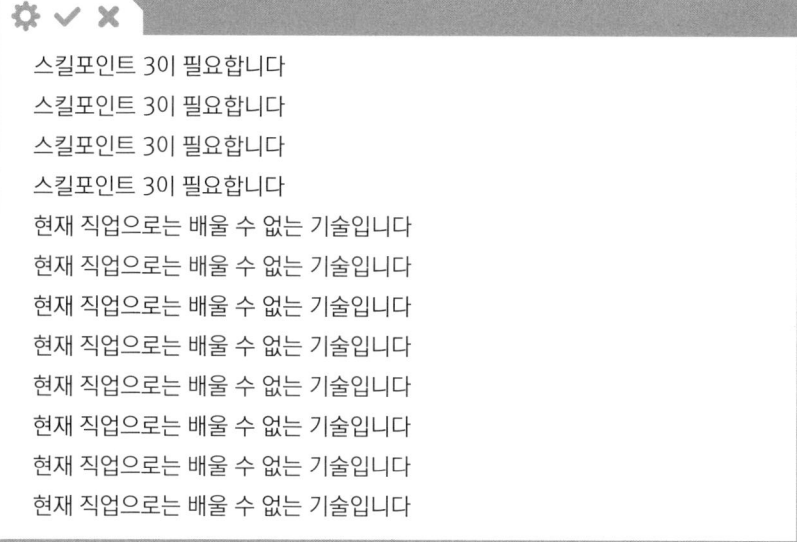

| 신규 습득 가능 기술 목록 |

1. 요리사의 혀 [Chef's Tongue] (Rank : E)
2. 요리사의 코 [Chef's Nose] (Rank : E)
3. 요리사의 손 [Chef's Arm] (Rank : E)
4. 요리사의 신체 [Chef's Body] (Rank : E)
5. 한국 음식 레시피 [Korean Food Recipe] (Rank : E)
6. 중국 음식 레시피 [Chinese food Recipe] (Rank : E)
7. 일본 음식 레시피 [Japanese food Recipe] (Rank : E)
8. 프랑스 요리 레시피 [French Food Recipe] (Rank : E)
9. 이탈리아 요리 레시피 [Italian Food Recipe] (Rank : E)

그 외에도 여러 가지가 있었으나….

'뭐야? 안 되잖아!'

스킬포인트 3이 필요합니다
스킬포인트 3이 필요합니다
스킬포인트 3이 필요합니다
스킬포인트 3이 필요합니다
현재 직업으로는 배울 수 없는 기술입니다
현재 직업으로는 배울 수 없는 기술입니다
현재 직업으로는 배울 수 없는 기술입니다
현재 직업으로는 배울 수 없는 기술입니다
현재 직업으로는 배울 수 없는 기술입니다
현재 직업으로는 배울 수 없는 기술입니다
현재 직업으로는 배울 수 없는 기술입니다

성재는 혀를 차며 스킬포인트 1을 투자할 방법을 찾아보았다.

요리사의 눈 [Chef's Eye]을 (Rank : D)로 올리시겠습니까?
YES   NO

성재는 머뭇거림 없이 'YES'란 창에 손을 옮겼다. 그러자 보조창에 메시지가 떠올랐다.

> ⚙ ✓ ✗
>
> 스킬포인트 1이 소모됩니다
> **변화된 등급**
> 변화 전 요리사의 눈 [Chef's Eye] (Rank : E)
> 변화 후 요리사의 눈 [Chef's Eye] (Rank : D)
> 이제 요리사의 눈 스킬 사용 시 신선도 말고도, 식재료의 이름과 원산지도 파악할 수 있습니다
>
> ※ 조리된 음식은 아직 파악할 수 없습니다

성재는 자신의 능력에 대해 서서히 알아가고 있었다. 그리고 또 하나 알게 된 사실. 시스템창은 자신의 눈에만 보인다. 옆에 있는 부소초장 때문에 알 수 있었다.

"야! 이등병!"

"이병 강성재."

"너 정신병 있냐?"

"아닙니다."

부소초장의 말에 그는 깨달았다. 자신이 실수했음을, 그래서 오해 살 짓을 했음을.

'주의하자. 남들이 보기에 이상해 보일 수 있었어. 내 실수야.'

상급자인 부소초장은 성재를 향해 집요하게 물어왔다.

"그런데 혼자 허공을 헤집는 건 뭐고, 웃다가, 실망스러운 표정 짓는 건 뭐고, 너 미친 거 아니야?"

"…죄송합니다."

"야, 인마, 죄송한 게 아니고, 내가 뭐라고 물었어? 다시 한번 묻는다. 병이야?"

부소초장은 혼자만의 세계에 빠졌다 돌아온 성재를 보며 되물었다.

"병 없습니다. 진짜로 없습니다."

"휴우… 병 아니면 됐어. 윤동현!"

"예. 부소대장님!"

"신병 데리고, 취사장 가서 저녁 준비해라. 늦었다."

"알겠습니다. 성재야. 따라와."

강성재는 윤동현 병장의 손에 이끌려 취사장으로 이동했다. 혼자 남은 부소초장은 고개

를 갸웃거리며, 강성재에 대한 주관적인 판단을 내렸다.
"아… 저 자식, 느낌 쎄 한데, 이등병이라 그런가?"

해안소초의 일과는 철저하게 태양과 달이 뜨고 지는 시간에 맞춘다.
해안소초 경계구역 내에는 초소라는 건물들이 있는데, 시멘트로 대충 만든 곳도 있고, 시청이나 도청의 예산을 받아 등대 모양이나 화려한 현대형 건물로 지어진 곳도 있다.
초소 근무투입은 대부분 야간에만 이뤄진다.
주간에는 감시장비인 CCTV나 레이더 등을 활용하여 불필요한 근무를 줄인다. 밤에 생기는 감시제한 구역에는 초소를 세워 경계근무자를 투입한다. 이렇게 감시사각지역을 없애 최대한 빈틈 없이 경계하는 것이 바로 소초의 작전 개념이었다.
이 개념은 취사장에도 영향을 미쳤는데, 지금처럼 추워지기 시작하는 10월이 되면 해가 지는 밤 7시 35분의 한 시간 전인 저녁 6시 35분까지 식사는 물론, 소초 경계근무자들의 투입 준비까지 완료해야 한다.
경계근무는 해 지기 1시간 전에 투입하기 때문에 취사병도 겨울이 될수록 바빠진다.
점심을 오후 1시 30분에 먹고, 저녁을 5시 30분부터 먹기 때문에 고작 4시간 동안 40인분의 식사를 전부 준비해야 하는 애로사항이 생긴다.
"그나마 지금은 낫지. 겨울 되면 3시간 안에 준비해야 한다. 이제 대충 알았지?"
윤동현이 바쁜 와중에도 설명을 이어갔다.
더구나 오늘은 불시 점검까지 있어 식사 준비가 늦어지고 말았다.
"아… 오늘 안 풀리네. 소댐이 욕하는 거 아니야?"

성재는 윤동현 병장의 말에 아무 말도 하지 못한 채, 할 일을 찾았다. 그러자 윤동현이 씩 웃으며 자신이 할 일 중 간단한 일을 분배했다.
"강성재"
"예."
"냉장고에서 계란 2판 꺼내와."
"예."
그는 커다란 솥에 밥을 준비하며, 바쁜 와중에서도 능숙하게 이등병을 시켰다.

성재는 계란 두 판을 꺼내왔다. 윤동현이 물을 끓이며 그에게 말했다.

"일단 계란 40개 삶아."

"예."

처음 하는 취사보조의 일. 성재는 윤동현이 힘든 일은 시키지 않는 것을 보며 안심했다. 계란 삶기는 아주 쉬운 일이니 성재는 부담 없이 집중할 수 있었다.

'한번 시도해볼까?'

눈을 세 번 깜박이자, 계란 2판 위에 신선도를 나타내는 점이 보인다.

녹색의 점과… 검은색의 점이.

검은색?! 못 먹는 거잖아!

성재는 당황하며 검은색 점이 생긴 계란을 노려보았다. 그러자 예전과는 달리 계란에 보조창이 떠오르며 정보를 나타낸다. Rank가 E에서 D로 오른 덕택이었다.

그런 것이 무려 6개.

성재는 40개의 달걀 중 6개를 골라내고, 끓는 물에 계란을 삶았다.

20분 후, 윤동현의 걱정대로 강림소초의 소초장이 무장을 한 채 취사장에 들어왔다.

"야, 동현아! 밥 준비 안 됐어? 출동 20분 전인데? 군장검사 할 시간이잖아."

"죄송합니다. 오늘 점검 때문에, 늦었습니다. 빨리하겠습니다."

"하아… 알았다. 실탄은 밥 먹고 분배해야겠네. 일단 군장검사 한 다음에 밥 먹는다. 10분 내로 가능하지?"

"예. 해보겠습니다."

"그래. 서둘러. 배고파 미치겠다."

"알겠습니다."

"오케이, 그럼 군장검사부터 하고 온다."

"알겠습니다."

군장검사는 투입 전 전투조끼와 탄입대, 감시장비부터, 그 날의 기상, 제원, 상급부대 지시사항 등 특이사항이나 변동사항을 확인하는 작전투입 전 과정. 환자 파악이나 인원 확인도 같이 하기에 투입 전에 반드시 거치는 과정이다. 약 10분 만에 군장검사를 마치고, 소초장은 전반야 투입 인원과 함께 취사장으로 들어왔다. 다행히 윤동현은 시간 내에 밥과 반찬을 조리해서, 투입 인원들이 차질 없이 먹을 수 있게 준비했다.
전반야 근무자 3분대장 박주현 상병이 씩 웃으며 윤동현 병장에게 말했다.

"윤 병장님, 오늘은 계란 후라이 안 해주시고, 삶은 계란이라니, 너무 하십니다."
"야… 이해 좀 해줘. 오늘 좀 바빴다."
"후우, 저희가 밥심으로 살아가지 않습니까? 낙이 이것뿐인데, 신경 좀 써 주십시오."
"그래~ 알았어. 내일 아침은 맛있는 거로 해놓을게."
한편, 소초장은 밥을 먹다 말고, 앞치마를 입은 신병을 발견했다.
"어? 넌 뭐냐?"
"이병 강성재. 전입신병입니다. 취사보조로 왔습니다."
"취사보조? 어? 우리는 경계병 보충해달라고 했는데…."
"행정보급관님이 임시로 하라고 하셨습니다."
"아… 네가… 음…."
소초장이 강성재의 말에 고개를 끄덕였다.

A급 병사, 관심 병사, 또 다른 말로 사랑과 도움이 필요한 병사, 여러 용어로 불리지만 공통점은 사고 칠 가능성이 많은 병사.
사실 한부모 가정이면서, 기초생활수급자 경력이 있다면 인성검사에서 무조건 A급 병사로 분류되기 때문에 성재의 사상이나 심성과는 관계없이 자살징후가 뜬다.
일괄적인 프로그램을 맹신해서 사람의 등급을 평가하는 체계가 문제이지만, 국방부에서 수십만 장병의 데이터를 기초로 만든 프로그램이다. 예산도 10억 원 이상 들여 도입했으니 무시할 수도 없다.
이걸 따르지 않는다면, 책임도 따르니까.
자신이 소속한 부대원이 아니면 관심병사는 신경 쓰지 않는 게 이롭다.
그래서 그런지 소초장은 갑자기 성재를 무시하곤, 자신의 소초원들에게 말했다.
"다 먹었으면 투입하자."

"예. 소초장님! 알겠습니다."
"바로 사열대로 나와. 탄 나눠주고, 바로 근무 투입할 거니까."
"예."
해가 뉘엿뉘엿 넘어가고, 전반야 근무자는 소초장의 인솔에 따라 경계근무지로 전원 출동했다. 잠시 후, 군장검사를 마치고, 밤 11시에 투입하는 후반야 근무자들이 목욕과 샤워 후 활동복으로 갈아입고, 식사하기 위해 취사장으로 몰려왔다.
하나, 둘, 계란을 받아 가는데, 하필이면 부소초장의 차례에서 계란이 뚝 끊겨버렸다.

"윤!"
"병장 윤동현?"
"계란? 어디 갔냐?"
"음… 성재야? 내가 계란 40개 삶으라고 하지 않았어?"
"아… 곯은 계란이 있어서 6개는 뺐습니다."
성재의 말에 부소초장이 삐딱한 시선으로 바라봤다.
"야~ 니가 곯은 계란인 줄 아닌 줄 어떻게 알아?"
강성재는 부소초장 앞에서 기죽지 않고 대답했다.
"다 곯았습니다."
"그래? 너 6개 확인해서 아니면 혼난다?"
"…."
자신은 없었다. 직접 확인한 게 아니라, 시스템창만 믿은 거였으니까.
부소초장은 빼놓은 6개의 계란을 하나하나씩 확인했다.
그리고 시스템창이 진실이라는 것을 그가 직접 증명해주었다.
"어? 진짜 곯았네!"
하나, 둘, 셋, 그리고 여섯.
성재의 말대로 모두 부화하다 실패하고 곯아버린 계란이었다. 부소초장은 곧바로 너털웃음을 지었다.
"에이! 아~ 배고파. 아~ 배고파! 오늘 온종일 예초기 돌려서 그런가 배고파 미치겠다."
일부러 과장되게 내뱉는 말투.
무작정 의심한 것을 사과 해야 하는 상황이지만, 부사관은 과장되고 억척스러운 표정으로 무작정 넘기려 한다. 부소초장의 태도에 윤동현이 혀를 찼다.
'그냥 사과하면 되지, 아 진짜, 부소대장님도 자존심 하나는 세다니까….'
그러나 절대 속마음을 들키면 안 된다. 걸리면 군생활이 힘들어진다.
윤 병장은 씩 웃고는, 부소초장의 어깨를 주물렀다.
"아~ 라면 많이 남는데 드시겠습니까? 제가 금방 끓여오겠습니다."
부소초장도 웃으며 윤동현과 눈빛을 교환하고는 털털한 말투로 말했다.
"그래. 라면 좀 먹자! 김치도 꺼내주고!"
"예. 그럼 한 개 끓이겠습니다."
"아니야. 세 개 끓여."
"세 개 말입니까?"
"그래. 너하고, 성재도 있잖아. 오늘 점검도 잘 받았고 칭찬도 받았는데, 같이 먹어야지."
"아… 알겠습니다. 10분만 기다려 주십시오."
성재는 둘의 행동을 보며 군 생활을 어떻게 해야 되는지 이해했다.
반면, 윤동현은 부소대장이 어설프게 사과하는 방식에 웃음을 머금었다.
윤 병장은 라면 물을 올리고 이등병 강성재를 보며 생각했다.
'강성재. 너 마음에 든다. 내가 너 빨리 키워줄게. 너 건드리는 놈 있으면 내가 다 커버칠 테니까. 요리 한번 제대로 배워보자. 그래야 나도 말년이 편하지 않겠냐? 넌 이제 100% 내 후임이다. 그렇게 만들고 말 거다.'

TOD 할래? 스틱만 돌리면 돼

식사를 마치고, 중대 상황실로 내려간 성재.

"취사장 다 끝났어?"

"예. 끝났습니다."

"그럼 출동복장 착용하고 기다려. 중대장님께서 순찰 때 너 데려가신단다."

"아… 예."

사실 성재는 피곤했다. '요리사의 눈'을 사용해서 피로가 누적된 것이다.

옷을 갈아입고 상황실 한 편에 놓인 의자에 앉았더니 피곤이 밀려왔다.

현재시간 밤 8시. 온종일 청소하고, 창고정리하고, 야식으로 라면까지 먹었으니, 피곤한 것은 당연할 터. 성재가 꾸벅꾸벅 졸고 있는 것을 보며, 중대 통신병 임상희가 근무중인 선임병에게 먼저 말을 꺼냈다.

"분대장님, 신병 피곤한 것 같은데, 생활관에서 잠깐 자라고 해도 되겠습니까?"

"그래? 중대장님 언제 순찰 출발하신다는데?"

"음… 그건 잘 모르겠습니다. 오늘 보고서 작성하실 거 있다고는 말씀하셨습니다."

임상희의 말에 교육계원이 고개를 끄덕이더니, 성재를 향해 고개를 돌렸다.

"생활관에 가서 좀 누워있어. 출발할 때 상희가 부를 거야."

"괜찮습니다. 버틸 만합니다."

"아니야. 쉬라고 할 때 쉬어. 간부 없을 때는 좀 편하게 있어도 돼."
"알겠습니다."
성재는 자신보다 세 달 먼저 입대한 선임병과 교육계원인 중본 분대장의 배려에 오늘 처음으로 개인정비 시간을 얻을 수 있었다.

밤 7시, 행정보급관은 대대의 주임원사실에 있었다.
"…주임원사님. 오늘 지원과장이 부사관단을 이유 없이 깨고 다니고 있습니다. 안그래도 해안 격오지 근무라 힘들어 죽겠는데, 연대, 사단, 군단도 아니고, 같은 대대 식구끼리 왜 그러는지 모르겠습니다."
행정보급관 중 가장 짬이 높은 박재영 상사. 그는 대대 부사관 서열 3위. 대대 주임원사, 대대본부 전투지원소대장으로 편제된 강형웅 원사를 제외하곤 가장 고참이었다.
그리고 대대 주임원사와는 20년을 같은 지역에서 근무한 고향 선후배 관계이기도 했다.
"그래? 지원과장님이 왜 그러셨지? 오늘 오전까지 휴가였고, 오후 출근이었는데…."
"그러니까 말입니다. 저희 4중대만 콕 찝어서 털고 다녔답니다. 한번 교육할 필요가 있을 것 같습니다."
아랫사람에게는 매정하면서도, 윗사람한테는 아부를 잘 떠는 박재영 상사. 부사관의 최고 위치에서 균형잡힌 시선으로 모두의 의견을 들어야 할 위치에 있는 손준호 주임원사. 그는 일단 행정보급관을 위로했다.
"그래. 내가 알아볼게. 중간에서 잘 해결할 테니까 가봐."
"예. 잘 부탁드리겠습니다."

사무실에는 딱 한 명만 있었다. 바로 인사담당관 허란희 상사.
그녀는 주임원사의 부름에 옆의 옆방에 있는 사무실로 노크를 하고 들어갔다.
"충성! 주임원사님, 부르셨습니까?"
"아, 허 상사, 앉아. 커피? 녹차?"
"아닙니다. 그냥 물 먹겠습니다. 제가 타 드리겠습니다. 뭘로 드시겠습니까?"
때마침 CP병도 개인정비로 자리를 비운 상태.
주임원사는 잠시 고민하다가 소형 냉장고에서 비타민 드링크제 2개를 꺼내 놓으며 허 상사에게 허심탄회하게 말문을 열었다.

"4중대 행보관하고 과장님하고 무슨 일 있었어?"

"…누구한테 들으셨습니까?"

인사담당관의 대답에 촉이 왔다. 계급도 높고 세월로 다져진 노련함도 있는 주임원사가 보내는 무언의 시선. 허 상사는 결국 사실을 밝혔다.

"A급 하나 보냈다고 저한테 화내는 걸 저희 과장님이 알게 돼서 그런 것 같습니다. 죄송합니다."

"아니야. 허 상사가 죄송할 게 뭐 있어. 그런데 꼭 A급을 4중대로 분류해야 됐어? 가뜩이나 4중대는 화기중대라 병력도 모자란데…."

"중대별로 A급 병사 3명씩은 다 있습니다. 그나마 4중대가 기존 1명에서 현재 2명으로 늘어나서 가장 분포가 적습니다. 저는 철저하게 난수로 분류해서 분배하지 않습니까? 누굴 뽑아서 보내고 말고 할 게 없습니다."

"후우, 문제긴 문제네. 괜찮은 녀석들은 사단 신교대, 수색대대, 본부대에서 선발한다고 다 빼내 가고, 그중에서도 좋은 자원은 연대에서 빼내면서 A급은 경계투입 시키지 말라고 하고, 말이 된다고 생각하나?"

"…모두 병력이 부족해서 그런 것 같습니다."

"일단 알았어. 파악은 했고, 과장님은 언제 들어오신대?"

"30분 정도 걸릴 것 같습니다."

"알았다. 허 상사는 아이 때문에 출퇴근이지? 오늘 일 다 봤으면 퇴근해."

허란희 상사가 주임원사실을 나가고, 손준호 주임원사는 이마 주름을 어루만지며, 소파에 누워 고심했다.

'이렇게 조그마한 부대에서 뭘 그렇게 뜯어먹지 못해 안달인 건지…. 일단 그 A급 병사는 따로 면담을 해봐야겠네.'

주임원사는 인트라넷에서 병력관리시스템에 접속해 강성재에 대한 기록을 확인했다. 그리고는 한숨을 내쉬었다.

'후우… 가정형편이 왜 이러나? 진짜 힘들게 살았나 보네.'

밤 9시 45분, 중대장실에서 나온 조석호 대위가 통신병을 찾은 시간이었다.

"10분 뒤에 출발한다. 운전병한테 말해놔. 신병도 데려갈 거야."
"예. 준비하겠습니다."
임상희 일병은 자신의 P-999K와 P-96K 장비를 레토나 작전차량에 싣기 전에, 잠에 취한 강성재를 깨웠다.
"성재야. 출발할 거야. 일어나서 차에 타. 화장실 미리 다녀오고."
"예. 알겠습니다."
차량 뒤편에 탑승한 임상희와 강성재, 수송부에서 장기파견 온 운전병은 말을 꺼냈다.
"상희씨, 뒤에 추워요?"
"아니요, 종현씨 괜찮아요."
"거기 이등병 아저씨는요? 괜찮아요?"
"괜찮습니다."
"다행이다. 중대장님 히터 세게 트는 거 싫어하셔서요. 핫팩 하나 드릴까요?"
"예. 남으면 주세요. 오늘 한 10km 걸어야 해서."
"후후, 상희씨는 운동하셔서 그런가 몸 엄청 챙기시네요."
"하하하, 군대에선 건강이 최고죠."
통신병 임상희와 운전병 김종현의 대화가 끝나기 무섭게 중대장이 탑승했다.
"상희야. 탄통 뒤에다 좀 놓자."
"예. 중대장님!"
실탄통을 뒤로 옮겨놓은 중대장은 안전벨트를 멘 후, 운전병에게 말했다.
중대장의 순찰지역을 온종일 따라다니는 게 오늘의 일과.
병사들도 고생이지만, 간부들도 고생하는 것은 마찬가지였다.
중대장은 총 4개 소초의 섹터를 차량 순찰과 도보순찰을 겸해서 다니고 있었고, 총 구간만 하루에 약 20km가 넘었다
같이 따라다니는 성재는 통신병인 임상희의 체력이 얼마나 대단한지 실감하고 있었다.
"상희야."
"예. 중대장님"
"조금만 떨어져 걸어봐."
"알겠습니다."

중대장은 피곤해서인지, 별도로 상담시간을 내기가 곤란했다. 그래서 순찰시간을 이용해 초소에서 근무하는 병사의 애로사항을 파악하거나, 함께 순찰하면서 상담하곤 했다.
그리고 이 방법은 썩 잘 먹혔다.
"성재야."
"이병 강성재."
"너 지금 무슨 생각 하니?"
"그냥, 아무 생각 안 했습니다."
"후우, 오늘 부소초장이 너 이상한 행동 한다고 하던데, 그건 뭐였어?"
"…아무것도 아닙니다."
강성재는 대답하지 않았다. 눈 앞에 시스템창을 띄울 수 있고, 요리관련 능력을 얻었고, 요리사의 길이라는 튜토리얼이 시작되었다고 말하면 누가 제정신으로 보겠는가?

그러자 중대장이 자신의 이야기를 빗대며 말했다.
"내가 임관하기 전에는 진짜 훈련이 너무 빡센 거야. 탈영하고 싶고, 중간에 그만두고 싶고, 특히 유격갔는데, 40km 행군이라고 해서 40km까지 갔는데, 사실 80km였다는 거야. 처음부터 사실대로 이야기하면 다들 포기한다고, 40km 더 걸으라고…, 다 할 수 있다고."
"그때는 중대장도 생도 시절이었으니까, 교관이 얼마나 원망스럽던지. 다리는 퉁퉁 붓고, 발바닥은 막 다 까지니까, 중대장도 성재처럼 화가 나서 이상한 행동이 나오더라."
"……."
"교관하고 조교들 막 패고 싶고. 혹시 성재도 그런 생각 같은 건 아니지?"
중대장의 유도신문에, 뒤에 있던 임상희가 고개를 숙였다.
보통 이쯤 되면 많이 넘어가기 마련이다. 자신이 힘든 점을 중대장에게 이야기하는 순간, 관심병사의 등급은 한 단계 더 올라가서 복무기피 병사가 되어버린다.
성재는 고개를 돌렸다. 오히려 그 반대였다.
"아닙니다. 전 오히려 더 잘하고 싶습니다."

중대장이 복무기피 병사로 만들려는 이유는 간단했다.
A급이든 B급이든 관리하는 병사가 사고 나면 지휘관이 책임을 져야 한다. 평정은 물론, 징계, 재수 없으면 형사처벌도 받을 수 있다.

더구나 이등병은 더욱더 세심한 관리가 필요하다. 전 계급 중 이등병, 일병이 사고 칠 확률은 무려 80%, 상병이나 병장이 되면 다들 한 사이클을 돌아서 알아서 잘하기도 하고, 전역도 얼마 안 남았기 때문에 사고도 덜 치고 몸을 사리게 된다.

그러나 이등병은 다르다. 각종 또라이들이 차고 넘친다.

거기에 한부모 가정에, 생활지도 기록부상 적어놓은 아버지의 월급은 겨우 80만 원, 제대로 생계를 유지할 리가 없다. 막노동 판을 전전하며 큰 녀석, 이상한 행동까지 감지한 마당에 계속 데리고 싶은 생각이 없어진 중대장이 묘안을 짜낸 것이다.

"성재야. 너 TOD 할래?"

"TOD가 뭔지 잘 모르겠습니다."

"감시병, 저기 위에 돌아가는 거 보이지? 소초 안에서 감시장비를 게임기처럼 조종하면서 혹시 모를 북한군의 잠수정이나 미상선박을 확인하는 역할을 하는 거야. 어때?"

중대장이 TOD를 권유한 이유도 간단했다.

TOD는 9개월간 순환하는 해안경계근무를 철수하더라도, 이곳에 남아 다른 대대 소속으로 들어간다. 즉, 관심병사를 해안감시대 소속 TOD분대로 소속전환시키고, 자신의 부대에서 빼버릴 수가 있다.

철수까지 앞으로 4개월, 그리 많이 남지 않은 기간. 중대장은 강성재를 어떻게든 자신의 중대에서 빼고 싶어 안달이 난 것이다.

강성재는 어렴풋이 상황을 짐작했다.

'그 간부가 말한 게 이거구나?'

어제 저녁. 아직 전입신병인 그를 확인하러 한 사내가 생활관을 찾아왔다.

"충성!"

인사계원 김영민 상병이 TV를 보다 말고 깜짝 놀라 인사했다. 그 간부는 씩 웃으며, 김 상병에게 되물었다.

"야, 쟤가 그 신병이냐?"

"예."

"나 잠깐 쟤하고 얘기 좀 하자."

"알겠습니다."
즉 임무를 위해 임시통제 받고 있다는 것.
"야, 신병!"
"이병 강성재?"
그의 협박 섞인 말투가 성재에게 들렸다.
"너 중댐이 TOD 할래라고 물어보면, 절대 안 한다고 해라! 죽었다 깨어나도 안 돼!"
그는 중대장에게 화가 단단히 난 상태였다.
그의 TOD분대에는 이미 A급이 하나 있었다. 그 녀석은 A급 병사답게, 정신질환의 하나인 극심한 우울증도 있었고, 중학교 시절 자살 시도한 경험도 있었다. 매일같이 녀석의 행동을 관찰하고, 케어하다 보니, 그의 성격이 극도로 예민해질 수밖에 없었던 것.

성재는 어제 일을 상기하며 고개를 저었다.
쉬운 군생활 따윈 단 한 번도 생각해 본 적 없었다. 남들과 같이 국방의 의무를 무사히 마치며, 대한민국의 국민으로서 부끄럼 없이 살고 싶었을 뿐이다.
그래도 지휘관이 명령을 내리면 따르는 조직이 군대다. 계급사회란 말이다.
"TOD는 하기 싫다고? 거기 편한 곳이야. 하루에 4시간 정도 스틱만 돌리면 돼."
이렇게까지 말하면, 도저히 못 하겠다는 말이 나올 수가 없다.
"저는…."
그런데 그때… 이상한 종소리와 함께 또 한 번 퀘스트 창이 떠올랐다.

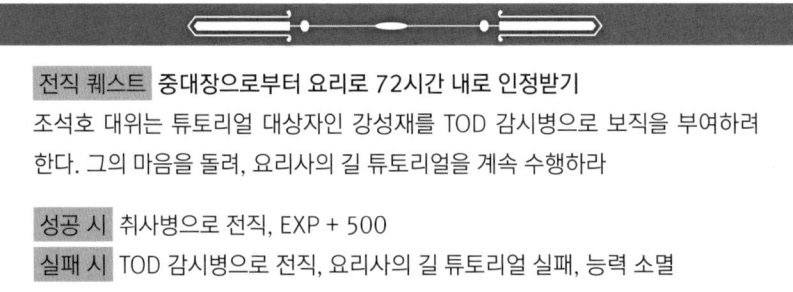

전직 퀘스트 중대장으로부터 요리로 72시간 내로 인정받기
조석호 대위는 튜토리얼 대상자인 강성재를 TOD 감시병으로 보직을 부여하려 한다. 그의 마음을 돌려, 요리사의 길 튜토리얼을 계속 수행하라

성공 시 취사병으로 전직, EXP + 500
실패 시 TOD 감시병으로 전직, 요리사의 길 튜토리얼 실패, 능력 소멸

거짓 보고 하면 가만 안 둔다고 했지?

성재는 입술을 살짝 깨물었다.
요리사의 길 튜토리얼 실패에 담긴 의미, 내가 과연 요리사를 하고 싶은 걸까?
살면서 요리를 하고 싶은 마음은 추호도 없었다. 부모님이 평생 얽매여 살던 포장마차와 푸드트럭. 하루 살아 하루 먹고 사는 인생의 고단함을 잘 알고 있었기 때문이었다.

공사장 막노동을 하시던 아버지는 원래 배관공이었다. 공장 기계실에서 펌프에 배관을 연결하고, 오염물질이 가득한 공사판에서 구르던 일상.
그런 아버지가 공사장 앞에서 외할머니와 포장마차를 운영하는 어머니를 만났다.
둘다 없는 형편이었기에 가까워질 수 있었고, 얼마 지나지 않아 아이를 가졌다.
그 아이가 바로 성재.
아버지와 어머니는 결혼해서 행복한 가정을 꾸리고, 가게도 차렸다.
그리고 IMF가 찾아왔다. 권리금도 못 받고 쫓겨난 가게. 덩그러니 남은 빚.
아버지와 어머니는 가정을 포기하지 않고 열심히 사셨지만, 결국은….

성재는 요리사가 되고 싶다고 생각한 적은 없었다. 그냥 돈 많이 벌어서 어떻게든 아버지와 여동생이 힘들지 않게 살아가도록 돕고 싶은 마음 그뿐이었다.

하지만 이어지는 시스템창의 메시지는 그의 생각을 완벽하게 바꾸어놓았다.

```
이 튜토리얼은 세계 최고의 요리사가 되는 과정입니다. 강성재 사용자는 정말 그
권리를 포기하겠습니까?

           YES              NO

YES 선택 시                   NO 선택 시
요리사의 길 튜토리얼 즉시 종료    요리사의 길 튜토리얼 진행
해당 기억 삭제                 EXP + 300
```

암울하기 그지없는 인생이었다.

그러나 긍정적으로 살아보고 싶다는 생각도 강했다.

언젠가 자신에게 빛줄기가 내려올 거란 희망도 품었다.

'세계 최고의 요리사.'

어떤 분야의 최고가 된다면 부가 따르는 건 당연한 일. 그러한 희망이 내 손앞에 펼쳐진다.

'나한테 이런 능력이 생긴 이유는 모른다. 하지만… 이것이 기회라면 잡는다.'

능력에 대한 의구심도 잠시. 성재는 지긋지긋한 가난을 떠올렸다.

'아버지를 위해서… 그리고 나를 위해서.'

성재는 시스템의 메시지를 보며 자신의 인생을 걸어보기로 결정했다.

결정을 내린 성재의 손가락이 'No' 쪽으로 이동했다.

```
☼ ✓ ✗

경험치 300을 얻었습니다
레벨이 2에서 3으로 상승했습니다
스킬포인트 1을 얻었습니다
```

보조창 뒤로 이어진 '직업 퀘스트' 창이 아른거린다.

```
성공 시  취사병으로 전직, EXP + 500
실패 시  TOD 감시병으로 전직, 요리사의 길 튜토리얼 실패, 능력 소멸
```

중대장은 제대로 대답하지 않는 성재를 보며 다시 한번 입을 열었다.
"성재야. TOD 감시병이 경계병들 사이에서도 꿀 빠는 보직이라는 소리는 들었을 거야. 네가 한다고만 말하면, 중대장이 대대장님께 건의해서 그쪽으로 옮기도록 도와줄게. 이거 아무나 시켜주는 거 아니다. 사이버 지식 정보방에서 TOD 감시병이라고 검색만 해봐도 알 거야. 국내 5% 안에 드는 꿀 보직이라니까?"
중대장 조석호. 그는 성재가 대답만 하면 내일 아침이라도 대대에 보직변경 의뢰 공문을 보낼 심산이었다. 대대장의 결재와 레이더 기지장인 도석명 준위의 면담만 통과하면 쉽게 보낼 수 있기 때문이다.
재수없는 TOD 분대장의 얼굴이 걸리긴 했지만, 어차피 걔는 5개월 후 전역할 단기 하사, 그리 신경 쓰지 않아도 된다.

그러나 성재는 중대장의 호의를 거절했다.
"아닙니다. TOD보다는 조금 더 뜻깊은 일을 하고 싶습니다."
성재가 대답하자 중대장의 얼굴에 실망스러운 표정이 가득했다. 하지만 앞에서 감정을 대놓고 드러낼 수는 없다.
이렇게 나오면 계속 끌고 갈 수밖에 없다.
'하아, 경계근무에 투입도 못 하는 놈이 왜 배정되어 가지고….'
"성재 마음 중대장이 잘 알았다. 오늘 이야기는 중대장하고만 한 거야. 다른 사람 앞에서는 이야기하면 안 돼. 비밀면담이니까, 알았지?"
"예. 알겠습니다."
암석지대를 지나 해변, 중요 지형지물인 촛대바위 앞에 레토나가 비상깜박이를 켠 채 대기하고 있다.
"상희야, 통신 넣어. 중대장 강현소초 들어간다고."
"알겠습니다."

직사화기 소대가 맡고 있는 강현소초로 중대장에게 지급된 레토나 작전차량이 진입했다.
밝게 켠 불빛, 그리고 밖에 나와있는 소초장.
"충성! 중대장님, 들어오십시오. 밖이 춥습니다."
"그래. 야~ 오늘 온종일 걸었더니 배고프다. 야식 했어?"

"예. 남은 밥하고, 김치 그리고 계란으로 볶음밥 해놓은 것 있습니다. 지금 바로 드시겠습니까?"
"부소초장은?"
"지금 후반야 투입시키고 있습니다. 30분 뒤에 올 것 같습니다."
"그래. 그럼 미리 먹을까?"
"예. 저도 출출하던 참입니다. 임상희!"
"일병 임상희?"
"너도 장비 풀고 와. 옆에는 누구냐?"
"신병입니다."
"같이 와. 너도 먹자. 볶음밥 많아."
"예. 감사합니다."

강현소초의 취사장, 그쪽은 강림소초와는 달리 규모가 조금 작다.
중대 OP가 없는 그곳에서 생활하는 인원은 약 33명 정도.
이곳 소초에서는 중위가 바로 왕이다.
그래서일까? 강현소초장은 여유로운 얼굴로 중대장을 대하고 있다.
"어? 창고 왜 열려 있냐?"
중대장의 말에 강현소초장은 고개를 갸웃거리더니, 창고 안으로 들어갔다. 그리고 발견한 취사병.
"야! 김현우! 너 미쳤냐? 안자고 뭐해?"
"…부소초장님이 오늘 내로 정리 다 해놓으라고 하셨습니다."
"뭐? 지금? 밤에? 왜?"
"아… 오늘 지원과장님하고 군수보급관 왔다가서 지적사항 나왔는데, 행보관님이 지적사항 다 조치하고 사진 찍어서 아침까지 보내라고 했답니다."
중대장은 취사병과 직사화기 소대장의 대화를 듣고 있다가, 혀를 차며 되물었다.
"야, 그게 무슨 소리냐? 지원과장님이 왔다 갔어?"
"오늘 오후에 왔다 가셨습니다."
"야! 소초장, 너 왜 보고 안 했어?"
"…확인해보겠습니다."

"당장 확인해!"

임상희와 성재는 식판에 김치볶음밥을 푼 다음, 중대장 자리 앞에 올려놓고, 자신들이 먹을 만큼 식판에 덜어서 먹기 시작했다.
병사가 지금 당장 할 수 있는 일이 없으니, 상황을 지켜볼 뿐이었다.
하지만 상황은 더욱 심각하게 돌아가고 있었다.
"중대장님?"
"어. 어떻게 된 거야?"
직사화기 소대장이자 강현소초장이 결국 판도라의 상자를 열어버린 것.
"상황병에게 물어보니까, 중대엔 보고 하지 말라고 부소초장이 말했답니다. 일단 부소초장 지금 5번 섹터 지나는데, 거기서 통신 오면 왜 그랬는지 물어보라고 했습니다."
"왜 이 좁은 곳에서 나를 속여? 부소초장 걔 미친 거 아니야?"
"…아마 이유가 있을 겁니다."
중대장은 단단히 화가 나서 취사장 안을 둘러보았다.
뒤죽박죽, 덩그러니 놓여있는 식재료들. 중대장은 열이 끝까지 뻗쳐 갑자기 소리 질렀다.
"야! 부소초장 어딨어? 그 새끼 당장 복귀하라고 해! 당장! 당장!"
"…알겠습니다."
조석호는 휴대폰을 꺼내 어지럽혀져 있는 취사장 사진을 찍고는 중대장, 소대장 단체 카톡방에 연락을 돌렸다.

- 지금 시간부로 각 소초장 하던 일 그만두고 취사장, 창고 사진 찍어서 바로 보내. 10분 내로 보내라. 당장!
- 충성! 바로 보내겠습니다. [2소대장]
- 충성! 3소대장입니다. 지금 순찰 중이라서 15분 내로 보내겠습니다. [3소대장]
- 충성! 1소대장입니다. 중대장님? 점검사항 행보관한테 보고 받으셨습니까? 행보관이 아마 중간에 손쓸 것 같습니다. 내일 아침에 다 조치한 사진 들고 지원과 들어간다고 했습니다. [1소대장]

올해 장기지원 들어가는 1소대장의 입에서 상자의 열쇠를 찾아낸 조석호.

그는 씩씩거리며 1소대장에게 전화를 걸었고, 자초지종을 확신하게 되었다.
'행보관 뭐지? 이 사람 왜 이런 걸 나한테 비밀로 해? 평정시기라서 이런 거야?'
현재 시각 밤 12시, 지금 행정보급관은 소초에서 자고 있을 시간이다. 당장 전화걸까 하다, 이내 고개를 저었다.
먼저 초급 부사관들한테 정황을 들어보고 조치해도 늦지 않다.
이어서 직사화기 부소초장에게서 걸려온 전화.

이렇게 구분하는 것은 전시에 통신시설이 마비되면, 이 번호만큼은 최대한 오래 살려놓아, 적절하게 지휘통제를 하기 위해서이다.
그렇다고 평시에는 이점이 없냐? 그것도 아니다.
평시에는 군 내부 통신망으로도 군 전용 번호를 가진 휴대폰으로 전화를 걸 수 있다. 병사들이 공중전화를 이용하지 않고도 간부들에게 공짜로 전화를 걸 수 있는 것이다.
"뭐야? 이 번호 뭐냐?"
중대장의 질문에 강현 소초장이 재빨리 대답했다.
"초소에서 바로 전화한 것 같습니다. 그쪽은 핵심초소라서 핫라인은 물론 TD(유선통신)도 연결되어 있는 초소입니다."
"부소초장이네? 맞지?"
"그런 것 같습니다."
직사화기 부소대장이자 강현소초 부소초장 김하늘 중사(진), 12월에 중사를 달 예정인 그는 4년차 보병 주특기 부사관이다.

- 충성! 중대장님! 찾으셨다고 들었습니다.
"그래. 야, 부소초장, 창고 뭐냐? 취사병이 왜 지금까지 일하고 있냐?"
- 오늘 자체 점검 결과 정리가 좀 부실해서 제가 청소하라고 시켰습니다. 내일 취사병 휴식 여건 때문에 그러십니까? 취사병 개인정비 시간 충분히 부여하겠습니다.
"다른 건 없고?"
- 예. 아무 일 없었습니다.
조석호가 부소초장의 말에 피식 웃었다. 그리고는 아무 말 하지 않았다.
- 통신보안? 중대장님? 중대장님? 들리십니까? 중대장님?

부소초장이 대답 없는 중대장을 계속 불렀다. 조석호는 고개를 갸웃거리더니, 심각한 표정으로 전화를 끊어버렸다.
"와… 내 편인 줄 알았는데, 아니네? 어? 야! 어떻게 생각하냐?"
"…죄송합니다. 교육하겠습니다."
"교육이 문제가 아니잖아! 내가 뭐라고 했어? 거짓보고 하면 가만 안 둔다고 했지? 와 이것들, 독립소초에 있으니까, 중대장이 존나 쉬워 보이나 보네. 소초장!"
"예."
"나 네 방에 가 있을 테니까, 넌 상황실에서 전반야 철수 확인하고, 부소초장이랑 같이 네 방으로 와."
"…죄송합니다."
"죄송할 거 없고, 이따 같이 와!"
조석호는 야식으로 준비한 볶음밥에 손에 대지도 않고 자리를 떴다.
중대장은 배신감에 화가 단단히 났고, 소초장은 어쩔 줄 몰라 했다. 이 긴장감에 임상희 일병과 강성재 이병은 먹던 수저를 멈춘 채 한동안 가만히 있어야 했다.

잠시 후, 소초장이 상황실로 이동했다. 이제 취사장에 남은 사람은 셋.
임상희는 경직된 강성재를 보며 어깨를 두드렸다.
"많이 긴장했지? 이게 일상이야."
"중대장님 화내시는 거 보고 놀랐습니다."
"원래 군대가 이런 거야. 중대장님 한동안 안 가실 것 같은데 뭐 할래? 난 휴게실 갈건데."
"아… 저는 취사장 도와줘도 되겠습니까?"
"뭐?"
"여기 아저씨, 도와드리려고 합니다."
"아… 너 오늘 창고 사열 받았다고 했지. 그럴래? 아 맞다. 여긴 아저씨라고 부르면 안 되고, 다 선임이니까, 깍듯이 대해. 내륙 가면 다 만난다. 알았지?"
"예. 알겠습니다."
"현우야! 잠깐 나와봐."
"어? 임상희?"

알고보니 김현우 일병과 임상희 일병은 동기였다. 강현소초의 취사병인 김현우는 임상희의 말에 창고에서 땀을 흘리며 밖으로 나왔다.
"미안하다. 나 때문에."
"아니야. 이게 왜 너 때문이야. 감독 안 한 간부 탓이지."
"창고 정리하는 법 진짜 몰랐어. 인수인계를 한 번도 못 받아서."
"됐어. 아~ 인사해. 우리 중본 신병, 강성재. 아마 2소대 취사병으로 갈 것 같다. 지금은 취사보조병."
"오, 반갑네. 후후, 신병이라…."
"잘 부탁드립니다."
"밥 마저 먹어. 김치 꺼내줄까?"
"아니야. 우리 다 먹었어. 현우야. 도와줄까? 금방 끝나?"
"아니… 솔직히 밤새도 안 끝날 듯."
"알았다. 내가 도와줄게. 셋이 하면 금방 끝나겠지. 성재, 너도 도와준다고 했지?"
"예. 물론입니다. 임상희 일병님."
"크크, 좋아. 1종 창고 정리 시작하자고!"
강성재, 그가 강현소초의 창고에 들어가자 처음 들었던 전자음이 또 한 번 들려왔다. 이번에는 보조창도 함께였다. 레벨 0과 1의 차이, 1과 2의 차이. 하나하나 개방되는 기능. 함께 정리하는 동안 성재의 시스템창에 뜬 게이지가 조금씩 차오르기 시작한다.

> ⚙ ✓ ✕
> 식재료 정리 (초급) 단계 경험치가 쌓이고 있습니다
> 완료 시 보상경험치가 추가됩니다

넌 뭘 잘 할 수 있는데?

새벽 2시까지. 소초장과 부소초장은 소초장실에서 나오지 못했다.
중대장은 그동안 벼르고 있던 것들, 불만들을 온통 쏟아내 버렸다.
중대장의 분노에 상황실은 물론 취사장 옆 창고에 있는 김현우 일병도 긴장했다.
"상희야. 미안하다. 나 때문에…."
"아니야. 됐어. 얼추 다 끝난 것 같지?"
"어. 근데 신병, 넌 원래 후반기 교육받고 왔어?"
"예? 아닙니다."
"그런데 어떻게 이렇게 잘해? 동작도 빠르고."
"아버지가 푸드트럭 하셨었습니다. 하는 일이 비슷해서…."
성재의 말에 김현우가 고개를 끄덕였다.
"그랬구나. 어쩐지, 아까 윤 병장님이 전화로 네 칭찬 엄청 하더라."
"네?"
"너 사수, 윤동현 병장님 있잖아. 새로운 후임 왔는데, 이제 군생활 풀렸다면서. 아까 점검 결과 물어보려고 전화통화 했었거든."
"아…."
성재는 김현우의 말을 듣고 안심했다.

'윤동현 병장님이 날 좋게 봐주시고 있었구나. 다행이다.'
김 일병은 자신의 할 이야기가 더 남았는지, 말을 이어갔다.
"그게 너였을 줄이야. 아무튼 고마워. 덕분에 밤새 일할 거 한 시간 반 만에 끝냈네. 후아~ 진짜 죽을 뻔 했다."

깨끗하게 정리된 창고, 바닥 믹싱까지 완벽하게 해놓은 세 사람.
그들은 간부가 오기 전까지 식당에 앉아 TV를 켰다.
올레 TV로 지난 방송 중 예능 프로그램을 틀고는 모처럼 만의 여유를 즐겼다.
"현우야. 너 잠 안 자도 돼? 피곤할 텐데."
"아니야. 2시간 자느니 차라리 좀 더 있다가 아침밥 하고 자는 게 나아."
"그건 그렇겠다."
임상희는 근심 어린 표정으로 동기를 지켜보았다. 주특기는 다르지만, 마음을 터놓고 이야기 할 수 있는 몇 안 되는 동료.
모두가 고생하는 것을 알기에 서로는 각별한 표정으로 바라보았다.
그때, 강성재가 선임병에서 궁금한 점을 물었다.
"김현우 일병님, 혹시 중대장님이 좋아하시는 음식 있으십니까?"
"아… 그건 성민이가 잘했는데."
"맞아. 성민이 전역 안 했으면 중대장님이 저렇게 화내실 일도 없지."
"그건 그래. 걔가 요리는 진짜 잘했지. 중대장님만 순찰 오면 항상 미리 일어나서 돈가스 만들고 그랬잖아."
"대단했어. 소초장이 중댐 온다는 것만 알면 바로 성민이한테 준비시켰잖아. 중댐이 워낙 돈가스 좋아하셔서…."
"크큭, 너도 좀 하지 그러나?"
"난 그거 못해. 해본 적도 없고, 요리도 군대 와서 갑자기 배운 건데…."

성재의 질문에 김현우와 임상희는 전역한 고성민 병장에 대해 이야기했다.
이등병은 그들의 대화에서 핵심요소를 캐치했다.
"중대장님이 돈가스를 좋아하십니까?"
"그래. 완전 대박이었어. 소초장님이 돈가스용 돼지고기 산다고 매일같이 자기 돈 썼다니까. 나중에는 중대장님이 돈 많이 들어가는 거 알고, 본인 돈으로 주더라. 성민이는 전역 때까지 별도 임무 안 해도 되니까, 돈가스만 열심히 만들라고, 아마 전역 2주 전부터 근무도 뺐었지?"

"클클, 그거 전설이었는데, 에휴, 다 의미 없다."

"그러게, 난 그만큼 요리실력이 안 돼서."

새벽 2시 10분, 부소초장이 시뻘게진 눈으로 소초장실에서 나왔다. 피곤함은 물론 억울함 때문이었다.

그는 눈물을 글썽거리면서 취사장으로 들어왔다.

김현우 일병은 자신의 부소초장을 보고 깜짝 놀라 TV를 껐고, 옆에 있던 임상희 일병과 강성재 이병도 자리에서 일어났다.

"부소초장님?"

"김현우… 다 했어?"

"예. 다 했습니다."

"보자."

그는 완벽하게 정리된 취사장을 보며 고개를 푹 숙였다. 그의 뒤에 서 있는 3명의 병사. 그들은 부소초장의 눈물이 바닥에 떨어지는 것을 보았다.

부소초장, 중사(진)이라고는 하나 이제 겨우 스물 세 살, 스무 살 때 입대해서 병사들과 나이 차이는 불과 1~2년, 중대장으로부터 모욕적인 언사를 듣고 감정을 주체하지 못했다. 그리고 바로 소초장이 취사장으로 들어왔다.

"부소초장, 울어? 뭘 그렇게 신경 써?"

"소댐, 나 힘들어. 난 행정보급관이 시키는 대로 했는데, 내가 무슨 항명을 해? 내가 언제 명령 불복종을 했다고, 어? 중댐 너무 한 거 아니야? 징계한다니, 내가 그동안 군생활 열심히 한 거 소댐이 더 잘 알잖아."

"어휴, 답답, 그만 울어. 병사들 앞에서 찔찔 짜는 거 쪽팔리지도 않아? 그만 들어가. 자고 일어나서 말해. 내가 중댐 잘 설득해서 징계 못 하게 막을게."

"……."

잠시 후, 소초 상황실에서 상황병 부사수가 취사장으로 들어왔다.

"임상희 일병님?"

"어. 왜?"

"지금 중대장님 가신답니다. 차량에 빨리 타랍니다."

"그래. 알았어. 성재야. 가자."

"예."

조석호 대위는 이미 내려가 레토나에 탑승해있었다. 재빠르게 뛰어가 뒤 칸에 타는 강성재와 임상희.

후반야 근무간부인 직사화기 소대장은 울고 있는 부소초장을 뒤로 한 채, 내려와서 중대장을 배웅했다.

"소초장."

"예."

"너네 똑바로 해라. 기만하고 속이는 거 난 절대 용납 못 한다."

"알겠습니다."

"그럼 간다."

"…중대장님"

"뭐?"

"부소초장, 용서해 주시면 안 됩니까? 행보관이 시킨 거지 않습니까?"

"가."

"예?"

"너 말고, 운전병. 출발하라고!"

"중대장님… 중대장님!"

소대장은 자신의 직속상관에게 부소초장의 거짓보고를 용서해달라고 애원했지만, 중대장은 더 이상 대답 없이 소초를 떠나버렸다.

싸늘한 분위기, 중대장은 그날 자신이 돌아야 하는 섹터 중 절반만 돌고 자신의 숙소가 있는 OP(관측소)로 돌아왔다.

레토나에서 내리는 중대장 뒤로 임상희가 오늘 사격한 탄피를 챙겨 따라가고, 수송부 아저씨가 강성재를 보며 위로의 말을 건넸다.

"이 정도면 양호한 거에요. 이등병 아저씨, 겁먹지 말아요."

"아… 그런가요?"

"뭐, 군대가 다 똑같죠. 우리 수송대장님도 똑같아요."

"예."

새벽 3시 반, 자신의 임시 생활관인 중본 생활관 침대에 누웠다.

영상 5도까지 떨어진 해안에서 찬 바람을 맞으며 10km 이상을 걷고, 다른 소초에서 2시간 동안 창고정리를 도와준 성재에게 체력이 남아있을 리가 없었다. 피곤이 몰려왔다.

그때, 그의 시야에 'Skill Point 2'라는 수치가 보인다.

그의 레벨은 현재 4. 스킬포인트, 투자할까? 말까?

요리사의 혀, 요리사의 손, 요리사의 신체, 투자하기엔 스킬포인트가 1 모자란다.

레벨 1만 더 올리면 투자할 수 있는 스킬들.

성재는 일단 요리사의 눈에 한 번 더 투자했다. 아직 요리의 요자도 모르는데, 미각, 감각을 올리면 좋아질 게 있을까?

> ⚙ ✓ ✗
>
> 요리사의 눈 Rank가 D에서 C로 상승했습니다
> Skill Point 2가 소모됩니다
> 이제 요리사의 눈으로 완성된 요리의 등급과 조리 시 예상 조리시간을 볼 수 있습니다

'등급? 조리시간? 눈만 붙였다가 바로 확인해보자. 그게 뭔지….'

침대에 누운 성재는 노곤함에 눈을 감았고, 곧바로 꿈나라로 직행했다.

"강성재. 일어나! 밥 먹어야지."

누군가가 잠에 취한 그를 깨웠다.

"예? 헛…."

성재는 일어나자마자 곧바로 시계를 보았다. 아침 7시 30분, 젠장. 새벽 4시부터 식사 준비한다고 했는데….

이곳은 불침번이 없다. 기상 방송도 하지 않는다. 아니, 하긴 한다. 오후 1시에….

그래서 늦잠을 자고 말았다.

'아, 바보같이…. 손목시계 알람이라도 맞춰놓을걸….'

임상희 일병과 함께 취사장으로 이동한 성재는 취사장 앞에서 걸레를 빨고 있는 선임병을 보았다.

"야~ 후임, 잘 잤어?"

윤동현은 입가에 미소를 띤 채, 성재에게 인사를 건넸다.

"죄송합니다."

"아니야. 됐어. 피곤해 보이더라. 일부러 더 자라고 놔뒀어. 일단 밥부터 먹어."

"예."

그렇게 배가 고프진 않았다. 어제 야식으로 먹은 김치볶음밥이 겨우 막 소화된 상태. 하지만 윤동현이 차려놓은 메뉴를 보자 성재의 얼굴엔 미소가 감돌았다.

임상희 일병은 윤동현 병장에게 씩 웃으며 입을 열었다.

"계란 후라이, 아침부터 감사합니다."

"그래. 후후, 오늘 아침 어차피 햄버거였어. 메뉴가 햄버거랑 삶은 계란인데, 삶은 계란 말고 계란 후라이로 좀 했다. 어제 내가 계란 후라이인데, 그거 못하고, 삶은 계란으로 줬잖아. 당연히 이 정도는 해야지."

"아 참~ 주둔지에서는 계란 후라이 못 먹으니까, 여기서 먹어둬. 대량 급식 때는 이런 거 손 많이 가서 메뉴에 있어도 취사병들이 절대 안 해준다. 알지?"

"예. 감사히 먹겠습니다."

성재의 눈에는 이채가 서려 있었다.

recipe	윤동현이 만든 계란 후라이 ★★	
	식용유와 굵은 소금, 계란, 들깨를 섞어 만든 계란 후라이. 대충 만든 것 같지만, 자신만의 테크닉으로 반숙 특유의 맛을 살렸다	

'이런 식으로 나오는구나? 별 2개라…, 높은 점수일까? 내 요리는 별이 몇 개나 나올까?'

성재가 계란 후라이를 보며 먹질 못하자, 윤동현이 불만스러운 말투로 묻는다.

"왜? 마음에 안 들어?"

"아닙니다. 감사히 먹겠습니다."

별 두 개, 윤동현의 계란 후라이에서 느껴지는 장인의 숨결에 강성재는 고개를 끄덕였다.

소초의 아침은 분주하다. 밤샘 근무를 한 전반야, 후반야 근무자들은 피곤한 상태로 아침을 먹고 청소를 한다. 아침 8시까지 청소를 마치고, 곧바로 점호를 한다.
그다음 취침에 들어가고, 겨우 오후 1시까지만 잠을 잘 수 있다.
그럼 어제 근무가 없던 비번 근무자는?
행정보급관이나 TOD 조장, 또는 이제 막 전입해 온 하사, 전투분대장과 작업을 시작한다.
창고 정리, 예초기, 탄약고 정리, 부식 수령까지.
그러나 운이 좋은 날도 있다. 바로 작업이 없는 날.
비번 근무자들이 윤동현 병장에게 가장 중요한 것을 물었다.
"오늘 부식 있습니까?"
"아니 없어. 부식 수령은 월, 수, 금이잖아."
"아, 오늘 꿀 좀 빨겠습니다."
"크크, 좋겠다. 인마."
"헤헷."
하지만 웃는 것도 잠시. 행정보급관이 비번 근무자들을 불렀다.
"야! 비번 근무자들 모여."
"……."
"방탄 헬멧 쓰고 포차에 타. 오늘 대대 화기창고 정리하러 간다."
"예? 박격포랑 직사화기 다 소초에 있지 않습니까?"
"치장무기는 생각 안 하냐? 빨리 타. 가서 오늘 치장무기 뜯어야 해."
화기중대의 숙명, 화기창고.
평소에는 쓰지 않고 전시에 쓰게 되어 있는 치장무기. 치장무기 점검일이 하필이면 오늘이었던 것. 비번 근무자들은 입술을 쑥 내민 채 차량에 탑승하고, 행보관은 씩씩거리며 대대로 가는 포차 선탑자 자리에 앉았다.
"씨벌, 대댐이 왜 갑자기 행보관들 다 소집시킨 거야?!"

행정보급관이 비번 근무자를 데리고 떠나고, 자갈길을 유유히 걸어오는 군복 입은 사내들. 그들을 보며 윤동현이 환한 미소로 맞이했다.
"빨리 와. 기다렸잖아."
"후후, 윤 병장님, 뭡니까? 또 제가 사 온 양담배 기다렸습니까?"
"그래. 인마, 말보루 좀 피워보자. 요즘 국산담배 물린다. 물려."
"후후, 2갑 9,000원입니다."
"알았어~ 여기 10,000원. 땡큐."
"음… 9,000원인데 말입니다."
"됐어. 고맙다."
"예."

상근예비역, 강림소초에는 총 4명의 상근 예비역이 주 5일 출퇴근 근무를 실시한다. 충성마트가 없는 소초에서는 이렇게 상근 예비역을 통해 필요물품을 공수하거나, 휴가 복귀자 또는 한 달에 한 번 오는 이동식 충성마트, 일명 황금마차에서 해결한다.
"헤헤, 아 이 맛이다."
윤동현은 흡연장소로 가서 불을 붙였다. 쭉 빨아 당기고, 속까지 들어간 연기가 다시 입을 통해 나온다. 그의 얼굴에는 행복한 미소가 흘러나왔다.
옆에선 지켜보던 성재가 윤동현을 주시하고 있다.
"뭐야? 너도 피울래?"
"아닙니다. 담배 때문은 아니고, 혹시 제가 요리 연습 좀 해봐도 되겠습니까?"
"당연하지. 하고 싶은 건 마음대로 해."
"아… 그런데 중대장님께서 돈가스를 좋아하신다고 하셔서 만들어볼까 하는데…."
"음, 성재야. 너 돈가스 해본 적 있어? 그거 쉽지 않은데…."
"예. 자신 있습니다. 푸드트럭에서 아버지가 파시는 메뉴가 수제 돈가스입니다."
"그래?! 다른 요리는 뭐 해봤는데?"
"큰 건 안 해봤고, 철판 볶음밥하고 분식 종류는 아버지 도와드리면서 해봤습니다."
"그래. 좀 쉬었다 연습해보자. 아 참~ 연습하기 전에 오늘 내가 시키는 거 해야 돼! 가르칠 게 많다."

윤동현은 웃음을 머금었다.

'진짜 취사병하고 싶은가본데?'

윤 병장의 생각대로 강성재는 의지가 강했다.

"예. 알겠습니다."

윤 병장의 입술이 씰룩거린다.

'첫, 짜식, 하지만 남들 앞에서는 이렇게 적극적인 모습 보이지 마라. 빠져 보이니까.'

물론 이 생각을 굳이 입 밖으로 내뱉진 않았다. 지금 성재의 적극적인 모습이 자신에게는 더 유리하니까.

"그럼 2시간 쉬다가 10시 반에 취사장으로 올라와. 오늘 밥 짓는 것부터 알려줄게."

"예."

성재는 흡연장에서 나와 중본 생활관 바로 옆의 사이버 지식 정보방으로 달려갔다.

정보의 바다, 네이버 검색창을 띄우고, 가장 먼저 검색한 용어는 바로 수제 돈가스.

인터넷에 나온 조리법을 메모장에 하나하나 기입했다. 혹시나 자신의 기억과 틀린 게 있나 확인하려는 행동이었다.

성재는 레시피를 적으며 순간 울컥했다. 아버지의 지난 모습이 떠오른 것이다.

그때, 성재의 시스템창이 또다시 한번 떠올랐다.

수제 안심 돈가스 레시피를 알게 되었습니다
숙련도에 따라 요리등급이 결정됩니다
현재 조리예상등급 ☆~★★★

직업 보너스를 알게 되었습니다

아버지가 해주신 말이 떠올랐다.

'장사는 말이야. 절대 속이면서 하면 안 돼. 먹는 음식에 혼을 담아야 되는 거야. 그럼 언젠가는 손님들도 인정해줄 거야. 그러니까, 남들이 아빠한테 손가락질해도 절대 흥분하고, 화내면 안 돼. 알았지?'

성재는 곧 고개를 저었다. 요리에 혼을 담는다? 이게 과연 가능한 일일까?

바로 공중전화기로 향했다. 아버지에게 조언을 얻기 위해서였다.

하지만 아버지의 핸드폰, 신호가 갑자기 끊겨버린다.

- 사용자의 요청에 따라 수신, 발신이 정지된 기기입니다. 다시 확인 후 전화 바랍니다.

"……."

가슴이 아파왔다.

'핸드폰 요금도 못 내셨나…. 다음에 나가면 내 월급부터 드려야겠다.'

어머니가 돌아가시고, 가정환경이 급격히 기울었다.

'지금은… 내가 할 일만 집중하자. 성공해서 효도하면 돼.'

지금쯤 아버지도 일어나서 장사 준비 중이실 것이다. 여동생 민지를 위해서 아픈 몸을 이끌고 푸드트럭을 몰고 번화가로 나가셨을 것이다. 자신도 가만히 있을 수는 없다. 열심히 노력하는 수밖에.

취사장에 도착한 성재는 오늘 필요한 부식을 전부 옮겨놓았다.

10시 30분, 윤동현 병장이 알려준 업무 시작 시간 10분 전에 모든 일을 끝냈다.

윤동현은 휴게실에서 노래방 기계로 노래연습을 하다가 취사장에 올라왔다. 그때 환한 얼굴로 자신을 맞이하는 후임병이 보였다.

"뭐야? 왜 이렇게 일찍 나왔어?"

"아, 미리 준비 좀 해두었습니다. 어떤 것부터 하면 되겠습니까?"

"음…먼저 밥부터 해보자. 44인분 밥을 지을 거니까, 쌀 채우고 저기에서 물부터 떠 와봐. 아~ 쌀은 내가 44인분 맞춰줄게."

실수하지 않도록 계량기를 이용해서 원칙을 보여주는 선임병. 윤동현은 차근차근 확실히 가르칠 계획이었다. 물 조절은 밥 짓기의 80%를 차지한다. 대량으로 조리하기 때문에 양 조절에 실패하면 큰 사고가 난다. 성재는 선임병의 지도에 따라 밥솥을 옮겨 물을 채웠다.

'쌀 높이의 1.2배 정도? 1.3배?'

확실하지 않다. 그러자 윤동현이 씩 웃더니 자신이 직접 시범을 보여주었다.

"쌀은 말이야. 먼저 불리고 시작했나, 아니냐가 중요해. 미리 물에 불려놓으면 1:1 비율로 맞추고, 불리지 않았으면 1:1.2 비율로 맞추면 딱 맞아. 조리는 일단 센 불로 시작하고, 20분 넘어가면 중간불로 바꿔주면 겉만 살짝 타고, 중간은 풍미를 고스란히 가질 수 있어."

"타면 안 좋은 것 아닙니까?"

"아니, 5인분, 10인분 밥하는 것도 아니고, 40인분 이상을 한꺼번에 할 때는 어쩔 수 없이 타게 돼. 그렇지 않으면 안쪽까지 열이 골고루 전달되지 않거든. 그래서 보통 이 탄 부분은 누룽지용으로 많이 남겨둬. 그럼 밤에 배고플 때 먹기 좋은 간식이 되거든."

성재는 눈을 세 번 깜박이며, 밥솥에 담긴 쌀을 확인했다.

'아… 묵은 쌀이구나. 군대라서 그런가….'

군대에서는 보통 묵은 쌀이 많다. 싸기 때문이다. 성재가 고개를 젓자, 윤동현이 물었다.

"왜?"

"아… 이거 묵은 쌀인 것 같습니다."
"그래? 잠깐만. 확인해볼게."
쌀자루를 뒤집은 윤동현은 날짜를 보며 고개를 끄덕였다.
"어? 그러네. 어제 행보관님이 밤에 가져온 거라 확인 못 했었는데. 이럴 때는 말이야."
윤 병장이 식초를 꺼내 들었다. 쌀이 담긴 물에 식초 한 컵을 집어넣으며, 미소를 짓는다.
"이렇게 식초를 넣으면 돼. 그러면 윤기도 살아나고, 묵은 쌀 특유의 냄새도 사라져."
"아… 대단하신 것 같습니다."
"뭐 이 정도야. 이래 뵈도 나 조리학과 출신이다. 후후후."
"아, 그러셨습니까?"
"클클, 그래. 사단이나 연대로 빠질 줄 알았는데, 내 기수 들어올 때, 조리학과 출신이 많아서 밀렸지 뭐. 괜찮아. 여긴 그나마 내 시간이 많으니까. 스트레스도 덜하고."
"아….."
"그럼 쌀은 됐고, 다음은 국인가?"
윤동현이 이번에는 커다란 냄비를 꺼냈다.
"물 담아와. 3/4정도"
"예."
윤동현이 시키는 동작에 맞추어 성재가 낑낑대며 물을 떠 왔다. 취사장에 있는 정수기 물로 뜨자, 윤동현이 씩 웃으며 말했다.
"잘 배웠네. 그런데 꼭 정수기 물 안 써도 돼. 여기 취사장 물은 다 지하수니까."
바닷가라서 상수도 시설이 전부 들어오지 않는다. 특히 산 중턱에 소초만 덩그러니 놓여있는 이곳은 상수도가 들어올 리가 없었다. 들어오려면 한 5억은 투자해야 하려나? 심정을 파서 퍼 올리는 물을 사용하지만 수질은 꼼꼼히 체크한다고 한다.
"알겠습니다. 콩나물국인데, 어떻게 하면 되겠습니까?"
"콩나물은 부식 나왔을 때, 다 다듬어놨으니까 바로 넣으면 되고, 대파는 썰어야 돼. 써는 거는 내가 할 테니까, 콩나물 넣고 일단 끓이고 있어."
윤동현이 대파를 꺼내 도마 위에 올렸다.
탁탁탁탁!
도마와 식칼이 장단을 맞추며 요란한 소리를 내었고, 음률에 맞춰 대파가 잘게 다듬어지면서 한쪽 끝에 모였다.

"여기서 소금 다섯 스푼하고, 멸치, 아~ 새우젓도 좀 넣어야 된다. 아 실수했네."
"어떤 것 말씀이십니까?"
"콩나물 넣었어?"
"아직 안 넣었습니다."
"먼저 육수부터 끓여야 돼. 그래야 진한 맛이 우러나거든."
윤동현은 멸치를 커다란 냄비에 먼저 넣었다. 그리고는 웃음을 머금었다.
"일단 이건 끝났고, 짜장 꺼내와."
냉장고 안에 있는 포장된 즉석짜장, 20인분이라 적힌 글자를 보며 성재가 혀를 찼다.
"이거, 다 이렇게 만들어져 나오는 겁니까?"
"당연하지. 그래서 특별히 할 게 없어. 취사병들의 실력차이는 국, 튀김 요리, 이런 거에서 많이 차이 나지."
"아…."
군대 요리가 맛이 없는 이유는 단 하나. 표준화된 식단으로 제공되기 때문.
대부분 즉석요리가 많고, 데우기만 하면 만들 수 있다.
햄버거, 패티, 짜장, 카레, 하이라이스, 돈가스 등은 전부 반 조리형태로 제공된다.
따라서 일률적인 맛은 보장하지만 그게 맛있다고는 볼 수 없었다.

육수가 우러나오자, 윤동현이 콩나물을 넣었다. 그리고는 성재에게 지시를 내린다.
"일단 젓고 있어봐. 그동안 난 특별메뉴 하나 해볼게."
"혹시 어떤 메뉴인지 여쭈어봐도 되겠습니까?"
"콩나물 튀김이라고, 보면 알 거야."
성재가 열심히 콩나물국을 젓는 동안, 윤동현이 냉장고에서 남은 돼지고기를 꺼내왔다.
탁탁탁탁!
식칼로 돼지고기를 다지는 동현의 이마에 땀이 송글송글 맺혔다. 잘게 다진 돼지고기에 소금을 약간 뿌린 그는 밀가루에 청양고추를 조금 섞어 콩나물에 반죽을 입혔다.
성재는 놀랐다. 신나는 표정으로 요리에 열중하는 윤 병장의 표정에서 요리사로서의 기품이 흘러나오는 것 같았다.
"성재야! 거기 이제 아까 다듬은 파 넣고, 한쪽 방향으로 저어."
"예. 알겠습니다."

동현은 자신의 요리에 집중하면서도 성재의 요리도 보고 있었다. 그야말로 멀티태스킹. 강성재는 자신이 맡은 국을 지시대로 완성하고, 윤 병장의 요리로 시선을 돌렸다. 오일을 두른 팬에 그가 만든 반죽이 올라갔다. 지글지글, 기름과 식재료가 만나 내는 기분 좋은 하모니가 성재의 귀를 자극했다. 호기심이 동한 성재는 자신의 능력을 사용했다.
'요리사의 눈!'
그러자 조리과정 옆에 이상한 타이머가 보인다.

```
⚙ ✓ ✗
03:21, 03:20⋯, 02:59
```

"3분 정도만 더 튀기면 되겠네."
때마침 말해주는 윤동현의 혼잣말. 그래서 확신했다.
'요리사의 눈, 이거 진짜 조리시간까지 알려주잖아?'
현재 요리사의 눈 랭크는 C. 현재 취사보조병 4레벨인 성재는 모든 스킬 포인트를 요리사의 눈에 투자한 상태다.
'더 올리면 어떤 능력까지 볼 수 있을까?'
피곤함을 느낀 성재는 일단 요리사의 눈을 해제했다. 그리고 완성한 국을 취사장 안쪽 배식대에 옮기고 선임병을 쳐다보았다.
"아~ 다 했어? 그럼 김치 꺼내놓고, 숟가락하고 젓가락 통도 꺼내줄래?"
"예. 알겠습니다."
아침에 식당청소 인원들이 씻어놓은 숟가락과 젓가락을 한곳에 모은 성재는 물었다.
"윤 병장님? 여기는 개인 수저 안 씁니까?"
"아, 소초에서는 안 써. 같은 부대 사람이잖아. 주둔지 가면 아마 쓸 거다. 나는 그 전에 전역해서 갈 일 없겠지만⋯. 다 됐네. 완성! 콩나물튀김!"
완성된 요리, 오늘 점심 메뉴는 짜장에 쌀밥, 콩나물국에 김치, 그리고 요거트,
거기에 콩나물국에 넣을 콩나물을 덜어 메뉴에는 없던 튀김까지⋯.
성재는 다시 한번 요리사의 눈을 활성화하며 요리의 등급을 확인했다.

| recipe | 윤동현과 강성재가 만든 흰 쌀밥 ★★☆ |

묵은 쌀이지만, 식초를 뿌려 냄새를 제거한 쌀밥. 원래 ★★이었지만, 취사보조병의 도움으로 ☆가 추가되었다

'어? 뭐지? 추가?'

이번에는 자신이 만든 콩나물국을 바라보았다.

| recipe | 윤동현과 강성재가 같이 만든 콩나물국 ★★☆ |

시원한 멸치육수와 칼칼한 청양고추로 감칠맛을 살린 콩나물국. 취사보조병의 도움으로 ☆가 추가되었다

성재는 깜짝 놀라 사용자 정보에서 취사보조병이라는 직업을 눌러보았다.

취사보조병

취사병을 도와 잡일을 하는 병사

직업 보너스 타인의 요리 보조 시 참여 기여도에 따라 요리 등급 향상 가능

윤동현은 씩 웃으며 배식대 앞으로 걸어갔다.

"국 잘 만들었지?"

"예. 간은 아직 안 봤습니다. 드셔 보시겠습니까?"

숟가락으로 국을 조금 덜어 입에 넣는 윤동현, 그리고는 잠시 동작을 멈췄다.

그는 두 눈이 동그랗게 커지더니, 성재를 쳐다보며 입을 열었다.

"이거 먹어봐."

강성재는 선임병의 지시에 숟가락으로 국을 떠서 입에 넣었다.

김이 모락모락 나는 콩나물 국물이 입안을 감돌았다.

그리고는 화들짝! 머리에 뜨거운 기운이 몰려오며 정신이 번쩍 들었다.

"오… 맛있습니다. 윤 병장님, 진짜 맛있습니다."

"그러게, 이 맛이 아닌데, 왜 이렇게 맛있어졌지? 뭐 추가해서 넣은 것 있어?"

"아닙니다. 시키는 대로 했을 뿐입니다."

"물 조절을 잘한 건가? 거참 이상하네. 아무튼 괜찮네. 맛있어."
콩나물국만이 아니었다. 성재가 함께 조리한 음식을 먹어보며 윤동현은 평소와 다르게 특별한 느낌을 받았다.
'얘, 선수 아니야? 요리 나보다 잘하는 것 같은데?'
한편 '취사보조병 직업 보너스'를 알게 된 강성재는 머리를 굴렸다.
'취사보조병이 이런 능력이라면, 취사병은 어떤 능력을 가지고 있을까?'

밥이 좀 맛있더라?

같은 시각. 대대장실에는 5명의 행정보급관이 나란히 서 있었다.
"행보관들."
대대장의 저음이 행정보급관들에게 들려왔다.
대대장 나이 45세, 행보관들 평균 나이 38세, 가장 나이 많은 박재영 상사가 42세니, 대대장보다는 다들 어린 부사관들이다.
"예. 대대장님."
"내가 그동안 오냐오냐했는데, 너희들 그것밖에 안 돼? 부사관이 아무리 부대의 주인이라지만, 장교들 무시하면 안 되지. 장교들이 어리니까, 너네 꼴리는 대로 해도 된다는 거야?"
대대장의 엄포에 1중대 행정보급관이 가장 먼저 입을 열었다.
"대대장님, 그게 무슨 말씀이신지 모르겠습니다."
"이 새끼야! 너네는 서로 소통 안 해? 행보관끼리 소통 안 하냐고! 어떻게 대대에서 일어나는 일을 너희는 몰라? 그러고도 너희가 주인이야?!"
애꿎은 1중대 행정보급관이 고개를 푹 숙인 채, 뒷걸음질치며 말했다.
"죄송합니다."
"앞으로 너희 중에 한 번만 더 지 꼴리는 대로 하는 놈 보이면 나한테 죽는다. 알았어?"
"알겠습니다. 대대장님."

"잘하겠습니다. 대대장님!"

"다들 나가봐! 당장 나가!"

대대장의 호통, 그리고 뻘쭘한 표정으로 나가는 행정보급관들.

그리고 그들을 마치 기다리고 있었다는 듯 경직된 표정으로 주임원사가 다섯 명을 바라보고 있었다. 이번에는 2중대 행정보급관이 먼저 나섰다. 35세, 가장 나이 어린 그는 주임원사 앞에서 억울함을 호소하며 입을 열었다.

"주임원사님, 대대장님이 왜 화내시는 겁니까?"

그러자 3중대 행정보급관이 또 한 번 입을 열었다.

"이런 경우는 군생활 하면서 진짜 처음입니다. 저 오늘 부대에 막 전입한 하사 때 기억이 떠올랐습니다."

본부중대 행정보급관도 마찬가지였다.

"주임원사님, 알고 계시면 말씀 좀 해주십시오. 영문도 모르고 당하니 미치겠습니다."

하지만 주임원사는 입을 꽉 다물었다. 이미 대대장으로부터 자초지종을 다 알게 된 그는 원흉인 4중대 행정보급관을 보니 부아가 치밀었지만, 끝내 입을 열진 않았다.

흡연장. 각 중대 행정보급관이 모여 황당한 사건을 다시 꺼내며, 입을 열었다.

"대대장님 왜 이렇게 화나신 겁니까? 주임원사님은 왜 아무 말씀 없으시고요."

"행보관님 중에 혹시 소초장한테 반말하신 분 있습니까?"

"아… 씨바, 나 우리 3소대장한테 반말 좀 했는데… 나인가?"

그러자 1중대 행정보급관도 찔리는 구석이 있는지 고개를 숙였다.

"아, 나도 했는데? 나야?"

그러자 본부중대 행정보급관이 가만히 있다가 입을 열었다.

"아니, 다들 반말 섞어서 하잖습니까. 통상 허용범위 내였고, 우리가 군생활 더 했는데, 이제 와서 대대장님이 화내시는 겁니까? 아니 대대장님도 참 웃기셔. 전입해 온 지 벌써 5개월이 넘으셨는데, 이제 와서 그딴 이유로 우리를 다 부른 겁니까?"

그때, 4중대 행정보급관인 박재영 상사가 입을 열었다.

"다들, 그만해. 대대장님도 무슨 생각이 있으신 거겠지. 이런 거 가지고 뭘 그렇게 신경 써? 군대에서 이런 일 한두 번이야? 까라면 까는 거지. 됐어. 다들 앞으로 소초장들한테 잘하고, 당분간 조심하자고. 알았어?"

"예. 알겠습니다. 4중대 행보관님, 행보관님도 고생 많으셨습니다."
"예. 선배님, 선배님은 정말 현명하신 것 같습니다."
"고생하셨습니다. 각 소초로 돌아가시죠. 오늘 고생하셨습니다."
'어휴, 병신같은 새끼들, 중댐한테 비밀로 하라니까, 걸려가지고!'

다들 각 소초로 출발하고, 4중대 행정보급관만이 홀로 남아 다시 주임원사실로 향했다.
주임원사는 여전히 경직된 표정으로 4중대 행보관을 노려보았다.
"문자 봤지?"
"예. 죄송합니다."
"넌 이 새끼야. 동네의 수치다. 무슨 네가 혼자 해결을 해? 그러니까 너네 중대장이 대대장한테 바로 보고하잖아. 멍청한 새끼, 너 진급 안 할 거야? 원사 안 달 거야?"
"이번 평정에 점검 결과 들어갈까 봐, 제 딴에는 잘 보이고 싶었던 게 이렇게 일이 커진 것 같습니다. 죄송합니다."
"어휴, 답답해. 씨발, 넌 새끼, 다음부터 소초에서 틀어박혀서 중댐 커버나 잘 쳐. 또 한 번 너네 중대장이 이런 식으로 나오면, 부사관단 모임에서 빼버린다. 알았어?!"
"…알겠습니다. 죄송합니다."
행정보급관은 대대 주임원사실을 나오며 울컥했다. 군생활 20년을 하면서 이렇게 모욕적인 일은 처음이었다.

그가 막사를 빠져나가려는데, 하필이면 이때, 지원과장이 사무실에서 밖으로 나왔다.
지원과장은 인사도 없이 그냥 지나쳐버리고, 박재영 상사는 결국 눈물을 흘렸다.
'씨바… 씨바…'
하지만 그를 위로하는 사람은 없다. 자승자박. 자신이 벌려놓은 일에 자신이 걸려들었을 뿐. 다른 누구의 잘못도 아니다.
그리고 멀리서 지켜보는 대대 주임원사.
'어휴, 멍청한 새끼, 그러니까 고집 피우지 말지. 언제까지 저렇게 독고다이로 지낼 거야?'

그날 저녁. 취사장에서 홀로 연습하던 성재는 재료에 한계가 있다는 것을 느꼈다.

'돈가스용 고기가 아니면 맛이 안 나. 안심이나 등심이 필요해.'

성재를 지켜보는 윤동현이 혀를 차며 입을 열었다.

"왜 그렇게 돈가스에 집착해? 중대장님께 왜 맛있는 요리를 드려야 된다고 생각하는데?"

"…비밀 지켜주실 수 있으십니까?"

"그래. 말해봐. 범죄 저지른 것만 아니면 나야 뭐 지키지. 뭐야? 말해."

윤동현의 말에 강성재가 결국 어제 순찰간 중대장과의 면담 내용을 털어놓았다.

"TOD로 가게 될지도 모른다고 들었습니다."

"진짜야?! 야! 안 돼! 너 간다고 했어? 중대장님이 널 왜 TOD로 보내? 요리도 잘하고, 지금 딱 좋은데."

"…저도 가기 싫다고는 말씀드렸지만, 이게 아무래도 조만간에 결정될 것 같습니다."

"후우, 미치겠다. 맞아. 중대장님은 한다면 해. 그래서 네가 생각한 게 그거였어? 돈가스? 그게 통할 것 같아?"

"돈가스가 통할지는 모르겠지만, 전역한 강현소초 취사병이 돈가스를 잘 만들었는데, 중대장님이 예뻐하셨다는 소리는 들었습니다. 그래서 제 딴에는…."

차마 퀘스트라고는 말하지 못했다. 성재의 말에 윤동현이 처음으로 욕을 내뱉었다.

"쓰벌…."

그건 성재를 향해서가 아니었다. 중대장을 향한 욕설이었다. 자신의 말년, 후임병을 조기에 보직시켜주는 것을 보고, 그동안 서러웠던 감정을 다 잊은 그였다. 그런데 뭐? 성재를 다시 TOD로 보낸다고?

이제는 악에 받친 윤 병장이 이등병을 향해 물었다.

"너, 자신 있지?"

"어떤 것 말씀이십니까?"

"중대장 마음 되돌리는 거. 자신 있냐고!"

"예. 해보겠습니다."

"그럼 내가 지금 전화해서 상근 애들한테 내일 안심 부위 사오라고 할게. 이거 비밀 지켜라. 원래 상근 애들 통해서 물건 반입하면 안 돼. 알았어?"

"감사합니다."

다음날 새벽. 전반야 근무자는 밤 12시즈음에 철수한 후, 해가 뜨기 30분 전에 다시 투입한다. 그래서 기존에 투입한 후반야 근무자와 함께 책임구역을 구간별로 나누어 밤새 파도에 떠내려오는 물체를 직접 눈으로 확인하는 과정을 거친다.

"수제선 정밀정찰 다녀오겠습니다. 윤 병장님! 오늘도 맛있는 식사 부탁드립니다."

간이군장을 멘 3분대장 박주현 상병이 익살스러운 얼굴로 윤동현에게 말했다.

"그래. 빨리 갔다 와."

"예. 헤헷! 분대원들! 뭐하냐! 가자!"

박주현은 자신과 같이 투입되는 분대원들을 이끌며 정찰구역으로 떠났다. 마지막으로 소초장이 모두에게 실탄분배를 끝내고 반대쪽 섹터로 이동하며 윤동현에게 입을 열었다.

"동현아!"

"예. 소초장님."

"어제부터 밥이 좀 맛있더라? 오늘도 가능하나?"

"음… 열심히 해보겠습니다."

"그래. 잘 좀 해봐."

어제 점심부터 이어진 음식의 변화, 그리고 사람들의 반응.

자신이 다른 소초 취사병들에 비해 요리를 잘하는 편이라고 항상 자부해왔지만, 이 정도로 반응이 온 적은 없었다.

"그래. 우연이겠지?"

윤동현은 이제 막 김이 모락모락 올라오는 밥솥을 보며 웃음을 머금었다.

"윤동현 병장님! 밥 다 됐습니다. 미역국도 다 된 것 같습니다."

"그래? 좋아. 같이 세팅하자."

"예!"

강성재, 그와 임무를 같이 한지 겨우 3일, 후임병이 들어와서 즐겁고, 함께해서 즐겁고, 주변 병사들의 반응이 바뀌어서 즐겁다.

그건 성재도 마찬가지였다. 그는 만족한 얼굴로 배식대의 음식을 관찰했다.

recipe	윤동현과 강성재가 같이 지은 현미밥 ★★☆
	알맞은 물 조절과 백미와 현미를 적정비율로 섞어 만든 잡곡밥 취사보조병에 의해 ☆만큼 등급 향상

recipe	윤동현과 강성재가 같이 만든 소고기미역국 ★★★
	참기름과 국간장을 적정비율로 섞고, 다진 마늘과 참기름에 볶은 광천미역을 센 불로 끓이면서 국거리용 양지를 같이 넣어 만들었다. 진한 고기향과 어우러지는 미역의 참맛을 느낄 수 있다 취사보조병에 의해 ☆만큼 등급 향상

성재는 처음 나온 별 세 개짜리 음식을 보며 환호를 내질렀다. 물론 마음 속으로.

'얼마나 맛있을까? 다른 사람 반응은 어떨까?'

그때, 이틀 전 자신을 협박했던 사내가 어슬렁어슬렁 취사장에 들어왔다. TOD 조장은 윤동현과 강성재를 훑어보더니, 고개를 저으며 입을 열었다.

"뭐야? 고작 미역국이야?"

윤동현은 아직 맛을 보진 않았지만, 자신이 혼자 만든 요리보다 괜찮을 거란 생각이 들었다. 분명 성재는 숨기는 무언가가 있었다.

"조장님, 일단 드셔 보시면 만족하실 겁니다."

"진짜야? 후회 안 하게 할 수 있어? 나 입맛 까다로운 거 알지?"

"후후, 일단 한 입만 드셔 보시겠습니까?"

윤동현의 자신감. TOD 조장은 입술을 씰룩거렸다. 식판에 밥 반공기와 미역국, 그리고 기본반찬 깍두기, 마지막으로 1인용으로 포장된 김을 덜며 입을 열었다.

"아, 퀄리티가 영 아닌데…."

하지만 미역국을 한 스푼 떠서 입에 넣자, 그의 표정이 순식간에 변해버렸다.

한 스푼, 두 스푼, 계속해서 들어가는 숟가락. 조장은 불과 5분 만에 다 비우고는 자신의 빈 식판을 들고 배식대로 돌아갔다.

"아… TOD 조장님? 두 번 드시면 안 됩니다."

"야. 항상 아침 남는 거 아는데, 뭘 그렇게 쪼잔하게 굴어. 내가 잔반 안 남으면 손에 장을 지진다. 알았어?"
"진짜, 장 지지실 겁니까?"
"야! 너 병장 됐다고 좀 개긴다? 1개월 먼저 전역한다고 개겨도 돼?"
"하하, 아닙니다. 더 드십쇼."
TOD 조장은 두 그릇을 더 먹은 후에야 가득 찬 배를 어루만지며 자리에서 일어났다. 이쑤시개로 치아 틈새를 정리하면서 평소에는 전혀 하지 않는 칭찬을 늘어놓았다.

"윤동현, 많이 늘었다? 병장 되니까, 본 실력 나오는데?"
"아닙니다."
"신병!"
"이병 강성재?"
"너도 윤동현한테 바짝 배워 인마. TOD 와서 뭐 할래? 요리는 전역하고도 남잖아."
"네. 알겠습니다."
"그래. 인마! 넌 TOD 오면 진짜 죽인다. 알지?"
"예."
그날 아침, 매번 남던 잔반이 처음으로 남지 않았다. 부소초장은 처음으로 화를 냈다.
"야~! 윤! 윤! 이 머저리 같은 놈아!"
"예?"
"인마, 잔반 안 남으면 어떻게 해. 경계견하고 짬타이거는 뭘 먹으라고? 어?"
그때, 취사장 밖에서 고양이가 야옹거린다. 잔반을 꺼내놓기를 기다리는 것이다.
"…죄송합니다."
"다음부터 신경 써. 어휴, 저 자식은 진짜, 키우는 동물은 생각 안 하나…."
"죄송합니다. 신경 쓰겠습니다."
반성하는 윤동현을 보곤 씩 웃는 부소초장.
"크크, 병신새끼, 오늘 진짜 맛있었다."
"감사합니다."
부소초장의 말에 옆에 묵묵히 있던 소초장이 입가에 미소를 띠었다. 성재는 그 모습을 보며 자신의 요리에 자신감을 얻고 있었다.

인정받자. 난 할 수 있다!

아침 식사가 모두 끝나고, 소초의 일상은 또다시 반복된다.
소초 입구에 이르는 자갈길을 걸어서 출근하는 상근예비역들.
이틀 전 말보루 두 갑을 대신 반입해준 녀석이 손을 흔들며 윤동현에게 인사를 건넨다.
"윤동현 병장님! 사왔습니다."
윤동현은 벌써 5개월이나 같이 지낸 상근 후임 조장진 상병에게 고마움을 표시했다.
"매번 고맙다."
"아닙니다. 저야 매일 윤 병장님이 해주시는 밥 먹는 사람인데, 이 정도는 해야죠."
윤동현이 돼지고기 안심부위를 받아 취사장으로 향하고, 상근들은 서로 대화를 나누며 일상적인 하루를 시작했다.
조장진 상병이 분명 가장 선임. 그리고 나머지 3명은 이등병 1명, 일병 2명으로 다 조장진 보단 후임병이지만 그들끼리는 서로 존칭을 쓰진 않는다.
"조장진, 너 이 새끼, 똥꼬는 진짜 겁나 잘 빤다."
"어휴~ 왜 그래. 동현이한테는 잘 해줘도 되지. 걘 성격 괜찮잖아."
"크크, 그건 그래."
그 이유는 서로 초, 중, 고 동창이기 때문.
강원도 삼척 지역은 입대자원의 약 80%가 상근예비역으로 분류된다. 그만큼 병력동원

계획상 상근예비역 자원이 많이 필요하기 때문이다. 이러한 상황 때문에 상근끼리는 계급, 서열이 잘 먹히지 않는다. 간부들도 굳이 통제하지 않고.
흡연장, 그들이 담배를 태우며 하는 이야기를 보면 가관이다.

"야~ 너, 달피아에 글 쓰던 거 어떻게 됐냐?"
"아~『삼류호텔 막내셰프』?"
"어. 그거 거기서 계약하자고 했다며?"
"크큭, 지금은 반응 봐야 돼."
"오올! 대박! 웹소설인가 그거 돈 좀 되냐? 어떻게 너 같은 놈한테 계약하자고 제의가 오냐? 진짜 졸라 신기하네."
"너도 봐봐~ 후회 안 할걸?"
"크크, 등신새끼, 지랄한다. 아, 대공 초번 오늘 누구부터 잡을 거야?"
"초번 오늘은 내가 잡을게. 근무 먼저 서고, 휴게실에서 드라마 봐야겠다."
"오케이, 알았어. 그럼 상황병한테 말해놓을게."

취사장 주변을 청소하는 성재는 그들의 이야기를 들으며 고개를 갸웃거렸다.
'군생활 하면서 돈 버는 건 안 될 텐데… 저래도 되나?'
의구심을 품을 새도 없이 윤동현이 성재를 찾았다.
"성재야. 들어와. 돈가스 연습하자."
"예. 알겠습니다."
그는 선임병의 지시에 따르며 취사장 안쪽으로 들어왔다.
"후우, 얘, 너무 많이 사왔어."
안심 2kg, 무려 34,000원어치.
성재는 깜짝 놀라 윤동현에게 나라사랑카드를 건네며 입을 열었다.
"윤 병장님, 저 때문에…."
"아니야. 됐어. 너 집안도 어렵다며?"
"…어떻게 아셨습니까?"
"야~ 내가 모를 것 같냐? 난 어차피 전역하면 월 200 넘게 받으면서 호텔에서 일하니까, 이건 돈도 아니다."

"감사합니다."

성재는 생각했다. 선임병 하나는 잘 만났다고.

사실 윤동현의 집안은 굉장한 부자였다. 아버지는 부동산 관련 사업을 하시고, 어머니는 교육 쪽 일을 하셨다.

두 분 다 사업을 하시기 때문에 금전적으로 여유로운 편이었고, 현재도 매달 30만 원 가량의 용돈을 지원하고 계셨다. 그러나 단순히 그런 이유는 아니었다.

'아… 너 꼭 성공해야 된다. 나 제발 휴가 좀 나가보자.'

취사병이어서 안타까운 사연.

윤동현은 그동안 후임병이 없어서 투입 후 5개월 동안 휴가를 단 한 번도 못 나간 것.

'돈은 이런 데 쓰라고 있는 거야. 휴가만 갈 수 있다면….'

윤동현은 일단 강성재에게 100g 정도 되는 안심 한 점을 건네주었다.

"성재야. 혼자 해 봐."

"예."

호기심이 생겼다. 혼자 요리를 하면 얼마나 잘 할지… 얼마나 능숙한지.

그가 도와주는 요리마다 다들 맛있다고 칭찬이 일색이었다. 그 수준이 유별날 정도는 아니지만 최근 확연히 줄어든 잔반을 보면 확실히 소초의 밥맛이 좋아졌다는 것을 느낄 수 있었다.

'과연 실력이 어느 정도인가 볼까?'

성재는 자신이 공부했던 레시피대로 재료를 준비하기 시작했다.

'요리사의 눈!'

성재가 눈을 세 번 깜박이자 발동하는 능력. 눈앞에 재료의 신선도와 상태가 표시된다.

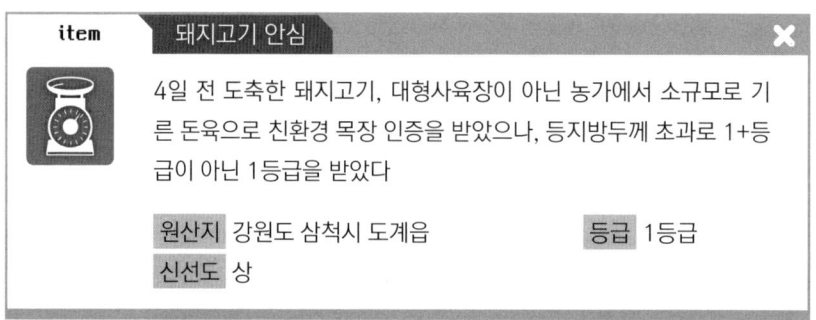

"이 정도면 상태 좋은 것 같습니다."

성재의 말에 윤 병장이 씩 웃었다.

"그럼, 당연하지. 오늘 아침에 사온 거래."

'뭐부터 해야 되더라?'

성재의 고민과 함께 시야 오른쪽 상단에 'New'라는 시스템창이 떠올랐다.

> 현재 돼지고기 안심 부위로 조리 가능한 레시피가 1개 있습니다. 불러오시겠습니까?
> **YES**   **NO**

성재는 윤동현 앞에서 기지개를 켜는 척 하며 Yes 버튼을 눌렀다. 그러자 선임병은 긴장한 모습인 줄 알고 응원의 말을 건넨다.

"야~ 너무 부담 갖진 마. 연습인데 뭐, 10번은 더 할 수 있어."

"예. 알겠습니다."

주르르르륵!

글자가 나열되고, 어제 네이버 검색창에서 숙지했던 레시피가 그대로 표시되었다.

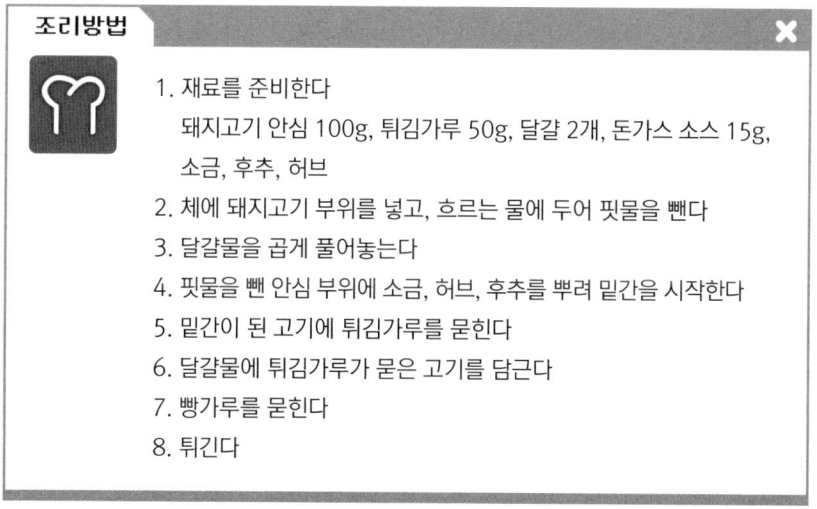

성재는 구멍이 송송 뚫린 체에 안심 부위를 올려놓고 물을 틀었다.

윤동현은 손을 턱에 괸 채 고개를 끄덕였다.

다음은 달걀물 만들기였다. 거품기를 잡고 한쪽 방향으로 계속해서 저어주자, 흰자와 노른자가 풀어지며 달걀물이 만들어지기 시작했다.

'음… 아직까진 괜찮은데?'

하지만 다음 조리 방법에서 윤동현의 심기가 흐트러졌다.

굵은 소금과 후추로 간을 하는 성재의 모습을 보며 고개를 흔들었다.

'후우….'

"성재야."

"이병 강성재."

"다 하면 말해. 다 되면 알려줄게."

"예. 알겠습니다. 일단 하나 튀겨보겠습니다."

"그래."

윤동현은 더 이상 볼 것 없다고 생각했다. 저건 분명 실패한 요리였다.

그리고 30분 후.

강성재는 실패를 확실히 직감했다.

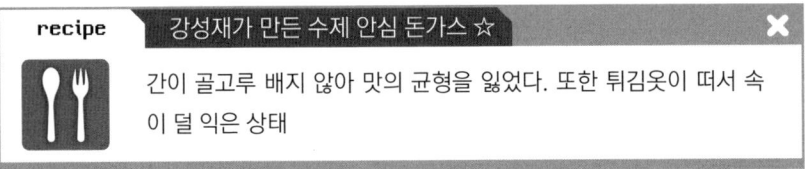

요리사의 눈을 계속 활성화했더니 피곤함이 몰려왔다. 성재는 한숨을 내쉬며 취사장 내부 의자에 앉은 다음 원인을 분석했다.

"왜지? 왜 실패한 거지?"

성재가 돈가스를 만드는 동안 잠시 농구연습을 하고 온 윤동현이 돈가스를 커팅하며 입을 열었다.

"힘들지?"

"예. 잘 안 된 것 같습니다."

"에구구, 속이 덜 익었네. 튀김옷 입힐 때, 구멍 뚫었어?"

"아… 그건 생각도 못 했습니다."

"일단 맛부터 보자."

윤동현이 돈가스를 커팅한 후, 익은 부위를 골라 젓가락으로 집어 입안에 넣었다. 그러더니 오묘한 표정을 짓는다.

"먹어볼래?"

"그렇습니다."

성재는 윤동현이 건넨 돈가스를 입안에 넣으며 맛을 음미했다. 찡그리는 눈썹.

"으앗. 짭니다."

"그래. 그럼 이번에는 이걸 먹어봐."

윤동현은 반대편에서 커팅한 돈가스 조각을 다시 성재에게 건넸다.

입안에 들어온 돈가스. 그러나 이번엔 오히려 반대다.

"어? 간이 하나도 안 되어 있습니다."

"그래. 굵은 소금은 마리네이드를 오래 할 때, 하는 방법이고, 이렇게 단시간에 간을 할 때는 가는 소금으로 해야 돼. 시간 남았으니까, 가는 소금으로 다시 해봐. 아~ 그리고 튀김옷 입힐 때, 젓가락으로 구멍 2개만 미리 뚫어놓고."

"예. 다시 해보겠습니다."

성재는 한숨을 내쉬었다. 레시피대로만 하면 바로 될 줄 알았던 음식.

시스템의 도움을 받았는데도 맛을 내는 데는 실패하고 말았다.

'젠장… 집중하자. 집중해서 해보는 거야.'

이번에는 윤동현이 지적해준 사항을 꼼꼼히 정리하며 다시 조리를 시작했다.

굵은 소금 대신 가는 소금으로 모든 부위에 간이 배게 만들고, 계란물을 입힌 후 내부까지 열기가 전해지도록 돈가스에 구멍을 뚫었다.

그리고는 팬에 오일을 둘러 튀기기 시작했다.

뜨거운 열기와 빵가루가 만나 요란한 비명을 질러댔다.

하얀 빵가루가 노릇노릇해지자, 성재는 모든 감각을 총동원해서 조리에 집중했다.

아까는 뜨지 않았던 보조창이 돈가스 주변에 뜬다.

뒤집기까지 18, 17, 16…

성재는 소리 없는 환호성을 질렀다. 고작 구멍 한번 뚫었을 뿐인데…!

숫자가 0이 되는 순간을 기다려 돈가스를 뒤집었다. 기름에 바싹 튀겨진 돈가스의 반대면을 보니 웃음이 절로 나왔다.

'성공이야. 노릇노릇한 게 균형을 이뤘어.'

그 다음부터는 일사천리였다.

> 조리 완료까지 35, 34, 33, 32…

완벽한 조리시간까지 알려주는 랭크 C의 '요리사의 눈'.

성재는 시스템 도움을 받아 첫 번째 요리를 완성했다.

> **recipe** **강성재가 만든 수제 안심 돈가스 ★★☆**
> 적절한 불조절, 적당한 튀김옷 두께, 골고루 배인 간 덕분에 요리의 완성도가 높아졌다

> 수제 안심 돈가스 ★★☆ 조리법을 획득하였습니다

성재가 완성한 돈가스를 다시 확인하러 온 윤성재.

돈가스를 커팅해서 내부가 어느 정도 익었는지 확인하더니 미소를 머금었다.

"괜찮은 것 같은데?"

"드셔 보시겠습니까?"

나이프를 하나 꺼내, 입에 넣기 좋은 크기로 자른 윤동현이 씩 웃었다.

'무슨 의미지? 분명 괜찮다고 나온 것 같은데?'

첫 요리였기에 확신은 들지 않았다. 직접 먹어보고 확인하고 싶었다.

그러자 윤동현이 강성재의 어깨를 툭 치며 말했다.

"야~ 네가 직접 확인해 봐."

"예. 확인하겠습니다."

성재는 한입 크기의 돈가스 조각을 입에 넣고, 자신의 모든 미각을 동원해 음미해보았다.

가장 먼저, 돈가스의 빵가루가 먼저 혀 안에서 까끌까끌한 감각을 남긴 채 녹아 사라졌다.

식도를 타고 넘어가는 탄수화물 덕에, 잠자던 뇌세포가 깨어나며 정신이 번쩍 든다.

'어?'

그 다음 느끼는 감각은 부드럽게 씹히는 안심 특유의 고기맛이었다.

고기 조각이 치아 사이사이를 돌아다니며 육즙이 계속 배어나오자, 성재의 얼굴에 저절로 미소가 피어올랐다.

"오…괜찮습니다! 윤 병장님! 괜찮습니다!"

"그래. 잘 했어. 다만 아쉬운 게 좀 있긴 했어."

"아쉬운 거 말입니까?"

"고기 두께가 너무 얇아. 등심이라면 모르겠지만 안심은 고기가 좀 더 두꺼우면 좋거든."

"아…, 그럼 다음번엔 좀 더 두껍게 해보겠습니다."

"그래. 오늘 바로 중대장님께 드려볼까?"

"예. 저녁 때 어떠십니까? 순찰 가시기 전이 좋을 것 같습니다."

"그래. 중댐한테 인정받아 보자고!"

"예. 알겠습니다."

성재는 자신의 시스템창을 열람하며 다시금 전직 퀘스트를 바라보았다.

남은 시간 36시간…. 스스로 암시를 걸었다.

'인정받자. 강성재! 난 할 수 있다.'

012
한 가지 애로사항이 있습니다

늦은 저녁, 전반야 근무 투입한 소초는 조용하다.
상황병과 TOD, CCTV 감시병, 그리고 비번 근무자를 제외하고는 전부 취침에 들어가기 때문이었다.
취사장에서는 윤동현 병장과 강성재 이병이 합심해서 수제 돈가스를 만들었다.
"이야~ 김이 모락모락 나는데?"
"딱 좋은 것 같습니다. 같이 들어가십니까?"
"아니, 너 혼자 들어가. 내가 잘 보여봐야 뭘 하겠냐?"
"감사합니다."

윤동현은 중대장에게 자신이 잘 보여봐야 귀찮기만 하다는 것을 잘 알고 있었다.
이제 남은 군생활 95일, 휴가를 제외하면 69일, 중대장 볼 일도 며칠 남지 않았다.
'네가 잘 보여서 후임병으로 확정되어 들어와야 내가 편해.'
그러고 보니 벌써 1년 6개월이란 시간이 흘렀다.
'아… 지겹다. 언제 전역하나?'
윤동현은 하늘을 향해 담배 연기를 내뿜으며 고뇌에 빠졌다.

어느덧 쌀쌀해진 늦은 가을, 10월 중순의 밤.

성재는 지금 돈가스를 들고 홀로 중대장실에 가고 있었다.

이병인 자신의 행동이 솔직히 말도 되지 않는다는 것을 스스로도 잘 알고 있는 상황.

하지만 용기가 필요했다. 짧았지만 지난 며칠간 겪은 '요리사의 길' 튜토리얼. 앞으로 자신의 삶에 지대한 영향을 줄 게 분명하니까.

'놓칠 수 없어.'

성재는 떨리는 마음을 추스르며, 다시 한번 모락모락 김이 올라오는 안심 수제 돈가스의 완성도를 확인했다.

'요리사의 눈!'

세 번 깜박이는 그의 눈이 미지의 홀로그램을 떠올린다.

스르륵!

희미한 이미지가 반투명한 시스템창으로 변하고, 이윽고 선명하게 모습을 드러냈다.

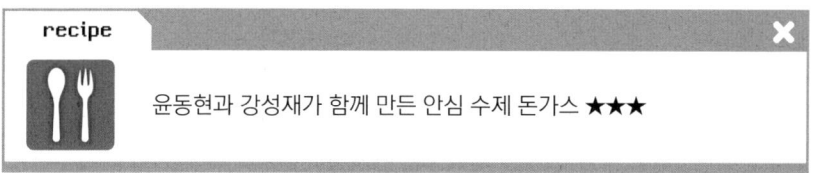

별 세 개짜리 돈가스, 거기에 식판 반찬 칸에 따로 담은 돈가스 전용 소스까지….

'준비는 완벽해.'

중대장실 앞. 방 안에 불이 켜져 있는 것을 보니, 중대장이 안에 있는 게 분명했다.

성재는 용기를 내어 문을 두드렸다.

"누구야?"

"이병 강성재입니다. 들어가도 괜찮습니까?"

"그래. 들어와."

다행이었다. 한 번에 성공. 운이 좋았다.

성재는 식판에 노릇노릇 튀겨온 돈가스를 든 채, 목례로 거수경례를 대신했다.

성재의 목이 반쯤 내려감과 동시에, 그의 성대에서 경례구호가 흘러나왔다.

"충성! 중대장님, 간식 가져왔습니다."

"간식?"

"예. 중대장님이 좋아하실 것 같아 가져와 봤습니다."

그러나 예상과는 달리 무표정한 얼굴로 쳐다보는 중대장 조석호. 매서운 눈빛에 강성재가 살짝 뒤로 주춤하고 말았다.

다이아몬드 3개의 위엄, 보통의 이등병이었다면 분명 그 위압감에 압도되었을 것이다.

'노가다 아저씨들보다 더 하네. 더 해.'

그는 강성재를 위아래로 훑어보더니, 성재가 가져온 수제 안심 돈가스를 응시했다.

'성공인가?'

'맛있다. 이 정도면 중대장님이 좋아할 것 같은데?'

조금 전 윤동현 병장도 이렇게 말했기에 성재는 기대감에 부풀어 있었다.

하지만 중대장은 알 수 없는 표정을 지은 채 성재에게 말했다.

"강성재."

"이병 강성재?"

"그렇게 취사병이 하고 싶어?"

"그렇습니다. 하고 싶습니다."

더 이상 물러날 길은 없었다. 강성재의 대답에 중대장은 깊은 한숨을 내쉬었다.

"내가 돈가스 좋아하는 건 맞는데, 이런다고 중대장의 결심이 바뀌진 않아. 누구한테 들었어? 내일 너 TOD로 보직변경 공문 올린다는 거? 영민이가 말했어?"

"…아닙니다."

"아니면, 스스로 불안해서 온 거야?"

"……."

조석호는 손가락으로 탁자 옆 소파를 가리키며 말했다.

"일단 앉아. 앉아서 이야기하자."

조석호는 자신의 책상 뒤 의자에서 일어나더니, 성재가 앉은 탁자 건너편 소파에 앉았다. 그리고는 턱에 손을 괴고, 강성재의 얼굴을 똑바로 응시하며 입을 열었다.

"성재야."

"이병 강성재."

"솔직히 말해줄게. 너 첫날 인성 검사 했었지?"

"…그렇습니다."

"그게 100% 맞는 건 아닌데, 네가 사고 우려자로 나왔어. 그래서 실탄을 사용하는 경계병이나 취사병은 못 해."

"취사병은 총기… 사용 안 하는 걸로 알고 있습니다."

"아니, 취사병은 진돗개가 발령되면 대공화기인 MG-50을 사용하게 되어 있어. 그러니까, 취사병도 안 돼. 알겠니?"

"저 사고 우려자 아닙니다. 이제까지 한 번도 사고 친 적 없고, 그저 불쌍한 저희 아버지, 그리고 동생을 위해서 일했을 뿐입니다."

"고등학교는 왜 중퇴했어?"

"돈 때문에 그랬습니다. 그래도 검정고시 합격했습니다."

"후우… 그럼 이렇게 하자. 중대장이 생각할 때, 성재는 여기 있는 거 불안해하는 것 같아. 그러니까, 민간 상담사라고 성재보다 약간 나이 많은 누나 있어. 그분 만나서 한번 상담해 보자. 알았지?"

"상담하면 취사병 할 수 있습니까?"

"그래. 거기서 괜찮다고 하면, 고려해볼게."

"…감사합니다."

"그래."

강성재는 결국 중대장에게 설득당하고 말았다. 성재는 중대장실을 나오며 경직된 표정으로 경례했다.

"충성! 용무 마치고 돌아가 보겠습니다."

조석호가 떠나가는 강성재를 불렀다.

"강성재!"

"이병 강성재?"

"이거 가지고 올라가. 이거 먹으면 마음 약해져서 나도 안 돼."

"……."

"가져가라니까!"

"알겠습니다."

강성재는 결국 돈가스를 중대장 입에 넣어보지도 못한 채, 다시 취사장으로 들고 돌아왔다. 돈가스를 그대로 들고 온 성재를 보자, 윤동현이 한숨을 내쉬며 말했다.

"뭐야? 중대장님 안 계셔?"

"아닙니다."

"그런데? 왜?"

"못 드시겠답니다. 먹으면 마음 약해진다고, 그리고 상담사 누나하고 면담하랍니다."

"……."

윤동현은 상담사와 면담한다는 뜻이 무엇인지 알고 있었다.

군대에서는 관심병사를 관리하기 위한 절차가 있었다.

첫째가 인성검사, 그다음이 분대장의 관찰일지, 그다음이 지휘관 면담.

이 단계까지 가서도 병사의 애로사항이나 주요 관심사항이 해결되지 않거나 식별되지 않으면 상담사에게 보내버린다.

그 후론 뻔하다. 사단 그린캠프, 군단 비전 캠프 등을 떠돌며, 뺑뺑이를 돌린 채, 관심병사를 부대에서 멀어지게 만든다. 그쪽에 간 후 사고가 나면 본인 책임이 줄어드니까 절차가 귀찮아도 그런 식으로 조치한다.

그 타깃이 바로 강성재.

"…젠장할…."

자신이 보기에는 아무 문제없어 보이는 이등병이었다. 하지만 중대장이나 행정보급관은 첫날부터 낙인찍어버렸다.

저 자식은 안 돼, 아무리 해도 구제불능.

가난한 집안환경, 편부라는 불우한 여건, 거기에 가끔 허공에 손을 헤집는 비정상적인 행동까지.

'틀렸다. 내 휴가… 내 휴가는?'

그때, 임상희가 쪼르르 달려오더니, 윤동현에게 말했다.

"윤동현 병장님?"

"어."

"중대장님 순찰 가신답니다. 강성재 이병 데리고 가겠습니다."

"또 데려가?"

"예. 이번에 좀 빡센 구간 갈 것 같습니다. 천국의 계단… 가신답니다."

"젠장… 포기한 거네?"
"아마도 그런 것 같습니다. TOD로 갈 것 같습니다."
"……."
"아… 짜증나. 짜증나!"
"그럼 데려가겠습니다."

중대장과 통신병 임상희, 그리고 강성재가 레토나를 타고 떠났다.
윤동현은 취사장에 덜렁 놓여있는 안심 수제 돈가스를 보며 한숨을 내쉬었다.
'아… 내 후임병은 도대체 언제 오는데?'
화가 단단히 난 그는 성질을 죽이지 못하고 소리를 질렀다. 홀로 있는 취사장, 아무도 들리지 않을 그곳.
그런데….
벌컥!
절대 이곳에 있어서는 안 되는 간부가 취사장 문을 열며 등장했다. 윤동현은 깜짝 놀라 큰 소리로 경례했다.
"충성!"
"어. 그래… 헉헉… 후우, 후우…. 아 힘들다. 물 좀 있어?"
"예. 있습니다. 바로 드리겠습니다."
거친 숨을 몰아쉬며, 취사장에 앉은 사내, 그리고 그의 뒤에서 P-999K를 멘 채, 윤동현을 바라보는 병사. 윤동현이 재빨리 정수기에서 물을 떠서 건네자, 그는 벌컥벌컥 들이키더니, 양 팔을 벌리고 쩍벌 자세를 하며 그에게 물었다.
"소초장, 중대장 다 순찰 나갔지?"
"상황실에 TD 넣어보겠습니다."
"아니야. 됐어. 내가 이따 바로 상황실 가 볼 거야. 그나저나 취사병!"
"병장 윤동현?"
"배고픈데 먹을 것 좀 있냐?"
"……."
윤동현은 그의 말을 듣자마자 문득 성재가 만들었던 돈가스가 생각났다.

"예. 있습니다."

"그래. 있으면 좀 가져와라. 배고파 죽겠다."

윤동현에게 거침없이 지시하는 사내. 그는 바로 대대장.

대대장은 마스터키(섹터 모든 자물쇠를 열 수 있는 열쇠 꾸러미)로 통신병과 함께 섹터를 통해 소초로 올라왔고, 허기져서 먹을 것을 찾았던 것.

때마침 윤동현과 강성재가 같이 만든 돈가스가 눈앞에 놓여있다.

대대장은 아직 김이 모락모락 올라오는 수제 돈가스를 보며 미소를 지었다.

"이거 먹어도 되냐?"

"예. 드셔도 됩니다."

"크크, 이거 중대장 주려고 만든 거지?"

"그렇습니다."

"그래. 좀 먹자. 배고파 죽겠다. 상현아! 너도 같이 먹어."

"괜찮습니다. 대대장님!"

"야! 대대장이 먹으라면 먹는 거야. 통신장비 놓고 같이 먹어."

"예. 감사합니다."

김관우 중령, 현 직책 23사단 60연대 1대대장, 출신 3사 34기, 허기짐을 달래려고 돈가스를 입에 넣었다. 그러자 직속 통신병도 어색한 자세로 돈가스를 입에 넣었다.

'음?'

처음에는 조금 식은 듯한 돈가스에 별로 기대하지 않았다.

하지만 생각보다 눅눅하지 않고 바삭함을 유지하고 있는 튀김옷.

튀김옷 안에는 퍽퍽하지 않고 부드러운 식감을 유지하고 있는 돼지고기.

무엇보다 혀를 휘감는 기름진 맛은, 순찰로 지친 대대장의 정신을 번쩍 들게 했다.

"키야. 야! 취사병?"

"병장 윤동현?"

"너 요리 진짜 잘한다? 내가 요새 먹어 본 돈가스 중 최곤데?"

"과찬이십니다."

우물우물….

"빈말 아니야. 맛집 돈가스라 해도 믿겠다. 근데 너 이거 혼자 다했어? 매일매일 중대장한테 이런 요리 해주냐?"
"그건 아닙니다. 오늘 제 부사수랑 같이 중대장님께 드리려고 만들었습니다."
"그런데 왜? 중대장 이 녀석은 이 맛있는 걸 안 먹었어? 다 자기 지휘관 생각해서 만들었구만."
"그렇습니다."
"음…, 일단 알았어. 상현아!"
"일병 고상현?"
"오늘 여기서 자고 간다. 상황실에 통신 넣어. 대대장 소초 들어왔다고."
"알겠습니다."
통신병 고상현 일병은 취사장에 있는 TD를 들어 소초 상황실로 전화를 걸었다.

- 통신보안? 강림소초 상황병 상병 조진우입니다.
"통신보안, 대대 통신병 일병 고상현입니다. 지금 대대장님 섹터 통해 소초 들어오셨고 취사장에 계십니다."
- 정말입니까?
"예. 오늘 여기 소초에서 주무시고 가신다고 하셨습니다."
- 알겠습니다. 잠시 간부가 바꾸랍니다. TOD 조장님 바꿔드리겠습니다. 잠시만 기다려 주십시오.

윤동현은 지금 이 상황에 어떻게 해야 될 지 몰랐다.
대대장의 갑작스러운 등장. 그리고 수제 안심 돈가스를 먹고 중대장에 관해 묻는 대대장.
사실대로 말해야 될까? 말하지 말아야 할까?
그는 잠시 고민하다, 입을 열었다.
"저… 대대장님?"
"어. 취사병, 뭐야? 대대장한테 하고 싶은 말 있어?"
"병장 윤동현, 한 가지 애로사항이 있습니다."
"그래. 얼마든지 말해. 대대장이 가능한 거라면 우리 취사병 원하는 대로 들어줄 테니까!"
윤동현은 고심 끝에, 자신이 가슴 속 깊은 곳에 담아둔 말을 대대장에게 털어놓았다.

저는 중대장님께 인정받고 싶었을 뿐입니다

총 섹터 8.23km, 그 중 암석지형이 5.38km로 60연대 섹터 중 가장 길고 험준한 순찰로.
성재는 중대장 뒤를 쫓으며 숨을 헐떡이고 있었다.
체력이 좋은 임상희도 숨을 몰아쉬며, 중대장의 뒤를 쫓기 바빴다.
아무 장구류도 없이 K-1만 딸랑 든 중대장이 달려가다시피 순찰로를 걸어가자, 뒤에 쫓던 통신병과 이등병의 체력에 한계가 온 탓이었다.
"빨리 쫓아와. 이것밖에 안 되면서! 강성재!"
"이병 강성재."
"그 체력으로 군 생활을 잘 할 수 있어? 잘 할 수 있다고?"
지금 성재의 등 뒤에는 P-999K가 들려있었다. K-2소총과 무게를 합하면, 거의 23kg.
본래 통신병이 들어야 할 것을 왜 드냐고?

중대장의 지시 때문.
임상희는 안타까운 시선으로 이등병을 바라보았지만, 자신이 도와줄 수 있는 것은 없었다.
하지만 아무리 힘들어도 이등병은 포기하지 않았다.
"예. 할 수 있습니다."
오히려 더욱 악착같이 중대장의 뒤를 따라붙었다.

그때, 전방 초소에서 병사들이 초소 뒤 지형지물에 엄폐한 채, 수하를 시작했다.

"정지! 정지! 정지! 손들어! 움직이면 쏜다! 한국!"

그러자 가장 앞서가던 중대장이 양손을 든 채, 수하에 응했다.

"군인!"

"누구냐?"

"중대장!"

"용무는?"

"섹터 순찰!"

초소 병사들과 수하를 오간 후, 병사들 중 선임병이 PVS-04K로 중대장의 신원을 확인하고는 경례를 실시했다. 야간이어서 그런지 거수경례만 실시하고, 바로 총구를 다른 방향으로 향하며 중대장에게 보고를 실시한다.

"근무 중 이상 없습니다."

"그래. 애로사항은 없고?"

"없습니다."

"그럼 바로 초소 War-Game을 실시한다. 전방 200m 지점에 검은 물체 출현 시 조치사항에 대해 실시해 봐!"

"알겠습니다."

사수인 병장은 중대장의 지시에 곧바로 상황조치를 실시했다.

부사수에게 지시하는 사수.

"계속 감시하고 있어."

부사수는 사수의 지시에 맞춰 시선을 전방에 고정한 채, 몸을 웅크린다.

사수는 몸을 숙인 채, 소초 상황실에 전화를 걸었다.

"통신보안, 중대장님께서 발령한 훈련 조치 중입니다. 15초소 전방 200m에 검은 물체 출현했습니다. 현재 부사수가 지속 추적 중이며, 특이사항 있을 시 보고드리겠습니다."

그리고는 툭.

사수는 전화를 끊고 나서 몸을 초소 주변에 기댄 채, 전방을 예의주시한다.

그리고 1분 후.

성재가 등에 메고 있는 P-999K에 통신이 들어온다.

- 천리안! 천리안! 여기는 곰방대 하나, 곰방대 하나.

그러자 뒤에 있던 임상희가 수화기를 들고 통신에 응한다.
- 곰방대 하나, 여기는 천리안 이상.
- 09시 40마이크부 천리안 측 15섹터 전방 200미터 미상물체 식별, 미상물체 식별.
- 오케이, 천리안측 입감 완료했고, 잠시 대기바람!

중대장은 곧이어 휴대폰에 울리는 소초장의 전화를 받았다.
- 충성! 중대장님! 훈련상황 보고드리겠습니다. 발령권자는 중대장님이시고, 09시 40분부 15초소 전방 200m 지점 미상물체 출현에 대해 인지한 상황입니다.
"그래. 소초장, 넌 어떻게 조치하고 있지?"
- 일단 전원투입 준비 중이며, TOD 감시구역을 10초소 전방에서 15초소 전방으로 전환 중입니다. 현재 중본 상황실까지는 보고되었고, 지휘보고는 현재 실시 중입니다. 추가 지시사항 있으시면 즉각 이행하겠습니다.
"됐어. 잘했어. 훈련상황 종료."
- 감사합니다. 중대장님! 충성! 계속 근무하겠습니다.
"그래. 고생해라."

상황보고 체계와 지휘보고 체계, 두 곳 다 이상 없이 조치된다. 중대장은 흐뭇한 미소를 지으면서 사수를 향해 입을 열었다.
"훈련상황 종료다."
"예. 감사합니다."
"강민우! 포상 휴가 2일 축하한다."
"병장 강민우! 감사합니다!"
중대장은 흐뭇한 미소를 지으며 섹터 바깥으로 지나갔다. 초소에서 근무하던 강민우는 중대장이 지나가자마자 소리 없는 환호성을 지르며 날뛰었다.
물론 중대장이 안 보이는 초소 안에서….

섹터 거의 끝자락.

계단 높이 122m, 계단 총 개수 636개, 지옥의 코스라 23사단 내에서 가장 험준한 지형이라고 일컬어지는 이곳을 병사들은 천국의 계단이라고 불렀다.

중대장은 그 앞에서 성재를 향해 입을 열었다.

"강성재!"

"이병 강성재?"

"아까 병장 봤지? 저렇게 너도 할 수 있어? 취사병도 전시에는 저렇게 해야 된다니까?"

"할 수 있을 것 같습니다."

"…아니야. 넌 못 해. 지금도 다리 후들후들 거리잖아. 그 체력으로 뭘 한다고."

통신병 임상희가 후임병을 보며 측은한 표정을 지었다. 하지만 도와줄 수 있는 게 없었다. 여기에서는 성재 스스로 극복하거나, 중대장의 의도대로 따라야 한다.

성재는 용감하게도 전자를 택했다. 그의 굳은 의지가 목청 밖으로 울려 퍼졌다.

"할 수 있습니다!"

그 대답을 들은 임상희는 가슴이 울컥했다. 자신이 너무나 따르고 좋아하는 중대장이지만, 이건 너무하다 싶었다.

강성재가 악을 쓰며 대답하자, 조석호는 고개를 갸웃거리더니 다시 한번 말했다.

"천국의 계단, 쉬지 않고 올라간다. 가능하지?"

"해보겠습니다."

"그래. 해 봐. 말로만 하지 말고, 행동으로 네 의지를 보여줘 봐."

"알겠습니다."

임상희는 한숨을 내쉬었다. 이 구간은 이곳을 담당하는 강원 소초원들도 3번에 걸쳐 쉬어가며 오르는 구간이었다. 섹터 자체가 길고, 계단이 너무 많다. 더구나 급경사다.

"성재야. 999K 나 줘. 내가 들게."

임상희가 결국 성재에게 도와주겠다고 말했다. 하지만 중대장의 단호한 말투가 곧바로 임상희의 귀를 강타했다.

"임상희!"

"…죄송합니다."

강성재는 자신에게 배려심을 보여준 임상희를 보며 진심으로 고마움을 느꼈다.

자신이 이제 관심병사라는 사실은 확실히 알 수 있었다. 불우한 가정환경, 겨우 그딴 것 때문에 이런 시련이 닥칠 줄은 상상도 하지 못했던 성재였다.

하지만 극복하고 싶었다. 어떻게든 이겨내고 싶었다.

'그래. 중대장이 뭐라 하든 해보자. 내가 보여주는 거야. 내 의지, 내 열정! 다 보여 준다.'

성재는 이를 악물고 계단을 올랐다. 계단 높이 40cm, 더구나 온전한 계단이 아니다. 임시로 발라놓은 시멘트가 깨져 있어서 발을 디디는데 계단이 출렁출렁 흔들린다.

"크으…."

성재가 신음을 내뱉었다. 순간 발이 미끄러져서 나무를 붙잡다가 손이 살짝 찢어졌다.

조석호는 강성재의 모습을 보며 마음이 약해졌다.

'아, 쟤는 왜 포기를 안 하는 거야?'

중대장 조석호, 그는 관심병사를 여럿 상대해보았다. 소대장 때도, 1차 중대장 때도, 이 방식은 잘 먹혔다. 관심병사들이 원하는 것들은 대부분 편한 보직과 편한 군 생활이었다. 그들의 요구를 들어주는 게 처음에는 싫었고, 어떻게든 끌고 가려 했었다. 하지만 관심병사들을 편한 보직으로 배치하면 결과적으로는 부대 전체가 이득이란 것을 금세 깨달았다. 충성마트 관리병(P.X 관리병), TOD 감시병, 작업병, 취사병. 군종병! 관심병사들을 개꿀 보직으로 빼면 사고확률이 확연히 줄어든다는 것을 경험으로 알게 되었다.

하지만 소초에서 취사병은 임무가 막중했다. 혼자 창고관리는 물론, 부식, 취사를 전반으로 담당해야 하며, 유사시 공용화기도 다룰 줄 아는 만능 취사병이어야만 했다. 그런 중요한 보직에 관심병사를 둘 수는 없었던 중대장의 결심이 결국 모진 행동으로 나타났다.

'포기해. 포기하라고, 인마! 편한 보직 보내준다잖아!'

중대장은 속으로 강성재를 향해 외치고 있었다. 하지만 그는 이를 꽉 물고 계단을 오르고 있었다. 한걸음, 한걸음, 중대장의 뒤를 따르며 발을 디디는 이등병의 모습.

중대장은 안타깝지만 한 번 더 강성재에게 압박을 가했다.

"누가 순찰로 갈 때 정면 보고 가? 옆에 감시 안 해? 이동하면서도 해안을 바라봐야 될 거 아니야?!"

중대장의 매정한 말에 강성재가 결국 시선을 돌린다. 발밑만 보고 가도 위험한데, 섹터를 보며 가라니….

하지만 강성재는 중대장의 불합리한 지시에 군말없이 따랐다.

삐끗, 삐끗, 걷는 게 불안전하더라도 절대 포기하지 않았다.

그 행동은 조석호가 처음으로 강성재에 대해 다시 생각하게 되는 계기가 되었다.

'이 자식 뭐지? 그냥 TOD 가면 편하잖아. 왜 이렇게 열심히 하는 거야?'

심장이 쿵쾅쿵쾅 뛰기 시작한다. 무서울 정도로 강인한 정신력, 이등병 주제에 중대장에게 자신의 의견을 고스란히 표현할 수 있는 자신감.

천국의 계단 섹터 중간에 오를 때쯤, 중대장은 물론 임상희도 땀을 주르륵 흘려대며, 섹터 최악의 험준구역을 몸소 체험하고 있었다. 강성재는 이미 전투복이 전부 젖어버린 채였다. 탈진이 올 만큼 숨을 헉헉거리면서도 포기를 모르는 그의 투지가 계속해서 뿜어졌다.

"강성재. 포기해."

"아닙니다…. 헉헉… 할 수 있습니다."

포기할 줄 모르는 그의 의지.

중대장이 가지고 있는 마음의 벽은 결국 이등병의 투지에 무너지기 시작했다.

"야! 그만해. 중대장 더 나쁜 놈 만들 거야?"

"무슨 뜻인지 모르겠습니다."

"하아… 나도 모른다. 끝까지 간다. 따라붙어."

중대장은 혼란스러운 감정을 주체하지 못하고 속도를 올렸다. 강성재는 죽을힘을 다해 중대장을 따라갔다. 다리가 후들후들, 정신이 아찔아찔, 미칠 듯이 타오르는 숨이 그의 한계를 대변했다.

하지만 포기할 생각은 없다. 이제 곧 고지. 그곳에는 섹터의 마지막인 소초가 기다리고 있다.

그때, 갑자기 무거웠던 P-999K의 무게가 줄어들었다. 성재는 뒤를 돌아보려 했으나,

"그냥 가. 내가 뒤에서 받쳐줄 테니까, 중대장님 얼른 따라가."

임상희는 자신의 두 손으로 강성재가 등에 메고 있는 999K를 받치며, 이등병에게 말했다. 강성재는 눈물을 머금었다. 양손으로 후들후들 거리는 무릎을 지탱하며 한발자국 한발자국 나아갔다.

정상까지 앞으로 10계단, 9계단, 8계단.

고지를 향해 갈수록 성재의 시야가 좁아졌다. 하지만 그는 스스로의 힘으로 결국 끝까지

올라섰고, 중대장 앞에 똑바로 마주 섰다.
전투복이 전부 젖어버린 성재. 그의 의지를 알아차린 중대장이 다시 모진 말을 내뱉었다.
"강성재. 999K 내려놔. 상희, 여기서 쟤랑 대기해."
"예."
성재는 중대장의 말에 결국 고개를 숙인 채, 숨을 몰아쉬었다. 그리고는 결국 주저앉고 말았다. 다리에 힘이 풀려 더 이상 일어나지 못했다.
그러나 중대장은 매몰차게 뒤돌아서 소초로 가버렸다.
"…으흐흐흐… 으흐흐흐…."
성재가 눈물을 흘렸다. 그러자 임상희가 성재를 위로하기 시작했다.
"잘했어. 왜 울어. 병신같이! 넌 진짜 최선을 다한 거야."
"중대장님이… 절 버리고… 저는 중대장님께 인정받고 싶었을 뿐입니다."
"……."
아무 말도 해줄 수 없는 상황, 임상희는 숨을 몰아쉬는 강성재의 다 젖은 전투복 상의를 벗기고는 입을 열었다.
"잘했어. 잘한 거야. 울지 마. 울면 지는 거야."
"죄송합니다."
"죄송하긴 뭐가 죄송해."
최선을 다한 후임병이었기에, 자신도 결국 격해진 감정을 이기지 못하고 눈물을 머금었다.
'젠장… 군대… X 같네….'
임상희…그는 자신의 생각을 애써 지우며 입술을 꽉 깨물었다.

그때, 환한 램프 등 두 개가 그 둘을 비추고, 갑자기 빵빵거리는 경적소리.
중대장은 자신의 레토나에서 내린 채, 상희한테 소리쳤다.
"상희야. 성재 바로 태워. 의무대 간다!"
당황한 통신병 임상희.
"잘 못 들었습니다?"
"연대 의무대 간다고! 빨리 성재 태워!"
그제야 중대장이 버리고 간 것이 아니라, 차량을 가지러 간 것을 알게 된 병사들.
"예. 빨리 태우겠습니다."

그때, 강성재의 전직 퀘스트 창이 성재의 눈앞에 다시 떠올랐다.

라는 항목이…

스르르르륵… 글자가 변경되기 시작하더니…

란 글자로 바뀌어버렸고,

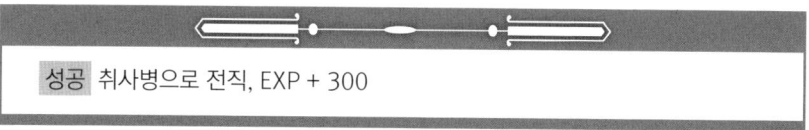

이라는 보상 메시지와 함께, 다음과 같은 글로 전환되었다.

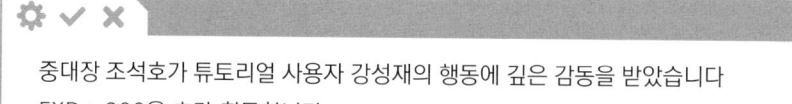

중대장이 걱정스러운 얼굴로 군의관에게 물었다.

"이상 없겠습니까?"

"예. 잠시 탈진이 온 것 같은데, 물 적당히 마시고, 휴식만 취하면 문제없을 겁니다."

"다행입니다. 늦은 밤에 감사합니다."

"아닙니다. 제 일인데요. 중대장님이야말로 밤에 고생하십니다."

군의관에 이어지는 중대장의 부하를 향한 음성.

"이상 없으면 복귀한다. 차량 탑승!"

말은 그렇게 했지만, 아까와는 달리 한층 부드러워진 말투.

그리고 이어지는 시스템창.

> 호칭 〈신뢰받는 부하〉를 얻었습니다
>
> 〈신뢰받는 부하〉 자신의 상관을 위한 요리 시 등급 보너스가 주어집니다

대대장 식사 홀로 준비하기

레토나를 타고 연대에서 다시 소초로 돌아오는 길.
성재는 아무 말도 안 하는 중대장의 본심을 시스템을 통해 어렴풋이 짐작하고 있었다.
이윽고 도착한 소초 앞.
'정지'라고 쓰인 빨간 신호등에 불이 켜졌다.
끼이익.
차가 멈추자 '라이트 꺼'라 쓰인 신호등에 주황색 불이 들어온다.
그걸 본 운전병이 차량의 시동과 전조등을 꺼버렸다.
그러자 녹색 불이 켜졌다. 그 안에는 '선탑자 하차'라는 글씨가 큼지막하게 보인다.
이미 주황색 불이 켜질 때부터 내릴 준비를 하고 있었던 중대장이 조수석에서 풀쩍 내리곤 소초 입구로 성큼성큼 걸어갔다.

"정지! 정지! 손들어! 움직이면 쏜다. 한국!"
"군인!"
"누구냐?"
"중대장!"
"용무는?"

"순찰 복귀!"
수하를 하던 병사가 소초 앞 경계등을 켜서 중대장의 얼굴을 확인했다.
거수경례 후 곧바로 위병소 문을 좌우로 개방하는 상황병 부사수.
다시 조석호 대위를 태운 레토나가 소초 입구를 지나 소초 앞에 멈추고, 거기서 중대장이 내리며 상황병을 향해 말했다.
"간부 순찰 갔어?"
"예. 전반야 간부 소초장 남단 쪽 순찰 중이고, TOD 조장이 상황실에서 상황대기 및 감시 병행하고 있습니다."
"그래. 알았다. 대대장님은 어디 계시냐?"
이미 소초장으로부터 지휘보고를 받은 중대장. 그는 상황병에게 대대장의 위치를 물었고, 상황병은 고개를 저으며 대답했다.
"2층에는 안 올라오셨습니다. 아마 1층에 계신 것 같습니다."

2층에는 소초장실, 부소초장실, 세면장, 샤워실, 분대별 생활관, 그리고 소초 상황실로 이루어져 있었다. 그래서 소초에서는 2층만 통제하고, 1층은 중대본부가 책임지는 식으로 구분된 상태.
그렇다면 대대장님은 중대본부나 자신의 방에 있다는 것.
중대장이 고개를 끄덕이며 차량에서 내렸다.
"상희! 너는 성재랑 곧바로 들어가. 성재는 들어가서 씻고 바로 자고, 상희는 혹시 대대장님하고 나하고 같이 순찰갈 수 있으니까 대기해."
"알겠습니다."
중대장의 명령에 일사불란하게 움직이는 병사들.
성재는 중대장을 따라 움직이며 일련의 과정을 복기했다.
'수하를 실시하면 암구호를 대고, 그다음엔 소초 통제에 따르고···.'
꽤나 복잡한 절차.
중대장의 마음은 돌렸지만, 취사병으로서 제대로 인정받기 위해선 하나라도 더 점수를 잘 따야했다.
'여기선 누구도 믿어선 안 돼. 스스로 잘 처신해야 돼.'
지금의 노력이 나중에 빛을 발할 날이 있으리라 믿으며 성재는 끊임없이 고민했다.

'…복귀하면 소총 반납이었지.'
따로 지시가 없었지만, 소총을 반납하고 총기관리일지에 서명까지 완료했다. 이등병은 실수하지 않기 위해 오늘도 노력 중이었다.

같은 시각. 대대장은 행정보급관실에 들어가 있었다.
"박 상사!"
"4중대 행보관."
계급으로 부르자, 직책으로 대답하는 박재영 상사.
"넌 도대체 뭐하는 놈이야?"
대대장이 지저분한 행정보급관실을 확인하고는 고함을 질렀다.
책상 위 재떨이에 수북이 쌓인 담배꽁초, 주변에 널브러진 작업공구.
"……"
"야, 행보관실이 이게 뭐냐? 이게 창고지, 상담실이야? 어휴, 넌 여기서 병력들 상담하냐!"
"대대장님… 죄송합니다."
"그리고! 너희 중대장, 1차 중대장도 아니잖아. 서로 뭘 그렇게 비밀로 해. 내가 틀린 말 했어? 까놓고 말해서 너랑 나랑 입대 1년밖에 차이 더 나냐? 네 짬에 중대장한테 비밀로 할 게 뭐가 있어? 중대장한테는 지적받았으면 사실대로 말하고, 조치하겠습니다, 혼자 해결해보겠습니다, 하면 되는 거잖아. 3년 전 사고 때문에 그런 거야? 아직도 그 트라우마 때문에 그런 거야?"

해안, GOP, 강안 부대의 간부들은 퇴근하질 못한다. 특히 부사관은 2년에 9개월 또는 3년에 1년씩 이런 격오지 부대에 들어와야 했다. 그건 가정의 희생을 요구했다.
과거와는 세상이 많이 변했다. 세상 어떤 여자들도 남편을 한 달에 한 번 보고 견디기는 힘들다. 더구나 강원도. 편의시설도 거의 없는 이곳에서 여성들이 남편 하나만 보고 살기에는 조건 자체가 너무 열악했다.
"주임원사한테 들으셨습니까?"
"내가 누구한테 들은 건 중요하지 않잖아, 행보관! 마누라가 바람 피워서 이혼한 거 이제

부대 탓이라고 생각 안 했으면 좋겠다. 좋게 좋게 살자고."

"대대장님은 모르십니다. 해안 경계부대에 사는 기혼 간부들이 얼마나 힘든지 말입니다."

"뭘 몰라. 다 알지. 나도 이혼했으니까 하는 말이야. 사실 우리가 국가랑 결혼했지. 마누라랑 결혼했냐? 너도 한 달에 4일 빼고는 여기 소초에서 대기지? 여기 대대장은 5개월째 휴가도 안 갔어. 마누라가 없어서? 웃기지 말라고 해. 다 병사들 사고 안 나고 무사히 임무수행시키려고 휴가 반납하고 일하는 거잖아. 너도 그런 생각으로 일하는 거 아니야?"

"전 다릅니다. 올해 진급해서 후방으로 가고 싶었습니다. 이 지긋지긋한 해안 생활 청산하고 싶었습니다. 중대장님은 물론 대대장님께 인정받아서 꼭 원사 진급하고 싶었습니다."

군대에 뼈를 묻겠다는 각오로 수십 년간 격오지에 근무한 박재영 상사.

하지만 남은 건 후회만 가득 남은 이혼뿐.

"원사 못 달면 후방으로 못 가나?"

"그렇습니다. 부사관 인사규정이 그렇게 나와 있습니다."

"진급시기 몇 차야?"

"7년 차입니다."

"그럼 될 때는 됐구만. 상사 빨리 달았네."

"그렇습니다."

"아무튼 내가 이번 건은 너한테 불이익 안 가게 할 테니까, 중대장 잘 보좌해. 중대의 중심이 흔들려서야 되겠어?"

"감사합니다. 대대장님."

장교와 부사관을 떠나, 상관과 부하 관계를 떠나, 같은 녹봉을 받고 있는 직업군인으로서. 그들은 서로의 본심을 나누며, 오해를 풀었다.

딸깍.

그때, 중대장이 중대장실에 들어온 소리가 행정보급관에게 들렸다.

지난 며칠 동안 중대장과 말 한번 안 했던 행정보급관.

하지만 대대장의 위로에 서로 간에 생긴 감정의 깊은 골이 조금은 느슨해졌던 걸까?

행보관의 마음이 움직였다.

협소한 공간 때문에 행보관실과 중대장실은 사이에 화장실이 있고 함께 쓰는 구조였다.

행정보급관은 화장실 너머로 이동하며, 중대장을 불렀다.

"중대장님, 들어오십시오. 제 방에 대대장님 계십니다."
"알겠습니다. 금방 가겠습니다."
중대장은 장구류만 벗어두고 방과 방 사이에 있는 화장실을 지나 행보관실로 들어왔다. 대대장이 씩 웃더니, 입을 열었다.
"야, 너희들! 같은 화장실 쓰는 사람끼리 대화도 안 하면 쓰냐?"
그의 말에 마음이 풀린 행정보급관이 정색하며 말했다.
"아닙니다. 대대장님, 저희 사이좋습니다."
"중대장!"
"4중대장!"
"인마! 남자가 쪼잔하게 대대장한테 보고하지 말고, 앞으로는 행보관하고 의논해서 잘 풀어. 대화 먼저 하고! 너 새끼, 이제 막 30대 됐잖아?"
"아직 29입니다. 대대장님."
"어휴! 인마! 그게 그거잖아! 아 뒷골 아파! 이 개념 없는 새끼! 아무튼 결론은 말이야. 중대의 지휘관은 분명 중대장이지만, 그걸 보필하는 건 행보관이야. 둘이 한 몸이라고! 알았어? 잘 상의해서 좋은 부대 만들어라. 알았나?"

대대장.
그는 공식석상에서는 강인하고, 파워풀한 지휘를 하지만 사석에서는 그 누구보다 부하를 아끼고 사랑할 줄 아는 사람이었다.
비록 아내에게는 버림받았지만, 국가와 결혼했다고 다짐하며 군 생활에 충실한 남자.
그 마음을 이제는 알기에 행정보급관과 중대장은 고개를 숙였다.

"중대장!"
"4중대장!"
"윤동현인가? 걔가 휴가를 못 갔다고 하던데? 좀 보내줘! 취사병이라고 휴가를 안 보내면 어떻게 해?"
"…몰랐습니다. 확인 후에 조치하겠습니다."

"야~ 모르긴 뭘 몰라? 취사병이 벌써 3번이나 건의 했다던데? 너네가 짤랐다며, 말년에 한 번에 가라고 했다면서!"
"…죄송합니다."
"그리고 이런 건 병사들이 이야기하기 전에 미리 조치하는 게 지휘관이야. 그냥 옛날처럼 까라면 까라는 시대는 지났어. 소원수리 아니, 마음의 편지도 매일매일 화장실 가서 확인하고, 그게 정 힘들면 병력들한테 사이버 지식 정보방에서 중대장이나 행보관 개인 이메일로 애로사항 언제든 있을 때마다 보내라고 하면 되는 거야. 형식에 구애받지 말고, 병사들 입장에서 어떤 점이 불편할까, 서로 고민하고, 조치했으면 한다."
대대장의 따뜻한 지도. 그걸 새겨듣는 중대장.
"예. 명심하겠습니다."
그리고 대대장의 새로운 면을 알게 된 박재영 행정보급관.
"아~ 어쩌지? 오늘 동반근무 할 생각인데? 중대장! 네 방에서 자도 되냐?"
"예. 알겠습니다. 치워놓겠습니다."
"아니야. 아까 보니까 잘 치워져 있더만, 난 중대장실 가서 잘 테니까, 너희 둘이 오늘 풀 건 풀고, 안 되는 건 내일 따로 보고해."
"알겠습니다. 대대장님 감사합니다."
"감사합니다. 대대장님!"

중대장과 행정보급관에게 화해의 자리를 마련해 준 대대장은 자리에서 일어나 중대장실로 향하고, 행정보급관실에는 중대장과 행정보급관만 덜렁 남아 있다.
잠시 침묵이 흐르고… 행정보급관이 먼저 입을 열었다.
"중대장님, 잘못했습니다. 제가 너무 제 생각만 했습니다. 저희 오해 풀고 잘해보죠?"
"아니에요. 행보관, 제가 생각이 짧았네요. 그날은 제가 너무 열 받아서, 바로 대대장님께 지휘보고를 하고 말았습니다. 다음부터는 잘하겠습니다."
"예. 저도 중대장님께 비밀 없이 속 터놓고 이야기하겠습니다."
"그렇게 합시다. 행보관."
"예. 중대장님."
군대에서 행정보급관과 초급 부사관들에게 무시당했다고 생각한 중대장과 자기 딴에는 잘해보겠다며 홀로 해결하려 한 행보관 사이의 앙금이 풀리기 시작했다.

서로 잃은 신뢰를 되찾기에는 많은 시간이 걸리겠지만, 대대장의 지도는 확실히 그 둘 사이의 어색한 관계를 많이 누그러트렸다.

"행보관, 전 병사 생활관 가서 자겠습니다."

"아닙니다. 중대장님! 여기서 주무십쇼. 제가 병사 생활관에서 자겠습니다."

"아닙니다. 행보관이 여기서 주무시죠. 여기 행보관 방인데요."

"어휴~ 아니~ 아니라니까요. 중대장님이 여기서 주무시고, 전 병사 생활관 가서 자면 됩니다. 그럼 순찰하셨을 텐데, 좀 쉬십쇼. 저는 나가 있겠습니다."

행정보급관은 중대장을 홀로 행보관실에 두고, 밖에 나왔다.

소초 밖, 밝은 보름달은 주변을 환하게 비추고 있었다. 주머니에서 주섬주섬 담배를 꺼내든 행정보급관.

"하아… 짜증나는구만."

깊은 한숨과 함께 나오는 뿌연 담배 연기가 하늘로 올라간다. 행정보급관은 그동안 중대장에게 품었던 불신과 오해했던 감정을 담배연기에 담아 하늘로 내뱉은 채 또다시 깊은 한숨을 내쉬었다.

다음날 새벽 4시 30분. 휴대용 전자시계 알람에 일어난 강성재가 분주히 움직였다.

세면도구가 든 세면백을 들고 화장실에 갔다. 일단 소변을 본 후 세안을 시작했다.

아무도 일어나지 않은 시간, 차가운 물로 얼굴을 씻으니 이가 덜덜 떨린다.

"아… 추워."

아직 10월 12일, 뜨거운 물이 나오지 않는 소초는 찬물로 씻고, 샤워, 목욕을 해야만 한다.

새벽부터 찬물로 몸을 씻은 성재는 몸을 덜덜 떨며 취사장으로 걸어갔다.

같은 시간, 머리도 감지 않은 윤동현 병장이 올라오며 성재를 향해 말을 꺼냈다.

"벌써 씻었어?"

"충성! 일어나셨습니까?"

"그래. 오늘 아침 뭐지?"

"소고기뭇국에 배추김치, 생선묵고추장 볶음, 그리고 맛김입니다."

"소고기뭇국하고 밥, 그리고 생선묵고추장 볶음만 하면 되네?"

"그렇습니다."

윤동현은 평소보다 더 싱글벙글 한다. 그런 그의 태도를 보고 의아한 듯 강성재가 물었다.

"윤 병장님?"

"어. 말해."

"무슨 좋은 일 있으십니까?"

"헤헤헤, 대대장님이 휴가 조치해준다고 했다. 아마 다음 주부터 2차 정기 휴가 나갈 거 같은데?"

"휴가 가시는 겁니까? 축하드립니다."

"야~ 강성재!"

"이병 강성재."

"그게 무슨 말인지 알지? 내가 휴가가기 전까지 너 혼자 밥 할 줄 알아야 된다는 거야. 그 전까지 빡세게 인수인계해 줄 테니까, 정신 바짝 차려라."

"…알겠습니다."

이등병은 이제 전역이 95일 남은 윤동현 병장의 말에 고개를 끄덕였다.

강성재는 자신의 시스템창을 열람하며, 변화된 사항을 확인했다.

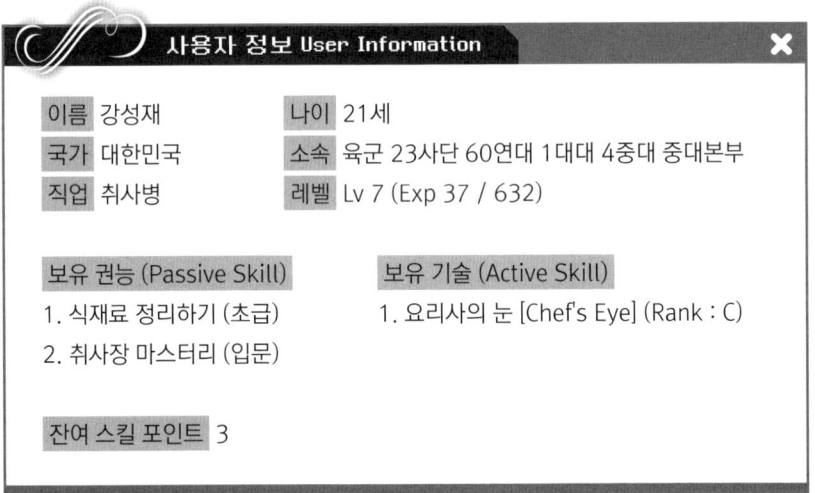

취사병으로 전직한 그는 고유권능 창에 새로 생긴 취사장 마스터리 (입문) 스킬을 열람하며, 변화된 능력치를 꼼꼼이 살펴보았다.

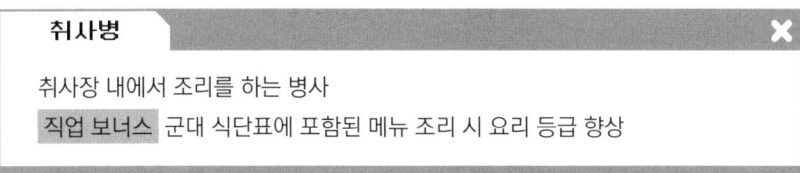

그리고 연이어 열람한 취사병 직업창.

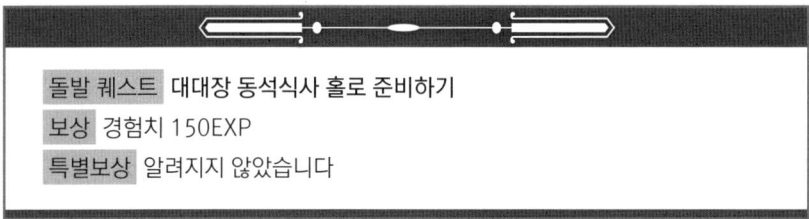

'이제 혼자 해도 등급 보너스를 받을 수 있어?'

성재는 입가에 미소를 지었다.

그때였다.

```
돌발 퀘스트  대대장 동석식사 홀로 준비하기
보상  경험치 150EXP
특별보상  알려지지 않았습니다
```

'어? 돌발 퀘스트? 대대장님이 오신다고? 아직 소초에 계신 건가?'

성재는 퀘스트창의 내용을 보고는 윤 병장에게 고개를 돌렸다.

"윤동현 병장님?"

"왜?"

"아침식사 준비, 저 혼자 해봐도 되겠습니까?"

충성! 사랑합니다

"흠… 그럴까? 그럼 일단 한번 혼자 준비해 봐. 옆에서 봐줄게."
윤 병장은 별 기대 없이 말했다.
하는 걸 지켜보다가 도와줄 심산.
"감사합니다!"
처음으로 혼자 식사 준비를 하게 되었지만, 성재는 자신이 있었다.
오늘의 메뉴는 밥 짓기와 소고기뭇국, 생선묵고추장볶음.
그렇게 오래 걸리지는 않는 메뉴들이다.
밥솥에 쌀부터 넣고 씻기 시작했다.
3번 정도 작업을 반복하자 쌀 사이에 있던 벌레들이 걸러졌다.
그다음은?
식초를 반 컵 정도 부어 묵은 쌀 고유의 냄새를 제거하는 것.
'이제 혼자서도 잘하네?'
윤 병장은 뒷짐을 켠 채, 뒤에서 강성재의 조리 모습을 관찰했다.
처음보다는 한층 여유로운 눈빛. 안정된 동작.
성재가 양손으로 커다란 밥솥을 들더니, 스테인리스로 된 조리대 위에 올려놓는다.
센 불로 밥을 짓는 순서까지 완벽 그 자체.

'일단 여기까진 합격점이다.'

사실 윤 병장은 마음이 급했다.
대대장님께서 어제 휴가를 빠른 시일 내로 조치해주기로 약속하셨기 때문. 따라서 최대한 빨리 인수인계해야 휴가도 빨리 갈 수 있다.
하지만 전혀 그럴 필요가 없다는 걸 성재가 보여주고 있다. 자신은 흘러가듯 말한 조언들을 완벽하게 숙지했다. 조리과정으로도 분명하게 보인다.
'내가 이등병 때는 엄청 얼 탔었는데….'
그에 비하면 이번 신병은 관심병사라는 게 믿기지 않을 정도로 잘 적응하고 있는 모습.
윤 병장이 그렇게 지켜보고 있는 사이, 성재는 바로 국 재료를 준비하기 시작했다.

창고에서 꺼낸 커다란 무를 썰기 시작.
부식수령하는 날 기본 손질을 해놓았지만, 썰기는 당일 날 직접 해야만 한다. 그래야만 신선도를 유지할 수 있다. 성재는 커다란 무를 평면으로 자른 후, 타원 형태의 2cm 두께의 무를 다시 들어 나박썰기를 하기 시작했다.
사각사각!
기분 좋게 정사각형 모양으로 썰리는 무 조각들.
여기서 또 주의할 점.
윤동현은 성재가 나박 썰기 하는 두께가 어느 정도인지 살펴보았다.
손톱 반만 한 크기.
'우연일까? 아니면? 지켜보자.'
이번에는 국물용으로 쓰일 소고기 부위선택.
'넌 뭘 선택할래?'

이등병은 놀랍게도 양지부위를 고른다.
양지는 국물용으로는 안성맞춤이지만, 질기기 때문에 오래 끓여야 한다. 그래서 무 또한 양지 부위로 조리할 때는 그에 맞춰 약간은 두껍게 해야만 했다.
'모든 것을 고려했다고? 전공자도 아니면서?'
윤동현은 인상 깊은 후임병의 조리과정을 보며 결국 인정하고 말았다.

'조언 없이도 잘하잖아.'

다음은 파 썰기.
대파를 꺼낸 강성재의 입가에는 미소가 깃들었다.
'뭐지?'
윤동현은 그 의미를 몰랐다.
강성재의 집중이 흐트러진다. 대파를 다듬으면서도 대파가 아닌 주변을 살핀다.
'어딜 보는 거야?! 저렇게 덤벙거리면서 하면 실수 많이 하는데.'
그가 마음속으로 외쳤다. 하지만 성재에겐 실수란 없었다.
스슥! 스슥!
대파의 흰색 부분과 녹색 부분을 같이 써는 모습에서 긴장감이란 찾아볼 수 없었다.
'한두 번 한 솜씨가 아니잖아?'

다음 식재료는 마늘. 식칼 손잡이 끝으로 마늘을 눌러 으깨고, 숟가락으로 한 스푼을 미리 뜬다. 그리고 남은 식재료를 정리하기 시작했다.
'처음 하는 거 맞아?'

팬에 오일을 붓고, 먼저 고기를 볶는 성재. 그의 팔목 스냅 한 번에 고기가 이리저리 파도치며 팬에서 뒤집힌다.
후루루루루루~ 후루루루루루~
신기하게도 골고루 익어가는 식재료.
익기 시작한 고기에 나박썰기로 자른 무를 같이 넣은 후 자글자글 볶기 시작하는 성재.
이유가 궁금한 윤 병장이 결국 참지 못하고 후임병에게 물었다.
"뭐야? 왜 같이 볶아?"
"아…무 안에 소고기의 향이 배게 하려고 합니다. 그렇게 하면, 더욱 고소하면서도 풍미를 유지할 수 있습니다."
"그래?"
윤동현은 성재의 말에 비슷한 말을 어디선가 들었던 기억이 어렴풋이 떠올랐다.
'학교 실습 때였나.'

학교에서 실습과정에서 배웠던 소고기뭇국. 분명 그랬었다. 교수님께서 이렇게 하는 게 조리시간은 오래 걸리지만 맛은 더 다채롭게 낼 수 있다고….

'…뭐지, 이 자식.'

거기에 물을 붓고 다진 마늘과 간장 소금으로 간을 맞추기 시작하는 녀석. 마치 조리시간을 알고 있다는 듯 혼잣말로 숫자를 세기 시작했다.

윤 병장은 깜짝 놀랐다. 어림짐작으로 맞추는 게 아니라 철저하게 계산된 조리 과정.

'이건 전문가다. 얘 한식 조리자격증이라도 있나? 왜 이렇게 계산적이야?'

이럴 땐 또다시 궁금한 걸 물어야 직성이 풀린다.

"강성재!"

"이병 강성재?"

"너 한식 조리 자격증 있냐?"

"없습니다."

"중식은? 일식은?"

"자격증, 아무것도 없습니다."

"……."

자신의 예상이 빗나갔다. 연관지어 생각할 수 있는 것은 푸드트럭, 하지만 푸드트럭에선 이런 메뉴는 취급하지 않는다.

선임병의 의심, 성재는 이럴 때를 위해 준비한 핑계가 있었다.

"자격증은 없지만, 어제 휴식시간 때, 사이버 지식 정보방에서 공부하고 왔습니다."

"공부? 거기서 무슨 공부를 해?"

"백중원 씨 레시피 방송분 유튜브에서 오늘 메뉴 조리법 보고 왔습니다."

"아…."

강성재는 선임병의 의심을 막았다. 그리고 자신의 요리에 집중했다.

성재가 갑자기 요리를 잘하게 된 이유는 물론 그것 때문만은 아니었다.

자신을 서포트 해주는 '요리사의 길 튜토리얼'이란 미지의 능력.

그중에서도 이번에 새로 배운 신규 고유 기술(Active Skill) 때문일 것이다.

퀘스트를 받고 요리 시작 전.

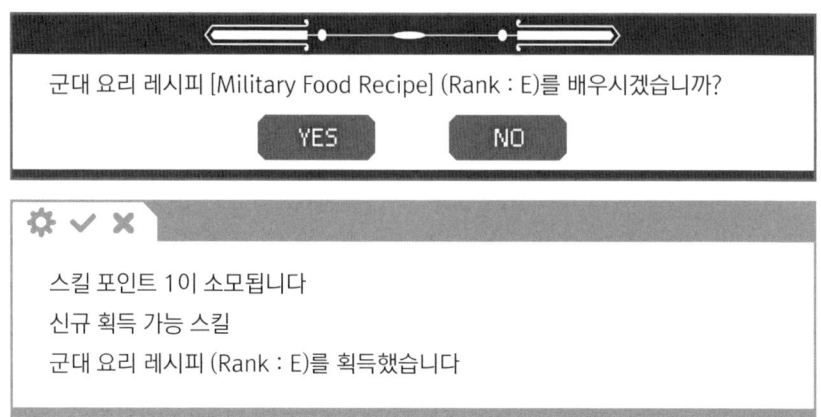

군대 요리에 대한 레시피가 기본적으로 떠오른다.

요리사의 눈으로 해당 재료를 보면 재료에 맞는 군대 메뉴 레시피가 자연스레 목록으로 제공된다. 알맞은 목록을 누르면 허공에 희미한 창과 함께 요리의 조리재료부터 방법, 과정까지 좌르르르~ 글씨로 제공된다.

그리고 숙련도를 올리면 해당 요리의 조리법을 알게 된다.

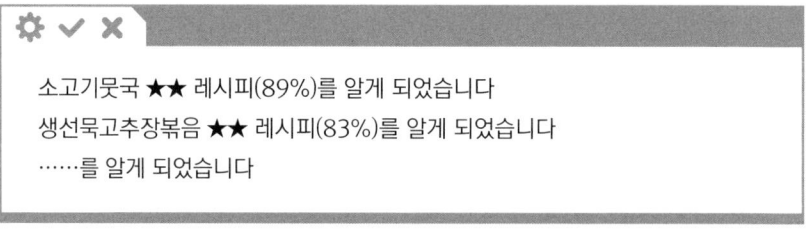

수십가지의 레시피, 그리고 기존에 만들어보았던 음식들에 대한 숙련도.

성재가 '소고기뭇국 ★★ 레시피'에 손을 갖다 대자, 취사장에 자신과 똑같이 생긴 가상 인물이 홀로그램으로 생성되었다.

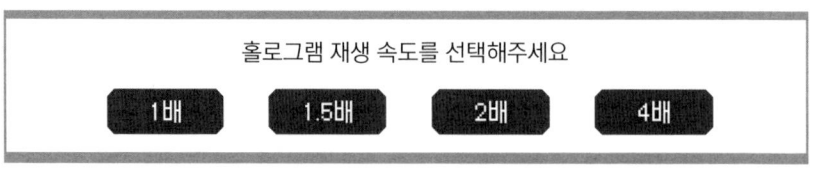

'1.5배'를 누르자, 홀로그램이 팟 하고 사라지더니, 다음과 같은 시스템창이 뜬다.

현재 신체 능력으로는 1.5배로 조리할 수 없습니다

'아…요리사의 신체를 올려야 하나? 숙련도를 올려야 할까?'

실패 후, 일련의 과정을 반복하며 '1배'를 선택하자, 홀로그램 녀석이 나타나 냄비에 물을 담고, 그 안에 육수를 끓이는 동작이 실시간으로 제공된다.

즉, 한번 했던 요리는 시스템이 알아서 기억해준다는 이야기.

특별히 주변 환경의 변화만 없으면, 홀로그램이 하는 대로만 요리해도 같은 등급의 요리를 만들어낼 수 있다는 것.

'이거 좋은데?'

아침 식사 시간. 병력들이 수제선 정밀정찰을 끝내고 복귀하며 취사장으로 몰려들기 시작했다.

원래는 아침을 거르는 사람이 많았지만, 요새는 그렇지 않다. 다들 하나같이 먼저 와서 식사를 하려고 난리다.

"김승우 병장님? 반찬 더 주시면 안 됩니까?"

"안 돼 인마!"

"아니, 본인 분대원은 더 챙기시고, 왜 저는 안 챙겨주십니까?"

"…가. 뒤에 기다리잖아."

"아~ 진짜 서운합니다."

본래 소초에는 배식인원이 따로 없다. 그런데 오늘아침부터는 생겼다. 잔반이 부족해서 식사를 못 하는 인원이 생겨서다.

"반찬 부족하지 않게 잘 분배해! 부족하면 죽는다! 알았어?"

부소초장이 비번 근무자를 향해 협박 아닌 협박을 내뱉고, 비번 근무자는 입술을 쑥 내민 채, 마지못해 대답했다.

"예. 알겠습니다."

옆에서 묵묵히 배식하던 성재. 자신이 만든 요리의 등급을 확인하며 미소지었다.

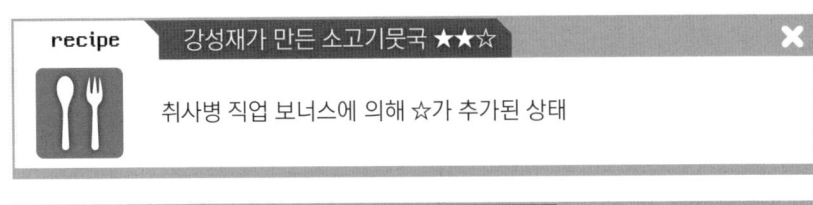
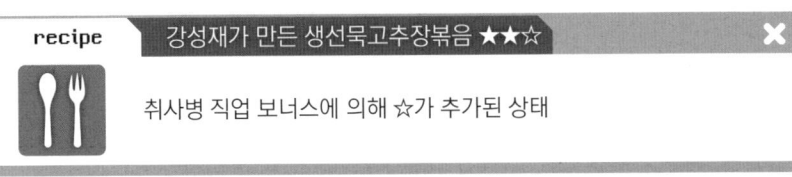
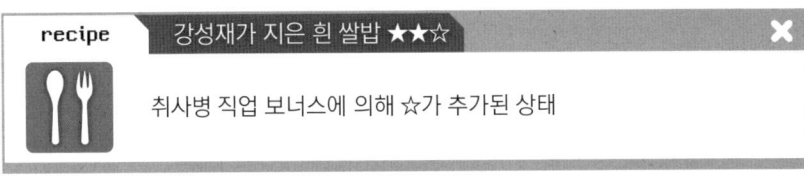
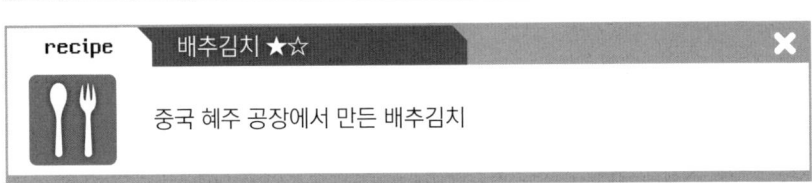

모두가 식사에 만족하며 밥을 먹기 시작하는데 갑자기 들어오는 중대장과 대대장.

갑작스런 등장에 병사들이 벙쪄서 대대장을 바라보고, 식사를 하던 부소초장이 벌떡 일어나 대표로 경례를 실시했다.

"충성! 강림소초 정밀정찰 철수 후 식사 중!"

"후후, 보기 좋네. 취사병! 대대장 아침식사 해도 되냐?"

"예. 가능합니다!"

"그래. 기왕 온 김에 아침 좀 먹고 가자. 중대장 뭐해~ 앉지?"

"예. 대대장님!"

중대장과 대대장도 배식을 받고 소초 취사장 한 쪽에 앉아 식사를 시작했다.

윤기가 자르르르 흐르는 쌀밥과 고소한 소고기 냄새가 스멀스멀 올라오는 소고기뭇국, 짭쪼름한 생선묵고추장 볶음과 배추김치, 4가지 메뉴에 기본으로 제공되는 우유까지.

"키야~ 강림소초 취사병! 누구야? 이리 나와 봐!"

대대장은 감탄에 감탄을 하며, 윤동현을 불렀다.

"병장 윤동현?"
"야~ 아침 진짜 맛있다. 어제 대대장이 네가 만든 돈가스 먹고 감탄했는데~ 밥도 진짜 맛있게 잘하네. 중대장! 어떻게 생각하나?"

대대장은 어제 애로사항을 보고한 병사의 기를 띄워주려 일부러 오버하며 말하고, 중대장은 그것을 알고 대대장이 원하는 대답을 내뱉는다.
"정기 휴가 보내주겠습니다."
그러나 대대장은 아직 만족스럽지 못하다는 듯, 중대장을 향해 다시 한번 말했다.
"야야야~ 중대장! 그것밖에 안 돼? 내가 알기론 중대장도 연대 행정예규상 최소 1일부터 최대 3박4일까지 휴가 줄 수 있는 거로 아는데?"
"예. 포상 휴가 조치하겠습니다."
"그래~ 그래! 거기 윤 병장!"
"병장 윤동현?"
"들었지? 중대장이 대대장 앞에서 약속했다. 너 포상 휴가 조치한다고! 대신에 너도 후임병한테 인수인계 잘 해줘야 돼. 알지?"
그러자 윤동현 병장은 그동안 원망하던 감정을 다 잊은 채, 해맑은 미소를 지으며 대대장에게 큰 목소리로 경례를 했다.
"충성! 대대장님! 사랑합니다. 열심히 인수인계하겠습니다."
"후후후, 그래. 이건 윤동현 네가 군생활 잘해서 중대장이 인정하고 조치해주는 거야. 내가 특별히 신경 써서 주는 게 아니고~."
"그렇습니다. 중대장님! 사랑합니다!"
중대장 조석호, 그는 대대장의 지휘조치를 보며 큰 감명을 받았다. 대대장님이기 전에 3사관학교 선배 장교님, 아니 군 장교 선임으로서 어떻게 부하를 지휘해야 하고, 조치해야 할지 몸소 가르쳐주는 대대장.
이런 대대장이 세상에 몇이나 있을까?

병사들은 윤동현 병장을 부러워하는 눈치이다.
식사를 마치고 취사장 밖으로 나가면서도, 윤동현에게 시선을 주는 병사들.
그리고 또 한 명, 진심으로 축하하며 기뻐하는 병사. 바로 후임병 강성재.

윤동현이 다시 손을 들었다.

"대대장님! 드릴 말씀이 있습니다."

"하하, 좋아. 뭐야?"

"사실 어제 돈가스와 마찬가지로 오늘 음식도 제 부사수하고 같이 만들었습니다."

"그래? 그럼 부사수도 휴가 보내달라는 거지?"

"그렇습니다."

"취사병이 저렇게 건의하는데, 중대장! 어떻게 할 거야?"

"강성재 이병도 포상 휴가 부여하겠습니다."

중대장의 말에 윤동현이 활짝 웃으며 대대장과 대대장에게 다시 한번 힘찬 경례를 행했다.

"충성! 사랑합니다. 대대장님! 사랑합니다! 중대장님!"

강성재는 윤동현의 배려로 포상 휴가를 획득하고, 선임병을 따라 힘차게 경례했다.

"크크, 그래. 분위기 좋구만!"

동시에 눈앞에 뜨는 시스템창.

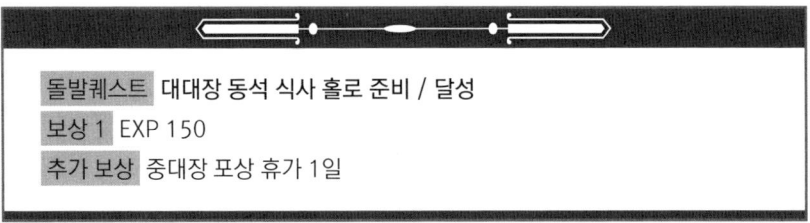

잠시 후. 대대장님이 다시 대대로 복귀하기 위해 작전차량 코란도 스포츠에 올랐다.

떠나는 대대장 앞에 도열하러 나온 소초 간부들.

"그래. 4중대장, 그리고 행보관, 소초장, 부소초장, TOD 조장, 전투분대장, 다들 열심히 하는 것 같아서 대대장이 기분이 좋다. 우리 해안 경계근무 끝나면 다 같이 소주 한잔하자."

"예. 대대장님! 조심히 들어가십시오."

"그래. 다들 그럼 근무 열심히 해라!"

"알겠습니다."

대대장을 태운 조수석 유리창이 올라가고, 중대장 뒤에 있는 소초장이 서로만 들릴 정도로 작게 숫자를 센다.

"하나, 둘, 셋!"

구호와 함께 동시에 나란히 올라가는 거수경례.
"충성! 계속 근무하겠습니다!"
그렇게 대대장의 동반근무는 끝이 났다.

넌 챙겨줘야겠다

찬물만 나오는 소초. 병사들의 불만이 터져 나오기 일쑤.
그럴 때는? 취사병의 도움이 필요하다.
"야! 이등병!"
"부르셨습니까? 김관철 상병님!"
"뜨거운 물 이거밖에 없어?"
"양동이 하나 더 데우겠습니다."
"동작 빨리빨리 안 해? 샤워하는데 얼어 뒤지겠다."
"알겠습니다."
다양한 인간 군상들이 살고 있는 곳. 윤동현 병장처럼 살갑게 구는 선임도 있는 반면, 악마 선임이라 불리는 김관철 상병 같은 사람도 있다.
그나마 다행은 현재 소속인 중본 병사들은 대부분 착한 선임이라는 점.
"성재야~ 뜨거운 물! 중댐 샤워하신단다."
"예! 지금 들고 갑니다."
임상희가 손을 흔들었고, 강성재는 뜨거운 물이 가득 담긴 양동이를 든 채, 중대장실로 향한다. 못마땅한 표정으로 이등병을 노려보는 김 상병.
"하아… 내가 먼저 말했잖아. 저 새끼를 어떻게 해야 돼?"

활동복만 입고 흡연장에 서 있는 김관철이 분노를 삭이지 못하고 강성재를 주시한다.
지금은 겨울 바로 직전이다. 10월에는 유독 날씨가 변덕스러운데, 특히 해안은 바닷바람 때문에 체감온도가 급격히 떨어진다. 그럼 소초에서는 어떻게 해야 될까?
뜨거운 물을 끓여, 찬물과 섞어 쓰는 게 유일한 조치방법.
아니면 찬물로 샤워하던가~!
간부들은 물론 병사들도 불편하지만 다른 방법은 없다.

성재는 다시 취사장으로 돌아왔다. 지난 3일간 중대장의 눈빛은 예전과 달리 많이 부드러워진 반면, 소초 병사 중 일부의 눈초리는 오히려 매서워졌다.
흡연장에서 김관철이 자신의 직속 후임에게 불만을 털어놓았다.
"야~ 말이 되냐? 이등병이 전입 1주일 만에 무슨 포상 휴가를 받아? 어!"
"분대장님? 중대장님이 하루만 준다고 합니다."
"아니, 1일이고 뭐고를 떠나서, 말이 안 되잖아. 나는 아직 분대장 포상도 못 받았는데, 쟤는 무슨 얼마 되지도 않고 포상 휴가를 받냐고! 편애하는 것도 아니고! 어?"
큰 목소리가 취사장 너머까지 여과 없이 들려오자 안에서 밥을 짓는 윤동현이 조리복을 착용한 채, 취사장 밖으로 나왔다.
"야! 너 뭐라고 했냐?"
"뭐 말씀하시는 겁니까?"
"포상 휴가가 불만이야? 내가 건의했다. 왜? 왜! 한판 붙게?"
"아, 윤 병장님 받은 건 이해합니다. 고생하시지 않습니까? 그래도 이등병 휴가 주는 건 말이 안 되지 말입니다."
"뭐가 말이 안 돼? 대대장님이 지시한 거잖아. 중대장님이 허락한 거고! 넌 인마! 매일 불평불만을 하니까 이제까지 포상 휴가 하나 못 받는 거야. 알아?"
윤동현이 자신의 후임으로 임무 수행하는 강성재를 감싸고 돌자, 김관철 상병이 주먹을 꽉 쥐었다. 소대본부 소속 윤동현, 취사병이라 분대장도 달지 않는 그가 고까운 김관철은 아무 말 없이 고개를 돌렸다.
윤동현은 녀석을 무시하고는 취사장에 돌아온 강성재에게 말했다.
"신경 쓰지 마. 저 녀석."
"알겠습니다."

"후후, 밥이나 하자. 내가 밥해놓을 테니까, 네가 반찬 해 봐."

"괜찮으시겠습니까? 오늘 고추장 불고기인데 말입니다. 실패라도 하면…."

"야~ 강성재! 장난하나?"

"이병 강성재? 잘 못 들었습니다?"

"언제까지 실력 숨길 건데?"

"무슨 말씀이신지… 모르겠습니다."

"됐어. 너 과거 숨겼잖아. 분식집이나 식당, 아니 레스토랑 같은 데서 일한 거 다 알아."

"……."

성재는 잠시 고민하다 고개를 끄덕였다.

'그래. 그렇다고 해주자. 차라리 그편이 내가 마음대로 요리하기 편해.'

"…예, 잠깐 일했었습니다."

"그럴 줄 알았다. 인마! 빨리 준비하자!"

이등병은 순순히 인정했다. 윤동현은 씩 웃고는, 밥을 제외한 모든 요리를 일임했다.

Rank 부족으로 고추장 불고기 레시피 (0%)를 아직 알지 못하는 상태입니다.
군대 요리 레시피 [Military Food Recipe]를
(Rank : E)에서 (Rank : D)로 올리겠습니까?

YES   NO

성재는 오늘 반찬에 자신이 없었다. 아직 레시피를 모르기 때문이다.

어쩔 수 없다. 스킬 포인트를 또 사용할 수밖에.

스킬 포인트 2가 소모됩니다.
군대 요리 레시피 [Military Food Recipe]가 (Rank : E)에서 (Rank : D)로 상승하였습니다.
고추장 불고기 ★★☆ 레시피(0%)를 알게 되었습니다
오리 불고기 ★★☆ 레시피(0%)를 알게 되었습니다
고등어조림 ★★☆ 레시피(0%)를 알게 되었습니다
소시지야채볶음 ★★☆ 레시피(0%)를 알게 되었습니다

성재는 자신이 모르고 있던 레시피 목록이 추가되자 입가에 미소를 지었다.

'랭크 E급은 2성까지고, 랭크 D급은 2성 반? 그렇다면 Rank만 올리면 군대의 모든 요리를 배울 수 있다는 건가?'

모르는 것을 차츰차츰 알게 된 성재. 그리고 늘어가는 숙련도.

레시피에 손을 대자, 자신과 똑같은 가상인물이 홀로그램으로 등장하고,

다시 뜨는 보조창.

선택의 여지는 없다. 1배다.

흐물흐물, 자신과 똑같은 녀석이 움직이기 시작했다. 그걸 따라 움직이면 고추장 불고기 ★★☆을 만들 수 있다. 성재는 홀로그램의 동작을 카피했다.

거대한 가마솥, 그 앞에 서서 홀로그램의 동작을 따라 하는 성재.

고추장 5큰술과 간장 10스푼, 설탕 10스푼을 섞는다. 그리고 대파 5컵 분량과 다진 마늘 다섯 스푼을 넣고 양념이 배도록 주무르기 시작했다.

홀로그램 녀석이 참기름을 넣는다. 그걸 본 성재는 비닐장갑을 벗은 손으로 참기름을 얼른 집어넣으며 홀로그램 녀석을 따라 했다.

그런데 숙련도 때문인지 홀로그램 녀석이 자꾸 지지직거리며 동작에 노이즈가 생긴다.

'아….'

다행히 요리를 하면 할수록

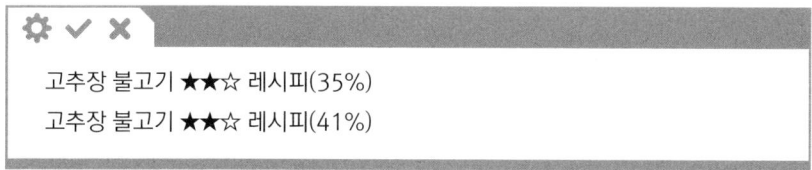

계속 올라가는 숙련도.

어느 정도 양념이 배자, 그 다음에는 야채를 써는 홀로그램 녀석.

그러나 흐물거리는 녀석의 동작이 또다시 노이즈를 일으키며 알아볼 수 없을 정도로 투명해졌다.

'숙련도 부족인가? 하지만 괜찮아. 여기서부턴 혼자 할 수 있어.'

성재는 양파와 대파를 스삭스삭!
대각선으로 자르는 어슷썰기를 했다.
훔척훔척!
성재의 손동작으로 버무려지는 불고기 양념.
슬슬 불고기 고유의 붉은 빛이 묻어나는 양파와 대파.
'색깔 좋고~.'
적당한 빛깔을 띠자, 커다란 솥에 물을 세 컵 정도.
'물도 이 정도면 충분해.'
다음으론 양념이 밴 불고기를 솥 안에 퐁당!
지글지글!
달궈진 솥에서 쉼 없이 움직이는 조리삽.
'왼쪽으로 돌리고, 오른쪽으로 돌리고~'
성재의 움직임에 보답이라도 하듯, 고기가 의 달궈진 부분과 만나 붉은빛이 불고기 특유의 갈색으로 변한다.

힘에 부치는지, 성재의 이마에 송글송글 맺힌 땀. 윤동현은 걱정스러운 말투로 물었다.
"많이 힘들지?"
"아닙니다. 괜찮습니다."
"대량 급식이 원래 힘들어. 연대 주둔지에 가면 800명 분을 조리해야 되는데, 그땐 더 힘들다. 이건 그나마 나은 거야."
"800명 말입니까?"
"그래. 거기는 7명이서 800명치를 해야 돼. 그러니 죽어나지."
"아…"
식수인원이 무려 800여 명이나 되었지만, 취사병은 7명밖에 되지 않는다니.
"진짜 힘들겠습니다."
"당연하지. 소초 취사병은 요리만 잘하면 엄청 편해."
"그렇습니다. 한번 맛 봐주시겠습니까?"
성재는 완성된 요리의 등급을 이미 알고 있다.

recipe	강성재가 만든 고추장 불고기 ★★★
	고추장 불고기 ★★☆ 레시피를 그대로 따라 만들었지만, 취사병 직업 보너스 덕에 ☆등급만큼 향상되었다

"오오오, 맛있네. 진짜 맛있는데? 고기를 조금만 더 익혔으면 물러질 뻔했고, 조금 덜 익혔으면 양념이 덜 뱉 뻔했는데, 그 밸런스를 딱 맞췄다. 진짜 맛있다."

"칭찬 감사합니다."

강성재는 머쓱해졌다. 하루하루 올라가는 숙련도, 그리고 좋아지는 반응들.

그리고 성재는 자신이 만든 요리를 맛보며, 평가할 수준까지 이르렀다.

'괜찮은 것 같다. 맛은 좋아.'

동작을 끝낸 홀로그램이 사라지고, 성재만 덩그러니 남아 만들어진 고추장 불고기를 스테인리스 반찬통에 덜어놓았다.

반찬통을 놓기 무섭게 줄을 서는 소초원들. 평소엔 없는 일이기에 성재와 윤동현은 긴장한 채, 병력을 쳐다봤다.

"야! 많이 가져가지 마라? 어?"

"알고 있습니다. 오준혁 병장님, 민감하신 것 같습니다."

"군대에서 먹는 낙 말고 뭐 있냐? 오~ 침 넘어가 미치겠다."

군대 내에서도 소초에서 산다는 것은 좁은 우리에서 사는 것과 다름없다.

매일 똑같은 일상, 똑같은 근무, 똑같은 사람들.

하루에 6시간 이상 경계 근무를 서면서 찬바람과 맞서 싸우며, 하루빨리 국방부 시계가 흘러가기만을 기다리는 마음.

한 가지 위로가 있다면 바로 먹을 것이다.

"오오오오, 꿀맛! 고추장 불고기는 이 맛이지?"

"그렇습니다. 오 병장님, 진짜 맛있습니다."

반찬 하나에 기분이 오락가락할 정도로 감정이 격해지는 사람들. 바로 20대 꽃다운 청춘을 나라에 바친 국군 병사들이다.

그리고,

"윤동현! 윤동현!"

"예. 부르셨습니까? 부소초장님!"
"고추장 불고기 먹다 보니 더 이상 안 되겠다. 내일 소댐한테 이야기해서 소대 지휘활동비랑 분대 지휘활동비 모아서 삼겹살 파티할 거니까, 미리 준비해라. 알았나?"
"삼겹살 파티 말씀이십니까? 저번처럼 중국집 시키시는 건…."
"이 새끼, 빠져가지고! 우리가 저번에 짜장면 40그릇 시켰다가 다 불어서 실패했었잖아. 됐고, 내일 소댐하고, TOD 조장, 전투분대장하고 걷어서 소대 삼겹살 회식할 테니까, 단단히 준비해 둬. 알겠냐?"
"…알겠습니다."
부소초장의 말에 환호하는 병사들과 달리, 풀이 죽은 윤동현.
"왜 그러십니까?"
"아, 준비하려면 거지같잖아. 그거 다 준비 우리가 하는 건데…."
삼겹살만 먹어도 파절이, 기름소금, 고추장, 채소 등은 다 취사병들이 준비해야 할 터.
그렇다고 중식을 굶어도 안 되니, 세 끼 식사도 차리면서 회식까지 준비해야 한다.
띵똥! 때마침 'New'라는 알람.
알람 소리를 들은 성재, 잠시 허공을 바라보더니 빙그레 웃음을 지었다.
곧장 웃음을 지우고 선임병이 좋아할 만한 말을 한다.
"윤 병장님? 제가 내일 다 준비하겠습니다. 윤 병장님은 앉아서 드시기만 하십시오."
"뭐? 그걸 혼자 준비해?"
"괜찮습니다. 저 그런 거 잘합니다. 윤 병장님은 소초원들하고 같이 앉아서 드시기만 하면 됩니다."
"그래. 고맙다."
회식 때마다 늘 소외되었던 윤동현, 그는 후임병이 만족스러워 입꼬리를 올렸다.
'짜식. 진짜 넌 챙겨줘야겠다. 끝까지.'
한편, 선임병의 생각과 관계 없이 새로 뜬 시스템창에 집중한 사내. 바로 이등병 강성재.

> ⚙ ✓ ✗
>
> 고추장 불고기 ★★☆ 레시피(100%)를 완성했습니다
> 100% 달성으로 인해 다음 단계 레시피가 개방됩니다
> 고추장 불고기 ★★★ 레시피(0%)를 알게 되었습니다

내가 구우면 맛있어

다음날, 드디어 소초에서 벌어진 삼겹살 회식.

행정보급관은 미리 이야기하지 않았다며 노발대발했다.

하지만 건의를 안 들어줄 수도 없는 법. 중대장이 중대 운영비에서 50,000원을 지원하는 선에서 논란은 곧 마무리했다.

소대장 90,000원, TOD 조장 40,000원, 전투분대장 40,000원, 중대운영비 50,000원, 총 22만 원을 모은 부소초장은 소초 밖 정육점에 들려 삼겹살 22만 원 어치를 사왔다.

"우와~ 부소초장님! 삼겹살 정말 좋아 보입니다. 육질이 아주~!"

"당연하지 인마! 부대 보급 아니니까, 이건 맛있을 거다."

"감사합니다."

소초원들이 모처럼만에 활기를 띤 채, 웃음꽃이 피었다.

보통 부대에서 회식용 삼겹살은 질이 떨어지는 대패 삼겹살을 주로 제공한다. 삼겹살은 4개 등급으로 구분되는데, 1+ 등급, 1등급, 2등급, 등외로 분류되어 있다.

그 중에서 부대에 제공되는 등급은 등외….

즉, 가장 싼 부위다.

군인들은 그조차도 좋다고 맛있게 먹는다. 하지만 부소대장은 달랐다. 한 끼를 먹어도 제대로 먹어야 된다고 생각했다.

강성재는 불판, 호일, 채소와 사 온 음료수 캔을 준비하며 삼겹살을 쳐다보았다.

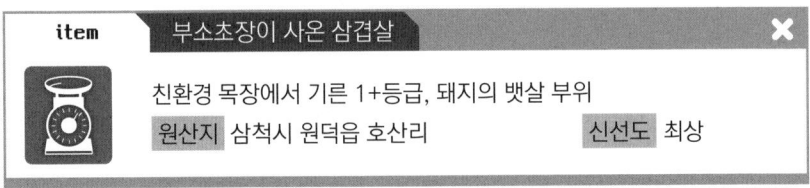

성재는 입안에 고인 침을 꿀딱 삼켰다.

"야~ 성재야! 밥! 밥! 꺼내와야지!"

윤동현이 같은 소대원과 앉은 채, 이등병인 성재에게 지시했다.

"예! 금방 가져가겠습니다!"

성재는 혼자 지은 밥솥을 꺼내 식탁 구석에 올려놓았다. 그러자 각 테이블의 막내 병사들이 자리에서 일어나 식판에 밥을 퍼 간다.

어수선한 분위기가 끝나고, 부소초장이 분위기를 띄우기 시작했다.

"자자자~ 주목! 소초장님이 할 말 있으시단다. 고기 굽는 거 잠시 멈추고 다들 주목해!"

병사들 모두의 시선이 소초장으로 향하고, 소초장은 멀리서 따로 테이블을 잡은 중대장에게 먼저 거수경례를 올렸다.

"충성! 중대장님, 강림소초 회식 시작하겠습니다!"

"그래. 나 신경 쓰지 말고 먹어."

"알겠습니다! 자~ 다들 주목한다. 주목!"

소초장의 패기에 병사들의 시선이 소초장을 향했다.

"다들 오늘 작전 며칠 째인지 알지?"

"156일째입니다!"

"그래. 156일 동안 단 한 번도 사고 안 내줘서 정말 고맙고, 앞으로 남은 112일 동안도 훌륭히 임무수행하자. 알았지?"

"예. 알겠습니다!"

"그럼! 술이 없는 관계로, 각자 앞에 든 잔에 사이다~ 콜라를 채워주고!"

소초장이 능수능란하게 부대를 지휘하고, 그것을 보며 흐뭇한 얼굴을 하는 중대장.

"그럼 내가 전역을! 선창하면! 너희들은 위하여! 하는 거다. 알았지?"

"예."
전역이란 말에 중대장의 심기가 다시 흐트러진다.
"아~ 소초장, 이건 아닌데?"
중대장이 혼잣말하자 옆자리의 군수계원 조상준 상병이 키득거리며 행정보급관에게 곧바로 등짝 스매시를 당했다.
이어지는 소초장의 패기 있는 목소리!
"무사 전역을!"
그리고 이어지는 소초원들의 함성!
"위하여!"
"먹자! 먹자! 먹어!"
"감사히 먹겠습니다!"

그리고 왁자지껄 소초 부대 회식 시작!
그동안 반복된 삶에 찌든 소초원들의 얼굴이 모처럼 환해지기 시작했다.
강성재는 모든 준비를 마치고, 힘이 부쳤는지 벽에 기대며 주변을 바라보았다.
'아… 힘들다.'
이어지는 한숨. 하지만 곧 중대본부 선임병이 성재를 찾았다.
"강성재!"
"이병 강성재?"
"너도 와. 아직 중본이잖아. 와서 삼겹살 먹어. 중댐이 너 데려오래."
"감사합니다!"
임상희는 취사장에 있는 강성재를 야외 별도 테이블로 데려왔다. 그 앞에서는 행정보급관이 삼겹살을 구우며, 병사들을 챙겼다.
"너희들, 우리도 회식 한 거야! 어디 가서 회식 없다고 하면 안 돼. 알지?"
"알겠습니다. 행보관님! 오~ 고기 진짜 맛있습니다."
인사계원 김영민은 특유의 친화력으로 행정보급관 옆에 딱 붙어서 먹기 시작했다.
강성재는 고기를 입에 넣다가 문득 구워진 삼겹살의 별 등급이 궁금해 눈을 세 번 깜박이며 '요리사의 눈'을 사용했다.
'요리사의 눈!'

그의 시야에 행정보급관이 직접 구운 삼겹살의 등급이 나온다.

성재의 눈이 동그랗게 커졌다.
'응?! 밸런스를 잃어버렸는데, 별 세 개라고?'
성재는 상추에 쌈을 싼 채 다시 한번 등급을 확인했다.

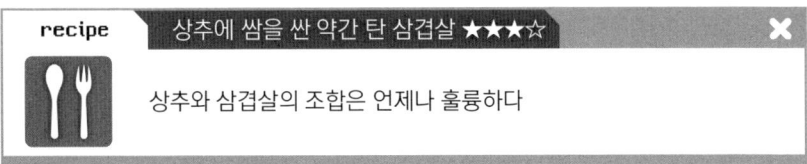

성재가 메시지를 보고 피식 웃었다. 그러자 행정보급관이 핀잔을 늘어놓았다.
"쟤~ 또 왜 저래? 상태 이상한 거 아니야?"
"아닙니다. 죄송합니다. 너무 좋아서 웃어버렸습니다."
"크크, 야~ 강성재! 군대에선 실실 쪼개면 안 된다. 오해받아. 알았지?"
"이병 강성재! 알겠습니다."
강성재는 표정을 감추며, 삼겹살을 집어 먹다가 이런 생각이 들었다.
'내가 직접 구우면 등급이 얼마나 나올까?'
궁금하면 곧바로 실행에 옮기는 게 답이다. 성재는 집게와 가위를 집어 들었다.
"지금부터 제가 구워도 되겠습니까?"
"야~ 타면 행보관님한테 죽는다. 알지?"
"예. 알겠습니다."
성재가 일부러 쫄은 표정을 지었다. 그러자 선임병들이 엄청 좋아해 준다.
회식자리라 그런지, 중대장도 행정보급관도 터치하지 않고 먹을 것에 집중하는 중.
성재는 삼겹살을 노릇노릇하게 굽기 위해 온 신경을 불판에 쏟았다.
처음에는 조금씩 그을리기도 했다. 하지만 시간이 흐르면 흐를수록 익숙해진다.

뒤집기까지 앞으로 16, 15, 14, 13…

'오오오, 레시피 획득인가?'

그때, 아직 뒤집지 않은 삼겹살 한 점을 쏙 입에 넣는 사람, 그건 바로 조상준.

"하… 아…."

성재는 자신도 모르게 한숨을 쉬었다.

"하아? 야! 강성재? 하아? 내가 먹으니까 하아?"

그리고 곧바로 이어지는 갈굼.

"아닙니다. 아닙니다. 갑자기 하품이 나왔습니다. 죄송합니다."

"그래. 분위기 파악 잘해라. 어?"

"알겠습니다."

뒤집기까지 5, 4, 3…

그리고 0초!

성재가 삼겹살을 뒤집자, 노릇노릇한 고기가 뜨거운 기름을 머금고 지글지글 타오른다.

완성까지 10, 9, 8, 7…

안내의 시간, 그리고 0초!!

강성재는 시스템이 알려주는 대로 최적의 굽기 시간을 이행하며 다 구운 삼겹살은 별도 그릇에 옮겨놓았다.

recipe 잘 구워진 삼겹살 ★★★☆

최적의 조리시간을 지킨 삼겹살, 양념 없이 그냥 먹어도 최상의 맛을 낸다. 안 먹어 본 사람은 있어도, 한 번만 먹어본 사람은 없을 걸?

성재는 삼겹살에 기름소금을 찍고는 상추에 싸서 입에 넣기 전 다시 등급을 확인했다.

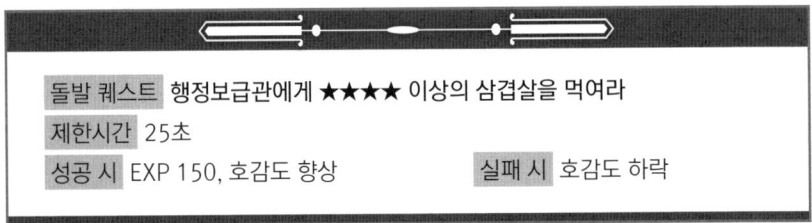

그때, 이어지는 퀘스트!

돌발 퀘스트	행정보급관에게 ★★★★ 이상의 삼겹살을 먹여라
제한시간	25초
성공 시	EXP 150, 호감도 향상
실패 시	호감도 하락

제한시간 25, 24, 23, 22….
행정보급관이 강성재가 든 삼겹살에 눈길을 줬다. 제한 시간이 얼마 남지 않았다!
강성재는 속으로 한숨을 내쉬며, 마지못해 행정보급관에게 삼겹살을 건넸다.
"행보관님! 드십시오. 제 정성입니다."
평소에는 싸늘했던 행보관이 미소를 지으며, 입을 크게 벌렸다.
- 우물우물….
상추 안에 담긴 삼겹살을 씹자, 터져 나오는 삼겹살의 기름진 맛과 달짝한 기름소금, 아삭한 상추의 맛이 행정보급관의 입안에서 춤을 추기 시작한다.
"아~아… 아….""
행정보급관은 무슨 말을 하는지도 모른 채, 자신의 온 감각을 미각에 집중했다.
"아… 맛… 있네."
그리곤 다 씹기도 전에 행보관이 강성재에게 말했다.
"야~ 잘 구워졌는데?"
그 말이 끝나기 무섭게 이어지는 시스템창.

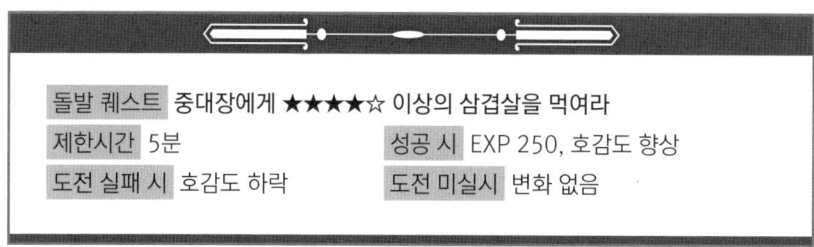

그리고 이어지는 'New!' 보조창과 시끄러운 종소리.

돼지들도 좋아해

"잠깐 화장실 좀 다녀오겠습니다."
"그래. 다녀와~!"
성재는 선임병들에게 허락을 맡고는 화장실로 향했다. 남들이 다 보는 자리에서 상태 창을 확인하고 선택하자니 부담감이 컸기 때문이었다.
똑같은 실수를 몇 번이나 반복한 건지···.
'이젠 선임들 앞에서 실수하지 말자. 시스템창에 초연해지는 거야.'
혼자 화장실에 들어가자마자 'Tip'이라 쓰인 보조 창을 눌렀다.

> **호칭 (Title)**
>
> 호칭이란 튜토리얼 사용자에게 능력을 향상시켜주는 기능입니다. 장착 및 탈착이 가능하며, 한번 호칭 장착 시 24시간 이내 다른 호칭은 장착 불가능합니다.
> 현재 착용 가능한 호칭이 있습니다
>
> **착용 가능한 호칭** 〈신뢰받는 부하〉
> 상관을 위한 요리 시 등급 보너스를 줍니다

성재는 바로 호칭을 착용했다. 그러자 갑자기 몸에서 푸르스름한 광채가 피어올랐다.

'어? 뭐야? 오오라?'

곧이어 사용자 정보에 'New!'라는 표시와 함께 새로운 정보.

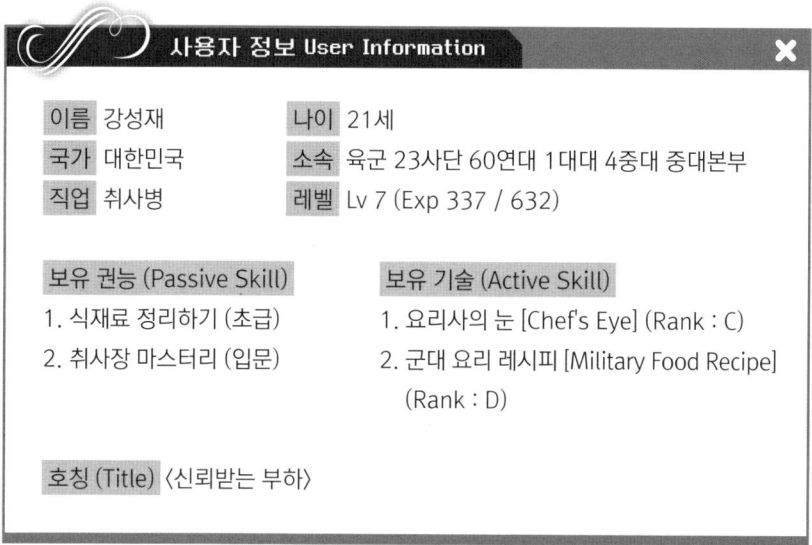

'이제 어떻게 달라졌을까?'

성재는 다시 화장실 밖을 나와 중본이 모인 곳으로 향했다. 때마침 조상준 상병이 중대장에게 아양을 떨고 있었다.

"중대장님~ 제 마음입니다."

조석호는 흐뭇한 미소를 지은 채, 조상준이 건네준 상추쌈을 입에 넣으려 한다.

사실 중대장은 자신보다 행보관과 친한 병사들에게 서운한 느낌을 가지고 있었다.

'내가 너무 했었나? 인간미가 그렇게 없었나?'

하지만 조상준의 행동으로 그런 생각이 혼자만의 오해란 것을 깨달았다.

한편, 성재는 요리사의 눈을 개방하며, 조상준 상병이 만든 상추쌈의 등급을 확인했다.

'요리사의 눈!'

'헉… 생마늘? 저걸 왜?'

한편, 군수계원의 정성에 감동한 조석호 대위. 그는 미소를 머금고 상추쌈을 씹었다.

결과는?

갑자기 올라오는 마늘 특유의 매운맛.

"컥…."

갑자기 말문이 막히고.

"아… 아…."

순식간에 눈시울이 빨개졌다. 조상준은 중대장이 자신을 쳐다보자, 종이컵에 사이다를 따르기 시작했다. 간신히 쌈을 넘긴 중대장의 고함!

"야! 조상준!"

이어지는 대답.

"상병 조상준!"

혼낸다, 보다는 반장난 섞인 구수한 말투.

"이 새끼야! 마늘을 이렇게 많이 넣으면 어떻게 해?"

조상준이 씩 웃더니, 미리 따라놓은 사이다를 건네며 아부를 떨었다.

"마늘 좋아하시는 줄 알았습니다."

벌컥벌컥~

사이다를 들이키곤 중대장의 목청에서 목소리가 흘러나왔다.

"넌 진짜, 중대장한테 한 번만 더 장난치면 죽는다?"

"흐흐, 중대장님! 사랑합니다."

"됐어. 인마!"

조상준의 장난 섞인 태도를 넘긴 중대장이 자리에서 일어났다. 스마트폰을 들고는 누구한테 전화를 걸며 자리를 뜨는 중대장. 분명 결혼을 약속한 여자친구와의 통화일 것이다. 중대장이 일어서자, 성재는 한숨을 내쉬었다.

시간 종료까지 1분 30초… 지금 와서 저렇게 일어나버린 중대장에게 쪼르르 달려가 상추쌈을 먹일 용기는 없었다.

'그래. 포기하자. 리스크 있는 퀘스트를 할 필요는 없어.'

성재는 알아챘다. 퀘스트에서 성공하려면 중대장에게 조상준보다 먼저 상추쌈을 먹였어야 된다는 것을….

잠깐?

'퀘스트는 미래도 알고 있는 건가? 아니야. 아직은 불확실해. 더 많은 정보가 필요해. 다음 기회를 노리자.'

중대장의 호감도를 어떻게 해서 올렸는데, 여기서 떨어뜨릴 생각은 없던 성재, 그는 자리에 앉아 고기를 굽기 시작했다.

행정보급관이 환한 미소를 지으며 조상준에게 말했다.

"군수!"

"상병 조상준?"

"잘했어."

"헤헷, 감사합니다."

성재는 그제야 조상준 상병이 왜 그렇게 무모한 장난을 쳤는지 알게 되었다.

행정보급관의 사주를 받고 한 장난이었다.

누군가의 라인을 서야 하는 것, 그것은 살아남기 위한 방법임에 틀림없었다. 하루 일과 중 50퍼센트 이상을 행정보급관과 같이 지내는 군수나 보급계원한테는 역시 중대장보다는 행정보급관 편에 서는 게 맞아 보였다.

'중대장과 행정보급관은 사이가 안 좋은 게 분명하네.'

그리고 잠시 후. Time out!

돌발 퀘스트 실패

퀘스트가 사라졌다. 시도조차 하지 않은 퀘스트. 다행히 리스크는 없었다.

'호칭이 얼마나 대단한지 알고 싶었는데….'

"상준이, 다 치우고 나서, 부스타는 다 회수해놔. 그리고 성재! 넌 불판 다 회수해서 윤동현이랑 다 모아 놔라, 이따 저녁때 강현소초 갖다줘야 하니까."

"이병 강성재! 알겠습니다."

소초별 회식은 같은 날 하지 않는다. 불판과 부스타가 부족하기 때문이었다. 오늘 강림소초에서 회식을 하면, 다음날 강현, 강원 이런 순으로 돌아가면서 실시한다.

나름 머리 좀 굴렸다는데…,

수개월에 한 번 있을까 말까 한 회식. 강림소초의 분위기는 그 어느 때보다 밝아 보였다.

다음날 아침. 낡은 1톤 포터 한 대가 소초에 들어왔다. 50대 후반으로 보이는 붉으락푸르락한 아저씨. 험준한 인상을 쓴 그가 소초 입구를 통과했다.
취사장 앞에 자신의 적재하중 1톤짜리 차량을 세운 남자.
빵! 빵!
짧은 경적소리, 그리고 곧바로 나가는 윤동현.
윤동현은 아저씨를 보며 인사를 건네고, 그 아저씨는 너털웃음을 보인 채 말을 꺼냈다.
"잘 지냈냐? 잔반은?"
"예. 아~ 아저씨. 뒤편에 있긴 합니다."
"합니다? 그런데?"
"잔반이 거의 없습니다."
커다란 푸른색의 잔반통, 본래 2/3 이상 꽉 차 있어야 할 잔판통은 1/10도 채워져 있지 않았다. 짬 아저씨의 표정이 심상치가 않았다.
"이러면 곤란한데?"
그러자 윤동현은 곤란한 듯 부탁조로 말했다.
"아저씨, 가져가시면 안 됩니까?"
"너네 행보관 어딨어?"
그러나 20대 초반 어린 병사의 말을 귓등으로도 듣지 않는 노련한 아저씨. 이럴 때는 행보관이 출동할 때. 윤동현이 재빠르게 대답했다.
"지금 소초에 계십니다. 불러오겠습니다."
선임병의 시선이 후임병을 향했다. 강성재는 곧바로 선임이 원하는대로 대답했다.
"다녀오겠습니다."

행정보급관에게 모든 상황을 보고한 성재. 그리고 행정보급관과 마주친 짬 아저씨.
"아~ 행보관이요. 이렇게 하면 안 되지? 겨우 이거 받으러 내가 왔다갔다 해야겠어?"
"아하하, 미안하게 됐습니다. 사장님! 그냥 받아주시면 안 됩니까?"
"아니, 우리가 공짜로 수거해주면 이득이 남아야 될 거 아니야. 돼지 1~2년 키우는 것도 아니고, 행보관하고 안지 얼마나 됐어? 10년 전부터 나 알잖아? 이렇게 나오면 안 되지."
"하하, 알죠~ 김 사장님! 우리 부대를 위해서 고생하시는 건 누구보다 제가 더 잘 알죠. 요즘 밥맛이 좋아져서 그런가, 병사들이 잔반을 안 남기네요. 한번 신경 써 볼게요."
"아 참~ 오늘 좀 거시기 하네. 일단은 가져갑니다. 행보관! 신경 좀 써주고~."
"예. 하하하, 알겠습니다. 대책 좀 마련하겠습니다."
잔반 처리, 상급부대에서는 '잔반 제로화 달성'이라는 목표를 제시하고, 하급부대에서는 그걸 따르기 힘든 상황. 군대 입장에서 보면 강림소초가 굉장히 잘하는 건데, 그 잘하는 행동이 오히려 곤란한 상황을 만든다.
행정보급관은 짬 아저씨를 설득해서 잔반 회수 후 돌려보냈지만, 한숨을 내쉰다.
"하아…, 별 것도 아닌 게 신경 쓰이네. 짜증나."
밥을 일부러 맛없게 하라고 할 수도 없고, 잔반이 없으니 아저씨를 안 부르면 음식물 처리 비용이 추가로 발생한다.
그렇다고 이 상황을 취사병이 해결할 수는 없다. 그러라고 간부들이 있는 거니까.
복잡한 군대 시스템, 행정보급관은 결국 부사관 라인으로 보고하기로 했다.
"충성! 주임원사님? 4중대 행보관입니다."
행정보급관과 주임원사의 통화는 길어졌다.

그날 저녁, 짬아저씨는 각 소초에서 수거한 짬통을 꺼내 농장 안에 뿌렸다.
그런데 희한한 일이 일어났다. 강림소초에서 수거한 짬에만 돼지 수십 마리가 몰린 것.
- 우물우물.
'어라? 돼지들이 왜 이래?'
짬 아저씨는 당황했다.
돼지들은 커다란 몸을 서로 부딪히며, 많은 짬통들을 무시하고, 유독 양이 적은 한 곳의 짬통으로만 몰려든다. 그건 바로 강림소초에서 수거한 잔반통.
- 쿵쿵!
- 컹컹!
서로 엎치락뒤치락, 못 먹어서 안달인 돼지들. 각삽으로 돼지들을 떨어뜨려 보려 하지만 속수무책, 신나게 달려드는 돼지들은 강림소초에서 수거한 잔반을 다 비운 후에야 다른 짬통으로 시선을 돌렸다.
짬 아저씨는 돼지들의 이상 현상에 고개를 갸웃거렸다.
'그렇게 맛있나? 돼지들, 왜 이래? 이런 건 살다살다 처음보네.'

019

황금마차 매출이 떨어졌다?

21년의 군생활을 마치고 제대한 부사관, 예비역 상사 윤태석.
그는 음주사고로 전역한 불운의 사나이다.
현재는 노란색으로 칠해진 트럭, 일명 황금마차를 몰며 소초 이곳저곳을 돌고 있었다.
왜 돌고 있냐고?
국군복지단에 취직한 계약직 직원으로서 이동식 충성마트인 황금마차를 끌고 매일 하루 5개 소초씩 다녀야 하기 때문.
'XX, 언제까지 이런 격오지 다녀야 돼?'
윤태석은 자신의 월급명세서를 보며 욕설을 내뱉었다.

　기본급 160만 원, 수당 17만 원

충성마트에도 급이 있다.
육본이나 군사령부처럼 큰 제대는 50평 이상의 큰 매장을 가지고 있고, 사단이나 연대급은 30평, 그 이하 소규모 독립부대는 약 10평형인데, 이런 경우는 직원이 없는 위탁으로 관리한다.
따라서 규모가 클수록 매출이 높은 것은 당연지사.

충성마트 관리 직원의 수당은 매출액의 1%로 정해져 있다.
그래서 매출이 적을 수밖에 없는 황금마차를 몰고 다니는 윤태석은 항상 불만에 차 있다.
격오지에서 황금마차를 운전하는 수당은 하는 일의 강도에 비해 너무나 적기 때문이다.
윤태석이랑 같이 전역한 후 입사한 예비역 상사 김만식이 카톡으로 자신의 월급 명세서를 보내왔다.

　기본급 160만원, 수당 121만원

확실히 차이나는 금액.
- 야! 김만식! 이 XX야! 나 놀리냐? [윤태석]
- 그래! 놀린다 인마! 그러게, 사고 치지 말지 그랬냐? 격오지 할 만하냐? [김만식]
- X같다. 이 XX 새끼. 아… X 짜증나네. 이런 거 보낼 거면 톡 하지 마라? 만나면 뒈진다. [윤태석]
- ㅋㅋㅋㅋㅋㅋㅋ [김만식]

윤태석은 단단히 화가 난 채, 강원도 삼척의 강원소초에 들어왔다.
황금마차를 보며, 소초에서 달려 나오는 병사들.
약 20여 명이 기다랗게 줄을 서고, 그 병사들을 보며 트럭 트레일러를 개방하며 물품을 보여주는 계약 직원.
"아저씨, 샴푸 있습니까?"
"들어가서 봐봐."
"에이, 대답 좀 해주시지."
"후우…."
불과 1년 전만 해도 병사들은 눈도 못 마주치는 인접부대 행보관이었던 윤태석.
하지만 지금은?
아저씨라 불리는 기본급 160만 원짜리 월급쟁이일 뿐이었다.
윤태석은 조금 전 샴푸를 산 병사의 말에 기분이 상했지만, 뭐라 하진 않았다. 수만 원어치의 과자, 샴푸, 수건, 면도기, 샤워타올 등 이것저것 많이 집어 들었기 때문이었다.
"다 계산해주세요."
그는 휴대용 카드결제단말기를 들고 병사의 나라사랑카드를 받아 결제했다. 저도 모르게 혼잣말이 흘러나왔다.

"300원짜리네."

"예? 뭐라고 하셨습니까?"

"아니야. 31,200원, 결제했다."

"감사합니다."

"음. 다음! 들어가!"

강원소초, 1시간 매출 총 41만 원, 자신에게 떨어지는 수당 4,100원, 누구는 앉아서 돈을 벌지만, 누구는 개고생해도 한 시간에 4,100원밖에 더 못 버는 더러운 세상.

그래도 이 정도면 많이 나온 편이다.

'다음은 어디더라? 강림 소초였나?'

윤태석은 황금마차를 운전하며 4중대 2소대가 있는 강림소초로 향했다.

[소초 상황실에서 전파합니다. 현 시각 부로 황금 마차 들어왔습니다. 황금 마차 들어왔습니다. 이용하실 분은 취사장 앞으로 이동해주시기 바랍니다.]

한 달에 한두 번, 소초는 황금마차로 난리가 난다.

그 이유는 군것질 때문.

냉동창고가 구비되어 있지 않아서 아이스크림이나 냉동식품은 없지만, 탄산음료와 맛있는 과자, 그리고 세면도구와 속옷 등을 구입하기 용이하다.

그런데…?

방금 전 소초와 이번 소초는 상황이 달랐다.

"야~ 병사야. 너 먹을 건 안 사냐?"

윤태석이 의아해서 물어보았다. 그러자 이등병인 병사는 고개를 저으며, 입을 열었다.

"별로 생각이 없습니다. 밥 다 먹었습니다."

처음에는 그냥 그런가 싶었다. 하지만 두 번째 녀석도, 세 번째 녀석도, 군것질은 전혀 하지 않고 생필품만 사 가는 것. 그것도 겨우 5명.

황금마차 소초 진입 후 1시간, 매출은 고작 41,600원.

'젠장, 410원 벌려고 내가 여기까지 들어온 거야?'

윤태석의 미간이 순식간에 좁아졌다. 그때, 그를 잘 아는 간부가 어슬렁어슬렁 걸어왔다. 바로 박재영 행정보급관, 그는 반가운 표정을 지으며 윤태석에게 말했다.

"태석아~ 뭐야? 표정이 왜 그래?"

"아… 선배님! 후우, 아오 열 받아 미치겠습니다."

전역 전 3대대 11중대 행정보급관이었던 윤태석은 박재영 상사랑 너무나 잘 알았고, 그래서 자신의 속사정을 털어놓을 수 있었다.

"왜? 뭔데?"

"여기 문자 보십시오. 아 진짜, 김만식 이 새끼 있잖습니까? 연대 충성마트 담당 되고 나서, 떼돈 벌어갑니다. 저 수당 보십쇼. 아 씨발, 이거 못 해먹겠습니다."

"어휴… 그러게 왜 음주운전 했냐? 병신아."

"…그 얘기는 하지 마시죠. 마음 아픕니다. 그나저나 얘네 병사들, 왜 이렇게 물품을 안 삽니까? 파리 날려 죽겠습니다."

"아마 식당 때문일지도, 밥이나 먹고 갈래?"

"그럼 좋지 말입니다."

"그래. 잠깐만! 윤동현! 윤동현!"

행정보급관의 부름에, 취사병 윤동현이 바깥으로 나왔다.

"밥 남은 거 있어?"

"밥은 남았는데 반찬이 없습니다."

"야! 보존식 꺼내!"

"괜찮으시겠습니까? 보존식은…."

"괜찮아. 꺼내 인마!"

"알겠습니다."

보존식, 식중독 발생 시 원인 규명을 위해 냉장고에 144시간 보관해두는 반찬들. 역학 조사를 위해 반드시 보관해야 하지만 이를 안 하고 넘어가는 부대도 수두룩하다. 윤동현은 보존식은 처벌과 직결되기 때문에 철저하게 관리하고 있었으나, 행정보급관의 지시에는 불복할 수 없었다.

"예. 꺼내겠습니다."

윤동현이 냉장고 근처에 있는 성재를 불러 행보관의 지시를 전달했다.

"성재야. 보존식!"
"예. 알겠습니다. 저도 행보관님 말씀하시는 거 들었습니다."
"오케이."
행정보급관은 윤태석과 식당 테이블에 마주 앉아 속 이야기를 시작했다.
"일하는 거 그렇게 거지 같냐?"
"케바케입니다."
"케바케가 뭐야?"
"케이스 바이 케이스, 좋은 곳은 좋고, 나쁜 곳은 나쁩니다."
"너 연금 얼마 받냐?"
"연금 110만 원에, 기본급 160이니까 총 270은 고정급으로 받는 것 같습니다."
"나쁘진 않네."
"그런데 대접이 전 같지가 않아서…."
"대접이 왜?"
"상사일 때는 그래도 지역사회 가면 아~ 행보관님 오셨어요? 이랬는데, 전역하니까 그냥 아저씨 취급하잖습니까?"
"칫, 그러니까 전역을 왜 해. 원사 진급 어떻게든 바라보고 버텼어야지."
"에이, 아시잖습니까? 음주운전, 원스트라이크 아웃! 한번 실수하면 진급은 없는…."
"병신, 올해 VIP가 다 사면해 줬잖아. 버텼으면 되는 건데…."
"솔직히 또 사면해줄 줄은 몰랐습니다."
"됐다. 이미 끝난 거, 지금은 어디 사냐?"
"가족이랑 강릉으로 이사 갔습니다. 삼척에서 사는 것도 이제 지겹고, 아내도 대도시 가고 싶어 해서 일단은 동해, 강릉 중 고민하다가 좀 더 번화한 강릉으로 갔습니다."
가족, 군대에서는 아내를 가족이란 용어로 대신 부른다. 가족이란 말에 박재영 상사는 입을 꾹 다물고 고개를 돌렸다.
"이혼하신 후로 여전히 연락 안 되십니까?"
"됐어. 인마, 병사들 있잖아. 말하지 마."
"알겠습니다. 휴가 나오시면 저희 집 놀러 오시죠. 제가 싱싱한 문어 준비해놓겠습니다."
"그러든가…. 제수씨는 잘 있고?"
"예. 뭐 그럭저럭 잘 있습니다."

"후우…, 소초 지겨워 뒤지겠다."
"저도 그렇습니다."

그런 그들의 옆에서 취사장 청소를 하던 성재. 성재는 행정보급관과 직원의 이야기를 듣고 행보관의 속사정을 처음 알게 되었다. 처음에는 악독한 간부인 줄만 알았던 그였지만, 그에게도 인간적인 면모와 아픔이 있음을 알게 되니 안쓰러워졌다.
윤동현이 보존식을 꺼내오자, 허기졌는지 허겁지겁 밥과 반찬을 먹는 윤태석.
그가 두 눈을 동그랗게 뜨며, 행보관을 향해 말했다.
"와~ 행보관님! 이거 진짜 맛있습니다."
"크크, 우리 중대 중 여기만 맛있어."
행정보급관의 말에 성재가 고개를 갸웃거리며 생각했다.
'다른 소초는 대체 몇 성짜리 음식을 내놓을까?'
윤태석의 앞에 놓인 반찬은 순식간에 사라지고, 윤태석은 행정보급관에게 다시 한번 소초 식단을 칭찬했다.
"키야~ 정말 맛있습니다. 이 정도면 간부식당과 비교해도 손색이 없을 것 같습니다."
윤태석의 말이 끝나기 무섭게 떠오르는 시스템창.

 Keyword 간부식당에 대한 정보를 획득했습니다

윤태석이 이등병 성재에게 말을 건다.
"취사병!"
성재는 고개를 돌렸다. 군무원이 행복한 미소를 지으며 칭찬했다.
"너~ 요리 진짜 잘한다. 생선 튀김, 그리고 소시지 야채볶음 진짜 맛있었다."
"감사합니다."
"후후후, 잘하면 간부식당 조리병으로도 뽑힐 수 있겠는데?"

 Keyword 간부식당 조리병에 대한 정보를 획득했습니다

'어? 키워드는 도대체 뭐야? 이게 뭔데?'

성재는 처음 보는 시스템 창에 의문을 가졌다.

그런데 윤태석이 또다시 말을 걸었다.

"후후후, 이거 너 가져."

그가 건네준 것은 유통기한이 얼마 남지 않은 과자들과 이번 달까지 판매해야 하는 폐기품인 와이셔츠, 속옷, 군용 양말 등.

"이걸 왜 주시는 겁니까?"

"후후, 밥값이야. 인마, 잘 먹었다고."

"감사합니다."

"그래. 나중에 또 신세 좀 지자."

"예. 알겠습니다."

다음날, 점심시간. 황금마차가 어제에 이어 또다시 들어왔다.

행정보급관은 당황하며 윤태석을 향해 물었다.

"야~ 너 왜 왔냐?"

"밥 먹으러 왔습니다. 뜨신 밥 좀 있습니까?"

안 그래도 최근 식수인원 대비 밥과 반찬이 부족해서 다른 소초 분량을 강림소초로 재분배한 행정보급관이었다. 주임원사랑 의견을 나누고, 이것이 가장 최선책이라고 판단했다. 다른 소초는 매일 잔반이 남고, 강림소초만 부족하니 전체 총량 내에서 재분배하는 정도는 행정보급관이 융통성을 발휘할 수 있었기 때문이었다.

"그래. 먹고 가라."

그런데… 황금마차에 이어 또 다른 차량이 들어온다.

"김 사장님, 어쩐 일로 오셨습니까?"

행정보급관은 당황해서 짬 아저씨를 쳐다보았다. 고압적으로 나올 것이 분명하기에, 행정보급관의 말투는 매우 경직되어 있었다.

그러나 짬 아저씨의 태도는 그가 생각하는 것과 180도 달랐다.

머리를 긁적이며, 부탁조로 말을 거는 아저씨.

"행보관~."

그러자 행보관이 당황한 듯, 입을 열었다.
"아… 예. 사장님."
"헤헤, 미안한데 말이야. 비법 좀 알려줄 수 있어?"
"어떤 것 말씀이십니까?"
"돼지들이 편식을 해서 말이야. 이쪽 소초 것만 먹고, 다른 소초 짬들은 아예 쳐다를 안 봐. 뭘 집어넣은 거야?"
"…글쎄요."
행보관이 고개를 저으면서 속으로 의아해했다.
'뭐지? 이 아저씨 갑자기 왜 그래?'
반면 짬아저씨는 어떻게든 강림소초의 짬을 확보하거나, 비법을 알아내야만 했다.
그 이유는 암돼지들의 편식 때문이었다.

- 쿵쿵, 쿵쿵. 쿠웨웩! 쿠웨웩!

다른 소초의 짬들은 쳐다도 보지 않는 암돼지들.
제아무리 가임기라 먹을 것을 가린다고는 하지만 너무 노골적으로 강림소초에서 나온 짬만 찾자, 이제는 짬 아저씨가 사정사정하며 강림소초에서 나오는 짬을 확보해야 될 상황.
자초지종을 다 들은 행정보급관이 씩 웃은 채, 짬 아저씨를 쳐다보았다.
"일단 밥이나 한 끼 하시죠."

020

상담관과의 만남

그날 오후. 행정보급관이 윤동현과 강성재를 불렀다.

"취사병들, 이리 와. 창고 정리 좀 하자."

상병급 이상은 다들 탄약 낱발 실셈으로 소초장 통제를 받고 있었고, 일병 이하는 부소초장이 지시해서 순찰로 보수작업에 투입되어 있었다. 또한 중본 군수계원 조상준 상병이 휴가를 가버린 탓에 시킬 병사가 취사병 밖에 없었던 것.

행정보급관은 중대 창고를 열며 윤동현과 강성재에게 지시를 내렸다.

"창고에서 표적판 꺼내."

야간 즉각조치 사격용 표적판.

총알 구멍이 거의 백 개나 뚫린 검은 플라스틱판에, 나무목재를 덧대어 못으로 대충 박아 놓은 형태다.

개수는 무려 12개.

표적판 12개를 나란히 꺼낸 윤동현과 강성재를 향해 행보관이 지시를 내렸다.

"여기 검은 용지 있지? 플라스틱에 다 감싸 버려."

"알겠습니다."

말없이 작업이 계속되는 가운데, 행정보급관은 검정 라카 스프레이를 꺼내 하얘진 플라스틱 부분에 분사하기 시작했다. 검은 라카가 땅바닥에 흩날리고, 낡은 표적판이 새것처럼 돌변했다.

"다 했냐?"

"예. 다 붙였습니다."

"그럼 이리 가져와. 고정시키게."

행정보급관이 드릴을 꺼내 들었다. 그리고는 합판으로 부서진 표적판을 보수하며 입을 열었다.

"윤동현!"

"병장 윤동현?"

"행보관 이야기 들었지?"

"…이혼 말씀이십니까?"

"그거 비밀로 해라. 중대간부 아무도 모른다. 입 벌리지 마."

"예. 알겠습니다."

"이등병!"

"이병 강성재?"

"너도 마찬가지야."

"……"

강성재는 입을 꾹 다문 채 고개를 숙였다.

행정보급관은 아무 말없이 묵묵히 자신의 일을 해나갔다.

표적판의 약간 뾰족한 부분은 그라인더로 갈았고, 흔들거리는 곳은 드릴과 45mm 못으로 고정시켜 단단하게 보수했다.

마지막 작업이 끝나자, 행보관이 강성재에게 말했다.

"성재! 넌 병영생활 상담관하고 내일 면담 있어. 아침에 연대로 출발할 거니까, 내일은 취사장에서 일하지 말고 준비해."

"…행보관님…."

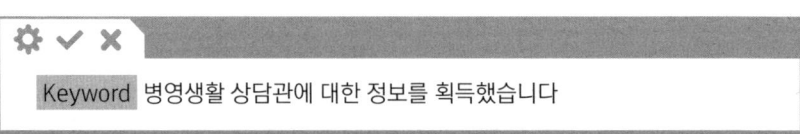

Keyword 병영생활 상담관에 대한 정보를 획득했습니다

강성재가 의문스러운 말투로 행보관을 불렀다. 그와 동시에 떠오르는 시스템창.

그러자 행보관이 씩 웃더니, 어깨를 두드리며 말했다.

"예전에 신청해둔 거니까 그냥 가서 면담만 하면 돼."

군대, 정해진 수순대로 해야 되는 곳, 불합리한 사항도 계속될 수 있는 법. 강성재는 크게 실망하지 않았다. 어딜 가나 똑같았다. 노가다 하는 공사현장도 그랬고, 아버지와 푸드트럭을 하던 번화가도 같았다.

그럴 때는?

그냥 시키는 대로 하면 된다.

'그래. 불만 품지 말자. 내가 이겨내면 되는 거야.'

성재의 의지가 담긴 결심. 그와 동시에, 떠오르는 황금색 시스템창.

'황금색?'

자신이 획득한 키워드 3개가 공중에서 퍼즐처럼 합쳐지기 시작한다.

> ☼ ✓ ✗
> 핵심 Keyword(간부식당, 간부식당 조리병, 병영생활 상담관)를 모두 획득했습니다

그리고는 반짝!

> ☼ ✓ ✗
> 새로운 직업(간부식당 조리병) 발견 조건을 모두 충족했습니다.

전직 퀘스트 간부식당 조리병 / Rare Class

해당 직업은 상위 직업으로서, 많은 노력을 요합니다. 간부식당 조리병 전직 퀘스트를 진행하시겠습니까?

진행조건 취사병, 레벨 7 이상   제한시간 5개월
달성조건 1 상담관과의 첫 만남
달성조건 2 아직 알려지지 않았습니다
달성조건 3 아직 알려지지 않았습니다
달성조건 4 아직 알려지지 않았습니다
달성조건 5 아직 알려지지 않았습니다
성공 시 간부식당 조리병으로 전직, EXP + 3,000
실패 시 간부식당 조리병 전직 불가

다음날 아침, 자갈길을 덜컹거리며 지나가는 차량은 바로 5/4t 포차.
행정보급관이 선탑한 차량의 뒤편에는 3명의 병사가 탑승해 있다.
"아~ 추워! 아씨~ 추워 미치겠네!"
조상준 군수계원과….
"아~씨, 갑자기 연대는 왜 가는 거야?! 어?"
보상 + 2차 정기휴가를 다녀온 보급계원 김도준 병장.
"오늘 부식수령이지 않습니까? 당연히 가야되지 말입니다."
그리고 아무 말도 하지 못하고, 발을 동동 구르며, 추위를 버티는 이병 강성재. 영상 1도라는 추위를 견디지 못하고, 선임병에게 질문을 했다.
"조상준 상병님?"
"어. 뭐야?"
"연대까지 몇 분 걸립니까?"
"35분… 아 나도 추워 뒤지겠다."
"저도 춥습니다."
그러자 가장 선임병인 보급계원 김도준 병장이 대대에 반납할 의류대를 꺼냈다.
"아씨, 안되겠다. 의류대 하나씩 가져가."
"괜찮으시겠습니까? 행보관님한테 들키면 혼날 텐데…."
"그게 문제냐? 일단 열어서 다리 집어넣어. 추워 미치겠다."
"예. 알겠습니다. 그럼 이거 다 김도준 병장님이 시킨 겁니다."
"아~ 조상준! 넌 요즘 개긴다?"
"헤헷, 헤헤헤헤헤."
조상준이 출랑출랑 장난을 치며, 두 발을 의류대에 쏙 집어넣고 의류대를 허리까지 올렸고, 그걸 본 김도준도 재빨리 따라하며 강성재에게 말했다.
"좋지? 이게 가오는 좀 떨어져도, 효과는 확실해!"
얼마 전 휴가복귀해서 처음 보는 보급계원 김도준 병장, 그의 지시에 강성재는 의류대를 허리까지 끌어 올렸다. 갑자기 살을 에는 찬바람이 거짓같이 사라지는 마술을 경험한다.
씨익!

이등병의 입가에 미소가 퍼졌다.
"크큭, 병신! 좋댄다. 저 새끼! 쳐 웃고 있다. 상준아!"
"존나 빠졌네? 중댐이 어느 순간부터 저 새끼 졸라 편애하니까, 빠진 것 같습니다."
"한번 조져야지?"
"헤헷, 그건 제가 하겠습니다."
중대본부 선임병들, 그들은 악마 같은 미소로 성재를 쳐다보았다.
하지만 성재는 이미 선임병들이 장난친다는 것을 알고 있었다. 그들의 짓궂은 눈길에 고개를 푹 숙인 채, 겁먹은 척 연기했다.
겁먹은 표정에 좋아하는 선임병들.
"강성재~ 다 장난이야~ 귀여워서 그래. 인마! 쫄지 마."
'그래. 적당히 맞춰주자. 그래야 군 생활이 편해.'
이미 군 생활을 눈대중으로 익혀버린 이등병. 그는 어떻게 하면 편하게 살아남을 수 있는지 벌써부터 익혀가고 있었다.

연대 입구. 성재는 신병교육대대에서 처음 연대로 전입해 왔을 때를 생각해냈다.
"후우…."
한숨이 절로 나왔다.
'그땐 참 어리버리 했는데….'
지금 이렇게 생각하는 강성재도 전입해 온지 2주밖에 지나지 않았다.
만약 그가 생각 그대로를 선임병에게 말했다면,

- 개빠졌네!
- 미친 거 아니야?

이런 소리를 들었을 것이다. 그래서 성재는 속마음을 드러내지 않았다.
군 입대 전 공사판에서 노가다를 할 때도 이런 분위기는 많이 접했다. 군대도 사람 사는 곳이라 그런지 지내보니 그다지 불편하지도 않았다.
"전원 하차!"
행정보급관의 우렁찬 목소리에 방탄 쓴 병사 3명이 포차에서 내렸다.

"군수!"

"상병 조상준?"

"넌 보급이랑 같이 창고 앞으로 가. 오늘 우리 중대가 부식수령이다."

"그렇습니까?"

"가서 연대 급양담당관한테 행보관 금방 간다고 전해."

"알겠습니다. 대기하고 있겠습니다."

해안소초의 부식수령은 각 중대 행정보급관이 돌아가면서 실시한다.

오늘이 그 날이었던 거고.

김도준 병장과 조상준 상병은 익숙한 태도로 바로 연대 취사장으로 향하고, 박재영 행정보급관은 홀로 남은 강성재에게 지시를 내렸다.

"따라와."

"알겠습니다."

박재영 행정보급관이 성재를 데리고 간 곳.

원수들이 득실거리는 그곳, 바로 지원과.

그가 사무실에 들어가자 곧바로 얼굴을 찌푸리는 인사담당관 허란희 상사.

"충성. 지원과장님, 면담 인원 데려왔습니다."

지난번 자신을 무시하고 지나쳤던 지원과장을 향해 거수경례를 올리고는 그가 경례를 받아줄 때까지 손을 내리지 않았다.

날 무시하지 말라는 암묵적인 시선.

지원과장도 날 선 행정보급관의 행동을 무시할 순 없었는지, 마지못해 경례를 받았다.

"충성, 4중대 행보관이 여긴 어떤 일로?"

"상담관 면담 때문에 왔습니다. 지원과에서 보낸 신병 때문이죠."

"……."

불편한 기색이 역력한 지원과장이 갑자기 입을 꾹 다물었다.

"그래요. 볼 일 있으면 병사 여기 놓고 볼일 보세요."

4중대 행정보급관이 입술 한쪽을 올리며 피식 웃고는 고개를 돌렸다. 그걸 또 직접 목격한 지원과장, 그가 그런 행보관을 가만히 둘 리 없었다.

"4중대 행보관?"

"예? 무슨 하실 말씀이라도?"

불만이 가득한 둘의 표정이 아주 가관.

지원과 유일한 여군인 허란희 상사. 그녀는 직속상관인 지원과장과 부대 내 상급자 박재영 상사 사이에서 불꽃 튀기는 눈치 싸움에 불편해졌다.

"행보관, 요즘 잘하나 싶어서요. 내가 요즘 입이 간질간질해서 미치겠거든요."

"그게 무슨 말씀이십니까?"

"행보관들 집합, 내가 모를 줄 알았나요? 당신 때문에 집합한 것, 부사관들 사이에선 아직까지 비밀이 잘 지켜지고 있는 것 같던데, 그게 언제까지 유지될까 싶은데?"

"…지금 저 협박하시는 겁니까?"

"협박이 아니라 경고입니다. 4중대 행보관, 당신 그 고압적인 태도! 그게 우리 지원과로 향하면 난 더 이상 참지 못합니다. 알겠습니까?!"

"허허… 흐… 과장님, 일단 제가 참겠습니다."

박재영 상사는 입술을 꽉 깨문 채 지원과 밖으로 나갔다. 홀로 남겨진 강성재. 지원과 인사계원이 그를 소파에 앉히고, 간부들은 병사가 있건 말건 서로 이야기한다,

"과장님, 저 때문에 굳이 그렇게까지 안 하셔도 됩니다."

허란희 상사는 우려스러운 시선으로 과장을 쳐다보았다.

"아닙니다. 저 버릇 고쳐놔야 합니다. 담당관! 행보관이 저 째려보는 거 봤죠? 나 내년이면 소령 진급 들어갑니다. 이제 막 대위 단 초급장교 아니잖아요. 저 부라리는 눈빛 보니까, 4중대장이 왜 그렇게 행동했는지 짐작이 갑니다. 인사담당관하고 군수담당관이 왜 치를 떠는지도 알겠고."

"……."

인사담당관은 더 이상 말을 꺼내진 않았다. 정면에서 싸우는 일은 없어야 했다. 지원과장이 아무리 자신을 위하고 신경 쓴다 해도, 앞으로 1년 안에 타 부대로 갈 사람. 1년 뒤에는 자신이 곤란해진다는 것을 알고 있기에, 부사관 사이에서는 조심, 또 조심해야 했기 때문이었다.

"란희 씨, 잘 지냈죠?"

"네. 상담관님, 오랜만이에요. 피부가 더 고와지셨네요."

"후후, 요즘 나이 들어 관리 좀 하고 있어요. 어머머, 젊은 과장님이 오셨구나. 처음 뵙겠습니다."

그녀는 자신의 품에서 명함을 꺼내 들었다.

〈23사단 병영생활 전문 상담관 윤정미〉

그녀의 명함을 받은 지원과장은 머쓱한 얼굴로 상담관에게 말했다.

"지원과장입니다. 제가 군인이라 명함이 없어서…."

"괜찮습니다. 군인들 원래 명함 안 쓰는 거 제가 아는데요. 아, 대대장님은 언제 뵙나요?"

"시간 계획상 동석 식사로 잡혀 있습니다. 상담 한 건 하시고 저랑 같이 가시면 됩니다."

"아. 네. 오늘 상담할 친구는?"

"오전에는 옆에 있는 4중대 강성재 이병이고, 오후에는 본부중대랑 통신소대 각각 1명씩 해서, 총 3명 잡혀 있습니다."

"그렇군요. 호호호."

강성재는 윤정미를 쳐다보았다. 검은색 세미정장이 깔끔하게 잘 어울렸지만, 허리춤이 불룩한 걸 보니 뱃살도 상당해 보였다.

짙은 화장으로 피부 트러블을 전부 숨긴 아줌마의 외형.

'누나는 어디에? 누나라고 했잖아.'

중대장이 말했던 누나, 그건 중대장에게만 누나였나보다. 자신과는 거의 스무 살 이상 차이 나는 이 아줌마가 상담관이라니….

그때, 또다시 나타난 황금색 시스템창.

'전직 퀘스트?'

성재가 깜짝 놀라 시선을 돌렸다. 다음과 같은 메시지가 허공에 떠 있다.

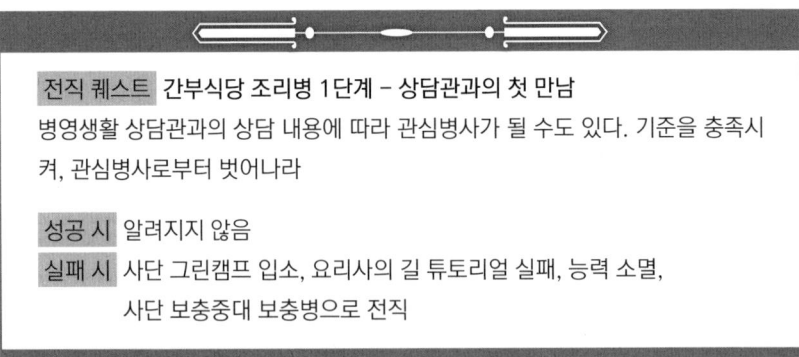

전직 퀘스트 간부식당 조리병 1단계 – 상담관과의 첫 만남
병영생활 상담관과의 상담 내용에 따라 관심병사가 될 수도 있다. 기준을 충족시켜, 관심병사로부터 벗어나라

성공 시 알려지지 않음
실패 시 사단 그린캠프 입소, 요리사의 길 튜토리얼 실패, 능력 소멸,
         사단 보충중대 보충병으로 전직

이병! 강성재!

상담실, 사실 이곳은 여군 휴게실이다.
부대 내 여군이 한 명이라도 있으면 만들게 되어 있는 이곳은 상담관이 왔을 때만 유동적으로 상담실로 사용한다. 그곳에 들어선 성재는 부대에 배치된 후 처음 맡는 꽃향기에 깜짝 놀라 주변을 바라보았다.
옷걸이 옆에 걸려있는 간이화장대와 거울….
'아… 향기 좋다.'
군대라는 공간에서는 전혀 느낄 수 없었던 장소.
소파와 탁자를 두고 마주 앉은 상담관과 성재 사이에 어색한 웃음이 오갔다.
"왜?"
"아닙니다. 어색해서 그렇습니다."
"후후, 친누나라고 생각하고 편하게 마음 가져. 아까 지원과에서 봤겠지만, 난 오늘 성재랑 허심탄회하게 이야기하고 싶어서 왔어."
"그렇습니다."
"병영생활 간 힘든 점은 없었어? 이등병이면 많이 힘들었을 텐데, 선임병이 괴롭히지는 않고?"
"아…."

성재는 잠깐동안 병영생활 간 있었던 일을 떠올렸다. 그러나 곧 고개를 저었다.
딱히 힘들다고 생각 들진 않았다. 다 극복할 수 있는 것들이었다.
그러자 윤정미 상담관이 말을 걸며 성재의 시선을 돌렸다.
"내 정신 좀 봐. 성재는 녹차 마실래? 아니면 커피 마실래?"
"녹차 마시겠습니다."
"그래. 누나가 녹차 타줄 테니까, 잠깐 이 프린트 좀 보고 있을래?"

〈누구나 보장받는 비밀상담, 병영생활 상담관〉

상담사는 시작부터 구체적으로 물어왔1다.
"성재는 살면서 가장 불편했던 게 뭐야?"
"…솔직히 말씀드려도 됩니까?"
"그래. 편안하게 말해. 여기 상담사 누나는 절대 비밀 발설 안 하니까."
"알겠습니다."
성재는 다 알고 있었다. 이 모든 것이 지휘관에게 들어간다는 것을….
그렇지 않고서야 관심병사로 재분류 되거나, 보충중대로 갈 리가 없다.
그렇다고 거짓말을 할 수도 없는 법.
"먹고 사는 게 가장 힘듭니다."
성재의 말에 상담사의 말문이 턱 막혔다.
"…먹…고 사는 게 힘들다니…?"
"솔직히 말씀드리면 저 고등학교 안 나왔습니다. 수업료가 없어서… 막노동 했습니다."
"고등학교를? 잠깐…."
윤정미는 지원과 인사담당관에게 넘겨받은 생활지도기록부를 열람하며, 놓친 내용을 확인했다. 고졸이라고는 쓰여 있었지만, 학교가 나와 있지 않고… 아래 인생사에 검정고시로 합격했다는 내용을 놓친 것이다.
"그래서 정말 힘들었습니다. 어머니 돌아가시고, 아버지는 다치시고, 실질적인 가장은 저였습니다."
"그랬구나… 여동생이 있다고는 들었어. 여동생은 어때?"
"민지는 할머니가 키워주고 계십니다. 그런데 할머니도… 너무 편찮으셔서…."

성재는 마음을 굳게 먹었지만, 슬픔의 감정을 지울 순 없었다.
"……."
상담사가 말을 잃고, 성재는 적막이 흐르는 상담실 안에서 다시 이야기를 이어갔다.
"민지는 이제 6살입니다. 다행히 말도 곧잘합니다. 4살까지 말을 못 해서 정말로 말을 못 하는 줄 알고 걱정 많이 했었습니다. 이제는 제법 오빠~ 오빠~ 안아줘, 이런 말도 합니다."
"아버지께서는?"
"배관공으로 일하시다가, 낙상 사고로 허리를 다치셨습니다. 지금은 공사판은 못 나가시지만 어머니가 하시던 푸드트럭을 맡아서 하고 계십니다."
"……."
너무나 처절한 가정환경. 그리고 불쌍한 인생사.
관심병사 하면 자살시도나 복무기피, 개인성향이 강한 병사가 대부분이지만 이번엔 좀 다르게 느껴졌다. 항상 흐트러지지 말아야 할 상담관의 마음 한 켠이 급격하게 뜨거워져 간다.
그래도 감정을 추스르며 해야 할 말을 꺼냈다.
"군대 생활하면서 어려운 점은 없어?"
"예. 군 입대 전 일했던 막노동 생각하면 이곳은 쉽습니다. 다들 또래여서 그런지 그렇게 어렵지도 않고, 생각도 아직은 얕은 것 같습니다."
"그래? 군대 조직이 그렇게 쉬운 게 아닐 텐데…."
"아닙니다. 저한테는 아무렇지도 않습니다. 끼니마다 밥 주죠. 적게나마 월급도 주잖습니까? 살 곳도 제공해주고, 걱정할 게 없습니다. 어차피 공부도 못했고, 할 수 있는 것은 몸으로 구르는 것 밖에 없었습니다. 군 생활은 오히려 사회보다 편한 것 같습니다."
말투에서 20대 초반이라고는 느껴지지 않을 성숙함. 거기에 놀란 윤정미가 걱정스러운 표정을 지으며 말했다.
"…성재야. 누나는 성재가 어떤 힘든 삶을 살아왔는지 모르겠지만, 우려된다."
"어떤 점이 말씀이십니까?"
"아직 어리잖아. 아직 꿈도 많고, 해야 할 일도 많은데, 너무 세상을 비관적으로 보게 되지 않을지 염려가 되거든."
"비관적 말씀이십니까? 아닙니다. 저 군대 와서 꿈이 생겼습니다."
"꿈?"

"예. 세계 최고의 요리사가 되는 겁니다. 이번에 취사병을 하면서 적성이란 것을 알게 되었습니다. 전역하면 아버지를 도와 푸드트럭을 운영해 볼 생각입니다. 그걸로 돈 많이 벌어서 우리 아픈 할머니, 다친 아버지, 그리고 제 하나뿐인 여동생 민지의 학비 벌어서 잘 살 겁니다."

성재의 말투에 윤정미는 최대한 감정을 죽였다. 그러나 눈시울이 붉어진 것은 막을 수 없었다.

"성재야. 돈을 많이 벌어야 되는 건 맞는데, 그게 전부는 아니야. 네 자신을 찾고, 세상을 긍정적으로도 바라봐야 되는 거야."

"저 이래 봬도 긍정적입니다."

"자세히 물어봐도 될까?"

"저희 집, 벌써 담보로 넘어갔고, 하루하루 살기 힘들 때, 공무원들이 찾아와서 쉼터로 가라고 했었습니다. 동생은 고아원 보내라고 하고요. 저희 아버지와 저는 잠시 흔들렸지만, 보란 듯이 이겨냈습니다. 저는 저와 가족을 믿습니다. 해낼 겁니다. 이겨낼 겁니다. 그래서 보란 듯이 잘살아 볼 겁니다."

"……."

이등병의 입에서 튀어나온 결의가 상담관의 마음을 움직였다. 상담관은 결국 감정을 주체하지 못하고 자리에서 일어났다.

"성재야. 잠깐만, 누나 화장실 좀 다녀올게."

"예. 알겠습니다."

윤정미, 그녀는 바로 여자 화장실로 달려가 펑펑 울기 시작했다. 병사에 대한 동정심이 그녀의 감정을 계속해서 자극했다.

상담실 안, 홀로 남은 성재는 자신의 비밀을 털어내고는 한숨을 내쉬었.

'너무 자세하게 이야기했나?'

자신의 인생사를 솔직히 밝히고 싶지는 않았다. 하지만 숨긴다고 숨겨지지도 않는다. 오히려 말하고 나니 홀가분하기도 한 성재였다.

잠시 후 상담관이 문을 열고 들어왔다.

"상담관님, 우셨습니까?"

"아…아니야. 울긴 누가 울었다고 그러니?"

그러나 이미 눈가 주변의 화장이 번져있다. 그녀의 마음이 흔들린 것.

"저 그럼, 상담 끝난 겁니까?"

"그래. 성재야. 누나가 할 말 있어. 나 좀 봐봐."

"이병 강성재?"

"…혹시 말이야. 누나가 성재한테 조그마한 도움을 줘도 될까?"

"…무슨 말씀이신지 잘 모르겠습니다."

"우리 상담사들은 전국 사회복지사분들하고, 커뮤니티가 형성되어 있거든. 우리 성재가 불편하지 않다면, 성재의 가족을 찾아뵙고, 어떻게 하면 도움을 줄 수 있는지 알아볼게."

"……."

이등병 강성재의 말문이 턱 하니 막혀왔다. 자신에게 내미는 첫 도움의 손길.

그냥 그저 그런 아줌마라 생각했는데, 외모와 달리 높은 성품과 배려심 깊은 마음을 표현하는 상담사.

성재는 머뭇거리다 결국 고개를 끄덕이고 말았다.

"그래. 고생했어. 고생했어. 앞으로 여기 누나가 성재 많이 돌봐줄게."

그때… 떠오르는 보조창.

전직 퀘스트 간부식당 조리병 1단계 상담관과의 첫 만남 / 완료

특별 보상 국방부 주관 불우장병 돕기 프로젝트 후보로 선정되었습니다
병영생활 상담관 윤정미가 강성재의 과거에 대해 깊은 공감과 연민을 느꼈습니다
호칭 〈감동적인 인생 스토리〉를 얻었습니다
전직 퀘스트 간부식당 조리병 2단계가 열렸습니다

상담이 끝나고, 다시 돌아온 지원과. 행정보급관은 오전 중에 결국 돌아오지 않았다.

인사담당관이 한숨을 내쉬며 자신의 계원에게 말했다.

"후우… 이렇게 되나? 민철아!"

"상병 김민철?"

"이등병 데리고, 병영식당 가서 식사하고 와. 오후 한 시까지 다시 오고."

"알겠습니다. 지금 바로 가도 되겠습니까?"

"그래. 먼저 가. 담당관은 공문 처리 좀 하고 갈 테니까."

"알겠습니다."

대대 인사계원 김민철 상병은 이등병을 보며 말을 꺼냈다.

"따라오시죠."

"예."

연대, 대대 통합병영식당. 식수인원 600여 명의 꽤 큰 규모. 그러나 일과가 다 끝나기 전에 왔기에 한산 그 자체다.

"이등병 아저씨는 어디 살아요?"

인사계원 김민철 상병이 강성재에게 물었다.

"대전 인근에 삽니다."

"대전이요? 좋은 데 사네요."

"좋진 않고, 옥천이라고 변방에 살아요."

"아… 그렇구나. 저는 천안 사는데… 미리 말해둘 게 있어요. 여기 식당은 별로 맛없어요. 대충 먹고 우리 충성마트나 가요."

처음에는 김민철 상병이 왜 저런 말을 하나 싶었다. 그러나 곧 알게 되었다.

'요리사의 눈!'

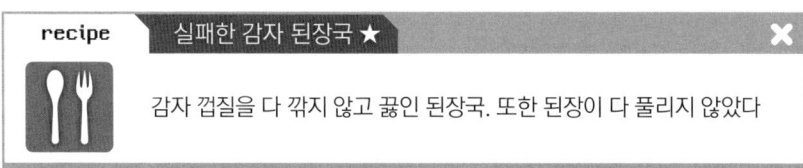

recipe	질어진 밥 ☆	
	취사병인 이등병 윤설호가 처음 지은 밥으로 물 조절에 실패. 묵은 쌀 냄새를 제거하지 않아 먹기 거북할 수 있다	

강성재는 소름 끼치는 연대 배식을 보며 혀를 내둘렀다.

"보기에도 맛이 없는 것 같습니다."

"그렇죠? 모든 사람이 다 그렇게 느낀다니까."

성재는 주변을 둘러보았다. 제아무리 명령에 의해서 반드시 식사를 해야 한다지만, 억지로 먹는 듯 마는 듯 넘기는 병사들. 소초에선 잔반이 거의 없을 정도인 반면, 이곳은 잔반 처리가 힘들 정도로 엄청난 양의 음식 쓰레기가 발생하는 모양.

실제로 식사를 해보니, 정말 식욕이 뚝 떨어졌다. 밥은 너무 질어 입에 달라붙은 채 떨어질 줄을 모르고, 버섯볶음은 너무 짜서 반찬만 먹기에는 부담스럽다. 감자 된장국은 된장도 제대로 풀어지지 않은데다, 감자 덩어리에서 감자 껍질이 그대로 씹힌다.

'최악이다. 신병교육대대 취사장도 이렇진 않았는데…'

사단 신병교육대와 수준 차이가 심각한 연대 병사식당. 더구나 이곳에선 간부가 단 한 명도 식사를 하지 않는다.

"아저씨, 이곳에서는 간부들 안 먹습니까?"

"아~ 간부는 간부식당이라고 반대편에 따로 있어서 여기는 신경 안 씁니다. 당직사령이나 사관도 근무 때는 오는데, 그냥 먹는 둥 마는 둥 하다 갑니다."

"아… 그렇구나."

강성재는 왜 병사식당이 관리 되지 않는지 홀로 짐작할 수 있었다.

'그래서, 군무원 아저씨가 우리 소초 밥을 먹고 그렇게 맛있다고 했던 건가? 그럼 내 실력은 평균 이상이라는 거지?'

성재는 자신의 요리 실력이 생각보다 높다는 것을 깨닫고, 미소를 띠며 대대 인사계원에게 입을 열었다.

"충성마트로 가시죠."

"후후, 그러는 게 좋겠습니다."

일과시간이라 그런지 충성마트는 한산했다. 손목시계를 통해 확인한 시간은 아직 오전

11시 52분, 충성마트 판매시간은 평일 10:00~12:00, 13:00~17:00, 18:30~20:00까지라고 나와 있었다.

주말은 단축판매하지만, 오늘은 평일이니까 아직 판매시간이라는 이야기.

문을 열고 들어가자 이제 막 물품이 들어왔는지 매대가 꽉 차있다. 그러나 충성마트 관리병이 호통을 친다.

"아~ 아저씨! 장사 끝났어! 끝났으니까, 나가요! 나가!"

딱 보기에도 상태가 별로 안 좋아 보이는 관리병, 성재는 직감했다.

'저런 애가 관심병사구나. 나랑 저런 놈이랑 동급 취급한 거야?'

김민철 상병은 P.X 관리병의 행동에 화가 나 시간표를 가리키며 말했다.

"아~ P.X 아저씨, 아직 판매시간이잖아요."

"아~ 됐고, 나가~ 장사 끝났다니까, 아저씨! 나는 밥 안 먹어?"

그때… 군복 입은 간부 한명이 들어오고, 말싸움을 하던 둘이 갑자기 쥐죽은 듯 조용해졌다.

머뭇거리는 두 병사.

하지만 성재는 자신의 직속상관을 향해 힘찬 경례를 실시했다.

"충성! 사랑합니다!"

성재의 우렁찬 경례에 상대방이 흐뭇한 미소를 띠고 되물었다.

"후후, 몇 대대?"

"이병! 강성재! 1대대 입니다!"

이어지는 관등성명.

"그래. 이등병이 인사성이 밝구나."

"감사합니다!"

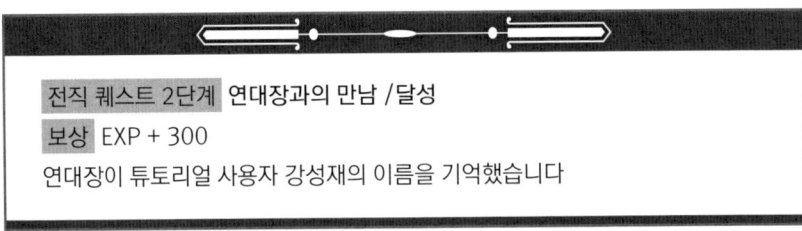

전직 퀘스트 2단계 연대장과의 만남 /달성

보상 EXP + 300

연대장이 튜토리얼 사용자 강성재의 이름을 기억했습니다

크크크, 하하하하!

같은 시각. 소초에선 윤동현이 오랜만에 조리를 시작했다.

따끈따끈한 김이 모락모락 올라오는 두부된장찌개와 피망소고기볶음, 배추김치와 모둠 채소까지….

최선을 다한 내 요리. 정성만큼 흐르는 노력의 땀.

'내일부턴 휴가야. 열심히 하자.'

그런데… 소초원들의 반응이 영 시원치 않다.

"윤 병장님?"

"왜?"

"오늘 많이 피곤하신가 봅니다."

"뭐?"

"그 맛이 아닙니다."

윤동현은 박주현의 말에 다른 병사들을 쳐다보았다.

"그렇습니다. 딱 이렇다 할 건 없는데, 어? 이런 게 없습니다."

애매한 말투, 맛이 있다는 건지, 없다는 건지….

다른 후임병한테도 물어보자.

"김동우! 넌 어때?"
"저도 그렇게 생각합니다. 며칠간 윤 병장님이 만들어준 음식을 먹으면 와~ 맛있다. 그런 느낌이 있었는데, 오늘 점심은 그런 게 없습니다."
"……."
윤동현은 평소보다 힘써서 준비한 식사가 예전보다 못하다는 얘기를 듣자, 언짢은 기분이 들었다.
'뭐지? 오랜만에 실력을 발휘했는데도 맛이 없다니…'
윤동현은 혹시나 식재료에 문제가 없는지 한 번 더 살펴보았다.
'상한 재료는 없고….'
뭐가 달라졌는지 곰곰이 고민하던 그.
그러다 불현듯 한 가지 사실이 떠올랐다.
'성재가 없다.'

그렇다. 취사장의 변화는 자신을 돕던 든든한 후임병, 성재가 없다는 것.
'…그동안 밥맛이 더 좋았던 이유가 성재 때문인가?'
윤동현은 직감했다. 성재한테는 특별한 능력이 있다고.
완벽한 레시피를 알고 있다던가, 아니면 취사병으로 근무를 했다가 재입대를 했다던가…
아무튼 뭐 그런 것들.
다른 간부들의 반응 때문에 더욱 확신이 선다.
"야~ 윤동현!"
"병장 윤동현?"
점호를 마치고 취사장으로 온 부소초장이 윤동현을 부르며 입을 열었다.
"너 감 좀 떨어진 것 같다?"
"아닙니다."
"아니긴 뭘 아니야. 아침밥은 꼬들꼬들하고 말랑말랑 맛있었는데, 지금은 좀 다른데?"
"신경 쓰겠습니다."
"아니, 뭐, 네가 밥 잘하는 건 우리 소초원들이 다 아는데, 휴가 간다고 대충대충 하는 게 아닌가 싶어서…."
"…아닙니다."

윤동현은 자존심이 팍 상했다. 지금 요리는 실력을 제대로 발휘한 요리. 그런데 성재가 만든 아침밥과 비교당하며 철저하게 무시당하는 상황.
몰래 한숨을 내뱉으며, 성재가 요리하던 아침을 떠올렸다.
'얘는 도대체 어떻게 맛을 내는 거야?'

"김 상병! 먼저 골라. 연대장은 군납 양주 받으러 온 거니까."
충성마트를 들른 연대장의 지시.
연대장이 보고 있어서인가 관리병은 아까와는 달리 친절한 미소를 짓는다.
"용사님? 마감 시간 다 됐습니다. 빨리 골라주셔야 합니다."
김민철은 주저 없이 슈넬치킨과 까르보나라 크림우동을 골랐다.
부대마다 다르지만, 최근 전우님, 용사님 등의 호칭이 대세다.
그러나 워낙 오글거리는 호칭인지라 병사들끼리 있을 때는 대부분 아저씨라 불렀다.
상급부대에서는 용어 순화 차원에서 강조하긴 하지만 아저씨란 말을 대체하기 쉽지가 않고, 실제 뜻도 가장 알맞기 때문에 병사들은 대부분 아저씨라는 호칭을 썼다.
"여기 있습니다."
김민철 상병은 자신의 나라사랑카드를 건네며 계산했고, 성재가 당황했다.
"저… 계산은…."
PX병에게 냉동식품을 받은 김민철이 성재에게 말했다.
"용사님, 이번 건 제가 살게요. 비싼 것도 아닙니다."
민철은 인사계원이라 성재의 주머니 사정을 다 알고 있었다.
집안환경도, 간부들과의 상담내용도 연대통합행정업무 내 상담기록으로 다 확인했고, 상담관에게 면담기록을 보낸 사람이 바로 그였다.
"아… 넵. 고맙습니다."
그 둘이 계산을 끝내고, 연대장의 중후한 말투가 충성마트 안에 울려 퍼졌다.
"스카치 블루 30년산하고, 발렌타인 X.O 3개만 차 트렁크로 가져와."
"알겠습니다!"

충성마트 외부, 시동이 걸린 채 서 있는 연대장의 차량. 그랜저 XG의 트렁크가 열려있다.
김민철과 강성재는 걸음을 서둘러, 충성마트로부터 최대한 빨리 벗어나려 애썼다.
"봉투는 이리 주세요. 경례하셔야 되잖습니까? 제가 들고 가겠습니다."
"예. 그래 주시겠습니까?"
성재가 봉투를 낚아채는 모습에 미소를 지은 김민철은, 성재를 데리고 부대로 향했다.
도착한 곳은 부대 내 상담실이자 여군휴게실.
"아저씨, 점심시간에는 아무도 안 계셔서 전자레인지 돌려도 돼요. 인사병만의 특권이죠."
"꿀팁이네요."
그때, 성재는 비활성화했던 요리사의 눈을 사용했다.
그러자 최적의 전자레인지 조리시간이 눈앞에 떠올랐다.
'2분 30초?'
김민철이 전자레인지 2분을 누르자, 성재가 잠시 고민하다가 30초를 더 눌렀다.
그러자 씩 웃는 김민철.
"많이 먹어봤어요?"
"아… 좋아합니다."
"후훗."
그리고 조리되어 나오는 치킨.

 **최적의 조리시간을 지킨 슈넬치킨 ★★★**
냉동식품이지만, 짭짜름한 맛으로 장병들의 입맛을 사로잡는 중소기업 브랜드 상품

김이 모락모락 나는 치킨. 이번에는 까르보나라 크림우동을 집어 전자레인지에 넣었다.
"제가 데우겠습니다."
"예. 후후."
김민철은 슈넬치킨의 포장지를 찢었다.
충성마트에서 가져온 이쑤시개로 치킨 한 조각을 집어, 입안에 넣는다.
그리고는 감탄.

"대박!"

반면 성재는 까르보나라 크림우동 역시 최적의 조리시간으로 세팅.

대기시간 동안 자신도 자리에 앉아 슈넬치킨을 입에 넣었다. 저절로 고개가 끄덕여지는 슈넬치킨의 위상.

'확실히 맛있어. 수분이 날아가기 직전이라서 딱딱하지 않아. 부드러운 촉감과 적당히 달고, 적당한 짠맛이 조화를 이뤘어. 그래서 냉동식품 중 1위인가?'

"후후후, 아저씨도 감동했죠? 제가 이 맛에 군생활 한다니까요."

"예. 진짜 맛있네요. 후후후."

그리고 이어지는 먹방.

띠~띠~띠~띠!

전자레인지에서 2분 30초 동안 조리된 까르보나라 크림우동이 드디어 모습을 드러낸다.

성재는 씩 웃은 채, 요리사의 눈으로 조리된 음식을 관찰.

자신의 예상과 크게 다르지 않은 등급을 보며 저절로 미소가 떠오른다.

 | recipe | 최적의 조리시간을 지킨 까르보나라 크림우동 ★★☆
약간은 느끼하면서도 담백한 맛이 일품, 냉동식품임에도 뛰어난 소스로 군대 내 냉동식품 Top 10위 안에 드는 신흥 강자

"먹어볼까요?"

"네."

라면 젓가락을 꺼내든 두 사람은 이제 막 새로 나온 크림우동을 입에 넣었다. 성재는 맛을 음미하고 있었다.

'어떻게 이런 맛을 낼 수가 있지?'

공장에서 만드는 음식이라고 해서 무시할 게 못 된다. 겨우 전자레인지 조리만으로도 사람을 만족시킬 수 있는 요리라니….

'면 자체에서 냄새가 하나도 안 나. 진공포장이라 그런가? 아… 그렇구나. 크림소스가 자칫 거부감이 들 수 있는 면의 단점을 전부 커버한 거야.'

오묘한 맛, 그러나 중독성 깊은 냉동식품.

성재와 인사계원 김민철은 5분만에 다 먹어치우고, 아쉬움을 달랬다.

"평소보다 훨씬 맛있는 것 같지 않아요? 조금 더 사 올 걸 그랬나 봐요."

"제가 사 올까요?"

"아니요. 어차피 지금 충성마트 닫았어요. 나중에 주둔지 오면 그때 사요."

"네. 알겠습니다. 오늘 덕분에 잘 먹었습니다."

"후후, 그럼 다음에 또 한 번 같이 먹죠."

"네."

김민철 상병의 따뜻한 배려에 성재는 고개를 숙이며 감사의 인사를 건넸다. 같은 장병, 상병과 이등병을 떠나 전우로서 서로를 대하는 두 사람의 우정이 이제 막 시작되려 하고 있었다.

오후 1시, 행정보급관이 지원과로 성재를 데리러 들어왔다.

"강성재!"

"이병 강성재."

"면담 다 했냐?"

"그렇습니다."

"가자!"

아까와는 달리 지원과장과 인사담당관에게 인사조차 하지 않는 행정보급관. 지원과장은 그런 그를 불러 지적을 시작했다.

"행보관! 경례 안 합니까?"

그러자 박재영 상사가 짜증이 났는지 잠시 째려보았다.

하지만 지금 여기서 들이받을 수는 없었다. 결과는 뻔했다. 상급자에 대한 항명.

딸깍.

건성건성 한 목례.

건방지기 짝이 없는 경례지만, 군대 규율상 엄연히 허락된 경례행위.

그리곤 서둘러 성재를 데리고 사무실을 떠나는 남자. 그는 바로 행정보급관.

복도를 지나며 주먹이 굳게 쥐어지고, 입 밖으로 욕설이 터져 나왔다.

"씨X."

복도 끝을 지나, 차량이 대기하고 있는 주차장. 박재영 상사가 민수용 트럭 앞에서 걸음을 멈췄다.

행정보급관의 표정을 본 조상준 상병. 그는 재빠르게 상황을 파악하고, 행보관 뒤에 쫓아오는 성재에게 손짓하며 작은 목소리로 말했다.

"넌 뒤차야."

민수용 냉동트럭, 그 뒤에 가득 든 부식.

행정보급관은 선탑차량인 포차를 타고, 뒤에 있던 냉동차량은 분대장이 선탑하려는 것. 본래 선탑자는 간부가 하지만 병장급 분대장이 하기도 한다.

그때, 성재의 눈에 냉동트럭 뒷문에서 검은색의 점이 보인다.

'어? 썩었나?'

강성재가 고개를 갸웃거리며, 민수용 냉동트럭 뒤 칸으로 이동하고, 분대장인 보급계원 김도준 병장이 선탑좌석인 조수석에서 내려와 강성재에게 물었다.

"왜? 뭐 문제 있어?"

"예. 그렇습니다. 문이 조금 열려 있습니다."

식재료에 문제가 있다고는 말하지 않았다. 보이지도 않는데 문제가 있다고 하면 이상하게 볼 게 뻔했으니까.

성재는 문을 다시 닫는 척 하기 위해 냉동차량 뒷문을 다시 열었다.

'요리사의 눈!'

"저기, 김도준 병장님? 닭고기에 뭔가 문제가 있는 거 같습니다."

한편, 행정보급관은 마음이 싱숭생숭했다. 그래서 모든 게 신경 쓰였다.

병사들이 차량에 탑승하지 않고 내리는 걸 보자, 짜증이 치민다.

'이 새끼들, 왜 이리 밍기적거려?'

결국 5/4t 포차에서 내린 행정보급관. 그의 짜증 섞인 목소리가 병사들에게 울려퍼졌다.

"무슨 일이야! 동작 빨리빨리 안 해?"

보급계원 조상준 상병이 행정보급관의 기분을 파악하고 즉각 대답했다.

"받은 식재료에서 이상한 걸 발견한 모양입니다."

"이상한 것?"

그러자 김도준 병장이 행정보급관에게 사실을 알렸다.

"행보관님, 닭고기 상했습니다!"

"그래? 아… 왜 오늘 같은 날… 거지 같네."

행정보급관, 그는 성재가 분류한 닭고기를 확인했다.

이미 색깔이 누렇게 변질된 닭고기가 생닭 사이에 섞여있다.

'군수 담당관, 이놈은 이것도 확인 안 하고 뭐 했어?'

차근차근 생각해보니, 이 건은 자신의 책임이 아니다. 오히려 기회였다. 식중독 사고를 막은 행정보급관. 그로 인해 이루어질 스포트라이트!

거기까지 생각이 미치자, 회심의 미소를 짓는 남자.

그는 핸드폰을 열어 곧바로 사진을 찍었고, 그것을 4명에게 동시에 메시지를 보냈다.

[받는 사람] : 대대장, 대대 주임원사, 지원과장, 군수보급관

충성! 4중대 행정보급관 박재영 상사입니다. 지원과에서 오늘 아침 보수대대 가서 수령한 제품에 문제가 있는 것 같습니다. 상한 닭고기 사진 첨부하겠습니다.

첨부 : [사진]

- 메시지 전송이 완료되었습니다

모든 것이 자신에게 유리하게 돌아가자 행정보급관이 웃음을 터트리고 말했다.

"크크큭, 하하하하."

박재영 상사, 짜증으로 가득하던 조금 전과는 완전 딴판. 병사들은 고개를 갸웃거리며, 행정보급관의 불과 물을 오가는 감정을 이해하려 애썼다.

행정보급관이 자신의 중대본부 병사 3명을 바라보며 큰 소리로 물었다.

"유통기한 지난 닭, 발견한 예쁜이가 누구라고?"

병사들이 손을 들어 한 사람을 지목했다. 가장 후임병인 녀석은 바짝 긴장하고 오른손을 들며, 관등성명을 복창했다.

"이병, 강성재!"

023

니…야아아아아옹

행정보급관은 계속해서 싱글벙글 웃음을 지은 채, 혼잣말을 내뱉었다.
"크크크크크."
복수 때문만은 아니었다.
지원과장에게 한방 제대로 먹인 그에게, 뜻밖의 좋은 소식이 전해졌기 때문이었다.
연대 군수과장에게 걸려온 전화.

- 행보관님, 연대 군수과장 장희철 소령입니다. 오늘 정말 잘하셨습니다. 발견자가 누굽니까?

행정보급관은 웃음을 감추지 못한 채, 들뜬 음성으로 군수과장에게 대답했다.
"우리 강성재 이병이라고 취사병입니다."
- 그렇군요. 조기에 발견해서 다른 중대에 지원한 닭고기도 배식 전에 모두 회수 할 수 있었습니다. 그래서 이번에 연대장님께서 행보관하고 발견한 병사 표창 하라고 지시하셨습니다. 다음 주 월요일, 아침 9시까지 연대 지휘통제실로 오시면 됩니다.
"아~ 과장님, 감사합니다."
- 감사는 무슨, 오히려 저희가 다행이죠. 덕분에 식중독 사고를 막았는데요.

군수과장의 칭찬에 행정보급관이 들떴다.

그러나 한편으로는 불안한 감정도 교차했다.

아무리 자기가 지원과 간부들과 척을 졌다고 하지만 그들이 징계까지 받는 건 바라지 않았기 때문이었다.

지원과장이 문제가 아니었다. 아직 중사인 군수담당관 때문이었다.

행정보급관은 조심히 연대 군수과장에게 물었다.

"과장님! 혹시 저희 대대 군수담당관하고 지원과장은 어떻게 되는 겁니까?"

- 아… 일단 연대장님께서 징계하라고 하셨는데, 인사평가에는 반영되지 않는 구두 경고 수준으로 건의 보고 드릴 예정입니다. 같은 연대 사람들끼리 얼굴 붉히면 되겠습니까?

"그렇습니까? 다행입니다."

- 그래요. 행보관 같은 사람이 있어서 저도 살맛 납니다. 이번 일 정말 잘했어요.

"예. 군수과장님, 과장님도 건승하셔서 이번에 중령 진급 꼭 하셨으면 좋겠습니다.

- 하하, 전 이번에 아마 작전과장한테 밀릴 겁니다. 이미 진급 막차인데요. 그럼 먼저 끊겠습니다. 행보관도 이번엔 진급되길 바랄게요.

"예, 과장님! 감사합니다. 충성!"

전화가 끊기고.

행정보급관은 소기의 성과를 달성한 만족감에 미소를 지었다.

연대장님 표창, 진급평가 때 표창 하나하나가 진급점수에 반영된다.

더구나 진급을 위한 지휘추천을 결정하는 연대장에게 직접 표창을 받는다는 생각에 더할 나위 없이 행복감이 밀려든다.

그리고 옆에서 멀뚱멀뚱 자신을 바라보는 병사.

'강성재, 요놈 진짜 물건이네. 물건!'

같은 시각, 윤동현이 만든 점심, 평소보다 많은 짬이 나온 것을 본 비번근무자가 고개를 갸웃거렸다.

'오늘 윤 병장님 많이 피곤하신가? 진짜 맛이 없네.'

그런데 짬타이거 녀석도 마찬가지였나 보다.

- 니야야! 니야야야!

혀로 잠시 반찬 맛을 보더니, 앞발로 비번근무자의 바짓자락에 싸대기를 날려대는 녀석.

비번 근무자인 강민호 일병이 혀를 차며 밥그릇을 빼버렸다.

"됐다. 안 줘. 맛없으면 먹지 않으면 되지. 뭐가 이렇게 불만이야?"

밥그릇을 그대로 들어 경계견인 백구의 앞에 돌려놓는 강 일병.

행복한 미소를 지으며 다가오는 백구 녀석이 밥그릇 앞에서 코를 갖다 대며 냄새를 맡다가 뭔가 맘에 안 드는지, 고개를 들어 짖기 시작한다.

- 컹컹! 컹컹!

"너도냐? 아… 얘네들 왜 그래?"

동물 중에서도 후각이 뛰어난 녀석들. 그들은 사람보다 맛에 더 민감했다.

그날 저녁, 닭고기는 전부 회수 조치되고, 해당 급식메뉴는 양반맛김으로 변경되었다.

소초에선 윤동현이 후임병 없이 혼자 요리를 하는데, 반응이 순탄치가 않았다. 이번에는 자신의 실력을 120%까지 끌어올려, 요리에 정성을 다했다. 하지만…

"……."

말이 없는 소초원들.

윤동현의 요리수준이 그리 낮은 게 아님에도 불구하고, 2주일 동안 성재가 만들어준 3성급 이상 음식을 먹은 소초원들의 기준도 덩달아 높아진 탓.

그때,

"윤동현!"

부소초장이 근엄한 목소리로 윤동현을 불렀다.

"병장 윤동현?"

"너 휴가 간다고 대충하는 거냐?"

"…아닙니다."

"뭘 아니야. 그 맛이 아닌데… 아까 점심도 그렇고, 저녁도 그렇고…."

"…죄송합니다."

윤동현이 고개를 푹 숙였다.

그는 자존심이 상했다. 중대 내에서 요리만큼은 자신이 제일 잘한다고 생각했다. 그런데 뭐? 대충하냐고?

그는 이제까지 살면서 요리를 대충한 적이 없다.

오히려 집착이라고 생각할 정도로 노력하고, 어떻게 하면 더 맛있을까 연구했는데….

'내가 진짜 성재보다 요리를 못 하는 거야?'

이미 혀는 누구의 요리가 더 맛있는지 알고 있다. 그러나 머리는 도저히 용납하지 못했다.

자신은 전문대학 조리학과 출신이다. 하지만 성재는 겨우 중졸에 검정고시 출신이다.

요리는 제대로 배워보지도 못한 녀석. 그런 녀석이 자신보다 요리를 더 잘한다고?

부소초장이 얼빠진 표정의 병장을 보며 입을 열었다.

"됐어. 인마, 빠져가지고! 휴가 갔다 와선 제대로 해라!"

"알겠습니다."

같은 시각, 다른 장소, 소초로 돌아오는 포차.

행정보급관의 편애를 받으며 조수석 옆자리에 탄 성재는 자신의 시스템창에 'New!'라는 표시에 시선이 이끌렸다. 하지만 바로 옆 행정보급관의 시선 때문에 도저히 시도할 틈이 나지 않는다.

'이제부터 오해받지 말자. 참자. 참아.'

성재는 기회를 엿보았다.

약 5분이나 지나서야 행정보급관에게 들키지 않고 시스템창을 열람할 수 있었다.

새로운 전직 퀘스트.

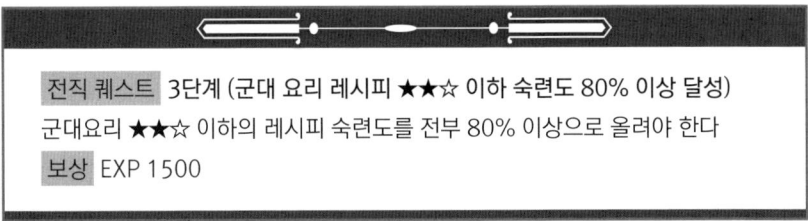

전직 퀘스트 3단계 (군대 요리 레시피 ★★☆ 이하 숙련도 80% 이상 달성)
군대요리 ★★☆ 이하의 레시피 숙련도를 전부 80% 이상으로 올려야 한다
보상 EXP 1500

드디어 도착한 소초 입구.

행정보급관은 차량에서 병력들을 하차시키며 입을 열었다.

"부소초장! 비번 다 데려와. 부식 수령해라."

"알겠습니다."

부식 수령. 본래는 취사병과 비번근무자의 임무.

"성재는 부식하지 말고 바로 밥 먹어. 밥 식겠다. 부식은 소초 애들보고 하라고 할 테니까 걱정하지 말고."

"예. 알겠습니다. 저희도 밥 먹어도 되겠습니까?"

보급계원과 군수계원도 기대하며 질문했고, 행정보급관은 대답 대신 고개를 끄덕였다.

"고생하셨습니다. 행보관님!"

"고생하셨습니다. 행보관님!"

선임병들의 인사가 끝나자 행보관이 격려 섞인 말투를 내뱉었다.

"그래. 다들 고생했다."

그 말과 동시에 자신의 방으로 사라지는 박재영 상사. 그제야 성재는 선임병에게 보고를 하며 화장실로 홀로 이동했다.

"잠깐 화장실 갔다가 식사하겠습니다."

"그래. 그렇게 해."

화장실 변기 위에 앉은 성재. 그는 자신의 요리 레시피를 확인 중이다.

'먼저 2성부터 볼까?'

성재는 시스템창에서 분류 목록을 선택.

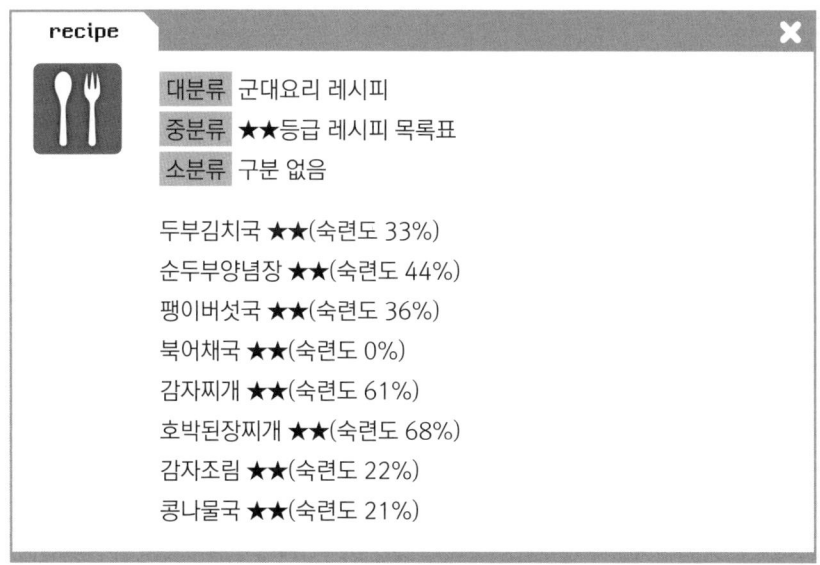

'후우, 대략 이 정도인가? 그럼 2성 반짜리도 확인해봐야겠지?'

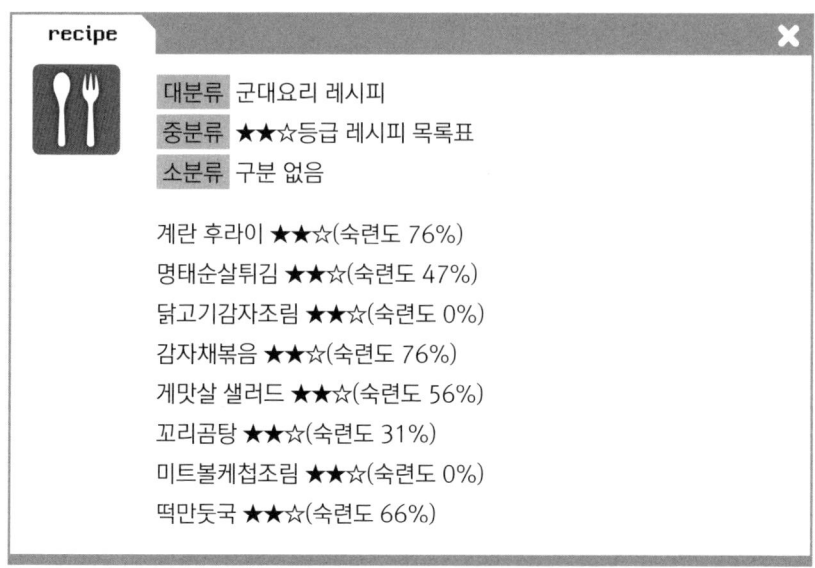

'뭐지? 메뉴에 없는 레시피들도 있잖아? 과연 내가 기간 내로 다 끝낼 수 있을까?'

성재는 황금색 시스템창을 확인했다. 남은 기한 5개월. 5개의 달성조건 중 겨우 3번째.

'그래. 이제는 노력밖에 없어. 최선을 다 해보자.'

그때, 화장실에서 짐승의 울음소리가 들려왔다.

성재는 화장실까지 들어온 녀석의 애타는 소리에 고개를 돌렸다.

- 야…옹…야옹….

'짬타이거?'

몸을 웅크리고, 화장실 바닥과 칸막이 사이를 헤집고 들어오는 녀석.

갈색과 검은색 줄무늬가 선명한 동물.

애완동물로도 키우지만, 야생에서도 굳세게 살아가는 녀석.

이 자그마한 존재가 칸막이를 넘어 변기에 앉은 성재의 발치까지 왔다.

그리고는 앞발을 들어 성재의 국방무늬 전투복을 살살 긁었다.

- 니…야아아아~오오오오옹, 니…야아아아아아~오오오오옹!

성재는 짬타이거의 머리를 쓰다듬으며, 빙그레 웃음을 보였다.

"후후, 그래~ 고양아~ 너 혹시 배고파서 나 찾아온 건 아니지?"

짬타이거는 번쩍 뛰어올라 성재의 어깨에 올라타서는 성재의 귓불을 핥으며 말했다.

- 니…야아아아옹…. 니…야아아아아옹(맞아. 네 밥이 맛있어).

024

재생속도 1.5배

성재가 취사장으로 짬타이거를 안고 올라갔다.

- 야옹~ 야옹~.

짬타이거 녀석은 성재가 좋은지, 두려운 기색 하나 없이 품에 안긴 채 그루밍을 한다.

혀로 전투복을 핥는 녀석을 보며 성재가 미소를 지었다.

어느새 도착한 취사장. 테이블 위에는 성재용 1인분 몫이 올려져 있었다.

'선임들이 올려놓은 건가?'

성재는 짬타이거용 밥그릇을 꺼내 옮겨주었다.

- 니~야야야야! 니~야야야야야야.

냉큼 받아먹는 녀석.

하지만 몇 번 맛을 보던 고양이는 고개를 돌려버렸다.

"뭐? 안 먹는다고?"

성재는 그 이유를 알고 싶어 요리사의 눈을 사용했다.

 recipe 윤동현이 만든 식어버린 계란국 ★☆ ✖

소금이 적정량보다 많이 들어갔고, 가장 맛있는 온도인 75도에서 식어버려 등급이 내려갔다

recipe	윤동현이 만든 식어버린 닭고기 매운조림 ★☆
	설탕양이 적어 매운 조림 특유의 단맛이 매운맛에 가려졌다. 조리한 지 30분이 경과해서 가장 맛있는 시기를 넘겨 버렸다

- 야옹~ 야아옹~

아직 배가 고픈지 성재를 보며 우는 녀석.

'고작 짬타이거 주제에 입맛이 얼마나 높은 거야.'

윤동현이 만든 요리도 사람용 조미료가 많이 들어가서 일반 고양이 사료와는 맛이 차원이 다를 터였다.

'입맛이 높아진 건가? 까다롭게 구네.'

성재는 어쩔 수 없다는 듯 한숨을 내쉬고는 자리에서 일어났다.

'그래. 다시 만들어 보자.'

식은 요리를 가지고 다시 조리실로 들어간 성재는 국물을 약간 팬에 옮겨 담았다.

'이걸 육수로 삼고….'

식은 밥을 그 위에 올린다.

차가워진 닭고기 매운조림을 주방용 가위로 잘게 부수고, 밥 위에 통째로 부었다.

참기름을 꺼낸 성재. 팔을 구부리자, 참기름 방울이 조르르르 흘러내린다.

왼손에 든 숟가락으로 참기름을 받는 이등병.

작은 술 2번만큼 기름을 팬에 뿌린 성재의 입가에 미소가 깃들었다.

```
⚙ ✓ ✗

새로운 요리를 시도 중입니다
새로운 레시피가 발견되었습니다
매운닭볶음밥 예상등급 ☆ ~ ★★★
```

'없는 레시피도 도전하면 생기는구나?'

이등병의 손놀림이 빨라지기 시작한다. 팬이 달구어지자, 참기름이 반응하기 시작한다.

참기름과 만난 찬밥이 특유의 찰기를 잃고, 수분이 날아간다.

밥을 주걱으로 눌러 들러붙은 닭고기를 쪼개어 섞는다.

열무김치를 꺼내, 채소 대신 집어넣었다. 그러자 레시피의 예상등급이 변한다.

```
⚙ ✓ ✗
레시피의 예상등급이 변화되었습니다
매운닭볶음밥 예상등급 ★ ~ ★★★
```

강성재는 거기서 멈추지 않았다.

'볶음밥에는 김 부스러기가 제맛이지!'

1인분으로 포장된 맛김을 뜯어 잘게 부수고, 팬 위에 뿌리기 시작한다.

그러자 레시피 메뉴가 또 한 번 변했다

```
⚙ ✓ ✗
레시피의 예상등급이 변화되었습니다
매운닭볶음밥 예상등급 ★☆ ~ ★★★☆
```

팬이 지글지글 좋은 소리를 낸다. 성재는 소리에 집중했다. 이번에는 레시피의 숙련도가 슬금슬금 오르기 시작한다.

```
⚙ ✓ ✗
매운닭볶음밥 ★★★ 34%
```

그리고는 시스템창이 떠오른다.

```
⚙ ✓ ✗
조리 완료까지 앞으로 15, 14, 13
계란열무김치닭볶음밥 ★★★ 레시피를 알게 되었습니다
```

  강성재가 만든 계란열무김치닭볶음밥 ★★★☆   ✗

계란국과 매운 닭을 조미료 대신 사용하여, 달짝지근한 맛을 살렸고, 너무 매운맛을 밥과 김, 김치로 조절해 간을 조절했다. 식재료의 상태만 더 좋았다면 더 좋은 등급도 가능. 취사병 직업에 의해 등급이 ☆만큼 상승하였다

성재는 완성된 볶음밥을 두 발을 모아 기다리는 짬타이거 녀석에게 덜어주었다.

맛있는 냄새가 풍기는 동안 옆에서 안절부절 못하던 쩜타이거 녀석, 조금도 주저하지 않고 음식을 먹기 시작했다.
"맛있어?"
성재의 물음.
쩜타이거 녀석은 반응이 없었다. 고개를 먹이에 처박고 먹기에 여념이 없는 것.
꼬리만 기분 좋은 듯 살랑살랑 거리는 걸 보니 맛있긴 한가보다.
잠시 쩜타이거를 쳐다보던 성재. 취사장에 앉아 자신이 만든 닭볶음밥을 먹으며 피식 웃었다.
"후후, 쩜타이거 녀석, 귀엽네. 앞으로 니 이름은 밥도둑이다. 알았냐?"
순간 쩜타이거가 성재의 말을 알아들은 듯 울음소리를 내었다.
- 냐아아옹!

다음날 새벽.
소초의 일과는 항상 똑같다. 그런데 오늘은 좀 다르다. 선임병이 휴가 가는 날.
"윤동현 병장님, 오늘 휴가신데 취사장에는 어떤 일로 오셨습니까?"
윤동현은 테이블 앞에 있던 의자를 조리실에 가져온 후, 거기에 앉아 말했다.
"요리해 봐. 지켜보게."
고압적인 태도, 성재는 불쾌한 느낌이 들었지만 선임병의 지시에 불만 없이 응했다.
"알겠습니다. 그럼 시작하겠습니다."
윤동현은 성재에게 무언가 특별한 것을 찾기 위해 노력했다. 하지만 전혀 찾아볼 수 없었다. 그럼에도 새벽부터 일어나서 취사장에 나온 것은 어제 든 의문 때문이었다.
'특별한 게 정말 있나? 쟤가 하면 왜 맛있지?'
그러나 오늘 메뉴는 햄버거, 운이 나빴다.
단순한 조리법, 패티와 계란감자샐러드, 그리고 딸기잼.
'햄버거나 딸기잼, 패티는 이미 만들어져 나오는 메뉴야. 내가 중점적으로 봐야 할 메뉴는 계란감자샐러드. 그것에만 집중하면 돼.'
하지만 성재는 계란감자샐러드를 할 생각이 없어 보였다.
갑자기 커다란 밥솥에 물을 끓이는 성재.

이유가 궁금했다. 더구나 상대는 후임병. 자신이 궁금하면 언제든 물어볼 수 있다.

"뭐하냐?"

"물 중탕하려고 합니다."

"중탕?"

"예. 햄버거가 가장 맛있는 온도가 46도입니다. 일단 물을 끓인 다음 햄버거를 봉지 째 띄워서 데우려고 합니다."

윤동현은 성재의 말에 깜짝 놀랐다.

보통 취사병들은 햄버거를 데워서 주지 않는다. 귀찮기도 하고, 오히려 물렁해진다고 싫어하는 병사들도 있기 때문이다. 그런데 이등병이라는 녀석은 정확한 온도를 말하며, 확신에 찬 모습으로 조리를 하고 있다.

그리곤 포장된 패티를 꺼내는 성재. 패티를 하나하나 꺼낸 후, 칼집을 내기 시작했다.

"칼집은 왜?"

"튀길 겁니다."

"뭐? 익히는 게 아니고 튀긴다고?"

"그렇습니다. 익히는 것과 튀기는 것은 달라서 튀기려면 열전달이 매우 중요합니다. 그래서 전 패티에 칼집을 내서 조리하면 더 맛있어질 거라고 생각했습니다."

성재의 말에 말문이 막힌 윤동현.

선임병이 있던 말든, 거침없이 실력을 보여주는 성재. 그 비밀은 바로 요리사의 길 튜토리얼 시스템에 있었다. 성재에 시야 오른쪽에는 자신과 똑같이 생긴 홀로그램 녀석이 조리에 열중인 것. 아직 숙련도가 낮아 조리과정은 흐릿해 보였지만, 대충 눈짐작으로도 어떤 내용인지는 때려 맞출 정도로 조리과정은 간단했다.

"뭐야… 너 솔직히 말해봐. 밖에서 전문적으로 요리하다 왔지?"

윤동현이 혼자 결론을 내리며 강성재에게 물었다.

이등병, 불쌍했던 관심병사가 불과 2주 만에 훌쩍 자라서, 자신을 뛰어넘었다.

하지만 녀석은 되려 예의를 차린 채, 병장의 질문에 고개를 숙여 대답했다.

"햄버거는 푸드트럭 단골메뉴입니다. 아버지를 도우면서 자주 만들었습니다."

"그래?"

거짓말이었다. 성재의 아버지는 햄버거를 팔아본 적이 없었다. 그러나 제법 그럴듯한 말이기에 윤동현은 흠흠 거리며, 고개를 끄덕였다.

'그래. 우연이 겹친 거겠지. 우연이 겹치고 겹쳐서, 성재 녀석이 요리를 잘하는 것처럼 보이는 거였어.'

하지만 성재는 거기에서 멈추지 않았다.

'사용자 정보 오픈.'

성재가 속으로 생각하자, 눈앞에 정보가 앞에 펼쳐진다.

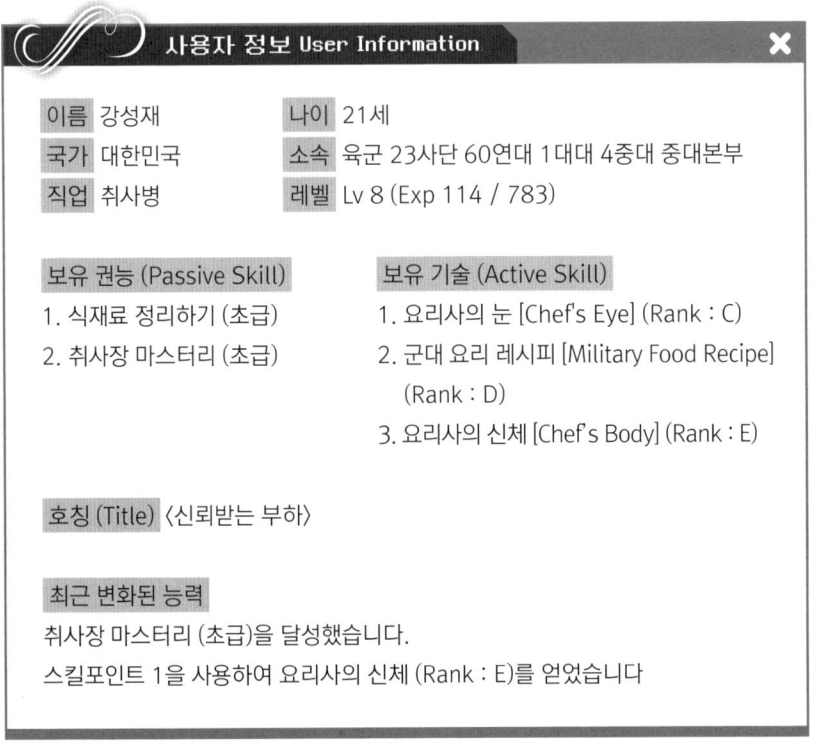

이등병이 잠시 머뭇거리자 윤동현은 그제야 표정을 풀며 고개를 끄덕였다.

'그럼 그렇지. 지금 뭐부터 해야 할지 파악이 잘 안 될 거야.'

그는 후임병이 드디어 막혔다고 생각했다.

'이제야 이등병답네. 계란감자샐러드는 감자가 익히는 시간이 오래 걸리니까 감자부터 준비해야 되는데, 말해줘야 되나.'

다음에 뭘 해야 할지 말해줄까 윤동현이 고민하던 그때. 성재는 요리사의 길 시스템에서 레시피를 고르고 있었다.

그동안은 윤동현 병장 앞이라 요리를 할 때 시스템의 모든 힘을 이끌어내지는 못했었다.

하지만 이제 성재는 윤동현 앞에서 모든 것을 보여주기로 결심했다. 어차피 휴가 가는 병장이다. 더 이상 조심할 필요가 없다고 생각해서 머뭇거리지 않고 선택했다.

'계란 감자 샐러드 레시피.'

계란 감자 샐러드 레시피 ★★☆(100%)를 선택했습니다

동시에 계란 샐러드 레시피를 구현하기 위해 나타난 홀로그램.

홀로그램 재생속도 1.5배를 선택하셨습니다

〈홀로그램 재생속도 1.5배 발현조건 확인〉
1. 조리 완료시까지 요리사의 눈 (Rank : C)가 강제 발현
2. 조리 완료시까지 요리사의 신체 (Rank : E) 사용 유지
3. 취사장 마스터리 (초급) 활성화
4. 요리 레시피 (50%) 이상 달성
발현조건 1, 2, 3, 4를 모두 만족하여 홀로그램 터보 모드가 활성화됩니다
홀로그램 터보(1.5배속) 모드를 시작합니다

025

드릴 말씀이 있습니다

윤동현은 자신의 앞에서 펼쳐지는 이등병의 조리과정에 혀를 내둘렀다.
계란 한판에 든 30개의 계란이 펄펄 끓는 솥에 들어갔다. 여기까진 아무런 의심도 하지 않았다. 감자도 삶는 과정은 평범했다.
하지만 이후부터가 문제였다.
성재가 든 식칼!
식칼이 식재료를 관통해 도마와 입술을 마주치며 내는 경쾌한 울림.
탁!탁!탁!탁!탁!
하나하나가 정확한 동작.
깔끔한 손놀림. 그런데?
속도가 점점 빨라진다.

탁탁!
탁탁탁!
탁탁탁탁!
탁탁탁탁탁!
타닥탁탁탁탁타!

타닥탁탁탁탁타타타!

그다음은 게맛살이었다.
포장된 게맛살이 식칼과 닿기 무섭게 일정한 크기로 잘려나간다.
흰색 살결을 그대로 살린 채, 반대쪽 연한 분홍 빛깔이 식욕을 자극한다.

탁탁! 탁탁탁! 탁탁탁탁!
타닥탁탁탁탁타!
타닥탁탁탁탁타타타!

혼연일체(渾然一體). 순식간에 양파, 파프리카, 게맛살이 한 자리에 뭉쳐지고, 감자와 달걀이 삶아지기를 기다린다.
'뭐, 뭐야. 저 녀석. 엄청나잖아.'
윤동현은 성재의 엄청난 칼질에 놀라 입을 떡하니 벌린 채 지켜봤다.
이윽고, 시간이 되자 성재가 삶은 감자를 체를 이용해 건졌다.
일체의 망설임도 없는 움직임이다,

툭! 툭! 툭! 툭!
간단한 동작을 몇 번 반복하자 커다란 볼에 40인분의 감자가 놓였다. 마치 전문가와 같은 움직임. 그러나 놀랄 일은 이게 끝이 아니었다. 윤동현은 성재의 달걀 껍질을 까는 모습에 기절초풍했다.
생전 처음 보는 방법.
이등병은 물컵에 찬물을 반 정도 부었다.
"뭐해?"
윤동현은 궁금증이 생겨 물었다. 그런데 후임병 녀석은 대답 없이 일에만 몰두했다. 너무 집중한 나머지 듣지도 못한 것 같다.
컵에 삶은 계란을 넣은 녀석은 컵 입구를 막은 후, 위아래로 가볍게 흔들었다.

투둥! 투둥! 투둥!

그러자 컵 안에서 계란이 부딪쳐 껍질이 부서지고 삶은 계란이 쏙 나온다!
이거야말로 언빌리버블!
성재는 물컵 40여 개를 꺼내 그 위에 물을 담았다. 그리고는 삶은 계란을 하나씩 퐁당!
그가 삶은 계란들이 찬물과 만난다.
사실 이건 과학적 원리를 이용한 방법. 뜨거운 껍질과 찬물이 만나, 부피 차이로 껍질 사이의 틈이 벌어지게 된다.
물컵을 터는 동작 한 번에 삶은 계란 껍질이 분리되는 Magic!

투둥! 투둥! 투둥! 투둥!
양손으로 각각 물컵을 흔드는 동작 2초, 계란 껍질이 까지는 시간 역시 2초.
양손에 들린 물컵에서 2초에 2개씩 껍질이 분리된다.
계란 40개의 껍질을 까는데 준비동작 포함 50초.

"미친!"
윤동현의 입에서 결국 욕이 튀어나왔다.
그러나 계란 샐러드는 그게 끝이 아니었다.
손질한 식재료를 볼에 넣고.
볼에 껍질을 벗긴 삶은 계란을 퐁당 집어넣더니, 포크 6개를 집어 들었다.
푸슝! 푸슝! 푸슝! 푸슝!
순식간에 재료를 헤집는 기적 같은 손놀림.
고대 전사가 창을 들고 적을 찌르듯, 강성재가 든 6개의 포크가 볼 안에 든 식재료를 찔러 넣으며, 계란샐러드 특유의 고운 입자를 만들어낸다.
으깬 감자, 부서진 계란, 고르게 잘린 파프리카와 결 그대로를 살린 게맛살 등 모든 식재료가 조합된 음식.
성재는 모든 힘을 쏟아 부으며, 무수히 많은 땀을 흘려댄다.
홀로그램 녀석이 제 역할을 마쳤는지, 엄지손가락을 내밀었다.
그리고는 슉! 세상에서 사라지는 녀석.
성재는 완성한 요리를 보며 숨을 몰아쉬었다.

recipe	혼신을 담은 계란감자샐러드 ★★★★	
	요리에 자신의 영혼과 마음을 담아, 계란감자샐러드 레시피 최고등급인 ★★★을 뛰어넘었다. 취사병 직업 보너스로 ☆만큼 향상되었다	

성재는 요리를 완성한 후, 순간 현기증을 느꼈다.

비틀.

결국, 바닥에 푹 주저앉고 말았다.

그를 지켜보던 윤동현은 깜짝 놀라 달려가서 후임병을 부축했다.

"야, 갑자기 왜 그래. 괜찮냐?"

"…네 괜찮습니다. 조금 피곤합니다."

성재를 부축하여 식당 의자에 앉힌 윤동현은 그에게 찬물을 떠다 주었다.

"일단 이거라도 마셔."

"예."

성재는 벌컥벌컥 물을 들이켰다. 끝없는 갈증과 몰려오는 피로감.

성재는 피곤함에 못 이겨 결국 눈을 감고 말았다.

> 요리사의 신체 (Rank : E)가 해제되었습니다
> 요리사의 눈 (Rank : C)이 해제되었습니다
> 탈진 상태에 이르렀습니다

그한테만 들리는 전자음.

윤 병장은 걱정이 되었다. 땀으로 축축이 젖은 성재의 취사복. 거기에 창백한 안색까지.

'휴가 날에 얘 쓰러지면 큰일인데.'

자신의 휴가가 잘릴지도 모르는 상황. 성재의 피곤한 모습에 놀란 윤동현은 걱정스러운 말투로 입을 열었다.

"성재야…."

그러나 대답조차 하기 힘들 정도로 목이 말랐다.

"이병 강성재…."

"너 괜찮은 거지? 근데 혹시… 무… 아니다."

이병이 보여준 신들린 칼질.
윤동현은 그 모습을 보며 순간 '성재에게 귀신이 씌었나' 의심이 들 정도였다.
혹시 성재가 무속인일까 하는 생각이 스쳤지만, 차마 그렇게 물어보진 못했다.
'그러고 보니, 내가… 꼰대잖아?!'
자신의 행동이 너무 하긴 했다. 휴가 출발 날, 새벽부터 나와서, 후임병을 갈구다니….
윤동현이 뒤늦게 자책하는 반면, 성재는 눈을 뜨지 못하는 와중에도 대답했다.
"말씀하십시오."
"아니야. 아니다. 너… 힘들어 보인다. 가서 좀 쉴래? 배식대로 옮기는 건 내가 할게."
"예, 좀 무리한 것 같습니다. 그럼 생활관에 가서 좀 쉬겠습니다."
"그래. 그래."
성재가 취사장을 떠나고, 윤동현은 성재가 만든 음식에 눈을 돌렸다.
탱글탱글해 보이는 계란 흰자와 큼직큼직 썰린 빨갛고 노란 파프리카, 이를 감싸고 있는 으깬 감자에 드문드문 보이는 게맛살까지.
겉보기에는 별 차이가 없는 평범한 계란감자샐러드였다.
'성재 녀석, 만드는 건 되게 요란하게 만들었는데, 과연 맛은 어떠려나.'
잠시 지켜보던 윤동현은 성재가 만든 계란감자샐러드를 입에 넣어보았다.
"음!"
넣기가 무섭게 터져 나오는 풍미에 윤 병장의 탄성이 흘렀다.
감자가 먼저 혀 안의 침샘을 자극하고.
그다음에는 게맛살의 말랑말랑한 식감이 몰려왔다.
그 후, 아삭아삭한 양파와 파프리카가 자칫 밋밋할 수 있는 요리에 재미를 불러오고, 물렁물렁한 달걀흰자가 혀에서 부서진다. 마지막으로 계란 노른자에서 나오는 즙이 입안에 가득 퍼지자, 윤동현이 결국 탄성을 내질렀다.
"하아…."
너무 맛있어서 다른 말이 나오지 않았다. 혀에서 식도로 넘기고 싶지 않을 만큼 너무나 완벽한 요리.
아직 메인인 햄버거는 건드리지도 않았는데….
윤동현은 꿈을 꾸는 것 같았다. 같은 재료로 이런 식으로 만들 수 있다니….
'내가 귀신에 홀린 거 아닌가?'

잠시 후.

소초원들의 반응도 마찬가지였다. 휴가출발을 앞둔 윤동현을 보며 칭찬을 늘어놓았다.

"오오오오~ 초대박! 윤 병장님! 진짜 맛있습니다."

"진짜 놀랍습니다. 특히 이 샐러드 어떻게 하신 겁니까? 갓갓갓 입니다!"

자신의 후임병들뿐만 아니라 간부들도 칭찬 일색이다.

칭찬은 TOD 조장부터 흘러나왔다.

"오~ 대박! 미쳤다. 야! 윤동현! 너 미쳤어! 미쳤어!"

그다음은 부소초장이었다.

"이것 봐! 하면 되잖아? 소초장님, 이것 보십시오. 제가 동현이 갈구니까 본 실력 내는 거. 햄버거맛 보셨습니까? 일부러 뜨끈뜨끈하게 만들어서 입안에서 살살 녹지 않습니까? 따뜻한 빵이라 그런지 우유랑도 더 잘 어울리는 것 같고, 안 그렇습니까?"

그러자 소초장이 활짝 웃은 채, 엄지손가락을 치켜들었다.

"윤동현~ 이 자식! 휴가 간다니까 좋냐? 노력 좀 했네?"

윤동현은 간부들이 자신들을 칭찬하자 어색한 미소를 지었다. 자신의 성과가 아닌데….

그러거나 말거나 주변에서는 이미 윤동현 띄워주기에 한창이다.

소초장은 윤동현의 모습을 보며 흐뭇한 미소를 지어보였다.

'녀석, 하면 되잖아.'

김민중 중위는 취사병 윤 병장의 어깨를 툭툭 치며, 입을 열었다.

"휴가 출발 하자. 특별히 넌 터미널까지 태워줄 테니까, 방탄 챙겨서 차에 탑승해라!"

반면 윤동현은 걱정거리가 하나 생겼다. 눈에 걸리는 녀석.

'괜찮을까? 몸 상태도 안 좋아 보이던데….'

소초장의 준비하라는 말에 곤란한 듯, 그가 쭈뼛거리며 말했다.

"소초장님?"

"왜?"

"저 드릴 말씀이 있습니다."

너 우리 소초는 왜 왔냐?

녹초가 되어 생활관 침대에 누워있는 성재.
중대통신병 임상희 일병이 걱정스러운 표정을 지으며 말했다.
"강성재"
"이병 강성재?"
"어디 아파?"
활력을 잃고, 몸져누운 이등병.
그것을 보며 안쓰럽지 않을 선임병이 누가 있겠는가?
평소 솔선수범하며, 궂은일을 도맡은 병사.
그럼에도 성재가 일부 선임병들에게 질투를 사고, 특정 간부들에게 시달렸던 것을 직접 옆에서 지켜본 임 일병의 마음도 착잡해졌다.
"좀 피곤한 것 같습니다. 조금만 누워있어도 되겠습니까?"
전입 후 처음으로 약한 소리를 한 강성재의 말에 임상희는 고개를 끄덕였다.
"그래. 좀 쉬어. 약 좀 갖다 줄까?"
"아닙니다. 죄송합니다. 임상희 일병님."
아픈 몸이면서도 예의를 깍듯이 차리는 성재의 모습에 더욱 안쓰러워진 선임병.
"죄송하긴 뭘 죄송해. 어디 아픈 거야? 감기? 몸살?"

"아닙니다. 조금 자면 괜찮아질 것 같습니다."
"그래. 알았다. 누워서 좀 자. 몇 시에 깨워줄까?"
"아닙니다. 저 혼자 일어날 수 있습니다."
"바보야. 아프면 아프다고 말하고, 의무대 진료 받으면 되잖아. 뭘 그렇게 고민해."
"저 나가면 밥할 사람 없습니다. 괜찮습니다. 잠깐 쉬면 괜찮아질 겁니다."
성재는 그 말과 동시에 스르르 눈을 감고 잠에 빠지고 말았다.

성재는 눈을 떴다.
벌써 오후 한 시. 성재가 깜짝 놀라 모포를 걷으며 일어났다.
'늦잠 잤다. 어떻게 하지? 선임병들은 왜 안 깨워주신 거야? 큰일 났다.'
취사병, 소초에서는 대체할 자원이 없어, 절대 아파서는 안 되는 필수 보직.
본래는 사무실에서 근무하는 선임들이 자고 있는 취사병들을 깨울 의무가 있다.
이중 체크를 하기 때문에, 식사시간이 늦어지는 법은 거의 없다. 그런데 선임들도 자신을 깨우지 않았고, 성재도 스스로 일어나지 못했다.
'젠장할…'
성재의 마음이 다급해졌다.
'큰일이다. 밥 시간 늦었어.'
일어나자마자 임무를 떠올리고, 서둘러 노곤한 몸을 이끌며 취사장으로 올라갔다.
그런데? 취사장엔 이미 점심 식사가 완성되어 있었다.
'도대체 누가? 누가 한 거야?'
성재는 일단 다 된 밥을 보며 '요리사의 눈'을 사용했다.
하지만…

> ⚙ ✓ ✗
> 탈진 상태에서는 사용할 수 없습니다. 사용까지 앞으로 1:00:42, 1:00:41…

1.5배 터보 모드에 따른 부작용. 리스크가 너무 컸다.
또다시 감기는 눈꺼풀, 피곤에 지쳐 제대로 움직이기조차 힘든 몸.
그때, 익숙한 얼굴이 보였다. 선임병 윤동현 병장이었다.
'나 때문에 휴가를 취소하신 건가?'

그는 화날 법도 한데, 오히려 자상한 얼굴로 후임병에게 말했다.
"왜 나왔어?"
"…윤 병장님, 이게 어떻게 된 겁니까?"
성재의 말에 윤동현이 걱정스러운 얼굴로 성재의 곁으로 걸어왔다.
"가서 더 자. 누워 있어."
"혹시… 저 때문에… 휴가를 미루신 겁니까?"
"꼭 그것 때문은 아니야. 그냥 사정이 생겼어."
성재는 윤동현이 말도 안 되는 거짓말을 하고 있다는 것을 곧장 알아차렸다.
"…죄송합니다."
"됐어. 무슨 죄송이야."
"……."
성재는 감동했는지 눈물을 글썽거렸다.
이렇게까지 자신을 위해주는 윤동현이라면 진심을 보여도 된다고 생각했다.
그건 윤동현도 마찬가지였다.
'이제 성재를 시험하려 하지 말자. 성재는 원래부터 요리를 잘했던 거야. 내가 압박만 가하지 않았어도 저렇게 충격받진 않았어.'

그때, 중대장이 취사장 앞으로 왔다. 그는 피곤한 얼굴을 한 성재를 보며 물었다.
"강성재?"
"이병 강성재."
"너 아프다며? 좀 더 자. 이따 2시에 병원 진료 갈 거니까. 동현이가 너 나을 때까지 휴가 미루기로 했으니까, 걱정하지 말고…."
"알겠습니다."
중대장은 취사장을 지나 대공초소 순찰을 나갔다. 다시 둘만 남은 성재와 동현.
성재는 감동해서 선임병에게 되물었다.
"윤동현 병장님… 왜 거짓말하셨습니까?"
"…됐어. 인마, 들어가 자. 휴가 지금 당장 안 간다고 없어지는 것도 아닌데, 뭘 그러냐?"
"기대하셨던 휴가지 않습니까? 하루빨리 나가고 싶어 하셨던 정기휴가였습니다."
"하루 미룬 거야. 안 간다고 휴가가 없어지진 않아."

"이 은혜 잊지 않겠습니다."

"은혜 같은 소리 하고 있네. 네 몸이나 챙겨라. 그게 나한텐 은혜 갚는 거다."

다음날, 윤동현 병장은 미뤘던 휴가를 출발했다.

그는 휴가 출발 전 자신이 취사병으로 임무수행하며 꼭 기억해야 될 것들을 기록한 수첩을 성재의 책상 위에 올려놓았다.

짧은 메모와 비단으로 된 포켓주머니도 함께였다.

메모에는 다음과 같은 내용이 쓰여 있었다.

> 성재야. 혹시 내가 휴가 가는 동안에 상황 걸리면, 해야 될 행동들도 다 적어놨어. MG50 다루는 방법이랑 분해결합, 조준 등에 관해서는 불시에 물어볼 수 있으니까, 꼭 숙지해둬. 그리고 노파심에서 하는 말인데, 혹시 모르니까, 이거 몸에 지니고 있어. 악귀를 쫓는 부적이래. 그리고 김관철 조심해라. 너 괴롭히려고 벼르고 있으니까.

포켓 주머니. 입구를 여니, 빨간색 글자가 쓰인 부적이 들어있다.

성재는 선임병의 배려에 고마움을 느끼면서도, 먹먹한 감정이 들었다.

'도대체 제가 뭐라고 이렇게까지 해주시는 겁니까?'

그날….

컨디션을 완벽히 회복한 성재는 평균 3성짜리 요리를 만들어내며 소초원들을 만족시켰다.

"강성재? 너 좀 한다?"

"아닙니다. 다 윤동현 병장님이 인수인게 잘 해주셔서 배운 겁니다."

"크크, 그렇겠지. 네가 뭘 하겠냐?"

"그렇습니다."

성재는 모든 공을 선임병에게 돌렸다.

그리고 또 하나, 성재가 윤동현 병장을 위해 준비하는 게 있었다. 그건 휴가 복귀 전 자신이 알고 있는 100% 완성한 레시피를 수첩에 적는 것.
조리시간부터 조리과정, 그리고 40인분을 기준으로 한 완벽한 식재료 양까지.
단순히 레시피만 적는 게 아니었다. 스스로 검증도 철저히 했다.
'요리사의 눈'을 봉인하고, 자신이 미리 적어둔 레시피로 윤동현 병장의 입장과 동일한 환경에서 조리를 시작했다.

홀로그램 없이 수첩에 적은 레시피 만으로 조리하는 강성재.
'시스템에 의존하지 않는 게 이렇게 힘든 건지 몰랐어.'
성재는 자신의 손목시계를 바라보며, 시간을 확인했다.
다시 한번 요리사의 길 튜토리얼의 대단함을 깨달은 성재. 성재는 개인 정비 시간마다 쉬지 않고 윤동현만을 위한 레시피 메모에 돌입했다.
'휴가 돌아오시기 전에 다 완성해 놓자. 윤 병장님을 위해서.'

지암소초의 병사 한 명이 전투분대장의 손에 이끌려 중대본부 생활관으로 들어왔다. 전투분대장이 인솔을 완료한 채, 자리를 떠나고,
"조상준 상병님!"
그 병사는 환한 미소를 지은 채, 보급계원 조상준에게 인사를 건넸다.
말년병장 김도준 병장도 지암소초에서 임시파견 온 병사를 향해 손을 흔들었다.
"야~ 강희철!"
"상병 강희철? 김도준 병장님도 잘 지내셨습니까?"
"키야~ 너도 상병 달았냐? 세월 참 빠르다."
"후후, 5개월만입니다. 김도준 병장님! 이제 전역이 얼마 안 남으셨겠습니다?"
"그래. 사땡이야."
"사땡 말입니까? 그게 무슨 말씀이십니까?"
"40일 남았다고! 한 달 뒤 민간인 된다, 이 말이지~ 크크크크."
"좋습니다. 김도준 병장님 빨리 가셔야, 윤동현 병장님도 가시고, 조상준 상병님도 가시면, 그다음이 제 차례지 않겠습니까?"
"클클, 넌 인마 멀었어."

대화에서 유일하게 소외된 한 사람, 강성재. 강희철은 강성재를 보며 선임병에게 물었다.
"쟤입니까? 새로 온 취사병."
"맞아. 윤동현 병장님 후임."
"후우, 그랬구나. 반갑다. 나는 지암소초 취사병 강희철, 전화 통화는 해봐서 알지?"
강희철의 말에 성재는 고개를 끄덕이며 대답했다.
"그렇습니다. 저번에 저랑 통화 한번 하셨었습니다."
인접 중대 취사장 불시점검 때문에 연락을 돌리는 과정에서 짧게 스쳐 갔던 통화.
그것을 기억해낸 강성재와 강희철은 서로의 얼굴을 확인하며 악수를 했다.
"이병 강성재!"
"크크, 관등성명, 웃기네. 아직 이등병이라 그런가?"
보통 병 상호 간에는 관등성명을 대지 않는다. 대는 게 맞지만, 하지 않는다.
가혹행위 중 하나로 후임병의 신체를 만질 때마다 관등성명을 대야 하는 부조리 때문에, 간부들도 크게 강조하지 않는 사이, 규율이 해이해진 것.
"그나저나 김도준 병장님? 취사병 있는데 갑자기 제가 왜 여기 소초로 왜 온 겁니까?"
"아~ 성재가 내일 연대에서 표창받는다고 행보관님이 준비하라고 하셨어."
"표창 말입니까?! 이등병이?"
"몰랐냐? 저번에 닭고기 상한 거 발견한 애가 얘잖아."
"허…너가 걔였어? 대박! 운 진짜 좋았네."

연대장 표창, 병사들이 표창을 받는 것은 쉬운 일이 아니다. 포상 휴가는 적어도 1번쯤은 받을 수 있는 기회가 오지만, 표창은 아니다.
군대에서 병사가 일반적으로 받을 수 있는 상에는 크게 3종류가 있다.
먼저 상장, 이것은 대회, 교육 등에서 뚜렷한 성적을 냈을 때 받게 된다. 보통 사격, 신병교육, 분대장교육, 특급전사 달성 등의 예외적 상황에만 받을 수 있다.
그다음은 표창, 보통 간부들에게 주지만, 병사들에게도 가끔 기회가 돌아온다.
경계부대에서는 훈련유공, 작전유공, 우수분대장 등 수많은 상황이 있다.
그중 성재는 군수관리 분야 유공으로 표창을 받게 되었다.
마지막으로 포상 휴가다. 이건 매 훈련 때마다 기본 1장에서 많으면 수십 장까지 지휘관이 원하는 만큼 부여할 수 있다. 보통 중대장급 이상부터 포상 휴가 권한이 있기 때문에,

병사들은 소대장은 무시하는 일이 있더라도 대위급 지휘관에게는 잘 보이려고 노력하는 편이다.

상장과 표창, 얼핏 보면 포상 휴가보다 낮아 보이지만, 따져보면 전혀 그렇지 않다. 상장과 표창을 받은 병사는 조기 진급 대상자로 올라가게 되며, 징계 시에도 일정 부분 정상참작되어 용서받을 수도 있다.

그것뿐만이면 아쉬울 법도 하지만 또 하나 특혜가 있다.

상장과 표창에 포상 휴가가 기본적으로 딸려온다는 점.

보통 부대예규에 정해놓지만, 사단장급 상장이나 표창은 최대 15일까지 휴가를 갈 수 있다고 정해놓고, 보통은 6박 7일을 부여하고, 연대장급은 4박 5일, 대대장급은 3박 4일, 중대장급은 2박 3일 휴가를 갈 수 있게 하고 있었다.

성재는 표창 받았으니 1개월 조기 진급과 휴가 4박 5일이 저절로 따라오는 것이다.

성재는 행정보급관에게 들어서 이미 알고 있었다.

그러나 일부러 다른 사람들에게 이야기는 하지 않았다. 진심으로 축하해주는 사람도 있는 반면, 시기와 질투를 하는 사람도 분명 있었으니까.

그리고 유독 심한 사람이 강림소초에도 있다.

그는 바로 2분대장 김관철 상병.

포상 휴가를 단 한 번도 받아보지 못한 그가 흡연장에서 담배를 피우다가 자신의 동기를 발견하곤 반갑게 손을 흔들었다.

"어? 희철아! 너 우리 소초는 왜 왔냐?"

강희철과 김관철, 두 동기가 5개월 만에 얼굴을 마주하고 서로의 안부를 묻는다.

졸라 맛있잖아?

다음날 아침, 강성재는 새벽 3시에 홀로 일어났다.
아직 자고 있는 지암소초 취사병 강희철 상병을 뒤로하고, 그가 취사장을 향해 몸을 옮겼다.
번쩍. 불이 켜지고, 홀로 창고에 들어간 이등병. 그리곤 바로 작업 시작.
취사장에서 오늘 필요한 식재료를 정리를 시작하는 이등병의 움직임.
그리고 눈에 띄는 변화.

식재료 정리로 EXP 63을 획득했습니다
식재료 정리하기 (초급) 단계를 클리어했습니다
식재료 정리하기 (중급) 단계에 돌입합니다

앞에 떠 있는 투명한 창과 변경된 능력치가 보인다.

변경된 사항

식재료 정리하기 (초급) → (중급)

허공에 띄운 보조창을 클릭하여 변경된 정보를 곧바로 확인하는 성재.

오전에 필요한 식재료를 꺼내고, 현황판을 최신화하는데 걸린 시간은 불과 6분 11초.

보통 사람이 10분이 필요하다면, 성재는 40% 단축된 6분 정도면 충분히 가능해졌다.

다음은 아침 식사 준비였다.

아침 식사용 메뉴에 필요한 식재료를 창고에서 모두 꺼낸 성재.

요리사의 눈을 개방해 자신의 모든 실력을 끌어올린다.

성재는 1배를 선택했다. 지금은 속도가 중요한 게 아니었다. 요리의 질이 중요했다.

홀로그램 녀석이 분주하게 움직이기 시작한다.

닭곰탕 ★★☆ 레시피 (35%)

미지의 존재가 닭을 손질하고, 성재가 동작을 따라 했다.

손질된 700g짜리 납품용 닭.

주방용 가위의 동그란 구멍에 엄지와 검지를 끼우고는 딸깍.

각 뼈의 부위가 손놀림 한 번에 해체된다.

걸린 시간 불과 4분, 각 부위별로 해체된 식재료가 성재의 앞에 가지런히 놓여있다.

그때, 취사병 강희철 상병이 두 눈을 비비며 들어오다 성재를 발견하고 입을 열었다.

"언제 일어났어?"

"30분 전에 일어났습니다. 강희철 상병님은 잠깐 쉬고 계십시오. 오전까지는 제가 다 하겠습니다."

"뭐? 혼자 다 할 수 있어?"

"그렇습니다."

성재의 말에 강희철은 고개를 끄덕였다.

어젯밤, 흡연장.

사실 강희철은 어제저녁, 자신의 동기인 2분대장 김관철 상병과의 대화를 듣고 강성재란 이등병에 무척 화가 난 상태였다.

"걔가 나한테 얼마나 싸가지 없게 구는 줄 아냐? 경례도 안 한다니까?"

"설마, 이등병이 상병한테 경례를 안 하겠냐?"

"우리 분대원들한테 물어봐. 저 새끼, 오자마자 중댐 똥X 빨아서 휴가 타 먹더니, 며칠 전에는 행보관 똥X 빨고 표창받잖아. 그러면서 선임병은 개똥으로 안다니까?"

"그래? 완전 또라이네?"

"그러니까 네가 손 좀 봐줘. 요즘 병영생활 행동강령이다 뭐다 해서, 임무수행 중 아니면 건드리지도 못하잖아."

"그래. 일단 상황 지켜보고! 제대로 털어줄게."

그런데 들은 이야기하고는 조금 달랐다.

자신보다 먼저 일어나서 일과를 준비하고, 선임인 자신을 최대한 예우하며, 오히려 자신이 다 하겠다는 적극적인 자세를 보인다.

그래도 그동안 같이 지내왔던 김관철의 이야기를 무시할 순 없기에 창고로 가보았다.

그런데? 이게 웬걸? 깔끔하게 정리된 창고 안,

보통 귀찮아서 나중으로 미루는 현황판 기입. 그런데 그 모든 것들이 실시간대로 수정되어 있었고, 정리 상태도 말끔하다.

거기에 번쩍번쩍, 물걸레질까지 해서 지적거리도 없는 상태.

'완전 에이스잖아?'

사실 신병이 들어왔다는 소식은 익히 들었다. 윤동현 병장과도 같은 친분이 있기에 강성재라는 녀석을 입이 마르게 칭찬하는 것도 들어왔다.

'뭐가 문제라는 거지? 요리를 드럽게 못하나? 이런 애를 왜 싫어하는 거야?'

같은 소대가 아니기에, 같은 소초가 아니기에 강희철은 절대 알 수 없는 문제였다.

반면, 강성재는 선임병이 자신을 관찰하는 것도 모르고, 다른 것에 집중하고 있었다.

그건 바로 전직 퀘스트.

전직 퀘스트에도 있는 2성, 2성 반 급의 레시피 숙련도를 최대한 끌어올려야 한다.

'퀘스트 문제만이 아니야. 2성에서 멈추는 게 아니라 3성짜리 요리도 최대한 높은 수준에 도달해야 돼.'

성재의 결심과 함께 식재료가 공중에서 날았다.

손질된 닭이 물속에 풍덩. 반대편 버너에서는 점화 스위치 쪽으로 향하는 손.

트트트트트트트트특!

소리와 함께 스파크가 튀고, 그 순간 점화 버튼을 누르자,

화르르륵!

버너 바닥에서 가스와 전기불꽃이 만나 불이 붙는다.

이제 끓기만 기다리면 되는 상황.

그 와중에 성재는 요리를 하며 자신의 행동을 반성하고 있었다.

'내가 그동안 너무 안일했어. 더 열심히 해야 했어.'

성재는 가위로 꼬질꼬질한 냄새가 나는 지방을 잘라 버렸다. 강희철 상병이 물어온다.

"강성재, 그걸 왜 버려?"

"버려야 되는 부위입니다. 이거 그대로 하면 냄새납니다."

닭곰탕을 할 때, 이 부위가 손질되어 있지 않으면 야리꾸리한 냄새가 주변에 번진다.

그럼 요리 자체의 질이 떨어진다. 즉, 요리 등급이 낮아진다.

인터넷 검색을 통해 그는 실수할 수 있는 사항을 꼼꼼히 체크했다.

성재가 노력하는 만큼 요리하고 있는 레시피의 숙련도가 올라가기 시작한다.

> ✿ ✓ ✗
>
> 닭곰탕 ★★☆ 레시피 (47%)
> 닭곰탕 ★★☆ 레시피 (48%)
> 닭곰탕 ★★☆ 레시피 (49%)

흐릿했던 홀로그램 녀석이 점점 또렷해진다.

성재는 녀석의 움직임을 최대한 따라 하며 숙련도를 올렸다. 흐릿한 장면은 인터넷 검색에서 알아낸 정보를 토대로 예측하며 행동했고, 10번의 중 8번은 맞았다.
레시피 숙련도가 더욱 빠르게 올라간다.

```
⚙ ✓ ✗
    닭곰탕 ★★☆ 레시피 (50%)
    닭곰탕 ★★☆ 레시피 (88%)
```

닭을 미리 끓는 물에 집어넣은 손질이 완료된 닭.
이제는 육수를 만들 차례.
성재는 닭육수를 위해 대추와 마늘, 후추, 양파, 대파, 생강이 잠길 정도로 넉넉한 양의 물을 붓고 끓이기 시작했다.
보글보글 육수가 끓기 시작하니 중간중간 올라오기 시작하는 흰 거품들.

손에 들린 국자로 쑤욱!
팔 동작 한 번에 걷어지는 거품.

거품을 걸러내자 탁했던 육수가 점점 맑아지기 시작한다.

```
⚙ ✓ ✗
    닭곰탕 ★★☆ 레시피 (99%)
```

여기서 끝낼 리가 없었다. 홀로그램은 부지런히 닭의 살을 발라내고 있었다.
성재는 비닐장갑을 착용하고, 양손으로 닭의 뽀얀 살을 발라내 소쿠리에 담기 시작했다.

```
⚙ ✓ ✗
    소금, 후추 넣기까지 10, 9, 8…
```

적정량의 소금과 후추를 발라낸 살과 조물조물 섞고, 커다란 볼에 소금과 후추를 뿌린 살을 옮겼다.
성재는 이번에는 맑은 육수국물에 주목했다.

> 적정온도 85도 도달까지 앞으로 9, 8, 7, 6…
> 적정온도에 도달했습니다

시스템창에 나오는 메시지에 맞추어, 성재는 버너의 불의 세기를 급격하게 줄여 같은 온도를 유지한다.

이윽고, 시스템창에 메시지가 떴다.

> 닭곰탕 ★★☆ 레시피 (100%)를 완성했습니다
> 100% 달성으로 인해 다음 단계 레시피가 개방됩니다
> 육수를 직접 만들었습니다
> 닭곰탕 ★★★ 레시피 (100%)를 알게 되었습니다

성재가 완성한 요리를 보며, 강희철은 닭곰탕 육수가 평소에는 포장용기로 제공된다는 것을 떠올렸다.

"강성재!"

"이병 강성재?"

"너, 지금 육수를 직접 끓인 거야?"

"그렇습니다. 드셔 보겠습니까?"

강희철이 놀란 이유는 직접 육수를 만든 이등병의 실력 때문이었다.

닭곰탕의 육수는 부대에서 만들지 않는다. 만들 능력을 취사병에게 요구하지도 않는다.

그냥 포장용기에 들어있는 육수를 끓인 후 손질된 닭을 넣기만 하면 되는 것이다.

그러나 성재는 그 맛에 만족하지 않았다. 그래서 직접 육수를 만들어낸 것.

맛은? 인스턴트로 직접 끓여낸 육수를 이길 수 있을까?

"……"

강희철은 감탄한 채, 멍하니 쳐다볼 뿐이었다.

그날 아침. 소초원들이 취사장에 올라왔다.

수제선 정밀정찰을 끝낸 후, 다들 지친 상태. 입맛도 없는 그들 앞에는 강성재가 만든 요리가 김을 모락모락 내며 기다리고 있었다.

강성재는 자신이 만든 요리를 요리사의 눈으로 확인했다.

recipe | 강성재가 직접 육수를 끓여 만들어낸 최상급 닭곰탕 ★★★☆

군대 식재료 중 최상급만을 골라 육수를 우려내어 깊은 맛을 구현했다. 또한, 닭의 살점을 따로 분리하여, 취식 1분 전 최적의 조리온도 80도에 넣어줌으로써, 본연의 탄력을 유지하는 데 성공
취사병 보너스에 의해 ☆만큼 등급 향상

recipe | 강성재가 직접 만든 오징어 볶음 ★★★☆

잔 칼집을 직접 내며 손질한 오징어를 간장과 참기름, 다진 생강과 잘 섞은 양념장을 묻혀 볶은 음식
매콤함과 달콤함을 동시에 구현하여, 평범할 수 있는 오징어 볶음 고유의 맛을 살렸다
취사병 보너스에 의해 ☆만큼 등급 향상

강성재는 소초원들이 행복한 미소를 짓는 것을 보며 고개를 끄덕였다.
그리고 다섯 손가락으로 숫자를 세며, 그들의 반응을 기다렸다.
"하아… 입맛 없었는데, 밥 졸라 맛있다."
"겁나 맛있다. 최고최고~!"
부소초장도 닭곰탕을 입에 넣어보고는 병사들이 왜 저렇게 반응하는지를 알 수 있었다.
'뭐, 뭐야.'
단순히 국물이 혀에 닿았을 뿐인데… 겨우 그뿐이었는데, 두 눈이 동그랗게 커진다.
천상의 맛. 국물 자체에서 느껴지는 진한 향기. 마치, 시장 뚝배기 골목에 들어온 느낌.
"어떻게 이런 맛이?"
평소 곰탕 국물은 MSG 범벅 같은 느낌이 들었었다. 뻔하디 뻔한 느낌. 하지만 오늘 취사병들이 만든 육수는 평소와 너무나 느낌이 달랐다.
부소초장은 이래 봬도 군생활 5년을 넘게 한 녀석이었다. 그는 일단 달라진 환경을 생각했다. 강희철 상병이 다른 소초에서 온 것. 그의 솜씨인가?
"강희철! 네가 직접 했어?"

강희철은 부소초장의 물음에 당황했다.

'어떻게 대답해야 할까?'

이런 일은 강희철에게는 처음 일어난 상황. 자신이 했다고 말해야 하나 갈등하던 그때, 강성재가 번쩍 손을 들더니 부소초장에게 보고했다.

"제가 직접 했습니다."

"그래? 윤동현이 잘 가르쳤나 보네."

"그렇습니다. 부소초장님?"

"어 성재야."

"오징어 볶음도 드셔 보십시오. 맛있게 만들었습니다. 후회 안 하실 겁니다."

강성재의 말에 오징어 볶음을 입안에 넣는 부소초장.

그의 입가에 저절로 미소가 걸렸다.

그 이유는 간단했다.

아예 안 먹은 사람은 있어도, 한 점만 먹는 사람은 없는 반찬.

부소초장은 숟가락을 멈추지 못한 채, 반찬을 계속해서 입안에 넣었다.

'졸라 맛있잖아?!'

빵빵!

그때, 밖에서 경적이 울렸다.

취사장에 있던 강성재도, 대리 근무자인 강희철 상병도 놀라 밖으로 뛰어나간다.

군복을 완벽하게 다려 입은 행정보급관이 흐뭇한 미소를 지은 채, 강성재에게 말했다.

"성재야~ 천천히 해. 행보관이 빨리 나온 거야."

"충성! 행보관님! 죄송합니다. 빨리 전투복으로 환복하고 나오겠습니다!"

경례 잘하는 이등병

강원도 삼척, 푸른 바닷가를 가르는 해안도로를 달리는 차량은 군용 지휘차량 레토나. 성재는 행정보급관이 직접 운전하는 차량 조수석에 탄 채, 자신의 전투복을 매만지며 가슴 벅찬 기분을 만끽하고 있었다.
'멋있다.'
쉼 없이 몰아치는 파도와 하늘에는 무리 지어 날아다니는 갈매기.
끝없이 이어진 절벽 사이사이로 보이는 유람선과 수십 개의 컨테이너를 수송하는 화물선. 그 앞에는 부표와 정치어망이 줄 지어 동동 떠 있다. 성재는 속으로 탄성을 자아냈다.
"강성재!"
"이병 강성재?"
"뭘 그렇게 빤히 보냐? 바다 처음이냐?"
"그렇습니다. 군대 오기 전엔 바다 한 번도 못 봤었습니다."
"그래? 잘됐네. 전역할 때까지 지긋지긋하게 볼 거다."
행정보급관, 그의 얼굴엔 이제까지 볼 수 없었던 미소가 걸려있었다.
그러고 보니 항상 우중충한 행정보급관의 전투복은 말끔하게 다려져 있었다.
신교대에서 얼룩무늬 전투복과 달리 국방무늬 전투복은 다리지 않고 입는다고 배웠다.
전투의 효율을 높이고 불필요한 노력을 줄이기 위해 대형 고무줄도 없앴고, 단추로 잠그던 전투복 하의도 전부 지퍼형으로 교체되었다고….
분명 그랬었는데… 행정보급관의 전투복은 마치 신병교육대대의 조교들처럼 제대로 각이 잡힌 상태.
복장만으로도 행정보급관의 심정을 유추할 수 있었다. 강성재가 고개를 끄덕였다.

연대 주둔지 위병소. 주둔지 앞에는 바리케이트가 설치되어 있고, 그 옆에는 훤칠한 키의 군인 2명이 단독군장 차림으로 근무를 서고 있다.
아침, 밤과는 달리 수하를 하지 않고 근접해 신원을 묻는 병사.
행정보급관이 지퍼로 된 창문을 내리며, 병사를 바라보았다. 위병소 근무자, 그의 굵은 목소리가 차량을 직접 운전하는 행정보급관에게 들려왔다.
"충성! 신원확인 하겠습니다. 소속, 직책, 성명이 어떻게 되십니까?"
"4중대 행보관, 상사 박재영, 강림소초에서 왔다."
"알겠습니다. 통과하십시오."
다시 지퍼를 올리며 창문을 닫는 행보관, 그때 신원을 확인하던 위병소 근무자가 워키토키 무전기를 통해 보고하기 시작했다.
"숫자 이, 삼, 육에 일공일삼 차량 위병소 통과했습니다."
- 탑승 누구?
"4중대 행보관 외 1명, 직접 운전입니다."
- 알았다.
"수고하십시오."

연대 주둔지, 1대대, 2대대와 같은 주둔지를 쓰고 있는 이곳. 성재를 인솔하는 행정보급관은 대대를 건너뛰고 바로 연대 인사과로 들어갔다.
아침 8시 15분, 아침 일과는 9시부터지만, 이미 모든 간부들은 출근해 있다.
"사제담당관!"
"충성! 아~ 4중대 행보관님 오셨습니까? 표창 축하드립니다."
"축하는 뭘, 해야 될 일을 했을 뿐인데, 과장님은?"

"과장님 오늘 지휘통제실 상황보고 수정하고 계십니다. 어제 연대 당직사령이셨습니다."
"후우, 그래? 그럼 진행은 누가?"
"표창 수여 진행은 제가 합니다. 옆에 있는 병사가 강성재 맞습니까?"
"그래. 맞아."
강성재는 30대 초반의 김민호 중사에게 경례를 실시했다.
"충성!"
"그래. 성재야?"
"이병 강성재?"
"연습은 했니?"
사제담당관의 말에 행보관이 씩 웃으며 말한다.
"지금부터 하자. 하면 되지."
"행보관님은 연습 안 하셔도 되지 않습니까?"
"해야지."
"알겠습니다. 그럼 다들 심호흡 좀 하시고, 전투화 먼지 좀 먼저 털고 오십시오. 5분 뒤에 표창 수여 예행연습 간단하게 해보겠습니다."
"그래."

표창수여식, 보통 2가지 방법으로 구분된다.
지휘관실에서 수여하는 방법과 지휘통제실에서 수여하는 방법, 그러나 작전부대인 이곳에서는 매일 오전 상황보고를 하기 때문에, 지휘통제실에서 하는 게 일반적이었다.
행보관은 성재를 데리고 인사과에 구비된 전투화 손질도구를 챙겨 밖으로 나왔다.
복도 끝자락에서 자신의 전투화를 구둣솔로 닦는 그가 성재를 향해 말했다.
"긴장할 거 없어. 실수만 안 하면 돼."
"예. 그렇습니다."
성재는 행보관의 말에 더욱 부담을 느꼈다. 한 번 뵈었던 연대장과 다시 만나게 되다니….
그때처럼 잘할 수 있을까?
다시 돌아간 인사과 사제 담당관은 표창수여식 멘트를 확인하며 입을 열었다.
"지휘통제실에 들어가게 되면, 노란색으로 붙여놓은 발판 모양이 있을 겁니다. 거기서 왼쪽에는 선임자인 행보관님이 서시고, 오른쪽에는 강성재 이병이 서면 되겠습니다. 그럼 여기가 지휘통제실이라고 생각하고 바로 진행하겠습니다."

사제담당관의 말에 행보관이 고개를 끄덕였다.

"연대장님께 대한 경례."

김민호 중사가 입을 열자, 행정보급관의 육성이 흘러나왔다.

"연대장님께 대하여 경례!"

그러자 행보관과 강성재 이병의 두 손이 거수경례 자세를 취한다.

"충성!"

"충성!"

그리고 이어지는 사제담당관의 진행.

"바로!"

그의 말에 두 사람의 거수경례했던 손이 동시에 내려간다.

"표창장! 60연대 1대대 4중대 상사 박재영, 위 사람은 평소 행정보급관으로서, '조국에 대한 헌신과 봉사'의 자세로 부여된 임무를 성실히 수행하여 왔으며, 특히… 생략! 2017년 10월 30일 제60연대장 대령 배원영!"

사제담당관은 자신이 연대장처럼 행동하며 표창장을 건네주었다. 그러자 행정보급관은 양손으로 표창장이 들어있는 녹색의 껍데기를 양손으로 받고, 왼쪽 허리에 녹색 껍데기를 끼워 넣은 후 오른손은 사제담당관 앞에 내밀었다.

그러자 사제담당관이 악수를 청하고, 행보관이 관등성명을 대기 시작했다.

"상사 박재영, 감사합니다."

그다음은 성재의 차례.

"표창장! 60연대 1대대 4중대 이병 강성재, 이하 내용은 같습니다. 2017년 10월 30일 제60연대장 대령 배원영!"

성재의 손에 표창장이 들어있는 껍데기가 손에 들어오고, 이어지는 악수.

"이병 강성재! 감사합니다."

예행연습을 끝낸 사제담당관이 씩 웃으며 입을 열었다.

"잘하셨습니다."

그의 말에 행보관이 고개를 갸웃거리며 자신의 부족한 점을 물었다.

"주의할 점 없어?"

"행보관님, 경례하실 때, 눈썹 끝에 손이 닿아야 하는데, 그 위치가 조금 높습니다. 아래로 낮추십시오."
"그래? 알았다. 거울 보고 연습 할게."
행보관은 거울 앞에서 경례 자세를 연습하고, 사제담당관은 이등병 성재에게 말했다.
"성재, 넌 잘했는데, 연대장님 앞에선 긴장만 하지 마. 알겠지?"
"예. 알겠습니다."
"그럼 너도 동작 연습하고 있어."
사제 담당관의 말에 성재는 연습에 몰두했다. 지겹게 반복하는 연습. 그러나 이렇게 해야만 정식 행사에서 실수를 줄일 수 있으니 불만은 없었다.

그런데 10분 후. 민망한 상황이 벌어졌다.
씩씩거리며 들어오는 대위와 고개를 푹 숙인 채, 죄인처럼 들어오는 중사.
대대 지원과장과 군수과장이 인사과로 들어온 것이다.
행정보급관을 발견한 지원과장이 화를 삭이지 못하고, 행보관에게 입을 열었다.
"어이없네. 군수계통으로 보고하면 끝나는 것을 지휘계통으로 보고해서 사람 곤란하게 만들고 말이야. 계급장 떼고 한판 붙을까?"
그러자 옆에 있던 대대 군수담당관이 지원과장의 옷깃을 잡으며 입을 열었다.
"과장님, 참으십시오. 왜 그러십니까, 저만 징계번호 받고 끝난다고 하지 않았습니까?"
군수담당관의 말에 지원과장이 화가 덜 풀렸는지, 막말을 내뱉었다.
"군수담당관, 저런 놈이랑 어떻게 10년 넘게 군생활 했어?"
당황한 군수담당관은 지원과장에게 호소했다.
"과장님, 일 크게 만들지 마십시오. 저만 곤란해집니다."
하지만 4중대 행정보급관도 참고만 있을 사람은 아니었다.
"어떻게 하실 겁니까? 한판 붙겠습니까?"
"야! 진짜 붙을 거야? 나와! 나와!"

연대장은 고심 끝에 실무자인 군수담당관만 징계하는 것으로 결정했다. 징계 수준은 인사기록이 남는 경고장. 보통 이런 경고장이 있으면 1년 정도 진급 누락을 감수해야 한다. 본래 부식수령의 임무는 연대 급양담당관이다. 사단보수대대에서 가서 수령하는 임무,

하지만 하필이면 그날 대리근무자는 대대 군수담당관이었다. 그때, 군수담당관이 문제를 발견하고 조치했으면 좋은데, 군수담당관이 임무를 제대로 수행하지 못했다.

누군가는 책임을 져야 하는 상황. 어떻게 보면 행정보급관의 행동이 식중독을 예방했기에 형사처벌 당할 수 있었던 일이었던 사항을 고작 경고 수준으로 낮춘 것이지만, 지원과장은 그것조차도 불만을 품고 4중대 행정보급관에게 화살을 돌린 것이다.

사제담당관이 당황해서 군수담당관을 재촉하고, 군수담당관은 지원과장을 끌다 시피 사무실 밖으로 데리고 나갔다.

박재영 상사는 씩씩거리며 혼자 욕지거리를 내뱉었다.

"이, 씨X! 어린놈의 새X가!"

부사관들만 있는 공간, 상급자라해도 엄연히 신분이 다른 장교와 부사관. 사제담당관은 당연히 행정보급관의 편을 들며 행보관을 위로했다.

"똥 밟았다고 생각하십쇼. 행보관님, 여기서 붙어봐야 행보관님만 손해입니다."

"어휴~ 진짜, 말이 안 되잖아. 내가 지 구제해준 건데, 이렇게 나오기야?"

"그건 그렇습니다. 그러니까 화 참으시고, 저랑 나가서 담배나 한 대 태우고 오시죠. 병사야!"

"이병 강성재?"

"넌 여기 있어. 다른 데 가지 말고! 알았니?"

"예. 알겠습니다."

사제담당관은 그 말을 남긴 채 행정보급관과 함께 나갔다.

연대 인사병과 강성재, 단 둘만 남은 인사과는 한동안 정적이 흘렀다.

"이등병 아저씨, 앉으세요."

인사병이 별거 아니라는 얼굴로 성재에게 입을 열었다.

"예."

그러자 인사병은 냉장고에서 오렌지 주스 하나를 꺼내 종이컵에 따라주더니, 씩 웃으며 말한다.

"간부들도 다 똑같아요. 군생활 한지 며칠 안됐죠?"

"그렇죠."

"앞으로도 더 힘드실 거에요. 이런 거 아무것도 아니니까, 마음에 담아두지 마세요."

"…예. 그래야죠."

성재는 마음이 아팠다. 자신 때문에 왜 싸워야 하는지, 그로서는 이해할 수 없었다. 자신은 해야 할 일만 했을 뿐인데, 왜 이런 일이 벌어지는 걸까?

성재는 행보관도 좋았고, 자신을 칭찬했던 지원과장도 좋았다. 군수담당관은 오늘 처음 봤지만 그리 나쁜 사람같지 않았다.

"아저씨, 저 잠깐 화장실 좀 다녀오겠습니다."

"그래요. 이등병 아저씨, 5분 내로 오세요."

"예. 알겠습니다."

성재가 복도로 나가 끝에 있는 화장실에 가서 세수를 했다. 울적한 기분을 벗어나기 위한 그만의 방법이었다.

화장실에서 다시 복도, 마음을 다잡고 다시 인사과로 걸어가는 성재. 그때, 성재 앞에 익숙한 얼굴이 마주쳤다.

"충성! 사랑합니다."

"어? 넌 저번에 만났던 경례 잘하는 이등병 맞지? 성재! 강성재!"

연대장이 주는 선물

오전 8시 45분, 상황회의 시작 전.

연대장이 시간계획보다 15분이나 일찍 지휘통제실에 들어왔다.

활짝 웃는 그의 모습. 오늘 좋은 일이 아닌데, 왜 이렇게 기분이 들떴는지 모르는 각 연대 과장들은 자신의 지휘관 눈치를 살피기에 급급했다.

당직사령을 섰던 인사과장은 부하인 사제담당관이 들어오지 않자, 당황하며 보고했다.

"충성! 연대장님. 당직사령 소령 이용우입니다. 작전 간 이상 없습니다. 상황보고에 앞서 표창 및 경고장 수여를 진행하려 했으나, 준비가 덜 된 것 같습니다. 확인해보겠습니다."

"후후후, 됐어. 내가 취소시켰으니까, 그나저나 오늘 회의는 과장들만 참석하는 날인가?"

"그렇습니다. 월요일은 과장급만 참석합니다."

"그래. 내가 일찍 들어온 이유는 말이야."

연대장은 환한 미소를 띠고 과장들에게 오늘 아침 있었던 일을 설명했다.

같은 시각, 행정보급관은 영문을 모른 채, 사제담당관에게 말했다.

"아…이게 뭐야? 갑자기 왜 표창수여식이 취소가 돼?"

그러자 사제담당관 김민호 중사는 고개를 갸웃거리며 말했다.

"저도 잘 모르겠습니다. 연대장님이 취소하라고 하셨습니다."

그때, 인사과로 들어오는 한 병사.

성재가 담담한 표정으로 인사과 입구 앞에서 경례를 하며 들어왔다.

"충성!"

"그래. 병사야. 일단 대기해라. 상황이 바뀌었다."

"알겠습니다."

성재는 연대장과 대화 나눴던 것을 상기하며, 고개를 저었다.

- 성재야. 절대 다른 간부한테는 말하면 안 된다! 비밀 지켜야 한다. 알겠니?

- 그렇습니다.

연대장은 씩 웃은 채, 입을 열었다.

"내가 생각해보니까 말이야. 너무 잔인했어."

"?!"

노란색 당직사령 완장을 차고 있는 인사과장부터 작전과장, 정보과장, 군수과장까지 연대장의 눈치를 살폈다. 그러나 이 말까지는 전혀 무슨 말인지 모르겠는지, 일단 다들 국방색 육군 수첩을 꺼냈다.

다이어리 크기로 제공되는 간부들만의 수첩. 그곳에서 오늘 날짜를 기입하고, '지휘관 지시 / 강조사항'이라고 적은 과장들은 연대장의 말에 귀를 기울였다.

"군수! 우리 병사들 식단은 어디 급까지 똑같이 편성하지?"

연대장의 돌발 질문.

그러나 군수과장은 대답하지 못했다. 진급 마지막 시기인 군수과장의 직능(중령급 이상부터 부여받는 핵심 주특기. 동원, 인사, 군수, 작전, 인사행정, 기무 등 여러 가지 전문분야로 나뉜다)은 본래 작전 예비였다. 따라서 연대 작전과장, 사단 작전처 작전보좌관 등의 직책을 수행했던 군수과장은 작전에 관련된 특기는 잘 알고 있었으나, 군수 쪽은 잘 모르고 있었다.

"…죄송합니다."

나이 43의 장희철 소령이 고개를 숙였다. 그러자 같이 진급 들어가는 2년 후배 작전과장 조성현이 그 기회를 낚아챘다.

"연대장님, 작전과장입니다. 제가 알기로는 저희는 군단까지 같은 식단표를 사용하는 것으로 알고 있습니다. 따라서 저희 사단의 상위제대인 8군단은 같은 메뉴, 식단으로 식사하고 있습니다."

작전과장 조성현의 말에 연대장이 흐뭇한 미소를 지었다.

"그래! 그러니까, 사실은 말이야. 우리가 발견하기 전에, 사단 실무자가 발견했어야 되는 거 아니야? 그 전에 군단급 실무자가 발견했어야 되는 거고? 내 말이 맞아? 틀리냐?"

핵심을 찌르는 연대장. 그리고 이어지는 과장들의 대답.

"그렇습니다. 연대장님 말씀이 맞습니다."

"맞습니다."

"그렇습니다."

작전, 인사, 정보과장들은 누구 하나 할 것 없이 연대장에게 잘 보이기 위해 즉각 대답했고, 군수과장만이 홀로 고개를 푹 숙인 채, 소리 없는 한숨을 쉬었다.

"그래서 말이야. 표창 이거, 군단에서 받아야겠어. 그게 아니라면 최소 사단에서라도 받게 하라고, 내 선에서 해결할 게 아닌 거야. 알았어?"

연대장이 군수과장에게 시선을 돌린 채 말했다.

"알겠습니다."

군수과장이 대답하자, 연대장은 다시 한번 그가 지시를 숙지했는지 확인했다.

"그럼 군수과장, 내가 의도한 게 뭔지 다시 설명해봐."

연대장의 말, 그리고 군수과장의 보고.

"사단 군수참모한테 보고해서, 표창받을 수 있는지 확인하고, 군단에도 보고될 수 있도록 연락해보겠습니다."

"그리고?"

"…그리고… 그리고…."

연대장이 원하는 것, 그것을 캐치하지 못하는 군수과장. 연대장은 아직 부족한 군수과장을 지도하기 위해 자신의 생각을 말했다.

"네가 조치하는 건 30점짜리밖에 안 돼. 정확히는 사단 군수참모든, 군단 군수처장이든 그쪽 라인을 타기 전에, 네가 나한테 어떻게 해야 이번 미담 사례를 군단장님께 알릴 수 있는지 나한테 보고를 먼저 해야지. 안 그래?"

"그렇습니다."

"그래야 내가 판단을 해서, 이건 이렇게 하고, 저건 저렇게 하고 결심을 할 거 아니야. 맞나? 틀리나?"
"맞습니다."
연대장은 원론적인 이야기를 한 후, 구체적인 해결전략을 말하기 시작했다.
"일단, 군수과장 넌 그 날 사건에 대한 보고문건 만들어와. 그리고 작전!"
연대장이 작전과장을 부르고.
작전과장이 직책을 대며 응한다.
"작전과장."
"그래. 넌 정훈과장 통제해서, 이번 거 미담사례로 국방일보에 올려."
"알겠습니다. 정훈과장 및 대대 정훈장교 통제하겠습니다."
"그리고 인사!"
"인사과장."
"넌 이번 게 과연 누구 잘못인지, 징계규정 확인해보고, 사단 헌병 수사관한테도 질의해 봐. 정식 수사 의뢰가 아니라, 질의다. 알지?"
"알겠습니다. 수사관한테 개인적으로 연락해서 의견 구하겠습니다."
"아~ 감찰 쪽에는 말 안 들어가게 잘해. 생각해보니까, 내가 경고장 수여할 게 아니야. 이건 상급제대가 잘 못 해서 우리가 발견한 건데, 내가 잘못 조치할 뻔한 거야. 알았나?"
"알겠습니다. 지시하신 대로 조치하겠습니다."
"그리고 군수!"
"군수과장!"
"넌 인마! 어떻게 이등병 병사만도 못하냐? 일 처리를 그렇게 해서 되겠어?"
"… 죄송합니다."
이등병이란 말에 모두가 숨을 죽였다. 연대장은 고개를 푹 숙인 과장들을 향해 말했다.
"병사가 말하더라. 자기 대대 간부 경고받는 거 이상하다고, 식단표 보면 군단이 다 똑같고, 부식 수령도 원래 군지사에서 일차적으로 하는 건데, 왜 말단제대에서 징계받는지 이해가 안 된다고 하더라. 어떻게 이등병이 19년 군생활 한 장교보다 더 잘 아냐? 진짜 너 제대할 생각인 거지?"
"…죄송합니다."
군수과장은 오늘 각 과장들 앞에서 제대로 된 쪽을 당했다. 그는 혼나는 와중에도 고개를 숙인 채, 다른 생각을 하고 있었다.

'이등병? 어떤 새끼야?'

자신의 능력부족을 반성하지 않고, 고자질한 병사를 찾으려는 군수과장, 그의 본질을 알고 있는 지휘관.

연대장은 자신의 옛 군생활을 언급하며, 이제 갓 단 소령부터 중령 진급에 들어가는 10~20년 차 장교들을 지도하는 데 시간을 할애했다.

다시 소초로 돌아온 행정보급관. 그는 담배를 뻐끔뻐끔 피우며, 천장을 바라보았다.

'시X, 거지 같네. 진급은 날아간 건가?'

표창 수여가 취소되다니, 보통은 없는 일이었다. 올해 진급만을 바라보고 살았던 박재영. 진급해야만 후방지역으로 갈 수 있기에, 남들한테 손가락질 받으면서도, 대대 장교들한테 무시당하면서도, 버텼던 그.

'신기루도 아니고… 이게 웬 날벼락이야.'

지휘추천과 표창이 한순간에 날아간 행정보급관의 얼굴에는 썩소가 가득했다.

한 시간 뒤, 연대 인사과에서 중대 행정반으로 전화가 들어왔다.

"통신보안! 4중대 행정반 상병 조상준입니다."

- 어. 연대 군수과장인데, 행보관 있냐?

"그렇습니다. 전화 돌리겠습니다. 끊어지면, 823-6043으로 다시 전화 부탁드리겠습니다."

- 그래. 돌려.

"알겠습니다. 전화 돌리겠습니다."

조상준이 전화를 돌리고, 담배를 뻐끔뻐끔 피우던 행보관이 전화를 돌려받았다.

"4중대 행보관입니다."

- 아, 행보관, 나 군수과장입니다.

"예. 충성!"

- 이번에 미담 사례로 행보관하고 강성재 이병 국방일보에서 취재하러 올 겁니다.

"미담 사례 말입니까?"

- 예. 연대장님께서 군단 장병들의 비전투력 손실을 막은 국민영웅 강성재 이병과 그를

직접 가르친 행정보급관, 그리고 군수담당관에 대한 취재 의뢰 하셨습니다.
"군수담당관도 말입니까? 징계 안 하시는 겁니까?"
- 예. 그렇게 됐습니다. 아~ 그리고 표창은 연대장급 말고, 최소 사단장급, 잘하면 군단장급 표창으로 승격돼서 수여될 겁니다. 연대장님께서 자신은 급이 안 맞는다면서 좀 더 높은 급으로 받게 하라고 하셨습니다. 잘 됐어요. 행보관.
"감사합니다."
- 그리고 연대장님께서 나중에 소초로 찾아가 동석식사 한다고 하셨습니다. 강성재 이병도 함께 먹는 것으로 말씀하셨으니, 일단 알고 계시고, 나중에 다시 연락드리겠습니다.
"감사합니다! 과장님! 정말 감사합니다."
- 그럼, 행보관 오늘 고생 많았어요. 나중에 봅시다.
"예. 과장님! 정말 감사합니다! 충성!"

민간에서는 읽지 않는 군 전문채널 국방일보였지만, 군 간부로서는 크나큰 영광이다.
어느 순간부터 행정보급관에게 찾아온 행운.
이 행운이 강성재 이병으로부터 시작한 것을 행정보급관도 어렴풋이 눈치채고 있었다.
"후후후후후."
행정보급관의 얼굴에 미소가 깃들었다.
그리고는 감정을 주체하지 못한 채, 큰 소리로 웃기 시작했다.
"ㅎㅎㅎㅎ, 하하하하!"
'행보관님 조울증 걸리신 거 아니야? 도대체 왜 저러시냐?'

같은 시각, 취사장에서 지암소초 취사병 강희철 상병과 같이 있던 폭풍의 핵 강성재.
요리를 마친 후, 의자에 앉아 환한 미소를 머금었다.

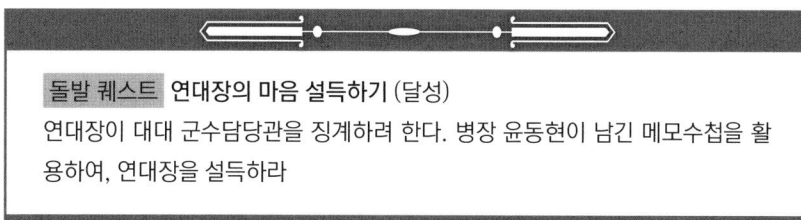

돌발 퀘스트 연대장의 마음 설득하기 (달성)
연대장이 대대 군수담당관을 징계하려 한다. 병장 윤동현이 남긴 메모수첩을 활용하여, 연대장을 설득하라

연대장의 호감도가 300 상승하였습니다
행정보급관의 호감도가 150 상승하였습니다

보상 1 EXP 500을 획득했습니다
보상 2 연계 퀘스트에 대해 알게 되었습니다

연계 퀘스트란 튜토리얼 진행간 특정퀘스트 완료시 발생하는 부가퀘스트입니다. 튜토리얼 진행과는 무관하지만 실생활 간에 영향을 미칠 수 있는 인지도, 호감도 등을 추가로 얻을 수 있습니다

그리고 이어지는 퀘스트.

연계 퀘스트(연대장이 주는 선물)가 발생했습니다

연계 퀘스트 연대장이 주는 선물 1 - 국방일보 취재 시 공보장교의 호감 얻기
공보장교의 호감을 얻어, 국방일보 1면에 미담사례를 실어야 한다

성공 시 국방일보 취재 후, 1면에 사진 게재 시, 군대 내 인지도 5, 대외인지도 0.1 상승
실패 시 돌발 퀘스트 발생율 10% 감소
전직 퀘스트(간부식당 조리병) 달성조건이 열렸습니다
전직 퀘스트(간부식당 조리병) 4 : 연대장 동석식사

연대장과의 동석식사가 예정되어 있다. 군용 간식을 이용하여, 연대장이 좋아할 ★★★급 이상 디저트를 만들어라

030

체력검정입니까?

파견 온 강림초소 취사병 강희철, 그는 적극적으로 임무를 수행하는 강성재의 모습을 보곤 고개를 끄덕였다.
'관철이가 잘못 알고 있었던 게 아닐까? 이렇게 착하고, 열심히 하는 친구인데, 뭐가 문제라는 걸까?'
성재는 연대에 다녀 온 후 5분도 쉬지 않고 바로 취사장에 달려왔다. 점심 메뉴인 짜장면을 준비하기 위해 포장용기를 옮겼고, 면은 10인분씩 총 4개로 분류했다.
'일부러 고생하는 거네. 한 번에 조리하면 면이 불으니까, 10인분씩 하려고.'
짜장면은 특별히 어려운 메뉴는 아니었다. 짜장소스는 다 만들어져 보급되니 데우기만 하는 거고, 면도 뜨거운 물에 삶기만 하면 된다. 다른 메뉴라고 해봐야 고춧가루 조금 뿌린 단무지와 계란국 정도인데, 너무 간단한 메뉴라서 솔직히 손볼 것도 없었다. 그래서 취사병들 사이에서 햄버거와 짜장면 메뉴가 나오면 쉬는 시간이 많아진다며, 선호하곤 했다.
하지만 성재처럼 일부러 10인분씩 끊어서 조리하는 것은 다르다.
약 20분만 투자하면 조리부터, 배식까지 끝낼 수 있는데.
'그래서 인정받았구나? 이제 알겠다. 왜 윤동현 병장님이 널 좋아했는지….'
강희철은 갑자기 자신이 부끄러워지는 느낌이었다. 사실 강희철도 소초원들을 위해서 매일 아침 고생하는 취사병인 건 마찬가지. 하지만 그는 항상 소초 간부들이 자신의 고생을 알아주지 않는다고 생각해왔다.

그런데 이곳에서 지내보니 그게 아니었다.

고작 이등병인데도 어떻게 하면 최고의 맛을 낼 수 있을까 생각하고, 쉬운 길이 있음에도 불구하고 조금은 고되더라도 단 한 명이라도 더 맛있는 음식을 제공하기 위해 노력하는 성재의 모습이 기특했다.

이후 이어진 식사 시간. 소초원들의 평가 역시 마찬가지였다.

"오오오, 면이 탱글탱글하네."

"그러게 말야. 나 원래 짜장면 메뉴 나올 때마다 라면 먹었잖아. 근데 요샌 이게 제일 기다려진다. 후르릅."

"꿀맛!"

보통 군대에 제공되는 면은 짜장면 면발보다는 우동 면발에 가깝다. 질기고, 잘 끊어지지도 않아 맛도 없다.

그런데 이게 맛있어질 타이밍이 있다. 그건 조리 후 5분 이내 취식하는 것이다.

성재는 시스템 덕택에 잘 알고 있었다.

recipe	조리시간을 잘 지킨 짜장면 ★★★
	끓는 물에 4분간 넣어 탱탱한 우동용 면발의 탄력을 유지한 채, 짜장소스를 부었다. 취사병 직업 보너스에 의해 ☆만큼 등급이 향상되었다
	※ 주의사항 : 시간이 지나면 등급이 급격하게 떨어진다. 조리 후 최대 5분 이내 취식 권장

그날 오후 2시, 파견온 강희철 상병이 떠날 시간이 되었다. 행정보급관은 싱글벙글 미소를 지은 채, 강희철 상병에게 말했다.

"20분 뒤에 출발할 테니까, 소초로 돌아갈 준비 해."

"알겠습니다. 행보관님."

강성재의 대리임무 차원에서 잠시 강림소초에 온 강희철.

그는 짧은 시간 동안 많은 것을 깨달았다.

'강성재, 좋은 녀석이었어.'

그래서 강희철은 떠나기 전, 동기 녀석에게 자신의 마음을 전하기로 결심했다.

흡연장. 서로 담배를 피고 있는 강희철과 김관철.

몇 번 담배 연기를 빨아들이던 강희철이 김관철에게 조심스럽게 말했다.

"관철아, 성재 그 녀석 괜찮더라."

"괜찮긴 뭐가 괜찮아? 알랑방귀만 뀌는 녀석인데…."

"그래 네 말이 맞아."

"맞지? 너도 느꼈지? 그래서? 넌 어떻게 했는데?"

김관철이 동기가 자신의 의견에 동의하자 흥분하며, 의견을 구했다. 그러자 강희철이 혀를 차며, 김관철 상병을 쳐다보았다.

"그 알랑방귀, 모든 사람한테 다 뀌더라."

"역시역시! 그럴 줄 알았다. 좀 갈궜냐? 걔가 어떻게 나오냐? 너한테 욕하진 않았어?"

"크큭, 욕? 아니, 오히려 좋던데?"

강희철이 김관철의 말에 피식 웃으며, 말을 이어갔다.

그러자 그 말을 이해 못 한 김 상병은 자신의 동기에게 되물었다.

"그게 무슨 말이야?"

"알랑방귀를 말뿐이 아닌 행동으로 하더라. 힘든 일, 어려운 일 가리지 않고 몸으로 직접 뛰며, 자신이 다 하더라고. 그게 네가 말한 알랑방귀라면 맞겠다 싶어. 자신의 말을 행동으로 지키는 거. 그게 성재의 모습이었어."

"……."

김관철이 입을 다물었다. 동기가 자신이 아니라 후임병을 옹호하자, 기분이 팍 상한 것.

그러나 강희철의 입에선 강성재에 대한 칭찬이 계속해서 흘러나왔다.

"요리할 때, 집중력이 대단했어. 간부들이 좋아할 만 하더라고, 나도 내 후임병으로 삼고 싶던데? 대화는 많이 안 해봐서 시원섭섭하네. 며칠만 시간이 더 있었으면 얘기도 나눠보고, 좀 친해졌을 텐데… 지금 내가 무슨 말 하는지 알지?"

"……."

"너도 알잖아. 시기하고 질투 그만하라는 거다. 그깟 포상 휴가가 뭐라고 목숨을 거냐? 네가 성재 싫어한다고 걔 휴가가 너한테 오는 것도 아니고. 차라리 그 시간에 자기 분대원이나 더 잘 챙겨. 그러는 게 나아."

김관철의 표정이 급격하게 어두워졌다. 그리곤 자신의 속마음을 밖으로 내뱉었다.

"너 변했다?"

그때, 행정보급관이 중대 내 작전차량인 레토나의 경적을 울리며 말했다.

"강희철! 탑승!"

"예. 행보관님, 바로 가겠습니다."

담뱃불을 털며 강희철이 김관철을 노려보았다. 그리고는 속마음을 말했다.

"다시 생각해. 그런 성격 때문에 선임들이 널 싫어하는 거야."

동기의 입에서 흘러나온 한마디가 김관철에겐 충격으로 다가왔다.

그러나 강희철은 더 이상 김관철의 편에 서줄 생각이 없었다. 그를 무시하곤 바로 의류대를 짊어지고, 레토나 뒷좌석에 올랐다.

차량이 떠나고, 김관철의 입에서 욕설이 튀어나왔다.

"…이…XX."

하지만 그의 곁에는 지금, 아무도 없다. 심지어 자신의 같은 분대 후임병조차도….

오늘은 성재에게 중요한 날이었다.

"다녀와. 잘 보고~."

윤동현 병장은 휴가를 다녀온 후, 강성재에게 응원 섞인 한마디를 해줬다.

"예. 합격하고 오겠습니다."

"그래."

오후 2시, 군대시간으로는 14시, 소초장은 진급 대상자를 앞에 두고 간단하게 체력검정에 관한 설명을 했다.

"다들 알겠지만, 오늘 측정 결과는 진급 측정에 반영된다. 오늘 측정은 총 3가지 종목이고, 첫 번째, 팔굽혀 펴기, 두 번째, 윗몸 일으키기, 3번째 3km 달리기다. 등급은 나이에 따라 구분되고, 이등병은 종합등급이 3등급 이상이면 합격, 1등급 이상이면 지휘관 평가 점수에 따라 조기진급을 할 수 있다."

"소초장님? 일병은 어떻게 됩니까?"

"일병은 종합등급 2등급이면 합격, 전 종목 특급이면 조기 진급이다."

"헉, 너무 가혹하십니다."

"가혹은 무슨, 너희들이 평소에 체력단련 했으면 충분히 가능하지. 참고로 상병은 병장 진급 시 종합등급 1등급이면 합격, 전 종목 특급이면 조기 진급이다. 오늘 병장 진급 대상자 있나?"
"병장 진급 대상자는 중대본부 조상준 상병 말고는 없습니다."

진급 대상자 총 7명, 그리고 그들을 측정하기 위해 나온 조교 역할이 7명, 총 14명이 모였다. 소초장은 명단 확인을 마치고 측정 전 사고 예방을 위해 준비운동을 시작했다.
"그래. 그럼 측정 전 먼저 국군도수체조를 시작한다. 조상준 기준!"
소초장의 말에 군수계원 조상준이 오른손을 번쩍 들며, 복명복창을 하고.
"상병 조상준 기준!"
그에 따라 소초장이 다시 제대에 명령을 내린다.
"양팔 간격 좌우로 나란히!"
김중위의 명령에 충분히 간격을 벌리자, 소초장은 다시 병력들을 통솔한다.
"지금부터 국군 도수체조를 시작한다. 체조는 1번 다리운동부터 13번 숨쉬기 운동까지 지휘자 구령에 맞춰 1회 실시한다. 1번 다리운동 시작!"
소초장은 병사들의 앞에서 도수체조 동작을 실시하고, 병사들은 동작을 따라 하며 몸을 풀기 시작했다. 13번 숨쉬기 운동까지 끝낸 소초장은 유연성 운동으로 넘어갔다.
"먼저 무릎 짧게 굽혀주기, 하나, 둘, 셋, 넷, 다섯, 여섯, 일곱, 여덟, 다음 허리 돌리기, 왼쪽부터 하나, 둘, 셋, 넷, 다섯, 여섯, 일곱, 여덟, 둘, 둘, 셋, 넷, 다섯, 여섯, 일곱, 여덟."
그렇게 진행된 약 15분간의 준비운동.
번거롭게 느껴지는 절차지만 불미스러운 사고예방을 위해선 필수 과정. 몸이 충분히 풀리고 이완되었다. 이제 소초장은 부사수로 데려온 병사들에게 지시를 내렸다.
"먼저 윗몸일으키기부터 할 거야. 부사수들 위치로!"
"위치로!"
상병부터, 병장으로 이루어진 조교들.

성재는 7명의 선임들을 바라보며, 어디에 설지 고민했다.
'아, 김관철 상병은 걸리면 안 되는데….'
성재는 재빠르게 판단하고 자신을 싫어하는 김관철의 맞은편으로 이동했다.

목재 판넬, 그곳에 국방색으로 생긴 3단 접이용 매트를 깔아 놓았다.

그중 가장 마지막 빈자리에 누운 성재는 심호흡을 하며 천장을 바라보았다.

'합격하려면 몇 개였더라? 58개였나?'

불가능해 보이지만, 1분이 아닌 2분이므로, 꾸준히 체력단련을 한 장병들의 종합등급은 보통 1~2급 수준을 보이고 있었다.

그리고 성재는 군 입대 전 체력도 그리 나쁘지 않았다. 일용직 노동자로 일했기 때문. 그래서 또래보단 체력이 좋다고 자부심이 있었다.

사실 그것 말곤 없었으니….

하지만 이번엔 취사병이라 바쁜 와중에도 2주일 전부터 체력단련 준비를 했었다. 이등병이라 진급 누락이 되지 않고 자동진급이 되기는 하지만 특급전사가 되면 조기진급을 할 수 있으니까.

무엇보다 첫 진급이라 굉장히 떨렸다.

이윽고 소초장의 명령이 떨어졌다.

"부사수들, 다리 잡아."

성재는 자신 앞에 있는 소영민 일병을 보며 입을 열었다.

"잘 부탁드립니다."

그런데 누군가가 소영민 일병을 밀쳐내고….

그 남자가 성재의 양 발바닥 앞에 양반다리로 앉아 그의 무릎을 콱 붙잡는다. 그리고는 씩, 악마의 미소를 짓는 상병.

자신을 욕하고 다니는 김관철 상병이 자신의 다리를 붙잡자, 강성재의 표정이 급격히 어두워졌다.

그리고 예상은 빗나가지 않았다.

"지금부터 윗몸일으키기 체력측정을 시작한다. 팔꿈치가 바닥 매트에 닿지 않거나, 올라온 후 자신의 무릎까지 닿지 않으면 노카운트. 요령 피우지 말고 제대로 해."

"예!"

모두가 고개를 끄덕이고, 소초장이 타임워치를 누르며 시작을 알렸다. 강성재의 몸이 매트의 탄력을 이용해 자신의 무릎을 팔꿈치로 찍으며 온몸을 일으켰다.

하지만 그가 올린 수만큼 카운트가 되지 않는다.

"하나, 둘, 노카운트! 노카운트! 노카운트!"
성재의 눈썹이 치켜 올라갔다. 김관철이 성재만 들릴 정도로 작은 소리로 말했다.
"뭘 꼴아봐? 뒈질래?"
"제대로 하는 중입니다. 카운트 부탁드립니다."
성재의 말에 김관철이 피식 웃었다. 그러더니, 정확한 동작을 하는 성재의 앞에 또다시 좌절의 단어를 외친다.

"노카운트! 노카운트!"
성재는 그동안 김관철의 뒷담화를 무시했었다. 조직 어디를 가나 자신과 맞지 않는 사람들은 있기 마련, 모든 사람에게 호감을 살 수는 없기에, 그저 이대로 더 이상 악화되지 않고 시간이 흐르길 원했다.
하지만 김관철이 노골적으로 괴롭히고 있다.
군대만 아니라면 치고받았을 성재였지만, 이곳에서는 아니었다.
'정공법으로 갈 수밖에 없나?'
성재가 쓰게 웃었다. 그러더니 허리를 매트에 딱 붙인 채 움직이지 않았다.
그것을 본 김관철이 미소를 지었다.
'크크, 진급 누락이나 해라! 인마!'
다분히 악의적인 의도, 그러나 성재가 아무 움직임도 보이지 않은 이유가 있었다.
성재는 속마음으로 다음과 같이 외쳤다.
'요리사의 신체 발동!'

조금 전까지는 일방적으로 당했지만, 이제는 복수할 차례.
성재가 또렷한 목소리로 자신의 무릎을 잡고 있는 김관철에게 말했다.
"김관철 상병님?"
"뭐?"
"꽉 붙잡으십시오. 다쳐도 책임 못 집니다."

국방부의 시계는 흘러간다

김관철은 이등병의 패기를 보며 비웃었다.

'어이 털리네. 꽉 붙잡으라고? 이제 전입해 온 지 한 달 주제에 조기 진급하려고 체력측정을 신청해?'

다시 생각해도 괘씸하다. 간부 똥X나 빼는 새끼는 어디든지 있었다. 그러나 저렇게 대놓고 이등병부터 빼는 새끼는 처음이라고 김관철은 생각했다.

'몇 번을 올라와 봐. 내가 세어주나?'

그러나 그가 간과한 사실이 있었고, 성재의 노림수는 바로 거기에 있었다.

김관철의 비웃는 표정을 무시하며 눈을 빛낸 성재.

그의 움직임이 갑자기 날렵해졌다.

툭! 하는 소리와 함께 성재의 허리가 매트의 반동을 이용해 튀어 올랐다.

그리고는 온 체중을 실어 자신의 무릎에 팔꿈치를 찍으며, 악이 찬 그의 목소리가 흘러나왔다.

"하나!"

그다음 툭!

이번에는 더 빠른 속도로 등으로 바닥을 찍고, 다시 올라왔다.

또 이어지는 소리!
"둘!"

성재의 외침, 그리고 주목받는 시선. 소초장이 다른 쪽 병사를 지켜보다 고개를 돌린다.
"셋! 넷! 다섯!"
성재는 드디어 소초장의 시선을 끄는 데 성공했다.
그렇다.
김관철이 간과한 건 바로 주변의 시선.

성재는 공정한 심사를 받으려면 주변의 이목을 끌어야 한다는 걸 캐치했다. 그래서 요리사의 신체를 써서 목소리를 내어 카운팅을 했고, 이 노림수는 보기 좋게 성공했다.
김관철은 주도권을 뺏기지 않게 이등병을 압박했다.
"야! 숫자 세지마!"
"그래. 숫자는 앞에 있는 사람이 셀 거니까, 소리 내지 말고 해."
소초장도 김관철의 말에 동의하며 힘을 실어주었다. 하지만 성재의 동작은 더욱 빨라졌다. 남들이 두 번 할 때, 세 번, 남들이 네 번 올라올 때, 열 번을 올라온다.
툭! 찍고! 툭! 찍고! 툭! 찍고.
마치 오뚝이처럼 10번 쓰러져도 다시 올라오는 성재.
"노카운트! 노카운트! 열하나, 노카운트! 열 둘! 노카운트!"
하지만 성재는 포기하지 않았다. 오히려 더 악에 받친 듯 올라왔다.
그의 뛰어난 체력을 보고 감탄한 소초장.
"야! 김관철! 저게 왜 노카운트야?! 제대로 안 세?"
"…알겠습니다."
장교인 소대장이 시선을 성재에 고정했다. 그리고는 자신의 눈으로 이등병의 동작을 바라보며 직접 눈으로 세기 시작한다.
"사십사, 사십오, 사십육."
소초장이 바로 앞에서 자신과 같이 세고 있는 상황.
'쓰벌… 운 좋았다고 생각해라.'
김관철은 결국 자신의 계획을 성공하지 못하고, 백기를 들 수밖에 없었다.

소초장이 기록을 부른다.
"윤석열!"
"육십 다섯 개입니다."
"고민후."
"사십 육개입니다."
"장진우."
"칠십칠 개입니다."
"강성재!"
김관철은 마음에 안 드는지 대답을 못 했다. 그러자 소초장이 씩 웃으며 본인이 센 기록을 말했다.
"김관철! 왜 말을 안 해. 강성재, 팔십칠 개, 특급!"
그러자 강성재는 소초장을 향해 고개를 숙이며 대답했다.
"감사합니다."

성재는 속마음으로 능력을 해제했다.
'요리사의 신체 해제.'
솔직히 탈진할까 봐 걱정했던 성재.
하지만 다행히 탈진하진 않았고, 대신 중요한 사실을 알아냈다.
요리사의 신체는 한 번에 최대 10분밖에 사용하지 못한다는 걸….
요리사의 신체를 사용할 때, 그 스킬 밑에 붉은 선으로 잔여 패러미터가 줄어드는 게 보였다.
기술을 해제하자, 미세하나마 조금씩 올라가는 패러미터.
'윗몸 일으키기에서 쓸 생각은 없었는데….'
성재는 혼자 연습 때도 윗몸 일으키기는 특급을 달성할 수 있는 체력을 가지고 있었다. 하지만 김관철 때문에 노카운트 한 20여 개를 극복하기 위해, 무리해서 스킬을 사용하고 말았다.
'어떻게 하지? 3km 달리기는 자신 없는데….'
취사병이어서 남들 다 하는 점호 후 뜀걸음(구보)을 하지 않았던 성재.
사실 성재가 스킬을 이용해서 극복하려고 했던 것은 3km 달리기 부분이었다.

스킬로 보완한 체력, 이 패러미터를 다 쓰면 자신이 탈진 상태에 빠지게 되는 것을 알기에, 성재는 더욱더 조심스러웠다.

'달리기는 다음에 측정할까?'

그 사정을 알 리 없는 소초장은 곧바로 다음 진급측정 과목을 진행하고 있다.

"그럼 이제 팔굽혀 펴기다. 팔굽혀 펴기는… 어?"

그런데 절실한 자에게는 행운이 따른다고 하던가?

하늘에 어느새 먹구름이 피어오르기 시작했다.

소초장이 잠시 설명을 멈추고, 상황실에 들어가 기상을 확인했다.

"자~ 다들 미안한데, 오늘 저녁 때부터 비 온다고 하네. 3km 달리기는 날씨 좋을 때 측정하자. 오늘은 팔굽혀펴기만 실시한다."

"알겠습니다."

체력검정이 아무리 중요하다 하지만 기상은 부대운용에 영향을 미친다. 비 오는 날 체력측정을 하는 것처럼 멍청한 짓이 또 어디 있을까? 소초장의 지휘에 따라 팔굽혀펴기를 하기 위한 장소로 이동하였고, 성재는 대기하면서 어깨와 허리를 돌리며, 긴장을 해소했다.

그때, 소초장이 김관철을 향해 입을 열었다.

"김관철!"

"상병 김관철?"

"넌 빠져. 아까부터 숫자를 이상하게 세더라?"

"…아닙니다."

"아니야. 빠져."

소초장은 사실 처음부터 김관철의 성격에 대해 너무나 알고 있었다. 막사도 아니고 소초에서는 하루 24시간 같이 지내기 때문에 간부의 시선을 피하기 어렵다. 그래서 주둔지에 있을 때와는 달리 간부들 개개인 성격도, 병사들 개개인 성격도 그대로 노출된다.

게다가 소초장은 이제 성재가 관심병사가 아니라는 것도 알고 있었다. 이미 상향식 일일결산과 병력결산을 통해, 병영생활 상담관의 면담기록이 각 제대의 간부들까지 전파되었기 때문이었다. 직접 한 달간 겪어보기도 했고.

모든 상황이 성재에게 유리하게 기울어지고 있다.

소초장은 생각했다.

'노력하는 녀석을 시샘하고 말이야. 김관철, 넌 상병 달고도 진짜 못됐다. 또 상담관하고 면담해야겠니?'

사실 김관철은 관심병사였다.

이기주의, 타인과 공감을 잘하지 못하는 성격, 그래서 그는 B급 관심병사로 관리되고 있었다. B급 관심병사는 자살까진 아니지만, 탈영 또는 구타 등의 우려가 있는 병사.

하지만 이런 마음을 그대로 드러낼 수도 없는 법.

어쨌든 김관철은 자기 소대 2분대의 분대장이고, 그 밑에 군번과는 무려 5개월 이상 차이 나기 때문에, 그를 자르기도 애매한 위치였다.

그런 소초장의 생각을 읽지 못한 김관철이 쓴웃음을 지었다.

'젠장….'

소초장의 명령에 거역할 순 없다. 정당한 이유도 없다.

그러나 김관철의 심지는 이미 꼬일 대로 꼬인 상황.

이대로 물러설 수 없었던 김관철은 자신의 쁘락치를 보냈다. 그건 자신의 분대원, 오명성 일병. 체력측정 대기 중인 성재의 앞에 오명성 일병이 섰다.

"야 성재야. 너 머리가 작아서 상체가 가볍냐? 오뚝이처럼 잘도 일어나더라?"

살아남기 위해 얼굴에 철판을 깔고 성재에게 억지스러운 농담을 하는 오명성. 김관철에게 조종당하는 오명성의 입장을 아는 성재는 당당한 얼굴로 대답했다.

"밖에서 노가다 하다가 와서 체력은 좀 됩니다. 좋게 봐주셔서 감사합니다."

이등병의 멘탈을 부수려고 했지만, 오히려 자신감만 부여한 꼴. 오명성이 그의 패기에 당황하는 사이, 소초장의 음성이 들려왔다.

"자, 주목."

팔굽혀펴기를 하기 위한 기구인 철제봉을 가리키는 소초장.

약 30cm 높이, 중간에 붙어있는 볼록한 버튼.

삑.

소초장은 그 버튼을 누르며 입을 열었다.

"너희들의 가슴 상단부가 이 버튼을 누르면 이렇게 소리가 날 거야. 팔을 수직으로 완전히 편 상태에서 자신의 가슴으로 버튼을 누르는 개수가 팔굽혀펴기 개수다. 질문?"

소초장의 말에 병사 한 명이 손을 들었다.

"합격 기준이 어떻게 됩니까?"

"특급 72개, 1급 64개, 2급 56개, 3급 48개, 그 미만 불합격."

"알겠습니다."

그런데 소초장이 부연설명을 이어갔다.

"강형웅?"

"일병 강형웅?"

"넌 만 26세니까 2개 완화된다. 특급 70개, 3급 46개, 불합격 45개 미만, 알았나?"

"예. 알겠습니다."

이윽고, 성재를 포함하여 선발된 7명의 병사들이 체력측정 기구 앞에 섰다. 그러자 소초장이 타임워치를 들고 입을 열었다.

"준비!"

준비라는 말에 모두가 팔굽혀펴기 준비자세로 봉을 잡고 허리를 쭉 편 채 대기하고,

"시작!"

소초장의 말이 떨어지자마자, 무서운 속도로 위아래로 움직이는 병사들의 상체. 팔과 허리의 힘으로 팔굽혀펴기를 시작했다. 그들 가운데 있던 성재. 이미 3km 달리기가 연기되었다는 이야기를 들은 상황이라, 거리낌 없이 능력을 사용했다.

'요리사의 신체 개방.'

마음의 목소리에 패러미터가 닿기 시작하며, 순발력과 지구력을 늘린다.

요리사의 신체 (Chef's Body Rank : E)를 사용합니다

시작은 거의 비슷했다. 하지만 숫자가 20이 넘어가자 점점 차이가 나기 시작했다. 엉덩이는 그대로 둔 채, 상체만 위아래로 움직이며 편법을 쓰는 사람. 팔에 힘이 빠져 더 이상 상체를 올리지 못하고 부들부들 떨고 있는 장병.

하지만 성재는 달랐고, 김관철 분대장의 사주를 받은 오명성 일병은 놀라움을 감추지 못하고 있었다.

'허점이 없어. 허리와 엉덩이, 다리 라인이 일자야. 완벽하잖아?'

본래 팔굽혀펴기는 전신운동이다.

상체를 들어 올리고 지탱하기 위한 팔과 가슴의 근육이 매우 중요하지만 허리를 꼿꼿이

편 상태로 유지하기 위해 하체와 허리의 근력도 필요했기 때문.
따라서 상체 근력뿐만 아니라 전신 체력을 기를 수 있는 운동 방법이었다.
그만큼 어렵기 때문에 측정에서 FM대로 하는 병사는 거의 없었다. 합격 기준에 도달하는 게 무척 어렵기 때문이었다.
하지만 강성재는 달랐다.
완벽한 심신합일. 몸이 마음이고, 마음이 몸, 자신이 원하는 대로 움직이는 신체의 하모니. 절도 있는 동작 뿐 아니라, 파워풀한 근력까지 겸비한 완벽 그 자체.
성재의 철제봉에서 1초 간격으로 같은 소리가 주변에 울려 퍼졌다.

삑!
삑!
삑!
삑!

성재의 가슴 윗부분이 버튼을 누르며 나는 소리였다.
측정시간 2분, 성재는 1초에 한 번씩 단 한 순간도 느려지지 않고 팔굽혀 펴기를 끝까지 유지했다.

삐익!
소초장의 호루라기 소리와 함께 종료되는 체력측정.
"윤석열!"
"육십팔 개입니다."
"그래. 넌 1급, 다음 고민후."
"칠십칠 개입니다."
"오케이, 합격! 장진우."
"사십오 개입니다."
"장진우는 불합격, 강성재!"
오명성에게 눈치를 주는 김관철, 하지만 이미 결과는 나와있다.
"강성재 이병! 백이십 개입니다!"

백이십 개라는 말에 같이 체력측정 받던 선임들이 동그랗게 커진 눈으로 후임병을 바라보고, 강성재는 머쓱한지, 고개를 돌린 채, 소초장의 말을 기다렸다.
"강성재 특급! 자자자, 결과 나온 사람들은 머뭇거리지 말고, 와서 사인해라."
"알겠습니다."
소초장 김민중 중위, 그는 모두의 기록을 확인하며, 혼자 미소를 지었다.
'윤동현 전역하면, 중본에서 무조건 끌어와야겠다. 못하는 게 없네.'

이제는 관심병사라는 낙인을 지워버린 녀석이기에, 소초장은 물론 간부들의 시선은 첫 만남 때와는 달리 온화해졌다.
강성재는 그 시선을 몸으로 느끼고 있다.
"자자~ 3km 달리기는 차후에 실시할 거야. 다들 고생했고, 체력측정 기구들은 다 정리해서 체력단련실에 집어넣어라."
"알겠습니다."
모두에게 명령을 내리곤 소초장이 누군가를 응시했다.
"아~ 그리고 김관철!"
"상병 김관철?"
"넌 따라와. 특별 면담이다."
"……."

체력검정 후, 샤워장에 들어간 사람들.
그건 뜨거운 물이 나온다는 것.
"야, 강성재!"
"이병 강성재?"
"너 잘하더라?"
알몸인 선임병 하나가 자신의 짧은 스포츠머리에 샴푸를 하며 입을 열었다.
"감사합니다."
"크큭, 너 입대하기 전에 뭐했냐?"
"노가다 했었습니다. 배관공 일 조금 배웠습니다."

"오~ 크크, 그럼 딱이네. 소초 끝나면 취사병 그만두고 우리 분대 탄약수로 오는 게 어떠냐?"

그리고 이어지는 전자음과 보조창 메시지.

> ✓ ✗
>
> `Keyword` 탄약수를 발견했습니다

"탄약수 말씀이십니까?"

"그래. 81mm는 탄약수, 박격포부사수, 박격포사수, 분대장 이렇게 분대가 구성돼. 아까 보니까 소초장님도 너 좋아하시는 것 같더라. 소초 나오면 어차피 취사병 4명 중에 한 명밖에 못하니까, 내가 우리 분대로 추천해줄게."

> ✓ ✗
>
> `Keyword` 박격포부사수를 발견했습니다
> `Keyword` 박격포사수를 발견했습니다
> `Keyword` 81mm를 발견했습니다

"…생각해보겠습니다."

"크큭, 넌 내 아들 군번이라 마음에 들더라. 생각 있으면 꼭 이야기해라. 소댐은 내 이야기라면 껌뻑 죽는다."

알고 보니 그는 4분대장 상병 최규성으로, 전역까지 7개월 남은 그가 성재를 자신의 분대원으로 받고 싶어 했던 것.

"말씀만이라도 정말 감사합니다."

"후후, 이등병 상태 좋네. 오늘 저녁 뭐냐?"

최규성은 성재를 칭찬하며, 꼬르륵거리는 배를 쳐다보며 성재를 향해 물었다.

취사 메뉴는 취사병이기에 항상 숙지해야 하는 사항.

바로 대답이 나왔다.

"오삼 불고기에 된장국입니다."

메뉴를 듣고 최규성 상병이 환한 미소를 지었다.

"후후후, 먹을 만하겠네."

"그렇습니다."

"빨리 씻고 나가~ 난 네가 해주는 요리 먹고 싶다."
"그러십니까?"
"어. 너 오고 밥이 존맛이거든."
성재가 전입 온지 한 달, 그는 이미 소초에서 선임병들은 물론, 간부들에게도 인정받는 병사가 되어가고 있었다.
그것을 받아들이지 못한 병사와 자연스럽게 인정해주는 병사들.
모두 각자의 생각은 다르지만, 오늘도 국방부의 시계는 흘러간다.
"그럼 빨리 씻고, 요리 하러 가봐야겠습니다. 윤동현 병장님 기다리십니다."
"그~래!"

같은 시각, 23사단 정훈참모처 사무실.
"예. 기자님! 네. 내일 말씀이십니까? 예. 알겠습니다. 지금 참모님 결산 들어가셨는데, 곧 나오실 것 같습니다. 제가 참모님께 보고드려서 국방일보 취재, 내일 오는 것으로 말씀드리겠습니다. 예. 알겠습니다. 알겠습니다. 예. 기자님! 잘 부탁드리겠습니다!"

국방일보 취재

정훈참모처 공보장교 남궁민 중위, 그의 임무는 취재, 공보작전이 주 임무다.
남궁민은 한숨을 내쉬며, 자신의 동기인 문화장교 장기정 중위에게 입을 열었다.
"기정아, 미치겠다. 국방일보 취재 나온단다."
"그래? 그러니까 너 왜 공보한다고 했냐? 나처럼 문화장교 한다고 하지. 크크크."
"병신, 지랄하네. 포토샵 장교 주제에."
"아- 국방일보 짜증나, 참모님 졸라 쪼아댈 텐데…."
"크크크크."
듣고 있던 여군 하민정 하사는 씩 웃으면서 자신보다 3살 많은 장교들에게 말했다.
"공보장교님, 일 복이 많으신 것 같습니다. 이번엔 장기복무 되시는 것 아닙니까?"
"장비담당관, 농담으로 받아들여야 합니까? 아니면 진심으로 받아들여야 합니까?"
"농담이든, 진심이든 상관없습니다. 아무튼, 내일 국방일보에서 오면 저희 취재장비는 필요 없는 겁니까?"
"예. 특별히 신경 쓸 건 없을 것 같고, DSLR만 준비해주시면 될 것 같습니다. 오늘 야근 하실 일 있으십니까?"
"야근은 없는데, 혹시 시간 되면 참모님 빼고 소주 한잔 하시겠습니까?"
하민정의 말에 남궁민은 웃으며 고개를 저었다.

"아닙니다. 내일 공보 관련 준비해야 될 것도 있고, 참모님도 아직 결산 끝나고 안 나오셔서, 시간이 안 날 것 같습니다."
"아쉽습니다."
"후후, 저도 아쉽습니다."
초급장교 둘과 초급부사관 하나, 그리고 30대 중반의 영관급 장교 한 명으로 구성된 정훈참모처, 아기자기한 부서에서 취재가 오는 것은 정말 커다란 일.
지휘통제실에서 실시한 결산이 끝나고, 영관급 장교들은 체육관에서 배드민턴을 치느라 전화를 받지 않았다. 사단장님을 중심으로, 참모장, 각 참모들이 주축이 되어 오후 5시부터 6시까지 체력단련이라는 이름하에 운동을 시작했기에, 참모들은 전부 연락이 두절된 상태.
남궁민은 홀로 발을 동동 구르며 직속상관에게 수시로 전화했지만, 단 한 번도 연락되지 않는 사단 정훈참모 조우민 소령. 결국, 오후 6시가 되어서야 부재중 통화를 확인한 그가 자신의 부하 남궁민에게 전화를 걸었다.

"충성! 부대 이상 없습니다."
- 어, 무슨 일이냐? 부재중 통화를 무슨 10통화나 했어? 급한 일이야?
"내일 국방일보 취재 온다고 합니다. 아마 60연대장이 2주 전 사단장님께 지휘보고한 내용 중에 해당 내용이 있었나 봅니다."
- 맞네. 내가 깜박하고 너한테 말을 안했다. 그거 기사 자료 준비 다 됐냐?
정훈참모인 조우민 소령의 말은 공보장교 남궁민이 처음 듣는 이야기다.
'참모님은 참… 미리 알고 있었으면 나한테 말해줬어야 되는 거 아니야? 지금 와서 자료 준비되었냐고 물어보면 뭐라고 대답하는데?'
하지만 이런 말을 직접 할 수는 없다. 그냥 죄송하다고 할 수밖에, 그게 군대다.
"아직 준비 못 했습니다. 최대한 빨리 준비하겠습니다."
남궁민의 말에 이어지는 정훈참모의 호통.
- 야! 이 새끼야, 준비 안 하고 뭐했어? 장난하냐?

남궁민은 본인이 미리 이야기 안 해놓고, 지금 와서 준비가 안 되었다고 화를 내는 정훈참모를 보며 어이를 상실하곤, 수화기를 잠시 내려놓았다.

그리고 수화기 너머로 이어지는 욕설.
- 이 씨발 XX, 멍청한 XX, 개 병X, 일 X같이 못하네. 너는 하는 게 뭐야? 중위 정도 됐으면 알아서 해야 될 거 아니야? 이 XX새끼가.
남궁민 중위는 익숙한 듯 차분히 기다리다가 수화기에서 욕설 소리가 잦아들자, 전화기를 다시 귀에 대며 말했다.
"죄송합니다. 참모님, 어떻게 하면 되겠습니까?"
-당장! 당장 현장 가! 가서 취재하고! 밤새 기삿거리 작성해서 내일 아침까지 내 책상 위에 올려놔. 알았냐?
"알겠습니다. 조치하고 연락드리겠습니다. 충성!"
-너 짬 때리면 죽인다. 꼭 해 놔라.
"알겠습니다. 충성!"
-충성!

같은 시각, 같은 장소, 퇴근을 앞두고 있던 문화장교는 옆에서 심각한 표정으로 동기인 공보장교를 쳐다보았다.
"참모님이 뭐래?"
"지금 현장 가서 취재하고 아침까지 기사 써오래."
"어이없네. 지금 밤 6시, 이렇게 어두컴컴한데 현장 취재를 가라고?"
"어쩌냐…, 가야지. 배차도 안 내놨는데, 미치겠네."
"일단 밥 먹고 와. 배차는 내가 수송장교님께 말해볼게."
"아니야. 지금 바로 가야될 것 같아. 수송장교님껜 내가 말할게."
"그래. 어쩌겠냐…. 군인이면 명령에 따라야지."
퇴근하기 전, 문화장교와 공보장교를 지켜본 장비담당관 하민정은 한숨을 내쉬었다. 그리고는 미리 싸둔 짐을 다시 풀며 남궁민 중위에게 말했다.
"혼자 괜찮으시겠습니까?"
"제 직책이 공보장교인데, 당연히 혼자 해야죠. 어떻게 하겠습니까? 어제 당직 서셨던데, 얼른 퇴근하십시오. 담당관 많이 피곤해 보입니다."
"…그래도…."

"괜찮습니다. 저 아직 나이 26입니다. 팔팔합니다. 그럼 가보겠습니다."

남궁민이 육군수첩을 들고 손을 흔들며 나가자, 문화장교이자 동기인 장기정이 안쓰러운 모습을 하며 입을 열었다.

"나도 퇴근했다가 시간 되면 다시 돌아와서 기사 쓰는 거 도와줄게."

"그래. 그래 주면 고맙고."

"그래. 장기지원자가 아니라서 미안하다. 너한테만 일이 몰리네."

"아니야. 됐어. 그럼 갔다 올게."

사단 보급수송대대에서 주임원사용으로 나온 레토나 차량을 빌려 타고 나온 공보장교. 그는 식사도 하지 못한 채, 강림소초로 향하고 있었다. 사단에서 소초로 향하는 7번 국도의 휑 뚫린 도로를 쌩쌩 달리는 도중, 공보장교가 운전병을 불렀다.

"운전병!"

"병장 김민성?"

"미안하다. 나 때문에 밥도 못 먹고… 취재 먼저 끝나고 먹자."

"괜찮습니다. 이따 돌아오시면서 휴게소에서 돈가스 어떠십니까?"

"그래. 내가 사줄게."

"감사합니다. 그런데 공보장교님?"

"어."

"배차도 안 내시고 갑자기 무슨 일이랍니까?"

"국방일보 녀석들 내일 취재 온다고 하잖아. 개네들이 기사 직접 안 쓰는 거 알지? 그거 쓰러 내가 먼저 취재 가는 거야."

"헐… 국방일보에서 직접 기사 쓰는 게 아닙니까?"

"개네는 다듬기만 해. 원래 말단제대에서 쓴 거 손만 보고 올리는 거야. 개네가 일을 얼마나 안 하는데, 군무원들이 일 하겠냐?"

"하긴, 공보장교님이 고생 많이 하시는 것 같습니다."

"크크, 그렇지 뭐."

"공보장교님?"

"왜? 배고파?"

"그게 아니라, 제 생각인데 말입니다."
"어. 말해봐."
"사단은 원래 중위, 대위급 실무자가 일 다 합니까? 소령들하고 중령분들은 운동만 하고, 아무것도 안 하는 것 같습니다."
"음…나도 모르겠다. 원래 높은 직책 올라가면 보고받고 결심하고 판단만 하는 거야. 경험이 많으시니까."
"후우~, 전 아니라고 생각합니다. 미군 보십쇼. 가장 솔선수범하는 건 장군들이지 않습니까? 공보장교님도 사실 이게 참모님이 직접 나서서 해결해야 되는 일이라고 생각 안 하십니까? 군대가 거꾸로 돌아가는 것 같습니다."
"크큭, 새끼야, 그런 얘기 아무 데서나 함부로 하지 마라. 다친다."
"흐흐, 제가 공보장교님 다 좋아해서 하는 말입니다. 이제 곧 소초 진입할 것 같습니다."
"그래."
강원도 삼척 가장 남단 섹터를 맡고 있는 60연대, 그중에서도 가장 남쪽을 맡고 있는 1대대 4중대의 OP(관측소) 역할을 하는 강림소초에 공보장교가 들어왔다.
암구호 확인절차를 마치고, 신원을 확인하는 상황병.
"소속, 직책, 성명, 출입 목적이 어떻게 되십니까?"
"사단 정훈참모처 정훈공보장교 중위 남궁민, 내일 국방일보 취재 건으로 현장 확인하러 왔다."
"알겠습니다. 잠시만 기다려주십시오."
상황병은 곧바로 인트라넷에 접속해 남궁민이라는 이름으로 근무지 조회를 실시했다.

〈근무지 조회 실시 결과〉
　중위 남궁민 : 23사단 정훈참모처 정훈공보장교

원 소속을 확인한 녀석은 위병소를 열며 그들을 통과시켰다.
소초장은 전반야 근무자를 투입시키러 나간 상황, 소초에서는 중대장이 공보장교의 방문을 전해 듣고 입구로 나왔다.
"공보장교? 1대대 4중대장, 조석호 대위야."
"예. 충성! 공보장교 남궁민 중위입니다. 처음 뵙겠습니다."

"어. 근데 갑자기 웬일이냐?"

"내일 국방일보 취재 온다는 사실 알고 계셨습니까? 그것 때문에 미리 현장 확인하러 왔습니다."

"어. 그거 알고 있긴 했는데, 뭐하러 이 밤에 와. 어차피 다들 사단으로 갈 건데…."

"아. 제가 먼저 기사자료를 만들어야 해서 그렇습니다. 혹시 행정보급관 있습니까?"

"아, 오늘까지 휴가다. 내일 아침에 출근이야."

"…이런, 헛고생한 것 같습니다. 전화로 취재할 걸 그랬습니다."

"미리 전화라도 하지 그랬냐?"

"…그게 갑자기 오늘 알게 돼서…."

공보장교의 말에 중대장이 고개를 갸웃거렸다.

그러자 조석호 대위가 공보장교에게 말했다.

"그럼 관련 병사라도 취재해보던가…."

"아…병사는 좀… 말이 안 통해서…."

"크크, 그럼 어떻게 하자는 거야? 늦었는데 밥은 먹었냐?"

"아직 못 먹었습니다."

"그럼 밥이라도 먹고 가."

중대장은 공보장교와 운전병을 데리고 취사장으로 향했다. 때마침 취사장에서 내부 청소를 하고 있던 성재와 윤동현, 그리고 비번 근무자들.

"강성재!"

"이병 강성재?"

"혹시 추가로 밥 좀 가능하냐?"

"예. 그렇습니다. 남은 밥 있어서 야식으로 볶음밥 하려고 했습니다."

"그것 좀 만들어서 우리 공보장교 좀 챙겨줘라. 아, 그리고 운전병도!"

중대장의 말에 공보장교가 손을 저으며 정중히 거절했다.

"아…괜찮습니다. 나가서 사 먹으면 됩니다."

하지만 중대장 입장에선 그렇지 않다. 아무리 자신보다 계급이 낮은 장교라지만, 그는 사단급 실무자. 돈도 안 드는 밥 한번 챙겨주는 게 나중에 도움이 될 수도 있다.

"아니야. 먹고 가. 공보장교, 난 지금 순찰 가야 되니까, 혹시 필요한 거 있으면 상황실로 연락하고, 우리 잘 좀 봐줘라."
"아…예. 알겠습니다."
중대장이 떠나고, 공보장교와 운전병만 남은 상황. 성재는 공보장교라는 말에 곧바로 시스템을 띄웠다. 마음속으로 '퀘스트 열람'을 외치자, 떠오르는 시스템창.

> **연계 퀘스트** 연대장이 주는 선물 1 - 국방일보 취재 시 공보장교의 호감 얻기
> 공보장교의 호감을 얻어, 국방일보 1면에 미담사례를 실어야 한다
>
> **성공 시** 국방일보 1면에 사진 게재 시, 군대 내 인지도 5, 대외인지도 0.1 상승
> **실패 시** 돌발 퀘스트 발생율 10% 감소

분명 2주 전 생긴 연계 퀘스트의 종착지가 지금임에 틀림없었다. 이 기회를 놓칠 성재가 아니었다. 냉장고에서 갑작스럽게 생긴 휴가자 때문에 남는 요거트 두 개를 먼저 꺼낸 후, 공보장교와 운전병 앞에 놓으며 웃음을 지었다.
"충성! 이거 먼저 드시고 계시면 곧바로 식사 내어오겠습니다."
"어?… 괜찮은데…."
그때, 공보장교와 운전병의 배에서,
꼬르륵….
요란한 소리가 들려왔다.
그때, 윤동현 병장도 공보장교의 앞에 나가 입을 열었다.
"장교님? 저희 소초가 연대 내에서 가장 밥 맛있는 식당입니다. 드셔 보시면 후회 안 하실 겁니다."
윤동현이 이렇게 말한 이유는 성재를 위해서, 그리고 자신을 위해서였다.
국방일보 관련 소문은 병사들 사이에서는 다들 알고 있는 게 있었다.
공보장교에게 잘 보여서 국방일보 기사에 실리면 포상 휴가가 나올 수도 있다는 것.
'이번 건 잘하면 성재랑 나랑 또 포상 휴가 갈지도 몰라.'

033

우리 소초 야식이 맛있어요

오늘 하려는 메뉴는 새우 볶음밥이었다.

성재는 서둘러 조리실로 달려가서 냉장고 문을 벌컥 열었다.

"재료가…"

새우볶음밥은 처음 해보는 상황.

하지만 성재에게 고민은 필요 없다. 요리사의 길 시스템이 있으니까.

'새우볶음밥 레시피 열람.'

생각만으로 레시피를 열 수 있다는 것을 알아차린 후, 성재는 더 이상 허공을 헤집는 동작 따윈 하지 않았다.

> 새우볶음밥 레시피 ★★★ (57%)를 선택하였습니다
> 새우와 각종 채소를 넣고 볶은 밥. 새우를 으깨지 않고 볶는 것이 포인트
> 재료 깐새우 30g, 대파 10g, 당근 10g, 양파 10g… 굴소스 5g

스르륵!

성재의 옆에 생성된 푸르스름한 잔상. 지금부터 새우볶음밥을 만들 홀로그램.

녀석은 대파와 당근을 비롯한 각종 채소와 미리 손질된 얼린 새우를 꺼내 들었다.

그 이후는? 일사천리다.

성재가 홀로그램을 따라 상온의 물을 받아 냉동된 새우를 담갔다.

가스버너에는 불을 올려 후라이팬을 달군다.

해두었던 밥을 밥솥에서 꺼내 식히곤, 각종 채소를 가지런히 썰어서 그릇에 담는다.

그다음은? 볶을 차례.

하지만 이대로만 볶으면 일반적인 새우볶음밥일 뿐.

공보장교의 입맛을 사로잡기 위해서는 특별한 맛이 필요할 터.

'변화가 필요해.'

성재는 머릿속으로 특별한 맛을 가미할 게 무엇이 있을지 고민하는 동안,

양손은 달궈진 팬에 익숙한 동작으로 포도씨유를 두르고 양파부터 볶기 시작한다.

그때 성재가 요리하던 걸 지켜보고 있던 윤동현.

"성재야. 천천히 해. 급한 일도 아닌데 뭐."

"아닙니다. 멀리서 오신 장교님인데, 맛있는 걸 대접해드리고 싶습니다."

"음, 너도 포상 휴가 타고 싶구나?"

"그렇습니다. 설마 윤동현 병장님도 그러신 겁니까?"

"풉…."

윤동현은 서로의 생각이 일치하자, 대답 대신 웃음으로 답했다.

어색한 웃음이 한차례 오가고, 성재가 선임병에게 의견을 구했다.

"윤동현 병장님. 근데 새우볶음밥에 넣으면 좋을 만한 게 따로 있습니까?"

"새우볶음밥이라… 재료라면 전복 어때?"

"전복 말씀이십니까?"

"그래. 아침에 부소초장님이 따온 것 있잖아."

"아… 양식장에서 떠내려온 걸 부소초장님이 가져오셨다고 들었습니다. 그런데 괜찮으시겠습니까?"

성재는 걱정스레 물었다.

"당연하지. 10개 중에 한 개만 빼는 건데, 어차피 부소초장님도 모르실 텐데…."

"걸리지 않았으면 좋겠습니다."

그러자 윤동현이 자신 있다는 표정으로 성재의 걱정을 무마시키며, 입을 열었다.

"걸려도 알아서 할게. 부소초장님은 내 편이니까."

성재를 안심시킨 윤동현은 오늘 아침 부소초장이 가져온 전복 중 하나를 꺼냈다.

성재는 그 전복을 요리사의 눈을 이용해서 확인했다.

녹색 점이 확연한 신선한 재료.

부릅!

시선을 집중하자, 전복 주변에 시스템창이 떠올랐다.

item	부소초장이 오늘 따온 손질되지 않은 전복
	바다의 산삼이라 불리는 전복은 풍부한 영양을 함유하고 있다. 해산물 중 귀한 축에 속한다
	신선도 상
	손질방법
	1. 솔로 전복의 밑바닥인 빨판 부분을 닦는다
	2. 씻은 전복을 소금물에 담근다
	3. 소금물에 담근 후 이물질을 제거한다
	4. 전복살과 껍질을 분리한다
	5. 전복 내장과 이빨을 제거한다

"너 전복 손질해봤어?"

"못해봤습니다. 전복도 오늘 처음 봅니다."

"그럼 나 하는 거 잘 봐둬."

윤동현 병장은 솔을 잡더니, 전복 껍데기에 잔뜩 붙은 거무스름한 이물질을 박박 문지르며 닦기 시작했다.

그러자, 전복 특유의 건강한 속살이 모습을 보인다.

"오오오, 신기합니다."

"후후후, 전복 장난 아니지? 이거 맛 죽인다."

"그렇습니까?"

사실 성재는 전복을 단 한 번도 먹어보지 못했다.

소초 주변이 바닷가이기에 이런 신선한 재료를 구할 수 있었고, 운이 좋게도 전복을 처음

접하게 된 것. 더구나 전복의 손질법을 아는 선임병을 만나 그의 정성스러운 손질과정을 볼 수 있는 기회도 얻게 되었다.
"성재야 이건 내가 해놓을 테니까, 빨리 새우 볶아라."
"예, 감사합니다."

전복은 윤동현에게 맡겼으니 새우에 소금과 후추 간을 하고 기름에 살짝 볶았다.
다 볶은 채소에 새우를 투하.
미리 꺼내두어 식은 밥 한 덩어리를 넣고 몇 번 섞었다. 그리고 오로지 손목 스냅만을 이용하여 볶기 시작했다. 이런 조리 방법은 장점이 있다. 뒤집개를 사용하지 않기 때문에 재료들이 으깨지지 않고 밥알이 살아있게 된다는 것.
그사이 윤동현 병장은 전복의 손질을 마쳤다.
"성재야 팬 하나 더 버너에 올려라."
"예! 알겠습니다."
그가 전복을 조각조각 썰더니 마늘도 으꼈다.
그다음 꺼내든 것은 바로 버터.
"사람들이 잘 모르는데 전복을 버터구이로 하면 그 향이 마치 육질 좋은 소고기 느낌이나. 되게 고급스러운 이태리 요리 느낌도 들고."
윤동현은 성재에게 알려주면서 새로 달궈진 팬에 버터를 넣고 녹였다.
녹인 버터에 으깬 마늘과 전복을 넣고 볶는 동작. 마무리는 역시 소금과 후추.
"자, 완성. 이제 이거 볶음밥이랑 합치면 된다."
성재는 윤동현이 준 전복버터구이를 새우볶음밥 위에 얹어서 식판에 담았다.
그 위에 깜찍한 계란 후라이까지.
완성된 요리를 보며 이등병의 입가엔 미소가 번졌다.

> ⚙ ✓ ✗
>
> 새우볶음밥 레시피 ★★★ (100%)를 달성하였습니다
> 새우볶음밥 최대등급에 도달했습니다
> 새로운 레시피를 알아냈습니다

> recipe 윤동현과 강성재가 같이 만든 전복새우볶음밥 ★★★★ ✕
>
> 냉동 새우이지만, 질 좋은 기름과 최적의 조리방법을 그대로 따라 만든 새우볶음밥에 신선도 최상급의 전복이 가미되었다. 완벽한 손질, 해감에 풍미를 살릴 수 있는 버터까지 발라 구운 전복
> 바다의 깊은 맛을 그대로 느낄 수 있는 요리로 손색이 없다

> ⚙ ✓ ✕
>
> 취사병 윤동현과의 협업이 최대 수준에 이르렀습니다
> 호칭 〈신뢰하는 동료〉를 얻었습니다
> 서로에 대한 호감이 20% 상승합니다. 같은 장소에 오래 머무를수록 감정이 더욱 깊어집니다
> 〈신뢰하는 동료 목록〉을 불러옵니다

> **신뢰하는 동료** ✕
>
> 1. 윤동현

윤동현 병장이 완성된 전복새우볶음밥을 보며, 성재의 어깨를 두드렸다.

"와 볶음밥 냄새 미쳤네."

"한입 드셔 보시겠습니까?"

"됐어, 그냥 한 소리야. 아까 저녁 많이 먹어서 배부르다. 빨리 갖다 드려. 저기 목 빼놓고 기다리고 계시네."

이미 취사장에 퍼진 고소한 냄새에 군침을 삼키고 있던 공보장교와 운전병.

성재는 완성한 음식을 공보장교와 운전병 앞에 대령했다.

"많이 기다리셨습니다. 전복새우볶음밥입니다. 맛있게 드십시오."

"전복? 전복도 나와? 고맙다, 잘 먹을게. 민성아 먹자."

"예, 식사 맛있게 하십시오."

곧장 계란과 전복, 그리고 새우볶음밥을 크게 퍼서 입에 넣는 두 사람.

성재는 버릇처럼 손바닥을 폈다. 손가락을 하나씩 접으며 속으로 세는 숫자.

성재의 예상을 벗어나지 않는 그들의 반응.

커진 동공, 갑자기 생긴 보조개.

"으음~."

남궁민 중위는 솔직히 크게 기대하지 않았다.

병사 식당의 요리가 특별하면 얼마나 특별하겠는가?

그러나 그가 생각을 고쳐먹는 데는 그리 오래 걸리지 않았다.

'미쳤다. 존나 맛있잖아!'

그가 놀란 이유.

첫 번째, 볶음밥 재료들이 기름칠을 경계면으로 각각 살아있었고, 꼬드득 씹히는 맛이 정말 예술이었던 것.

두 번째, 마치 고기를 먹는 듯한 식감의 전복과, 가미된 고소한 향.

세 번째, 적당히 간이 되어 혀를 감싸는 새우의 감칠맛.

"휴게소 안 가길 잘했다. 뭐야? 왜 이렇게 맛있어."

공보장교에 이어, 운전병 김민성 병장의 입에서 감탄이 흘러나왔다.

"와… 진짜 맛있습니다. 공보장교님, 이거 대박입니다."

"그렇지? 쩝쩝. 전복에 무슨 짓을 했길래 이런 느낌이 나지. 소고기 부챗살 먹는 것 같아."

공보장교가 먹으면서 말하느라 튄 밥풀을 다시 젓가락으로 주워 먹었고 운전병의 입에서도 같은 말이 흘러나왔다.

"그러게 말입니다. 제가 운전병 하면서 온갖 부대 다 가봤는데, 제일 맛있습니다."

강성재와 윤동현이 만든 전복새우볶음밥은 순식간에 식판에서 사라졌다.

'정신없이 먹어버렸네.'

정훈공보장교 남궁민은 자신의 빈 식판을 보다가 옆을 지켜보았다.

운전병 김민성 병장도 잔반이 없기는 마찬가지. 밥알 한 톨이 아까워 젓가락으로 집어 먹는 그를 보며, 초급장교의 얼굴에 미소가 실렸다.

식사가 끝난 후, 공보장교의 시야에 드디어 취사병들이 보이기 시작했다.

"취사병! 진짜 잘 먹었다. 헛걸음한 보람이 있네."

"그렇습니까? 다행입니다."

배가 부르자, 할 일이 생각난 남궁민 중위.

"병사야, 혹시 보급병 만나려면 어디로 가야 하나?"
"취사장 문으로 나가셔서, 언덕 아래 1층 막사 사무실로 가시면 됩니다."
"그래. 고맙다."

공보장교가 나가고, 성재는 자신의 퀘스트를 보며 아쉬움을 달랬다.
'성공하지 못했어. 뭐지?'
그러나 5분도 지나지 않아 되돌아온 공보장교.
그의 곁에는 보급계원 조상준 상병도 함께였다.
"간부님? 이 병사입니다."
"어? 얘였어? 취사병이 발견한 거야?"
"그렇습니다. 저도 현장에 같이 있긴 했는데, 발견은 여기 강성재 이병이 했습니다."
조상준 상병의 말에 남궁민 중위가 활짝 웃으며, 펜과 메모장을 꺼내 들었다.
"이등병이었다고? 거기 병사야."
계급장과 이름표가 없는 조리복을 입고 있는 탓에 병사라는 호칭을 부르는 남궁민.
그러자 강성재가 그의 앞에 다가가며, 관등성명을 댔다.
"이병 강성재?"
"거기 앉아 봐. 잠깐 얘기 좀 하자. 국민영웅이 바로 너였구나?"
공보장교는 자신의 육군수첩과 볼펜을 꺼내며, 기삿거리에 관한 대화를 나누기 시작했다.

> ⚙ ✓ ✗
> 연계 퀘스트 (연대장이 주는 선물 1)을 달성하였습니다
> 연계 퀘스트 (연대장이 주는 선물 2)가 도착했습니다
> `진입조건` 기독교 종교행사 참석
> `기타사항` 아직 알려지지 않음

다음날 아침, 정훈참모처 사무실.
밤을 샌 남궁민 중위가 인스턴트 커피를 마시며 동기인 장기정 중위에게 말했다.
"다 썼다. 이제 국방일보 기자한테 넘기기만 하면 되네."

"고생했어. 미안하다. 밤에 도와주려고 했는데, 약속이 생겨서….”
"아니야. 네가 퇴근 전에 각 부대 활동사항 종합해줘서 그나마 다 쓸 수 있었지 뭐.”
"혹시 내용 읽어봐도 되나?”
"그래. 그 전에 기사자료 말고 따로 작성한 게 있거든? 문화 활동 사항에 넣어줘라. 너한테 도움이 될 거다.”

남궁민, 그는 일머리가 잘 돌아가는 장교였다.

그래서 국방일보 기자에게 넘길 기사자료를 쓰는데 단 2시간밖에 걸리지 않았다.

그런 그가 왜 밤을 새웠을까?

그 이유는 따로 있었다.

그는 동기인 문화장교에게 자신이 작성한 초안 문서를 건네주며 환한 미소를 보냈다.

"소초별 맛집 탐험?”
"어때? 꽤 그럴싸하지 않아? 영상자료로 만들기도 좋고, 홍보자료에도 좋고….”
"다 똑같은 음식이지 않아? 거기에 무슨 몇 점, 몇 점 점수를 매겨?”
"과연 다 똑같을까? 너도 다른 부대 다니면서 봐봐. 정말 맛있는 곳은 따로 있더라.”

남궁민은 어제 먹은 전복새우볶음밥의 맛을 상기하며, 자신이 작성한 홍보자료를 다시 한번 확인했다.

〈강림소초〉

- 취사병 : 병장 윤동현, 이병 강성재
- 야식 메뉴 : 전복새우볶음밥
- 맛 ★★★★★
- 영양 ★★★★★
- 위생 ★★★★★
- 친절 ★★★★★

〈기사 전문〉

우연히 들렀다가 먹은 야식, 정훈공보장교인 나는 저녁 식사를 하지 못해 7번 국도의 한 휴게소에서 해결할 예정이었다. 하지만 방문한 중대장의 배려와 따뜻한 인심에 소초에서 저녁 식사를 하게 되었다.

그때 처음 맛 본 전복새우볶음밥.

새우볶음밥은 먹어본 적 있어도, 전복새우볶음밥을 먹어본 적은 없었다.
전복은 바다에서 갓 채취한 신선도 100% 자연산 전복이었으며, 입안에 들어간 순간, 천연의 바다 향과 고소한 버터 향을 그대로 느낄 수 있었다. 거기에 오득오득 씹히는 새우와 완벽한 조화를 이루는 각종 식재료들이 마음을 사로잡았다.
더구나 그날 요리를 한 것은 이제 전역이 얼마 남지 않은 병장과 이제 요리를 막 배우기 시작한 이등병. 둘은 서로를 믿고 의지하며, 선임, 후임을 떠나 전역 후에도 형, 동생으로 평생 연락할 거라고 한다.
여기까진 평범하다고 생각했다. 하지만 놀라운 것은?
강성재 이병은 밝은 미소를 가진 21살 청년으로서, 전입 1주 만에 중대장님께 포상 휴가를 받았다고 한다.
오늘 군단장님을 대신해 사단에서 부식 수령 간 식중독 사고예방 건으로 표창 및 포상 휴가를 수여할 예정이라고 하니, 군 생활을 얼마나 열심히 하고 있는지는 스스로 증명했다고 볼 수 있다.
이번 계기로, 각 소초를 돌며 소초들의 야식을 취식하는 코너를 게재할까 한다.

※ 이번 제17-11회 철벽소식부터 '우리 소초 야식이 맛있어요.' 코너를 연재할 예정입니다. 사단 정훈참모처에서는 각 부대의 많은 제보를 기다리고 있습니다.
문의사항은 사단 정훈참모처 정훈공보장교 [(군) 823-6563]

국민 영웅 강성재!

같은 날 아침. 복귀한 행정보급관이 소초에서 강성재 이병을 태우기 위해 취사장에 들렀다.
"성재야~ 오구구, 이 귀여운 것!"
부담스러웠지만, 행정보급관의 행동에 악의가 없다는 것을 알기에, 성재는 미소로 답했다.
"짐 다 챙겼지? 놓고 온 것 없지?"
"잠깐 윤동현 병장에게 전해줄 게 있습니다. 다녀와도 되겠습니까?"
"그래. 5분 내로 다녀와. 바로 출발해야 하니까."
"알겠습니다."
강성재는 자신이 지난 3주 동안 빼곡히 적어놓은 수첩을 다시 한번 열어보았다.

    계란볶음밥 조리방법
    고추장 불고기 조리방법
    오리 불고기 조리방법
    고등어조림 조리방법
    소시지 채소볶음 조리방법
    북어국 조리방법
    소고기미역국 조리방법

수첩 대부분을 할애했다. 3주라는 시간을 투자해서 레시피 100% 달성한 것들을 따라 하며 직접 적은 것들.

'이 정도면 윤동현 병장님도 실력이 많이 오르지 않을까?'

취사장에서 나오는 윤동현.

그는 아쉬운 표정으로 성재를 바라보고 있었다.

"가냐?"

"그렇습니다."

"며칠이라고 그랬지?"

"신병 위로 휴가 4박 5일에, 중대장 포상 1일, 군단장 포상 휴가 6박 7일로 총 12박 13일입니다."

"잘 다녀와."

"예. 감사합니다. 저 윤동현 병장님?"

"뭐야?"

"이거 받으십시오. 제가 그동안 윤동현 병장님을 위해서 적어둔 레시피입니다."

"……."

후임병이 모나미 볼펜을 이용해 빼곡히 적은 레시피.

윤동현은 감동을 받았지만 일부러 퉁명스레 말했다.

"인마, 이런 걸 뭐 하러 만들었어."

"드리고 싶었습니다. 저한테 해주신 은혜에 비하면, 아무것도 아닙니다. 이거대로 만드시면 윤동현 병장님 요리도 더 맛있어질 거라고 제가 자부합니다."

"짜식, 자신감 보소. 아무튼, 고맙다. 잘 쓸게."

윤동현은 표창을 받으러 가는 성재의 어깨를 두드려주었다.

손에 담긴 성재에 대한 고마움과 신뢰.

성재는 레시피 수첩을 작성하느라 고생했던 모든 게 보상받는 기분이었다.

"윤동현 병장님. 그럼 휴가 다녀오겠습니다."

"그래. 조심히 다녀와."

"예!"

행정보급관 개인차량을 타고, 사단으로 출발하는 성재.

첫 휴가인 만큼 가족을 본다는 생각에 미소를 머금고 있었다.

'아버지는 괜찮으시겠지? 민지도 건강할 테고… 할머니는 아프지 않으시려나?'

"후후, 강성재~ 좋냐?"

그때, 행정보급관도 신났는지 성재를 보며 말을 걸었다.

"이병 강성재! 그렇습니다."

"행보관도 오늘 성재 때문에 기분이 참 좋다."

행정보급관, 그는 오늘 사단장님실에서 표창을 받는다. 성재도 받는다. 군수담당관도 받는다. 모두가 표창을 받는다. 이 모든 것은 성재가 활약했기 때문에.

대대 지원과에 들른 행보관. 그는 지원과장을 무시하고, 바로 군수담당관을 불렀다.

"군수야! 사단 가자!"

"예. 행보관님. 잠시만…"

군수담당관 김상훈 중사는 자신의 상관인 지원과장에게 고개를 돌려 인사를 나눈다.

"과장님, 표창 받으러 다녀오겠습니다."

"그래요. 잘 다녀와요."

지원과장과 4중대 행정보급관은 여전히 사이가 안 좋았고, 대화는 물론 경례조차 하지 않았지만, 군수담당관은 애써 무시한 채 4중대 행보관의 뒤를 따른다.

개인 차량 카니발을 운전하는 행정보급관과 조수석에 탄 김상훈 중사가 서로 묵었던 감정을 풀기 시작했다.

"행보관님, 정말 감사합니다. 그땐 정말 죄송했습니다."

"아니야. 네가 그런 게 아니라 너희 과장이 그런 건데 뭐, 난 다 잊었다. 어차피 그놈은 갈놈이고, 넌 나랑 같이 있을 놈이잖아."

"그렇습니다. 아 참~ 이등병!"

김상훈 중사는 행보관과 대화를 하다 뒷좌석에 옮겨 탄 성재를 불렀다.

"이병 강성재?"

"너 우리 지원과 1, 3종 계원으로 올 생각 없냐? 일 잘하는 것 같던데?"

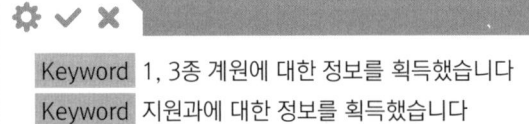

Keyword 1, 3종 계원에 대한 정보를 획득했습니다
Keyword 지원과에 대한 정보를 획득했습니다

"1, 3종 계원 말씀이십니까?"

"그래. 너 보니까, 일도 잘하는 것 같고, 싹수도 있어 보이는데, 우리 행보관님만 허락해주시면, 너 데려가고 싶은데?"

> ⚙ ✓ ✗
>
> 핵심 키워드 1종, 3종, 지원과
> 새로운 직업(1, 3종 계원) 발견 조건을 모두 충족했습니다

> 전직퀘스트 1, 3종 계원 / Normal Class
>
> 해당 직업은 기본 직업으로서 식재료의 검수, 분류, 행정업무 등에 대해 배울 수 있는 직업입니다. 식재료 관리에 대한 특수 스킬을 익힐 수 있으며, 추후 요리사 보조계열로 전직 시 보너스를 얻습니다. 1, 3종 계원 전직 퀘스트를 진행하시겠습니까?
> 진행조건 대대 군수담당관의 호감도 150이상일 때 대화하기
> 제한시간 1주일
> 달성조건 1 대대 군수담당관으로부터 인정받기
> 달성조건 2 행정보급관의 허락 받기
> 달성조건 3 중대장으로부터 승낙받기
> 달성조건 4 대대 군수담당관으로부터 인정받기를 충족했습니다

성재는 고민에 빠졌다. 지금 자신은 〈간부식당 조리병 / Rare Class〉을 수행하고 있었다. 이미 해당 직업에 대한 달성조건 1, 2를 충족하고, 3도 거의 대부분 충족한 상태. Rare 클래스를 포기하고, 갈 정도로 1, 3종 계원이 메리트 있을까?

고민하는 사이, 행정보급관이 말했다.

"미쳤냐? 성재를 거기 왜 보내? 야! 장난하냐?"

행정보급관의 말에, 갑자기 또 다른 시스템창이 떠오른다.

> 달성조건 2 행정보급관으로부터 허락 받기에 실패했습니다
> 1,3종 계원 전직 퀘스트 진행에 실패했습니다
> 전직 퀘스트(1, 3종 계원)가 사라집니다

성재는 자동으로 흘러가는 시스템창을 보며 미소를 머금었다.
반면, 군수담당관은 아쉬운 표정을 지으며 성재를 계속 바라보았지만, 더 이상 권유하진 못했다. 행정보급관이 시속 100km까지 밟으며, 7번 국도를 통해 사단 사령부로 차량을 운전했고, 성재는 창밖으로 11월 중순에 접어든 바닷가의 아름다움을 만끽했다.

사단 사령부에 도착하자, 위병소 입구에서 정훈공보장교가 코란도 스포츠를 대기한 채 기다리고 있었다.
"어? 공보장교님, 이게 뭡니까?"
행보관의 질문에 공보장교는 씩 웃으며 입을 열었다.
"일단 차 주차장에 대시고 옮겨 타십시오. 사단장님 명령입니다."
"아…예."
얼떨결에 국방무늬로 도색된 코란도 스포츠에 옮겨탄 간부들.
위병소를 지나 언덕 위에 있는 사단 사령부로 향하고 있을 때, 익숙한 음악이 들려온다.

- 빰~빠밤, 빰빠라라라라~.
- 빰~빠밤, 빰빠라라라라~.

수십 명의 군악대의 연주.
그 앞에 나와 있는 사단장과 사단 참모들. 촬영하는 국방일보 기자와 카메라맨.
마이크를 든 부관참모가 식순 시작을 진행한다.
"그럼 지금부터 국민영웅에 대한 표창 수여식을 시작하겠습니다. 표창수여자 앞으로!"
차량에서 내리자마자, 부관참모의 행사멘트와 함께 사단장님이 계신 임시 단상 앞으로 걸어가는 3명의 간부와 병사. 가장 앞에는 행정보급관이, 그다음은 군수담당관이, 마지막은 강성재 이병이 제식에 맞추어 걸어간다.
"표창장, 23사단 60연대 4중대 상사 박재영, 위 사람은 평소…."
"표창장! 23사단 60연대 1대대 중사…."
행정보급관과 군수담당관이 표창을 받고, 드디어 강성재의 차례가 다가왔다.
★★ 계급장을 단 호리호리한 남자가 성재의 앞에 다가왔다.

이어서 부관참모의 식순이 이어진다.
"표창장! 23사단 60연대 1대대 4중대 이병 강성재."
부관참모의 말에 성재의 눈이 사단장과 마주쳤다. 이등병의 또렷한 눈동자와 군 장교생활 34년의 사단장의 눈이 서로를 바라본다.
이어지는 부관참모의 멘트.
"위 사람은 평소 투철한 국가관과 애국심을 바탕으로 임무를 성실히 수행하였으며."
사단장이 이등병의 전신을 훑는다.
성재는 자신의 시선을 고정했다. 그곳은 사단장의 인중. 그래야만 서로 눈을 마주치며, 나오는 웃음을 막을 수 있다.
"특히 철저한 부식 검수를 통해 식중독 예방에 기여한 공이 크므로, 이에 표창함. 2017년 11월 15일 제8군단장 정영조 중장 대독!"
사단장은 군단장 표창과 포상품인 ★★★(3성장군) 로고가 박힌 시계를 같이 전달하며, 이등병과 악수를 했다.

그와 동시에 터져 나오는 이등병의 패기!
"이!병! 강!성!재!"
"그래! 자랑스럽다. 우리 국민영웅! 강성재! 잘했다!"
악수가 끝나고, 성재의 울림이 다시 한번 전해진다.
다시 군악대 연주가 끝나고, 식순이 남았는지 김영준 소령의 진행이 이어진다.
"이어서 사단장님 말씀이 있겠습니다. 부대 열중쉬어."
그와 동시에 가장 상급자 행정보급관의 지휘.
"열중쉬어!"
이어 사단장의 말이 이어진다.
"우리 이등병 덕분에 우리 사단은 물론 군단, 그리고 22사단까지 모두 식중독 예방을 할 수 있었다고 군단장님께서 직접 표창을 보내오셨다. 다들 알고 있을지는 모르겠지만, 1군지사에서 이번 건으로 식중독 의심사고가 일어난 상황이고, 6명이 응급환자로 실려 갔다. 다행히 다음날 모두 퇴원했지만, 자칫 잘못했으면 우리 사단은 물론 군단 예하의 병력들이 비전투손실을 입을 뻔 한 사고를 너희들이 막은 거야. 정말 장하다!"
"감사합니다!"

"그래. 행정보급관, 군수담당관, 말단제대 일선에서 일하는 모습이 참 고맙고, 특히 이제 군 입대 2개월밖에 안 된 이등병이 직접 발견했다고 하니, 사단장은 정말 기분이 좋았다. 너희 세 명은 오늘 즉시 휴가출발해라. 다들 준비되었지?"
"그렇습니다!"

정훈공보장교는 군용 차량인 코란도 스포츠에 성재를 태우고 삼척시외버스터미널까지 데려다주었다.
"휴가 축하한다."
"감사합니다."
"조심히 들어가고, 복귀하면 부대에 꼭 전화해야 한다. 알지?"
"그렇습니다."
차량이 떠난 후, 성재는 자신의 발걸음을 터미널 안쪽으로 옮겼다.
강원도 산골이라 조그마한 터미널, 버스 간격도 너무나 길다.
더구나 충북 옥천은 삼척에서는 바로 가는 버스가 없다. 그래서 성재는 대전으로 가는 버스를 예매했다.
"22,800원입니다."
성재는 자신의 나라사랑카드 대신 어제 행정반에서 발급해 준 TMO를 제시했다. 그러자 안내해주는 여직원이 반대쪽을 가리키며 말했다.
"TMO는 전용창구로 가셔야 돼요."
"아, 네."
성재가 몸을 돌려 TMO 전용창구에 있는 40대 여직원에게 표를 교환받았다.
"표 여기 있습니다. 복귀하실 때 표는 오늘 미리 대전에서 받아두시는 게 좋을 거에요."
"아~ 감사합니다."
"후후, 이등병이면, 첫 휴가겠네요. 축하해요."

아버지 힘내세요

충청북도 옥천군 군북면 이백리, 작은 시골 마을.
마을버스를 타고 내린 성재가 20여 분을 걸어 마을로 들어왔다.
'농번기가 끝나서 그런가?'
이윽고 찾은 다 쓰러져가는 석재로 만든 집.
무려 50년 된 집이다.
현관조차 없는 무너진 벽 사이를 지난 성재가 집 문을 열었다.
신발장 옆, 다 해어진 파란 고무신, 그 옆에 놓인 시장 할머니들의 슬리퍼, 아이용 작은 신발, 꼬랑내가 가득 나는 찢어진 운동화. 흙냄새가 저절로 올라오는 낡은 신발장에 군화를 벗고 들어가자, 그를 발견한 아버지가 환한 얼굴로 말했다.

"어이쿠~ 우리 아들 왔나?"
"그렇습니다. 아, 아픈 데 없으십니까?"
"크큭, 녀석, 말투도 군인답게 변했네. 그래~ 그래! 고생했다."
성재를 발견한 아버지가 자신의 굽어진 등 뒤로 손을 받치며 일어났다.
만성 허리디스크. 마음이 짠 하지만 그것을 도저히 입 밖으로 내뱉을 순 없었다. 대신 화제를 돌려 동생의 안부를 물었다.

"민지는요?"

"할머니 댁에 내려 보냈다."

"…결국, 그렇게 하셨군요."

"그래. 고아원에 맡길 수는 없는 거잖니…. 밥은 대충 차려 먹고, 친구들하고 알차게 보내고 들어가. 휴가 나와서까지 일하지 말고, 알았니?"

"…예. 그럴게요."

성재의 안부도 묻지 않은 채, 밖으로 나가는 아빠의 뒷모습.

"어디 가세요?"

"일하러 가야지."

"…같이 가도 될까요?"

"됐어. 뭘 따라오려고 그래."

"…알았어요. 조심히 다녀오세요."

"그래."

"아, 아빠. 핸드폰 챙겨가셔야죠."

성재는 TV앞에 덩그러니 놓여있는 휴대폰을 아빠에게 건넸다. 그러자 성재의 아버지인 강일용이 입을 열어 무슨 이야기를 꺼내려다 고개를 저었다.

'휴대폰 끊긴 지가 2개월이 넘었던 것 같은데… 이 녀석 아직 집안 사정은 모르겠구나. 그래, 괜한 걱정 끼칠 필요 없어.'

"아이쿠, 내가 깜빡했네. 내 정신 좀 봐. 하하하, 성재야. 오늘 이 아빠 일 끝나면 밤에 소주 한잔 하자. 아빠가 돈 많이 벌어올 테니까."

"예. 알았어요. 몇 시 즈음에 돌아오세요?"

"아마 11시 넘어서 돌아올 것 같다. 소주가 좋으냐? 맥주가 좋으냐?"

"섞어 먹는 게 좋죠. 그럼 다녀오세요."

"그래. 이 녀석! 난 우리 아들이 세상에서 제일 좋다."

"저도요. 아빠, 조심히 다녀오세요."

"그래~ 우리 아들!"

아버지가 푸드트럭에 몸을 옮기고, 시동을 켠 채, 자리를 떴다.

성재는 아버지가 떠난 빈집에서 고개를 저었다.

'휴대폰 요금도 못 내고 계셨으면서… 바보같이… 강한 척하고….'

어질러진 집, 수북이 쌓인 컵라면 그리고 빈 소주병.

성재는 아버지가 떠난 후, 곧바로 집안청소를 시작했다.

군대에서 배운 대로, FM대로 물걸레질을 하는 성재.

그러자 금방이라도 곰팡이가 필 것 같던 탁한 공기가 맑아진 것 같은 느낌이 들었다.

탁한 이불, 세탁기가 작아 들어가질 않는다. 이럴 때는 직접 발로 밟아서 빨 수밖에.

성재는 커다란 대야에 세제를 2컵 분량 푼 다음, 찬물을 먼저 부었다. 그리고 커피포트에 물을 끓여 뜨거운 물을 섞었다.

보일러를 틀지 않는 이유는 간단했다.

'한 푼이라도 아껴야 돼.'

고작 세탁 따위에 비싼 등유를 쓸 이유는 없다. 5분만 물을 끓이면 충분히 세탁에 필요한 온수가 준비된다.

어머니가 돌아가신 후 터득한 나름의 노하우가 여기서 발휘된다.

세탁을 마친 성재가 다음으로 한 것은 쓰레기 정리였다.

쓰레기는 군대에서 배운 것처럼 세부적으로 분류하기 시작했다.

먼저 플라스틱과 종이, 빈 병 종류를 분류하고, 호일이나 폴리에틸렌 종류에 따라 봉지 종류도 추가적으로 분류했다.

그리곤 집 옆에 붙어 있는 슬레이트형 창고에 차곡차곡 분류대로 정리해놓는다.

'빈 병은 모아서 팔자. 아버지가 장사 하러 나가실 때 팔면 돼. 종이도 폐지업체에 넘기고….'

한 푼 한 푼 아끼려는 절약 정신이 오늘도 발휘되고 있다.

얼마나 시간이 흘렀을까. 해가 뉘엿뉘엿 넘어가려는 오후 5시, 모든 정리가 끝났다.

'윤동현 병장님은 어떻게 하고 계시려나? 잘하고 계시려나?'

성재는 자신이 깜박한 것이 떠올랐다. 복귀했다고 유선보고를 하지 못한 것.

그런데 복귀보고 할 수단이 없다는 것을 깨달았다.

'아… 큰일인데?'

성재는 곧바로 집 밖으로 나가 마을 회관으로 걸어갔다. 그러자 성재를 알아본 많은 할머니들이 성재를 향해 웃음을 지어 보였다.

"어이쿠~ 많이 컸네. 전역 한 거여?"

"아니에요. 할머니, 신병 위로 외박 나왔어요."

"신병 뭐? 외박?"

"아… 그냥 휴가요. 할머니, 나중에 인사드릴게요."

성재는 할머니들에게 목례로 인사를 대신하곤 2층에 올라갔다. 그러자 익숙한 모습의 공익근무요원이 보였다.

"민식아~ 오랜만이다."

"어? 성재잖아. 너 휴가 나왔냐?"

"그래. 미안한데, 나 전화통화 좀 해도 되냐?"

"당연하지. 급한 거야?"

"어. 복귀보고를 못 했어."

"그래. 써라."

휴가증에 쓰여 있는 지휘관 전화번호로 전화를 걸었다. 중대장이 전화를 받는다.

"충성! 이병 강성재, 집에 도착했습니다."

- 어. 그래. 많이 늦었다?

"그렇습니다. 친구 휴대폰으로 전화했습니다."

- 그래. 휴가 기니까, 앞으로 자주 통화하고, 복귀하는 날 반드시 복귀경로랑 복귀 예상시간 전화해. 알았지?

"알겠습니다. 충성!"

성재가 전화를 끊자, 민식이가 웃음을 터트리고 말했다.

"아, 웃겨!"

"뭐가?"

"군바리 냄새!"

"뭐래. 야! 한 통화 더 쓴다?"

"맘대로 해."

다음은 행정보급관.

"충성! 이병 강성재, 집에 도착했습니다."

- 어~ 그래. 우리 성재 잘 도착했니?

예상과 달리 부드러운 목소리. 아, 행보관도 오늘 표창 같이 받았지?
"그렇습니다."
- 그래. 휴가 잘 보내고, 아버지하고 어머니한테 효도 잘하고….
어머니? 면담한 거 잊은 건가? 성재의 눈썹이 살짝 치켜 올라갔지만, 내색하진 않았다. 어차피 얼굴 보고 대화하는 것도 아니고 전화통화하는 거지만….
"알겠습니다."
- 그래. 수고해라.
"충성!"

전화통화를 끝낸 뒤 강성재는 휴대폰을 건네며, 민식이에게 말했다.
"민식아. 나 일 좀 하자. 너희 아버지에게 말 좀 해줘."
"군인인데 일하려고?"
"그래. 휴가 나와서 돈 벌어야지. 아버지가 고생하는 모습 차마 못 보겠다."
"효자다. 효자. 어휴~ 알았어. 말해놓을게. 내일 아침 6시까지 회사로 나와."
"어. 고맙다."
성재는 친구와 대화를 끝낸 이후, 곧바로 휴대폰 대리점으로 이동했다.
걸어서 30분 거리. 오후 5시 45분,
그곳에서 성재를 바라보며 활짝 웃는 여직원.
"휴대폰 보러 오셨나요?"
"아니요. 미납 요금 내러 왔습니다."
"아~ 성함하고 주민등록번호 앞자리가 어떻게 되시죠?"
간단한 절차, 성재는 자신의 나라사랑카드를 내밀며 아버지의 미납요금과 자신의 휴대폰 정지를 풀었다.
"어머, 핸드폰 3G는 너무하셨다. 이번에 저희 프로모션으로 공짜폰 나온 게 있거든요. 바꾸시는 게 어때요?"
"아…제가 군인이라서요."
옆에 있던 남직원이 거들고 나섰다.
"공짜폰이에요. 부담 없이 바꾸시면 돼요."
"진짜 공짜폰 맞아요? 할부원금이 얼마인데요?"

"……32만 3,000원이요. 6만 원 이상 요금제 쓰시면 공짜니까…."
"그게 공짜폰은 아니죠."
"미안해요."
성재는 남직원의 권유를 거부했다.

부들부들, 민망해서 얼굴을 붉힌 남직원. 하지만 성재는 그에게 전혀 관심 없었다. 바로 휴대폰에 저장되어 있는 할머니 휴대폰으로 전화를 걸었다. 역시 걸리지 않는다.
이번에는 집으로 전화를 걸었다. 그러자 누군가 전화를 받았다.
작지만 귀엽고 톤이 높은 아이의 목소리.
- 여…보…세…요?
그 아이의 목소리에 성재의 뺨에 보조개가 생겨났다.
"민지야. 오빠야."
- 성재 오빠? 성재 오빠야? 맞아. 오빠 목소리다!
"그래. 민지야. 유치원은 갔다 왔어?"
-…민지, 이제 유치원 안 다녀. 할머니랑 있어.
"…유치원을 왜 안 다녀?"
- 선생님이 그만 나오랬어. 할머니한테 말해서 활동비 내야 나올 수 있다고 말하랬어.
동생의 말에 한숨이 절로 나왔다.
'또 돈이야? 이놈의 세상은 돈 없이는 안 되는 거야?'
성재는 고개를 저었다. 그리고는 다시 고개를 들어 여동생에게 희망의 말을 전했다.
"민지야~ 오빠가 다음 주 안에 우리 민지 보러 갈게."
- 진짜야? 아싸~ 신난다.
"후후후, 그렇게 좋니? 먹고 싶은 거나 갖고 싶은 것은 있어?"
- 음… 아니, 그런 거 없어. 나는 오빠만 있으면 돼.
"후후, 아이 착하다! 민지야. 할머니는?"
- 할머니 자고 있어.
"그래? 그럼 할머니 깨시면 오빠 휴가 나왔다고만 말해줄래? 곧 찾아뵙겠다고…."
- 웅!

돈, 돈, 돈… 인생에 돈 말고는 설명이 되지 않는다.

가족이 함께 살려면 돈이 있어야 한다. 아픈 몸을 치료하려면 돈이 있어야 한다. 휴대폰을 쓰려면 돈이 있어야 한다.

수중에 남은 돈 173,566원. 지금 당장 뭘 해야 할까?

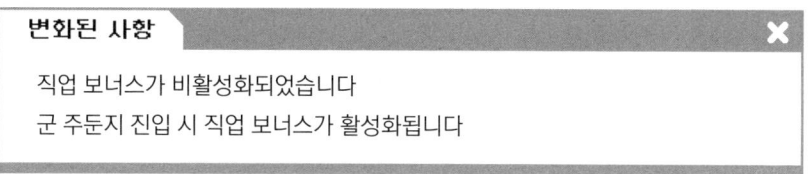

변화된 사항

직업 보너스가 비활성화되었습니다
군 주둔지 진입 시 직업 보너스가 활성화됩니다

성재는 크게 개의치 않았다. 지금 당장 요리로 뭘 해보겠다는 건 아니었으니까. 돈이야 민식이에게 말해뒀으니, 10일 정도 일하면 100만 원 정도는 건질 수 있었다.

그 돈이 충분하다고 말할 수는 없겠지만, 어느 정도 집안 사정을 해결할 순 있겠지.

'아버지는 잘하고 계실까?'

문득 아버지가 어떻게 팔고 계시는지 보고 싶어졌다. 지금 홀로 대전 은행동 거리에서 푸드트럭을 하고 계실 아버지.

성재는 집에서 한 시간 거리에 있는 은행동으로 걸음을 재촉했다.

네온사인이 화려한 거리, 지방 도시라곤 하지만 인구 100만이 넘는 이곳은 20m마다 버스킹 공연이 열리고 있었고, 공중에는 스카이라인이라는 전광판이 하늘을 뒤덮고 있었다.

은행동 상가를 위해 150억을 투자했다는 시장의 발언이 있었는데, 확실히 화려하긴 한 것 같다. 그 효과는 잘 모르겠지만.

성재는 버스킹 공연 거리를 지나 푸드트럭이 몰려 있는 곳으로 발걸음을 옮겼다.

푸드트럭이 허락된 곳은 중앙 광장으로부터 50m 범위.

하루 총 20개의 푸드트럭이 영업할 수 있는데, 입점비용은 한 개당 하루 4만 원이다.

가장 앞에 있는 트럭에서는 노란색 유니폼을 입고 친절한 미소를 짓는 햄버거 전용 푸드트럭이 보였다. 그 옆으로는 친근한 오뎅국물과 떡볶이를 파는 푸드트럭이, 그다음으로는 닭꼬치, 아이스크림, 컵밥 등 특화된 메뉴를 내놓은 사람들.

그리고 가장 후미진 자리에 아버지가 끌고 오신 푸드트럭이 보였다.

성재는 일단 멀리서 지켜보았다. 아버지는 불편한 몸을 이끌고 푸드트럭의 뒤 칸에서 휴대용 버너를 켜며, 장사를 시작하려 하고 있었다.

성재는 두 눈을 동그랗게 뜨며, '요리사의 눈'으로 멀리서 푸드트럭 주변을 살폈다.

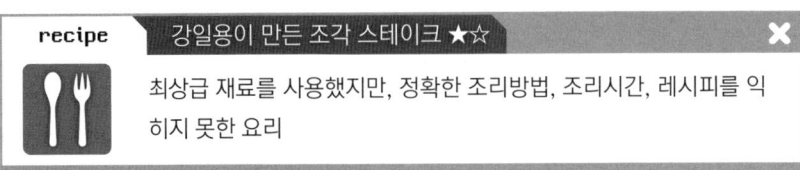

'…아버지….'

짙은 주름, 수많은 인간 군상과 만나며 수척해진 얼굴.

그때, 조금 전 살린 휴대전화로 전화가 걸려왔다.

- 성재야. 광운설비 아저씨다.

"아… 오랜만이에요. 아저씨."

- 그래. 내일부터 일한다고? 아침 6시 30분까지 사무실로 오거라. 픽업해서 가마.

"아…죄송해요. 아저씨. 내일 당장은 일 못 할 것 같아요."

- 왜? 돈 때문에 그래? 일당 12만 원 쳐줄게.

"그게 아니라요…."

- 에이~ 이번 주 인력이 급해서 1주일간은 1.5공수야. 오후 9시까지 일하면 1.5배인 18만 원이니까, 1주일만 일하면 100만 원 넘게 벌어갈 수 있어. 3일만 일해도 되고….

"아버지 일을 도와드려야 될 것 같아서요. 죄송해요. 아저씨."

- 후~우, 그렇다면 어쩔 수 없지. 일용이 그놈 아직도 되지도 않는 푸드트럭하고 있냐?

"예. 똑같죠 뭐…."

- 그래. 아무튼, 마음 바뀌면 언제든 연락 줘라. 너라면 언제든 오케이야. 전역해도 아저씨랑 평생 일하자.

"예. 생각해 볼게요. 죄송해요."

전화가 끊기고, 성재는 멀리서 지켜보기만 하려던 생각을 그만두고, 아버지를 향해 발걸음을 옮겼다.

푸드트럭

가장 후미진 곳, 구석 자리에 위치한 푸드트럭.
그 안에서 재료를 준비하는 한 중년 남자가 있다.
그의 이름은 강일용.
다행히 아들을 군대에 보내며 한시름 놨지만, 6살배기 딸아이는 자신의 어머니에게 맡길 수밖에 없었던 이 시대의 아버지.
하지만 오늘도 희망을 잃지 않고 자신의 일에 최선을 다하고 있다.
그런 강일용을 안쓰럽게 보는 아들, 성재.
이제 막 21살이 된, 막노동을 전전하다보니 일반공에서 배관공이 되어 숙련공 대접을 받는 청년. 버는 돈 전부를 집안 살림을 보태던 효자이자, 어느덧 훌쩍 커버려 군대에 입대했다 휴가 나온 군인.
그런 두 남성이 어색한 얼굴로 마주했다.
"여기까지 왜 왔어? 친구들 좀 만나고 그러지."
"아빠 생각나서 왔어요. 고생하는데 어떻게 놀고 있어요."
충청도 특유의 느린 말투, 짧은 말.
그러나 그 안에 함축된 많은 생각들.
두 남자는 말없이 각자 할 일에 집중했다.

너무나 힘들었기에, 서로 말 없어도 서로에 대한 감정이 얼마나 애틋한지 안다.

부정, 아버지가 자식을 아끼는 마음.

아버지는 가스버너를 향해 움직이고, 아들은 아버지가 사온 재료들을 정리한다.

휴대용 냉장고에 들어있는 고기들과 각종 양념장, 그 옆에 딸려있는 철판용 뒤집개, 가위, 식칼. 모든 것을 원래의 위치에 놓는 아들. 그런 자식의 묵묵한 모습을 뒤로 한 채, 아버지는 가스통으로 걸어가 밸브를 열어 철판의 불을 올렸다.

가스 밸브에 걸려있는 압력게이지가 올라가고, 한때 배관 숙련공이었던 강일용은 숙련된 동작으로 가스통을 조작하곤, 거친 손에 다시 장갑을 끼운 다음, 트럭으로 되돌아왔다.

한편, 성재는 재료를 정리하며 식재료의 상태를 확인했다. 아버지가 오후 내내 발품을 팔아 사온 싱싱한 재료들. 그것들을 자신의 능력으로 꼼꼼히 확인하고 싶을 터.

고민 없이 곧바로 눈을 세 번 깜박인다.

'요리사의 눈.'

 1+등급 돼지등심
 3일 전 도축한 돼지로 근육 조직이 조밀한 형태를 유지하고 있다
원산지 충청북도 청주, 국내산   신선도 최상

'엄청 좋은 재료잖아. 잘 골라오셨어.'

성재는 만족한 미소로 다시 주변을 둘러보았다.

철판 위는 기름 한 점 없이 말끔하다.

깨끗하게 정리된 조리대를 기름종이로 일일이 닦아내는 강일용.

철판은 마치 새것과도 같은 상태.

평소의 아버지와 같다.

'이것도 좋아. 그럼 문제가 뭘까? 조리과정이 문제인 건가? 이 좋은 재료를 가지고 왜 별 1개 반 등급밖에 안 나오지?'

요리사의 길 튜토리얼, 성재에게 어느 날 찾아온 능력.

그것을 얻기 전까지 성재의 요리는 형편없었다.

과거 성재는 아버지가 요리하는 것을 옆에서 지켜보며 이건 그랬구나, 저건 저렇게 하는 거구나, 대충 눈짐작만 할 뿐이었다.

하지만 오늘의 성재는 다르다.

옆에서 조리과정을 보며 잘못된 부분을 짚을 수 있는 능력을 갖췄다.

'도와드릴 수 있어. 왜 맛이 안 나오는지….'

강일용은 간이의자에 앉아 아들에게 말했다.

"정말 괜찮겠어? 귀한 휴가인데."

"예. 아빠, 전 괜찮아요. 휴가가 길거든요."

"그래? 며칠인데?"

"12박 13일이요."

"뭐?! 12박 13일? 군대가 요즘 그렇게 좋아졌나? 어이쿠, 보름 동안 큰일이네. 이제 좀 혼자라서 편해진 줄 알았더니…."

성재는 아버지의 짓궂은 농담에 굳이 대답하지 않았다. 속마음은 절대 그렇지 않을 것을 알고 있기에….

강일용이 드디어 조리를 하기 시작했다.

'요리사의 눈.'

능력을 사용하여 처음 확인하는 아버지의 조리솜씨.

중년 남성의 손길이 가장 먼저 두꺼운 돼지등심으로 향했다. 잘 잘린 두꺼운 고기. 두께가 약 1cm는 되어 보인다.

'괜찮잖아?'

두꺼운 스테이크용 돼지 등심을 철판에 올려놓는 강일용.

돼지 등심이 철판과 입술을 마주치자,

촤르르르륵!

소리와 함께 수증기가 주변에 올라오며, 철판의 뜨거운 열기를 식혔다.

그걸 보며 곧장 후추와 소금을 뿌리는 아버지.

'음….'

굵은 소금과 후추를 뿌리는 것을 보며 성재가 드디어 첫 문제점을 발견했다.

'저렇게 두꺼운 고기는 가는 소금을 써야 돼.'

그러나 지금 당장 말하지는 않았다. 조리과정을 끝까지 보고 싶었다.

후추를 위에 뿌린다. 성재는 말 없는 한숨을 내쉬었다.

고기 굵기에 비해 뿌리는 양이 너무 적었다. 고기가 얇다면 후추를 적게 뿌려도 상관없다.

그러나 저렇게 굵은 스테이크용 고기에 후추를 보일락 말락 뿌리는 것이 과연 향신료로서 역할을 할까? 의문이 생긴 성재였다.

그다음은 조리 과정. 성재의 눈에 제대로 된 시간이 보이질 않았다.

본래라면….

뒤집기까지 10초, 9초, 8초…

이런 식으로 메시지가 시스템창으로 떠올라야만 했다. 하지만 그게 나오질 않는다.

그리고는 휘리릭!

뒤집었다가, 아직 안 익은 것을 보고 다시 뒤집는 아버지의 동작.

성재가 말 없는 한숨을 내쉬었다.

'후우… 그래. 아버지는 요리가 전문이 아니었잖아. 내가 너무 순진했어.'

최상급 재료임에도, 그것을 살리지 못하는 조리실력.

제아무리 뛰어난 재료라도, 그것을 조리하는 사람의 숙련도가 떨어지면 당연히 질적으로 떨어지는 요리가 나올 수밖에 없다. 강일용은 그런 부분에서 디테일이 부족했고.

성재는 아버지가 완성한 음식을 바라보았다.

recipe
강일용이 만든 등심스테이크 ★☆

'최악이다.'

얼마 전, 최상급 삼겹살 부위로 굽기만 해도 ★★★등급이 나온다는 것을 직접 눈으로 확인한 성재가 아버지의 실력을 보며 한숨을 내쉬었다. 이럴 때는 직접 보여주는 게 좋다. 아버지가 기분 나빠지지 않게, 조심스럽게 성재가 입을 열었다.

"아빠, 저 먹어봐도 될까요? 배고픈데…."

"그래? 아빠야 당연히 좋지. 우리 아들, 많이 배고팠지? 어여 먹어."

성재의 말에 강일용이 스테이크를 16등분 하더니, 이쑤시개로 집어 아들의 입에 넣어주었다.

성재는 아버지의 행동에 1성 반짜리 스테이크를 입안에 넣고 음미했다.

예상대로였던가?

당연히 맛이 없다.

입에 넣을 때는 짜지만 씹으면 간이 배어있지 않아 전체적으로 싱거웠고, 고기가 익혀진 정도가 균일하지 않아서 식감이 퍽퍽한 부분도 있었다.

"아들, 어때? 괜찮지?"

아버지의 질문, 어떻게 대답해야 할까?

선택지 1. 사실대로 대답한다.

분명 개선이 될 거다. 그런데 충격도 받으시겠지. 성재는 아버지가 충격을 받는 걸 원하지 않았다.

그렇다면 차선책.

선택지 2. 요리를 해서 스스로 느끼게 한다.

아무리 생각해도 이게 정답이다. 그런데 문제가 있다. 스테이크는 군대에서도 해본 적이 없는 메뉴다. 지금 당장 완벽한 레시피를 만들 수 있을까?

성재는 잠시 고민했다.

'시스템을 믿어보자. 최대한 믿고, 해보는 거야.'

그리고 곧 대답했다.

"맛있네요. 많이 팔렸으면 좋겠어요."

"그렇지? 후후, 네 엄마가 민지 가졌을 때, 내가 해준 스테이크를 먹고 얼마나 기뻐했는지 아니? 네 엄마가 인정한 스테이크야. 그때가 다시 돌아왔으면 얼마나 좋을까?"

"……."

성재는 곧 깨달았다. 아버지는 맛있는 음식을 만드는 게 아니라, 추억에 잠겨, 어머니에게 본인이 마지막으로 해주었던 음식을 만들고 있다는 사실을….

'그래서 안 팔린 거야. 맛없는 요리를 계속하신 거고, 아빠지만 답답해. 현실에 순응해야 하는데, 그게 아니라 추억에 잠겨 있으니까….'

그때, 첫 손님이 트럭 앞에 자리를 멈췄다.

"아저씨, 이거 먹어도 돼요?"

"예. 시식해보세요. 여기 있습니다."

한입에 쏙 넣을 수 있게 만든 시식용 등심 스테이크.

그것을 먹어본 손님은 알쏭달쏭한 표정을 짓다가 입을 열었다.

"…음… 맛있네요."

"그런가요? 얼마나 드릴까요?"

"아~ 그건 생각 좀 해볼게요."

"아하하, 생각나시면 다시 와주세요. 밤 11시까진 장사합니다."

"네~ 많이 파세요."

아버지는 친절한 미소로 화답했지만, 결국 파는 데는 실패했다.

성재는 이유를 알고 있었다. 맛이 없었으니까. 자신이 나설 수밖에 없다.

"아빠, 잠시 앉아계셔 보세요. 제가 만들어볼게요."

"뭐? 네가 요리를 한다고?"

"아~ 제가 이야기를 안 했네요. 저 군대에서 취사병 됐어요. 엄마가 평생 동안 요리했다고 하니까, 중대장님이 취사병 시켜주셨어요. 그래서 얼마나 많이 배웠는데요."

"후후, 이놈 자식, 배우긴 뭘 배워. 취사병이 다 거기서 거기지."

"헤헤, 가만히 계셔보세요. 일단 제가 만들어볼게요."

성재는 윤동현 병장이 자신에게 가르쳐주었던 조리방법을 상기해냈다.

성재가 스테이크를 올리기 전, 칼로 칼집을 내기 시작했다.

'힘줄을 끊어야 조직이 연해져.'

반면 강일용은 고개를 저으며 생각했다.

'저렇게 하면 상품성 떨어지는데….'

하지만 그건 착각이었다. 칼집을 내는 스테이크는 안쪽까지 열전달이 잘 되기 때문에 고르게 익는다.

성재는 굵은 소금을 꺼내, 철판 뒤집개로 꾹 눌러 잘게 부수기 시작했다.

'가는 소금이 있었으면 좋았을 텐데…이따 맛소금 좀 사와야겠다.'

굵은 소금으로 조리하면 확실히 맛있긴 하다. 하지만 그건 조리시간이 긴 훈제방식이나,

물에 녹이는 탕이나 찜 요리 때나 해당된다. 이렇게 짧게 조리할 때는 빠르게 식재료에 녹아들 수 있는 작은 입자의 소금이 더 좋다.

후추도 마찬가지다. 좋은 재료를 쓴다고 통 후추를 쓰는 아버지의 행동을 마치 대놓고 아니라며, 성재가 통 후추를 갈기 시작했다. 그러자 검은 표면이 갈라지고, 흰색의 고운 입자가 나타나기 시작했다.

그것을 스테이크 표면에 왕창 뿌리는 성재.

두꺼운 스테이크의 붉은 표면에 가는 소금과 같은 후추가 뒤덮일 정도로 뿌려지는 것을 보고, 강일용이 경악했다.

'헉… 저걸 어떻게 먹어. 딱 보기에도 너무 과하잖아.'

성재는 일단 밑간을 완료한 식재료를 준비하고 속마음으로 외쳤다.

'요리사의 눈.'

그러자 밑간 된 돼지 등심의 상태가 그의 눈에 표시된다.

초록색 점으로 표시된 식재료.

일단 신선도는 최상이다.

그리고 옆에 떠오르는 보조창.

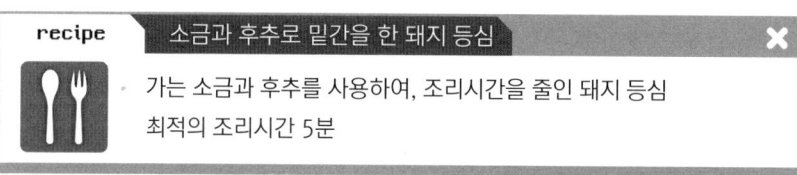

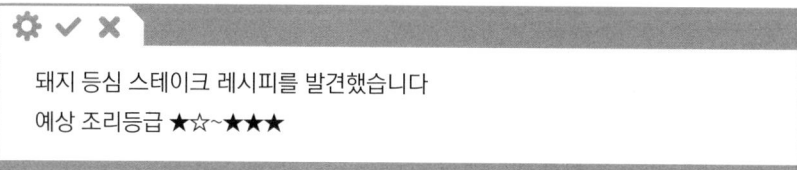

성재의 입가에 살짝 미소가 걸렸다.

'됐어! 레시피가 생겼어!'

없었던 레시피가 생겼다는 것. 그것은 홀로그램을 쓸 수 있다는 것.

성재는 곧바로 마음속으로 외쳤다.

'돼지 등심 스테이크 레시피 사용.'

그러자 성재의 옆에 푸르스름한 홀로그램 녀석이 나타난다.
성재가 노이즈가 걸린 홀로그램의 행동을 유추하며 조리를 시작했다.

> ⚙ ✓ ✗
> 뒤집기까지 ?초, ?초, ?초……

스테이크 옆에 뜬 보조창. 성재는 15초를 세며, 스테이크 뒤집기를 최대한 늦췄다.
스테이크를 뒤집자, 완벽하게 익은 스테이크 뒷면이 성재의 눈앞에 나타났다.
'뭐야? 아들! 어떻게 한 번에 뒤집은 거야?'

옆에 있던 성재의 아버지가 놀란 듯 아들의 동작을 살펴보기 시작했다.
'우연이겠지? 군대에서 스테이크를 배울 리가 없잖아.'
성재의 시스템창에 레시피 등급이 변화하기 시작한다.

> ⚙ ✓ ✗
> 돼지 등심 스테이크 레시피 ★★(36%)
> 돼지 등심 스테이크 레시피 ★★(41%)
> 예상 조리등급 ★★~★★★

그때, 성재가 갑자기 옆에 있는 와인을 손에 쥐었다.
아직 개봉도 하지 않은 화이트 와인.
강일용은 깜짝 놀랐다.
'아들아, 그건 나도 아직 안 써본 거야.'
하지만 성재는 머뭇거리지 않았다. 홀로그램이 일하는 대로, 똑같은 행동을 따라 한다.

> ⚙ ✓ ✗
> 돼지 등심 스테이크 레시피 ★★☆(55%)
> 돼지 등심 스테이크 레시피 ★★☆(58%)

'역시 홀로그램 녀석이 든 것은 화이트 와인이었어.'
그리곤 지지직! 홀로그램이 투명해지기 시작한다.

뒤집기까지 ?초, ?초, ?초, ?초……

성재는 또다시 마음속으로 15초를 세며, 스테이크의 완성을 가늠했다. 보통 저런 메시지가 뜰 때의 초가 15초 가량 되었기 때문이었다.

그리곤, 스테이크를 옮겨 담았다.

 강성재가 만든 돼지 등심 스테이크 ★★☆

소금과 후추로 제대로 간을 한 돼지 등심 스테이크, 최적의 조리시간을 지키지 못해 등급이 ☆만큼 떨어졌다
또한, 마리네이드에 집중하지 못해 재료를 숙성시키지 못했다

'…실패다. 등급 보너스가 없으니까 3성도 안 나와.'

성재가 예상한 등급은 최소 ★★★등급이었다. 하다못해 삼겹살도 굽기만 하면 ★★★가 나오는데, 2성 반이라니…

반면 강일용은 아들이 만든 스테이크를 입에 넣으며 놀라움을 감추지 못했다.

'헉… 맛있다. 뭐지? 성재 녀석 군대에서 뭘 했길래 이렇게 요리가 맛있는 거야?'

037
돈 많이 벌게 해드릴게요

대전광역시 중구 은행동. 젊은 사람들이 모이는 문화의 거리.
주요 고객층은 10대 후반부터 20대 초반으로, 30대 이상은 거의 찾아볼 수 없고 대부분이 어린 학생층이다.
대학로에 버금가는 저렴한 가격을 앞세운 싸고 양 많은 음식들이 즐비한 요식업점.
그 앞에 허락된 푸드트럭 거리 중 가장 가장자리에 자리 잡은 강일용의 푸드트럭.
하필이면 은행동 거리 주요 출입로가 아닌 변방.
그럼에도 유동인구는 꽤 되는 편.
성재는 시간을 세며, 앞에 지나는 사람들 수를 세어보았다.
'1분에 5명 정도인가?'
하나같이 푸드트럭을 쳐다보긴 하지만 곧 정면으로 시선을 돌리는 4명의 여학생을 보며, 아버지가 한숨을 내쉬었다. 하지만 아들이 지켜보고 있다. 약해질 순 없었다.
'묵묵해선 안 돼. 시선을 끌어야지.'
성재는 배관공으로 수십 년간 일했던 아버지가 얼마나 낯을 가리는지 잘 알고 있었다.
어머니가 돌아가신 후, 새로운 마음으로 시작한 푸드트럭. 하지만 떨어진 자존감, 패배의식, 그 모든 것이 강일용을 주눅들게 만들고 있었다.
또다시 3명의 여학생이 지나갔다.

"드셔 보고 가세요."
이번에는 아버지가 용기 내어 입을 열지만, 그 세 여학생은 아버지를 위아래로 훑더니, 대답도 하지 않고 휑하고 지나가 버린다. 그러자 조금 전 용기는 어디 갔는지 축 처지는 아버지의 모습에 성재가 안타까운 듯 고개를 저으며 아버지를 응원했다.
'4만 원 내고 자리 잡은 거잖아요. 여기서 좌절하시면 어떻게 해요!'
돈은 4만 원만 깨진 것이 아니었다. 식재료, 주유비, 거기에 투자한 시간까지 돈으로 환산하면 적어도 15만 원은 투자했을 것이다.
성재는 고개를 푹 숙였다.
'아빠가 이 정도까지 소극적인 줄은 몰랐어.'
아마도 여동생을 할머니에게 맡기고부터 더욱 심해졌을 것이다.

예전 허리를 다치기 전 건강했던 아버지는 항상 말해왔다.
'어떻게든 내 자식들은 나랑 같이 삽니다, 내가 책임진다니까?'
하지만 의무교육인 중학교를 마치고, 기울어가는 집안을 살리기 위해 학업을 포기한 성재. 곧바로 생활 전선에 뛰어든 아들이 다친 자신을 대신해서 집안의 가장이 돼 버린 것. 내색하진 않아도 사실은 더 큰 마음의 빚을 지고 계셨던 것은 아닐까?
'다친 게 죄는 아니잖아요. 힘 좀 내요. 아빠!'
더구나, 군대에 들어간 성재의 경제적 지원이 없어지자, 더 이상 누구의 도움은 받을 수 없는 상황.
'자립하실 수 있어야만 해. 여기서 주인공은 내가 아니야. 아빠 스스로 변화하셔야 돼.'
성재가 고심 끝에 앞으로 나왔다.

이미 무장된 군인정신.
처음 보는 남들 앞에서 부끄러울 것은 없다. 성재가 손뼉을 치며 지나가는 사람 상대로 호객행위를 시작했다.
"자! 자~자! 맛보고 가세요! 방금 만든 등심스테이크! 시식은 무료! 시식은 무료!"
때마침 앞에 지나가는 예쁜 여학생, 다행히 중학생의 시선을 빼앗는 데 성공했다.
활짝 웃는 성재의 호감형 얼굴에 여학생들이 쑥스러운 듯 얼굴을 붉혔다.
그러자 그는 푸드트럭 앞에 놓인 시식용 스테이크 조각을 이쑤시개에 끼워 건네며 여학생들에게 말했다.

"일단 먹어봐요~ 오빠가 주는 거야."

그러자 반응이 오는 여학생들.

"후후, 고마워요."

"후후후."

여학생들의 대답에 과한 리액션을 함께 하는 성재.

"자자자~ 다들 뭐해? 왜 이렇게 머뭇거려~ 친구 혼자 먹는 거 지켜보면서 쪽팔리게 만들 거야? 너희들도 친구라면 같이 먹어줘야지. 이것도 다 추억이야~!"

그러자 중학생 교복을 입은 학생들이 성재의 입담에 꺄르르르 웃으며, 푸드트럭 앞에서 시식용 돼지등심 스테이크를 입에 넣었다.

그리고는 활짝! 얼굴에 웃음꽃이 피어오른다.

"엄마야! 대~~애애애애박!"

조금은 억지스럽고 과장스럽지만, 처음 맛을 본 소녀의 리액션은 정말 대단했다.

그걸 본 옆에 있던 여학생이 궁금한 점을 물었다.

"진짜 그렇게 맛있어?"

그러자 오물오물 스테이크를 씹으며, 여학생이 허리를 30도 정도 굽히며, 양손에 엄지 척 자세를 취한 채, 앞으로 내밀며 더 큰 리액션을 보였다.

"대~애애애애애박! 민혜야 너도 먹어 봐!"

여학생들이 만족하자, 굳어있던 강일용의 얼굴에도 변화가 나타났다.

그때, 손님 중 처음으로 반응이 왔다. 민혜라고 불린 여학생의 구매의사 표현이었다.

"아저씨, 스테이크 한 접시 얼마예요?"

"8,000원"

"헉… 비싸다…."

다소 높은 가격에 머뭇거리는 여학생들.

강일용이 웃으며 대꾸했다.

"이거 국내산 돼지등심 1+등급이야. 아저씨는 싸구려 안 팔아."
"맛있긴 한데 한 접시 사서 나눠 먹을까?"
"그러자. 2,000원씩 내. 콜?"
"오케이 콜!"
"콜! 콜!"
여학생들은 십시일반 8천 원을 모아서 딱 1인분만 구입하고는, 성재와 강일용을 향해 웃음을 지으며 나갔다.
"맛있었어요. 잘 먹을게요."
여학생들의 말에 아버지의 입에서 환한 미소와 함께 감사의 인사가 나오고.
"그래요. 고마워요."
성재는 떠나가는 여학생을 보며 기쁨보다는 실망스러운 얼굴로 고개를 저었다.
'너무 비싸, 길거리에서 8천 원이면 누가 사 먹어?'
아버지의 패착은 뭘까?

첫 번째, 부족한 조리솜씨.
아무리 가족이라고 해도 이건 가장 중요한 요소.
이른 시일 내에 조리 실력을 높여줘야 한다.

두 번째. 비싼 가격.
아무리 좋은 재료라고 해도, 장소에 맞는 가격이 있다.
이곳 으능정이 문화의 거리 유동인구는 대부분 10~20대.
품질보다는 적당한 맛과 충분한 양을 더 선호할 게 분명하다.
그런데? 가격이 8천 원이라고? 누가 길거리 스테이크를 8천 원을 주고 사 먹을까?
'하긴 돼지고기라곤 하지만 재료가 너무 고급이야. 최고 등급 등심…. 물론 아버지의 취지를 모르는 건 아니지만, 아무리 봐도 이건 아니잖아. 경쟁력이 없어. 아버지는 장사를 어떻게 하는지 모르는 게 틀림없어.'
푸드트럭 앞을 지나간 인원 약 70명… 그러나 추가로 구입한 손님은 0명이었다.
그나마 성재가 호객행위로 첫 손님의 마음을 사로잡았으니 1인분이라도 팔았지. 아니라면 하나도 못 팔 뻔했다.

성재는 아버지가 스테이크에 집중하는 것을 보며 고개를 저었다.

 **recipe** 강일용이 만든 너무 익어버린 돼지 등심스테이크 ★★
가는 소금과 가는 후추를 사용해서 맛의 균형을 찾았다. 조리시간이 다소 길어 오버쿡이 된 것이 단점

조각난 스테이크를 맛도 보지 않고 시식코너에 진열하는 강일용을 보며, 성재는 혼자만의 한숨을 내쉬었다.

'아빠, 간도 안 보면 어떻게 해요. 나야 요리사의 눈으로 대충 때려 맞춘다지만, 아빠는 아니잖아요. 숙련된 솜씨도 아니고요.'

그러나 그런 아들의 마음을 아는지 모르는지, 강일용은 다음 스테이크를 굽기 시작했다.

 **recipe** 강일용이 만든 덜 익은 돼지 등심스테이크 ★☆
맛의 균형을 찾았지만, 언더쿡 된 상태. 조리시간이 더 필요하다

'하아….'

덜 익은 스테이크를 자르며 낑낑대는 아버지.

당연히 덜 익었으니까 잘 잘리지 않는 건데, 그걸 엄청 노력하면서 자르려 했다.

결국, 성재가 입을 열고 말았다.

"더 익히셔야 되요."

"그래?"

"예. 언더쿡이잖아요. 자른 면 보세요. 핏물이 선명하죠? 이걸 보시면 익힘 정도를 확인할 수 있어요."

"…그렇구나."

성재의 핀잔에 금방 또 의기소침해진 아버지.

'언제부터 저렇게 변하신 거야?'

성재는 아버지의 뒤로 돌아가 어깨를 주물러드리며, 자신의 생각을 말했다.

"차근차근 하세요. 한 번에 너무 잘하려고 하지 마시고요. 제가 보니까, 4분 45초에서 5분 15초 사이로 구우면 웰던으로 구워지는 것 같아요. 제가 한번 해볼까요?"

성재의 말에 강일용이 고개를 끄덕였다.

아빠와 아들 이전에, 초보요리사와 취사병.

서로의 시선이 스테이크로 향하고, 성재가 눈을 세 번 깜박인다.

'요리사의 눈!'

그리곤 완벽한 레시피를 확인하려 애쓴다.

성재가 스테이크를 올려놓자마자 자신이 차고 있는 전자시계의 타임워치를 눌렀다.

'시간을 완벽하게 재야 돼.'

그러자….

> ⚙ ✓ ✗
>
> 돼지 등심 스테이크 레시피 ★★☆(64%)
> 돼지 등심 스테이크 레시피 ★★☆(66%)
> 돼지 등심 스테이크 레시피 ★★☆(72%)

숙련도가 올라가기 시작하고, 숙련도 향상에 따라 스테이크 옆에 보조창이 나타났다.

처음과는 확연히 다른 보조창.

물음표로 표시되었던 시간이 정확하게 표시되었다.

> ⚙ ✓ ✗
>
> 뒤집기까지 10, 9, 8, 7…

'3분 13초에 처음 뒤집는 거네?'

그리고,

> ⚙ ✓ ✗
>
> 화이트 와인으로 잡내 제거하기, 9, 8, 7, 6, 5…

'4분 21초에 화이트 와인.'

> ⚙ ✓ ✗
>
> 완성까지 10, 9, 8, 7…

'조리 완성까지 5분 31초.'

```
⚙ ✓ ✗
돼지 등심 스테이크 레시피 ★★☆(88%)를 달성하였습니다
```

'후우… 이것도 완벽하진 않지만… 그래도 등급은 괜찮게 나왔어.'

```
recipe                                              ✗
🍴   강성재가 만든 돼지 등심 스테이크 ★★☆
```

아까와 같은 설명이 이어졌다.

성재는 마리네이드를 하지 않아서 등급이 높게 나오지 않는 것을 알게 되었다. 하지만 지금 당장 여기서 마리네이드를 할 수는 없다. 아버지가 재료를 사 오지 않았기 때문이었다. 일단 여기서 할 수 있는 것을 해서 최대한 식재료비를 회수한다. 그리고 내일 다시 더 높은 등급의 요리를 만들어 도전한다.

그게 성재의 생각이었다.

"드셔 보세요. 괜찮게 나왔을 거에요."

성재는 자신이 만든 스테이크를 조각으로 잘라 아버지의 입에 넣어드렸다. 그러자 자신의 것과 비교하며 실력 차이를 인정하는 강일용.

성재는 아무 말 없는 아버지를 향해 볼펜으로 레시피와 조리방법을 적어주며 말했다.

"아빠, 조리하시는 것은 옆에서 보셨죠? 시간은 이 시간대로 하시면 될 거에요."

"그래. 아~ 이해가 안 가네. 이렇게 차이가 크게 난단 말이야? 아들. 군대에서 이런 것도 가르쳐주니?"

"예. 요즘 군대는 많이 좋아졌어요."

믿거나 말거나, 어차피 아버지가 확인할 길은 없으니 성재는 적당히 둘러대었다.

그리고 곧장 푸드트럭 밖으로 나왔다. 나가는 성재를 향해 아버지가 부른다.

"아들~ 어디가?"

"잠깐 근처 둘러 좀 보고 올게요."

"그래. 혹시 친구 만날 거면, 아빠 신경 쓰지 말고 놀아."

성재는 지금 상황에서 자신이 할 수 있는 건 다했다고 판단했다.

지금부터 해야 할 것은 오늘보다 내일 장사가 더 잘 될 수 있도록 개선할 점을 찾는 것. 이제부터는 아버지에게 맡길 수밖에 없다. 이대로 옆에 붙어만 있다가는 아무것도 개선되지 않은 채, 시간만 죽치게 된다.

자신의 레시피를 알려줬으니, 최소 2성 이상의 요리는 나올 것이다.

그 정도면 욕은 먹지 않을 테니….

성재는 먼저 거리 주변 푸드트럭들을 둘러보며 각 상인들의 노하우를 파악하기로 결심했다. 장사 잘되는 집과 안되는 집의 차이. 이것은 단순히 맛 차이는 아닐 것이다. 그 한 끗 차이를 파악해야 내일은 더 많이 팔 수 있다.

"예. 그래야죠. 모처럼 만의 휴가인데요. 아~ 맞다. 아빠, 핸드폰 요금 내시는 거 깜빡 하셨나 봐요. 제가 핸드폰 살리면서 같이 냈어요. 저 찾으시려면 전화 주세요."

"아…."

성재의 말에 강일용은 당황했다.

'녀석…혹시 알아차린 건가? 집안 사정이 많이 어렵다는 거….'

성재는 그런 아버지의 심정을 이미 다 예상하고 있었다. 성재가 누구인가? 실질적인 가장 아니었는가?

일부러 모르는 척, 다시 한번 아버지에게 말하는 아들.

"아빠, 77,000원 제가 미리 계산했으니까, 저 휴가 복귀하는 날까진 주셔야 되요. 요즘 군대에서도 돈 많이 필요하거든요."

"하하, 그래. 어이쿠~ 내 정신 좀 봐. 휴대폰 요금 내는 것도 까먹고, 그래. 당연히 줘야지. 줘야지. 내 잊지 않으마."

아버지의 대답에 성재는 뒤돌아서서, 푸드트럭을 떠나며, 아버지를 응원했다.

'그래요. 아빠, 내가 휴가 남은 기간 동안 돈 많이 벌게 해드릴게요. 민지도 같이 살고, 할머니도 같이 살 수 있도록… 반드시, 꼭 그렇게 만들어 드릴게요. 힘내세요!'

038
좋은 부위가 뭐가 있더라?

푸드트럭 거리. 그곳에는 다양한 사람들이 장사를 하러 나와 있었다.
어느 노부부는 호빵과 호떡을 팔고 있었고, 어떤 청년은 자신 있게 닭꼬치를 구우며 자신의 꿈에 도전하고 있었다.
'모두가 경쟁자이면서 또 동반자. 저들이 있기에 손님도 몰리는 거야.'
푸드트럭이 뭉친 곳에 사람들이 몰리기 시작했다. 멀리서 보니 아버지의 가게 앞에도 두 사람이 고개를 갸웃거리며, 시식을 해보고 있다.
일명 피크 타임. 오후 7시부터 10시, 이때까지는 사람이 많이 몰린다.
성재는 다른 가게 앞에 서서 그들의 노하우를 지켜보기로 했다.

"안녕하세요~ 안쪽으로 들어오세요."
"아…."
"무엇으로 드릴까요? 휴가 나오셨나 봐요?"
짧은 스포츠머리, 역시 어딜 가나 주목받기 마련. 푸드트럭 아줌마는 화려한 입담으로 계속해서 성재의 시선을 끌었다.
"고민되시면 회오리 감자튀김은 어떠세요? 기름기가 쏙 빠져서 눅눅하지 않고 바삭해서 맛있어요."

아줌마 옆에는 인상 좋은 30대 중반의 남성이 묵묵히 요리에 집중하고 있었다. 오뎅과 떡볶이, 그리고 회오리 감자튀김을 만드는 데 집중하는 것을 보니, 두 남녀는 역할을 분담하고 있는 듯했다.

"부부이신가 봐요. 서로 닮으셨어요."

성재도 아줌마의 입담에 뒤지지 않고, 그들에게 친근하게 말했다. 그러자 남편으로 보이는 남자가 무뚝뚝한 표정을 지우며 입을 열었다.

"그러게요. 살아보니까 닮아가네요. 거기 청년은 계급이 뭐에요? 상병? 병장?"

군인을 보면 과거의 기억이 떠올라서였을까? 사회성이 없어 보이는 남자가 성재를 향해 되물으며 미소지었다.

"아~ 전 아직 이등병입니다. 아줌마, 회오리 감자 하나 주세요. 얼마에요?"

성재가 구입의사를 밝히자, 30대 여성은 밝게 웃으며, 제안을 걸었다.

"아~ 한 개에는 2,000원, 두 개 살래요? 두 개엔 3,500원에 드릴게."

성재가 고민하자 여성이 다시 말했다.

"세 개에 5,000원 어때요?"

성재는 아줌마의 장사수완을 보며 감탄하고 말았다. 순간 자신도 모르게 3개 다 사려다가 개당 겨우 제어하고 거절했다.

"아니에요. 세 개까진 아닌 것 같아서, 두 개만 주세요."

"후후, 그래요. 다음에 또 와요~ 청년은 세 개에 5,000원에 줄게요. 아참~ 이건 휴가 나왔다니까 청년한테만 특별히 그렇게 해주는 거에요. 어디 가서 소문내면 안 돼요."

성재는 고개를 끄덕이며, 아줌마가 건네는 회오리 감자튀김을 받았다.

음식을 샀으면 먹기 전 등급을 확인하는 건 어느새 필수가 되어버린 남자.

성재가 눈을 세 번 깜박이며, 요리사의 눈을 발동시켰다.

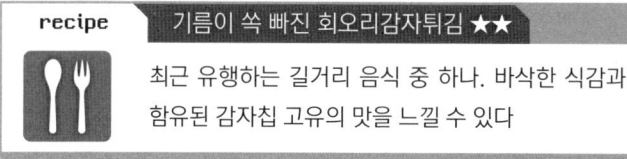

기름이 쏙 빠진 회오리감자튀김 ★★

최근 유행하는 길거리 음식 중 하나. 바삭한 식감과 적당한 유분이 함유된 감자칩 고유의 맛을 느낄 수 있다

"맛있네요?"

성재는 일부러 가게 앞에서 감자튀김을 입안에 넣었다.

양념 없는 감자 고유의 맛, 공장에서 대량으로 찍어낸 감자튀김과는 확실히 다르다.

보통 공장에서는 팜유라는 기름을 쓴다. 식용기름이며, 주원료는 야자 열매에서 나온 기름이지만, 코코넛이 나오는 야자수와는 엄연히 다른 품종이었다.

본래 갓 짜낸 팜유는 몸에 나쁘진 않지만, 보통 정제된 형태로 공급되기에 사람들이 꺼린다. 한국에서는 보통 라면, 인스턴트식품, 커피 등에 많이 사용되지만, 초콜릿에 들어가기도 했다.

'팜유 대신 콩기름을 썼네. 나쁘진 않아. 까놀라유, 포도씨유를 썼으면 더 좋았을 텐데… 아쉽네.'

성재는 곧 그런 생각을 접었다. 재료비 중 튀김용 기름값은 꽤 큰 비중을 차지한다.

'가격을 맞추려면 어쩔 수 없었나?'

실리적인 생각, 어차피 하루 벌어서 사는 사람들이었다.

'하긴 그러니까 3개에 5,000원까지 낮춰 팔 수 있었겠지.'

다음으로 찾아간 가게는 닭꼬치였다.

여기는 조금 전 가게와 전략이 달랐다. 가까이 다가갔는데도 말 한마디 걸지 않는다. 그런데 왜 이렇게 잘 될까?

그 이유는 바로 배고픔을 부르는 냄새.

달달한 닭꼬치 소스의 냄새가 불판과 어우러져 솔솔 풍기고 있다.

'후우~ 장난 아니잖아?'

성재는 곧이어 닭꼬치의 등급을 확인했다.

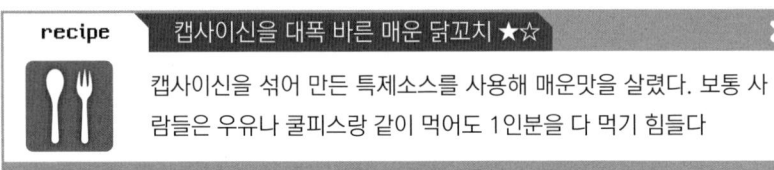

성재가 판매되는 닭꼬치를 한참 응시한 후에야 주인장의 입에서 권유가 나왔다.

"매운맛 도전? 5,000원이고, 1분 내로 먹으면 공짜. 도전 안 하고 먹으면 3,000원, 도전?"

이 주인장은 도박이란 변수에 판매전략을 세웠다. 매운 닭꼬치에 자신이 있는지, 도전이라는 개념을 부여해서 공짜와 5,000원이라는 가격에서 저울질을 하고 있었다.

'이게 성공해?'

의외로 이런 방법이 썩 잘 먹혀들고 있다. 20대 초반의 술 취한 젊은 친구들 덕분이었다.

"야야야! 저거 먹어봐. 1분 내로 다 먹으면 내가 술 쏜다."

"진짜지? 진짜지! 너 후회하기 없기다."

"대신 1분 내로 다 못 먹으면 네가 닭꼬치값하고 술값 다 내!"

"크크, 너네들 다 죽었어."

성재와 그리 차이 나지 않는 또래들의 흥미를 유발하는 탓.

'주요 타깃을 제대로 잡았구나?'

맛 때문에 찾아오는 사람은 없으니, 호기심으로 다가오는 손님을 잡겠다는 방식.

그리고 아버지가 이곳에서 장사를 하면 안 되는 결정적인 이유를 알아냈다.

쇠고기 스테이크 1인분 6,500원

"아저씨, 여기는 6,500원으로 수지타산이 남아요?"

"아, 그럼요. 저희는 아는 형님이 직접 잡거든요. 산지가로 그대로 들어오니까요."

그랬다. 아버지의 푸드트럭이 터무니없는 가격이기도 했지만, 더 강력한 경쟁자가 이곳에 있었던 것이다.

성재는 주변 푸드트럭을 둘러보며 여러 가지 법칙을 발견했다.

아버지의 푸드트럭의 문제점과 장사를 대하는 태도, 표정, 그리고 전략.

하나하나 적어가는 성재의 눈에는 이채가 서려 있었다.

그때….

Keyword 푸드트럭을 발견했습니다
Keyword 상인의 자세를 발견했습니다
Keyword 상인의 전략을 발견했습니다

직업 〈푸드트럭커 / Extra Job (Normal)〉 을 발견했습니다

전직 퀘스트 푸드트럭커 / Extra Job (Normal)
푸드트럭커는 푸드트럭을 이용하여 다양한 지역에서 음식을 파는 직업입니다. 전직 시 각 나라의 레시피를 D등급까지 투자할 수 있으며, 푸드트럭에서 조리 시 등급 보너스를 받습니다

> 달성조건 1 인근 지자체에 청년창업 신청 성공
> 달성조건 2 개인 또는 가족소유 푸드트럭 보유

'청년 창업 신청? 군인인 지금 신분으로는 불가능하잖아?'
전직 조건이 간단하지만 달성할 수 없는 것. 역시나 성재의 예상은 틀리지 않았다.
'지금은 아버지를 옆에서 어떻게 도와드릴까 생각하는 것이 최선이야. 다른 것은 생각하지 말자.'
다시 돌아간 아버지의 푸드트럭.
물통으로 대충 만든 통에는 만 원짜리 지폐 두 장이 들어있었다.
'2개는 파셨구나….'
이렇게 사람 많은 번화가에서 한 시간에 2개 판매는 예상외로 초라한 성적.
성재는 아버지에게 왜 비싸게 파는지 이유를 물었다.
"아빠, 가격 너무 비싸다고 생각 안 하세요?"
"저건 못 낮춰."
"왜요?"
"일단 하루에 20개 판다고 생각할 때, 개당 원가가 6,000원 정도야. 하루 LPG 가스비로 만 원에, 이곳 자릿세 하루 40,000원, 그리고 등심 200g에 4,000원 정도, 거기에 주유비, 재료 유지비 같은 걸 생각하면…."
"그럼 손해 보잖아요. 가격이 싼 거로 대체하실 생각은 안 해보셨어요?"
"다 해봤지. 해봐도 안 되는 걸….'
아버지는 고개를 젓는다. 성재는 이대로는 안 된다는 걸 깨달았다.

밤 10시, 으능정이 문화의 거리에 유동인구가 확연히 줄어들기 시작했다. 바로 옆 회오리 감자튀김을 하는 가게는 이미 준비한 재료를 전부 팔고 자리를 떴고, 다른 가게들도 남은 음식들을 팔기 위해 떨이를 하기 시작했다.
성재의 아버지도 마찬가지였다.
"등심 스테이크 개당 5,000원입니다. 맛보고 가세요."
가격을 낮추는 시간, 확실히 손님들이 오기 시작했다.
밤 11시 30분, 재고를 다 정리한 부자가 푸드트럭 내부를 정리하며 입을 열었다.

"아빠."

"하하하, 오늘은 좀 그러네. 자식 보기 민망하게, 왜 이렇게 손님이 없는 거야?"

강일용은 애써 어색한 웃음으로 상황을 모면하려 했다.

성재 또한 아버지의 현재 심정을 잘 알기에 별 내색은 하지 않았다. 그래도 확실히 짚고 넘어갈 것이 있다. 그건 바로 오늘 매상.

"오늘 얼마 버셨어요?"

그러자 강일용은 얼버무리며, 혼자 계산을 끝냈다.

"…30,000원 정도 손해 본 것 같네. 하핫, 가끔은 이런 일도 있는 거지. 신경 쓸 거 없다."

갑자기 아들 앞에서 무능력해 보이는 스스로가 한없이 미워진 강일용. 하지만 성재가 그런 아버지의 모습을 보기 위해 물은 것은 아니었다. 목적은 따로 있었다.

"내일, 제가 혼자 팔아 봐도 될까요? 아버지는 옆에서 지켜만 보세요. 제가 한번 해볼게요."

"…너 푸드트럭 해본 적 없잖니?"

"아빠, 하루만 절 믿어보세요. 깜짝 놀라게 해드릴게요."

성재는 오늘 푸드트럭을 돌며 자신이 느꼈던 점을 상기하며, 아버지 앞에서 밝은 미소를 지었다.

그리고 다음날이 되었다.

대전 중앙시장, 중부권 최대 규모 시장인 이곳은 많은 사람들이 들르는 곳이다.

중부권 교통중심이라는 지역적 특성 덕에 대표 재래시장으로서의 명맥을 아직도 유지하고 있는 이곳. 상인들에게는 없어서는 안 될 주요 식료품 구매지였다.

성재가 어릴 적부터 어머니가 이곳에서 일을 했기 때문에 지리를 잘 알고 있었.

푸드트럭을 운전하는 아버지와 도착한 성재는 대전중앙시장 큰 골목 노상주차장에 잠시 차를 주차하고는 식료품을 구하기 위해 발걸음을 옮겼다.

허리 디스크가 있는 아버지 때문에 일부러 늦춘 발걸음 속도.

성재는 시장 주변을 보며, 안타까움을 토로했다.

'저기가 올해 불이 난 곳이구나. 복구가 덜 되었네. 근처에서 엄마가 일했었는데…'

올해 7월, 13곳의 상점에 피해를 입힌 화재, 다행히 초기에 진압되었지만, 11월 중순이 된 지금도 그곳은 장사를 하지 못한 채, 복구공사가 진행되고 있는 것 같았다.

이불과 한복을 파는 골목을 지나자, 어느새 정육점만 모여있는 골목이 나왔다.
그 중 아름고기백화점이라는 상표를 보며 씩 웃는 성재.

"형! 저 성재에요. 오랜만이죠?"
"어? 성재?! 잠깐만! 그 중학생 강성재 맞니?"
그곳의 사장님이 성재를 보며 잠시 고개를 갸웃거리다. 알아보며 활짝 웃음을 지었다.
"예. 맞아요. 어머니 돌아가시고 한 번도 못 찾아뵈었네요. 아~ 인사하세요. 저희 아버지세요."
김동수 사장님, 10년 전 27살의 어린 나이로 시장에 들어와 지금은 아름고기백화점이라는 번듯한 가게를 운영하고 있는 남자.
성재의 돌아가신 어머니와 10년 전부터 고객으로 인연을 맺어온 관계.
믿고 따르던 동네 형.
성재의 소개에 어색한 미소를 짓는 강일용이 아픈 허리를 뒤로하고, 악수를 청했다.
"강일용입니다. 성재 애비 되는 사람입니다. 현재 푸드트럭 하고 있습니다."
"아~ 그러셨구나. 처음 뵙겠습니다. 사장님, 김동수입니다. 조그마한 정육점을 운영하고 있습니다."
아버지와 성재가 알고 지내던 형의 만남이 드디어 이루어졌다.
"형, 사실은 저희 아버지가 스테이크를 팔고 계시거든요. 고기 좀 추천받을까 싶어서요."
"그래? 스테이크면 등심이나 안심이지. 1+ 등급으로 꺼내줄까?"
"아, 그것도 좋은데요. 길거리 음식이니까, 기왕이면 맛도 좀 괜찮고, 가격도 괜찮은 그런 부위를 쓸까 하는데요."
"그래? 그런 부위가 뭐가 있더라? 기다려 줄래?"

039

육즙이 정답이었네요

김동수 사장은 잠시 고민하다가 냉장실에 있던 고기 하나를 꺼내 들었다.

"이게 스테이크로는 괜찮지. 가격도 싸고 맛도 어느 정도는 괜찮을 거야. 어때? 어떤 부위인지 알아보겠어?"

지방은 거의 없고 살코기만 대부분, 조직이 단단해 보이는 것으로 보아 근육이 발달한 곳이 틀림없는 부위. 전지? 후지? 과연 어딜까?

성재는 의문을 접고, 바로 '요리사의 눈'을 사용했다.

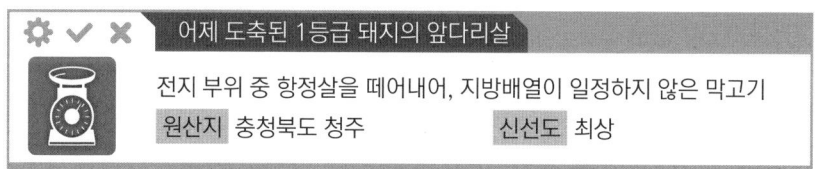

어제 도축된 1등급 돼지의 앞다리살
전지 부위 중 항정살을 떼어내어, 지방배열이 일정하지 않은 막고기
원산지 충청북도 청주   신선도 최상

성재의 아버지 강일용은 고개를 갸웃거리다, 자신 없는 태도로 입을 열었다.

"사장님, 목살인가요?"

그러자 바로 고개를 저으며, 성재를 쳐다보는 김성수 사장.

성재는 답을 알고 있음에도 대답하진 않았다. 그래야만 아버지와 성수형의 자존심과 자부심을 둘 다 지킬 수 있었으니까.

"잘 모르겠어요."

"후후후, 스테이크 판다는 사람들이 공부 좀 하셔야겠네요. 사장님도요. 이 부위는 전지라고 불리는 부위입니다. 그곳에서도 항정살만 떼어낸 부위라서 일정 수준의 지방도 함유하고 있어요. 삼겹살에 비해 활동량이 많은 부위라서 살코기의 조직이 치밀해요. 그래서 스테이크로도 등심과 안심에 비교해서 손색이 없어요. 안성맞춤이죠. 모래 속 진주알이라고 할까요?"

김성수의 말에 강일용의 고개가 절로 끄덕여졌다.

"안쪽으로 들어와 보세요. 기왕 사실 거면 맛 좀 보셔야죠."

"어? 형 괜찮아요? 바쁘신 거 아니에요?"

"에이, 나 혼자만 일하는 것도 아니고, 괜찮아. 그리고 이렇게 맺은 인연이 평생 고객 되는 거다. 아버님~ 제가 등심하고, 전지 부위랑 같이 구워볼게요. 한번 비교해보세요."

김성수는 안쪽 정육점 식당 주방으로 안내했다. 새벽이라 손님이 적었기 때문이다.
팬을 달구는 그의 조리 실력, 성재는 자세히 보지 않아도 수준급이라는 것을 알 수 있었다.
'대단해. 하긴 정육점과 식당을 같이 시작한 게 10년 전이었으니까…. 나 같은 애송이하고는 비교도 안 되겠지.'

강일용의 생각도 마찬가지였다. 이제껏 단 한 번도 다른 사람으로부터 기술전수를 받아본 적이 없는 그였다.

살아생전, 요리는 아내에게 모두 맡겼었다.

맛있게 만들어지는 요리가 쉬워 보였던 중년 남자.

요식업에 자신 있게 도전했던 강일용.

그는 비로소 자신의 현재 실력을 직감했다.

'이제까지 너무 무지했어. 요리는 그냥 되는 게 아니구나. 관련지식도 많아야 되고….'

밑간을 하는 김동수 사장님. 그의 밑간 방법은 어제 성재가 했던 방법과 같았다.

'어? 우리 아들 녀석하고 조리법이 같잖아?'

간 소금 대신 맛소금과 후추를 듬뿍 친 김동수가 입가에 미소를 지었다.

"사실 이건 아무나 안 알려주는 비법 중 하나인데, 성재 너니까 특별히 알려주는 거다. 밑간 친 부위, 여기다가 올리브유를 발라. 사장님도 잘 보세요."

김동수는 그 동작까지 마친 후, 냉장고에 넣으며 말했다.

"이렇게 냉장실에 20~30분 정도 넣으면서 숙성시키면 돼."

그리고 이미 숙성되어 있는 두 가지 부위를 꺼내는 김동수. 그가 꺼내놓은 부위는 전지와 등심. 같은 돼지고기다.

성재는 두 접시의 등급을 확인했다.

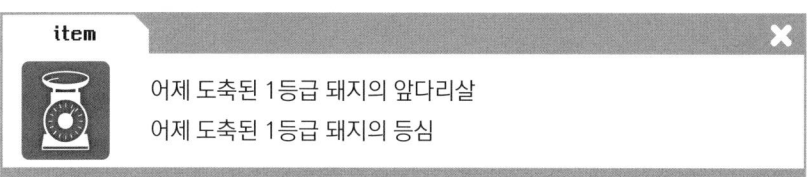

같은 등급, 다른 부위. 가격은 얼마나 차이 날까? 궁금한 건 바로 물어봐야 한다.

"성수형, 앞다리살하고 등심, 지금 가격이 얼마에요?"

"전지는 kg당 7,000원정도고 등심은 kg당 10,000원정도 하지. 물론 도매가격이야. 50kg 이상 사야 돼."

"1등급이죠? 최상급은 아니네요."

"그렇지. 그런 건 백화점에 바로 납품되니까. 돼지고기는 1등급부터 맛은 그렇게 차이나지 않아. 소고기와는 달라. 가성비 따지러 온 거 아니야?"

"아… 그렇죠. 후후"

김성수와 아들 성재의 대화를 듣고, 강일용은 또 한 번 자신의 실수를 깨달았다.

대형마트에 가서 식재료를 구입하는 그의 구매방식.

그는 등심을 kg당 15,000원에 구매하고 있었다. 가격이 무려 50%나 차이 난다.

"슬슬 구워지는데요?"

"그렇지? 자~ 그럼 여기서 또 하나, 지금 스테이크가 레어인지, 미디엄인지, 웰던인지 어떻게 알 수 있을까?"

김성수는 오랜만에 온 친한 동생 녀석에게 자신의 비법을 전수해주고 싶었다.

자신이 사업을 막 시작했을 때, 성재의 어머니가 거래처를 옮겨가며, 자신의 가게의 물량을 전부 사주었었다.

그때마다 매일 고기를 받으러 왔던 당시 초등학생 성재의 모습이 기특했던 것. 덕분에 가게는 나날이 발전했고, 지금처럼 어엿한 장사꾼으로 거듭날 수 있었다.

김성수의 질문에 성재는 대답하지 못했다. 이번에는 확실히 모르는 질문이었기 때문이었다. 아무리 시스템의 도움을 받는다고 해도, 굽기 정도를 구분하는 방법까진 알지 못한다. 이건 순전히 경험으로 얻어야 하는 지식.

"정말 모르겠다. 형~ 알려줘요."

성재가 머리를 싸매자, 김성수는 그의 아버지에게도 다시 한번 되묻는다.

"사장님도 잘 모르시나요?"

그러자 고개를 숙이며, 자신의 무지함을 반성하는 강일용.

"…예. 잘 모르겠네요. 죄송합니다. 많이 미숙하네요."

김성수는 두 부자의 대답을 듣고는 자신의 검지와 엄지를 붙인 채로 엄지손가락 아랫부분의 살을 누르며 말했다.

"엄지와 검지를 붙인 채, 자신의 이쪽 근육을 눌러보면 근육이 약간 물렁물렁할 거에요. 이 느낌이 레어!"

그러더니, 익고 있는 스테이크를 다른 손으로 눌러보며 씩 웃었다.

"지금은 레어네요. 다들 한 번씩 제 동작을 따라 하고, 손동작을 풀고 스테이크를 눌러봐요."

성재는 김성수 사장의 동작을 지켜보았다.

'탄력으로 굽기 정도를 판단한다? 대단한데?'

하지만 성재에겐 필요 없었다. 요리사의 눈이 있으니까!

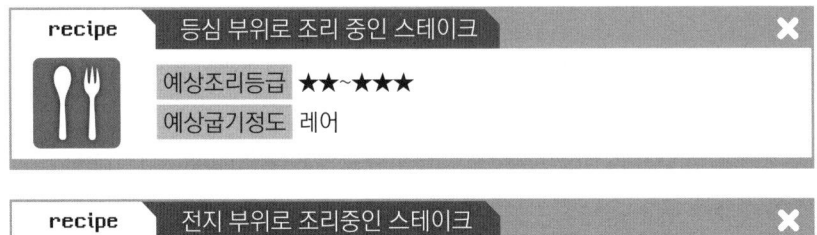

'어? 조리등급이 비슷해? 더구나 이건 1+등급도 아니잖아. 크게는 차이 없다 이건가?'

성재는 한참 설명하던 김성수의 말이 끝나기 무섭게 질문을 했다.

"형, 돼지 스테이크는 다 익혀야 되는 거 아니에요?"

"꼭 그렇지는 않아. 유럽에서는 돼지고기를 수비드 방식으로도 많이 조리하는걸?"

"수비드요?"

"아, 저온조리방식이야. 물론 그런 건 레스토랑에서 일하는 셰프들이나 하는 방법이고, 아무튼 요즘에는 꼭 100% 익혀 먹어야 할 필요는 없어. 예전에는 돼지한테 인분을 먹였었거든."

"인분이요? 사람 똥?"

"그래. 1960~70년대 시절에 인분을 먹여서 기생충이 많이 나왔어. 최근엔 사료를 먹이니 기생충은 거의 없다고 봐도 돼. 그래서 옛날 인식이 지금까지 계속되는 거지. 뭐~ 익혀 먹어서 손해 볼 건 없으니까."

"그래도, 손님들 대부분은 돼지고기는 다 익혀 먹어야 된다고 생각하지 않을까요?"

"그래. 그런 인식을 고쳐야 하는데, 이게 참 힘들지. 그러니까 장사할 땐 무조건 웰던으로 팔고, 손님이 요구하면 레어나 미디엄으로 내놓는 전략을 쓰는 게 좋을 거야."

"웰던이라…, 이거 속이 익은 것까지 확인하는 게 진짜 힘들더라구요. 맛있게 만드는 비법이라도 있을까요?"

"어? 비법까지 알려달라는 거야?"

"예. 알고 싶어요."

김성수가 대단한 요리사는 아니다. 그저 돼지고기를 납품하고, 취급하는 상인 중 하나일 뿐. 하지만 그가 업계에서 일한 지 10년, 세월의 경험을 무시할 수 없을 것이다.

성재의 말이 끝나기 무섭게, 김성수가 팬에 올린 고기를 접시에 옮겨 담았다. 그리곤 고기를 살짝 눌러본다.

"이게 무슨 등급일까? 미디엄 같은데?"

강성재는 그의 말에 자신의 온 신경을 집중했다.

오로지 스테이크. 그 안에 든 비밀을 알기 위해서.

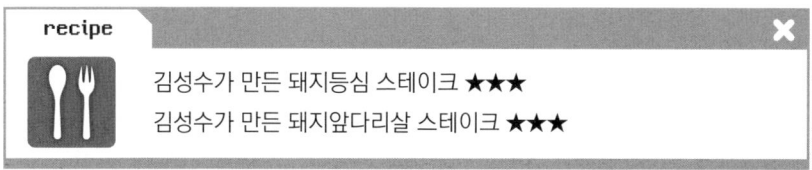

'둘다 3성?!'

"과연 내가 말한 대로 미디엄이 나왔을까?"

김성수가 나이프를 꺼내 두 스테이크 중 등심으로 만든 스테이크를 자르며 속살을 보여주었다.
"어때? 적당히 붉은 빛, 미디엄 맞지?"
"예. 잘 만드신 것 같아요. 그런데 돼지고기 미디엄은 조금 거부감이 들지도…."
"그래? 과연 그럴까? 한번 먹어봐. 거기 사장님도 드셔 보세요."
성재는 먹어보지 않아도 잘 구워졌다는 것을 알 수 있었다. 그러나 눈으로 보는 것과 혀로 느끼는 것은 다르다.
입안에 들어간 스테이크. 입을 다문 순간.

왈칵!
안에 스며들어있던 육즙이 와르르 흘러나오며, 입안을 적신다.
"하아…."
성재의 반응과…
"후아…."
성재의 아버지인 강일용의 반응이 일치했다.
"이것도 드셔 보실래요?"
등심 부위로 만든 스테이크에 이어, 전지(앞다리살)로 만든 스테이크를 건네는 김동수 사장.
그 맛은 역시?

주륵!
동일하다!
육즙이 입안이 마치 자신의 공간인 듯 춤을 추고, 혀는 그 감각에서 헤어나오지 못한 채, 뇌에 자꾸 신호를 보낸다. 그러자 신호를 전달받은 뇌가 신경물질을 뉴런을 통해 전달하며, 팔에 명령을 보냈다.
'더~ 더 입에 넣으라고!'
혀의 절실한 목소리에 성재는 결국 포크로 자른 스테이크를 한 점 더 입에 넣었다.
같은 느낌! 또 한 번 혀가 목소리를 내어 뇌에 호소한다.
'아직 부족해! 더~!'
"어때? 정답을 알겠어?"

성재는 직접 맛보면서 정답을 찾아냈다.

"육즙… 육즙이 정답이었네요."

스포츠머리, 이제 21살의 청년의 대답에 김동수의 입가에 미소가 걸렸다. 그가 보기에는 아직도 고기를 받으러 오던 그 학생 시절의 모습이 여전한데, 어느새 이렇게 훌쩍 커 버린 걸까?

아름고기백화점 사장은 자신의 노하우를 성재 가족의 앞에서 공개했다.

"그래. 고기의 질도 중요하지만 더 중요한 것은 스테이크 안에 육즙을 가두는 것. 그것은 정말로 숙련된 경험이 필요하지. 사장님, 어떠세요? 직접 만들어서 드시던 스테이크와 제가 만든 스테이크의 차이, 이제 좀 아시겠어요?"

김성수의 말에 강일용의 고개가 절로 수그려졌다.

"그렇습니다. 많은 것을 배웠습니다."

"하하하, 레어인지, 미디엄인지, 웰던인지도 중요하지만 스테이크에서는 육즙을 가두는 것이 가장 중요합니다. 이것만 잊지 않으면 장사는 틀림없이 잘 되실 겁니다. 이제 약속해 주시죠."

"예? 어떤 약속을?"

"저희 가게 평생 고객이요. 저도 물심양면으로 도와드리겠습니다."

"그럼요. 당연하죠. 평생 고객이 되겠습니다. 정말 많은 것을 배웠습니다. 감사합니다."

정중한 아버님의 태도에 김성수가 오히려 고개를 숙이며, 본인 또한 정중한 태도로 대답했다.

"후후, 이제 말씀 편하게 하셔도 됩니다. 강 사장님. 저보다 연배도 많으신데요."

"하하, 아직까지는 힘드네요. 아무튼, 젊은 사장님 덕분에 오늘 많은 것을 배워갑니다."

"아니요. 다 성재 때문이지요."

김성수는 두 부자 앞에서 자신이 알고 있는 비법을 전수해준 후, 씩 웃었다. 그리곤 속마음을 꺼냈다.

"아버지와 아들이 서로 무언가를 함께한다는 모습이 좋아 보였습니다. 저도 10년 전 아버지가 돌아가신 후, 이 사업을 물려받았을 때 정말 막막했었거든요. 그때 성재 어머님이 절 격려해주시고, 도와주시지 않았다면 지금의 전 없었을 겁니다. 이젠 제가 도와줄 차례인 것 같습니다. 사장님, 앞으로 몇 인분을 사시든, 저희는 사장님께 도매가로 고기를 납품하겠습니다. 언제든 말씀하십시오."

김성수의 말에 강성재도, 그의 아버지 강용일도 고개를 숙이며 서로에게 감사함을 표했다.

"정말 감사합니다. 감사합니다."

"아닙니다. 후후, 그럼 저는 다른 지점에 가봐야 돼서, 고기는 필요한 만큼 저희 직원에게 말씀해주세요."

김성수는 자신의 소중한 시간을 부자에게 내준 후 자리를 떴다.

그가 운영하는 지점은 이곳 아름고기백화점을 제외하고도 총 네 군데. 그가 신경 써야 할 곳이 한두 군데가 아니기에, 성재는 형이 떠난다는 것에 대한 서운함을 뒤로하고, 직원을 통해 고기를 구입했다.

'제법이구나. 우리 아들….'

한편, 성재는 자신의 머릿속에 울리는 알람소리에 다시 한번 보조창을 열람하며, 미소를 지었다.

Keyword 셰프에 대해 알게 되었습니다
Keyword 레스토랑에 대해 알게 되었습니다

040

왈왈왈!

"아들! 천천히 가자."
"예."
성재는 깜박했다. 아버지가 몸이 불편하다는 사실을….
그럼에도 오늘 아버지의 얼굴은 유난히 활기차 보였다.
'이제 아시겠죠? 틀에 박힌 생각을 깨우칠 때라는 걸요.'
성재는 '요리사의 길 튜토리얼 시스템'에 대해 또다시 고마움을 느꼈다.
'이 능력이 없었다면, 내가 요리에 대해 흥미라도 가졌을까?'
그렇지 않다. 절대, Never, never!
하지만 이젠 다르다. 철저하게 이용해야 한다. 어떻게 하면 잘 활용할 수 있는지, 더 맛있고, 남들이 인정할 수 있는 요리를 만들지….
사실 지금 성재한테는 위기나 다름없었다. 군 취사장이 아닌 곳에선 직업 보너스를 받지 못한다. 그렇다면 남들하고 같은 조건에서 요리를 해야 한다.
'하다못해 푸드트럭커라는 직업만 받아도 별 3개는 기본으로 받을 텐데….'
아니다. 고민할 게 아니다. 직업 보너스 없어도 충분히 높은 등급의 요리를 만들 수 있다.
고기백화점 사장인 성수 형도 혼자 별 3개짜리를 만들지 않았는가? 충분히 가능하다.
성재는 소스 재료를 사러 과일 가게에 들렀다.

"어서 와요. 뭐 줄까? 사과? 배?"

"토마토 3개하고 배 2개요."

"박스 말고?"

"네. 소량만 필요해요. 소스 만들 거라서요."

"아… 여기 토마토는 개당 1천 원이고, 배는 개당 3,000원, 총 9,000원."

강일용이 10,000원을 내밀려고 하자, 성재가 재빠르게 아버지의 앞에 서더니, 여상인이 건네준 과일을 도로 돌려보내며 말했다.

"저기, 이 배 말고요. 저기 뒤에 있는 상자 안에 있는 배로 주세요."

그러자 여 상인이 고개를 갸웃거리며, 다시 말했다.

"이것도 당도 높은 건데? 오늘 막 들어온 나주 배야."

성재는 그녀의 말에 피식 웃었다.

"나주 배 아니에요. 인제에서 수확한 배에요. 상자만 나주고요. 그리고 이 배, 당도 안 높아요. 9월 추석 즈음에 비 많이 와서 당도 많이 떨어졌고요."

여상인은 의아해했다.

"아닌데, 이 청년, 되게 까다롭네. 그냥 이걸로 가져가. 다 똑같은 배야."

"그럼 일단 이거 한 개 주세요. 제가 여기서 아줌마랑 같이 먹어보고, 당도 떨어지면 환불해주시는 것 어떠세요?"

"그래. 아 참~ 장사하다가 먹어보지도 않고 당도 타령하는 청년은 또 처음 봤네."

여상인의 허락이 떨어지자, 성재는 그녀가 들고 있는 과도 칼을 건네받고 곧바로 배를 갈랐다. 그리고는 한입을 베어 물더니, 회심의 미소를 지으며 여 상인에게 배의 반대편 조각을 잘라 건네며 말했다.

"제가 말 한 대로네요. 드셔 보세요."

성재의 행동에 의문을 품던 여상인은 자신도 배를 먹어보더니, 곧바로 놀라움을 감추지 못했다. 성재의 아버지 강일용도 마찬가지였다. 아들이 들고 있는 배를 한입 물더니, 곧바로 입을 떼고 혀를 내둘렀다.

"아줌마, 이건 솔직히 주스용으로도 안 나가요. 당도가 이렇게 떨어져서 팔리겠어요? 이거 납품한 아저씨하고 거래 끊으시는 게 좋을 것 같아요."

"아… 어떻게 알아? 청년은 어떻게 보기만 하고 안 거야?"

"에이~ 이 정도는 다 기본이죠. 토마토는 상태 괜찮네요. 아까 제가 말씀 드린 대로 배, 뒤쪽에 있는 상자에 있는 거로 꺼내주세요. 아~ 레몬도 한 개만 추가요."
"그래. 꺼내줘야지. 암~ 꺼내줘야지."
여상인은 신기한 표정을 지우지 못한 채, 성재에게 나주 배라고 쓰인 상자에서 2개를 꺼내 들었다. 그리고 진열대 가장 앞에 있는 레몬도 봉지에 넣어주었다.
"감사합니다. 제가 말씀드린 것 잊지 마세요. 납품하는 아저씨가 사기 치는 거니까요."
"그래. 고마워. 정말 고마워!"
성재는 자신이 원하는 배와 토마토, 레몬을 얻고는 씩 웃었다.
"아줌마, 명함 좀 주세요."
"명함?"
"예. 여기 옆에 저희 아버지시거든요. 조금 전 꺼낸 배 상자, 도매로 받아오는 아저씨 있죠? 그 아저씨 물품은 저희가 3일에 한 번씩 사러 올 테니까, 소량이어도 그걸로 챙겨줘요. 토마토도 마찬가지고요."
성재는 믿음상회라고 쓰인 명함을 받고는 아버지에게 건네주었다.
"그래. 잠깐! 학생?! 왜 이렇게 잘 알아? 과수원에서 일했었어?"
"글쎄요? 그랬을지도 모르고요."

성재는 조금 전 정보를 획득한 요리사의 눈을 해제하며, 뒤돌아섰다.
강일용은 아들이 무슨 말을 하는지 도무지 이해하지 못했다. 그래서 물었다. 왜? 어떻게? 이런 정보를 알게 되었는지?
"성재야."
단 세 글자. 함축된 의미. 아들은 그 모든 것을 간단하게 대답했다.
"선임한테 배웠어요."
"그래?"
"예. 저희 선임병 중에 조리학과 나온 취사병이 있거든요. 정말 잘해요. 저한테도 잘 대해주고요."
군 입대한지 두 달, 자대에선 고작 한 달밖에 지나지 않았다. 그 안에 무슨 일이 성재한테 벌어진 것일까?
의문은 풀리지 않은 채, 강일용은 아들 성재에게 이끌려 다음 장소로 이동했다.
"여기는 왜?"

"이거 입어보세요. 어떤 색깔로 하실래요? 노란색? 녹색? 검은색?"

"남사스럽게 이걸 입고 장사하라고?"

"저도 입을 거에요. 아빠는 녹색이 좋겠네요. 노란색은 제가 입을게요."

깔끔한 노란색 스트라이프 셔츠를 고른 성재가 탈의실에서 상의를 갈아입었다. 그리고는 활짝 웃음을 머금은 채, 녹색 스트라이프 셔츠를 아빠에게 건네는 아들.

"같이 장사하실 거면 입으시고요. 아니어도 사이즈는 맞춰보세요."

"성재야, 이게 효과가 있을까?"

"그건 해봐야 되는 거죠. 아저씨, 이거 셔츠 한 장에 얼마씩이에요?"

"아~ 15,000원, 2개 살 거야? 현금이면 30,000원, 카드면 33,000원."

"에이~ 너무 하신다. 무슨 셔츠 한 장에 15,000원을 받아요. 10,000원에 해줘요."

"안 돼!"

"4장 살게요. 40,000원 여기요."

"아…안 되는데…."

"아저씨가 결정하세요. 4장에 4만 원에 파시던가, 아니면 저희를 놓치시던가…."

성재의 말에 상인 아저씨가 혀를 차며 말했다.

"아직 어린 친구가 웬만한 아줌마보다 더하네. 더 해!"

"후훗, 그럼 40,000원에 4장 사는 겁니다."

"그래. 그렇게 해. 사이즈는 거기서 마음대로 골라가고!"

성재는 협상에서 밀리지 않고, 33% D.C를 받았다. 시장이라서 가능한 네고.

"아빠, 이게 더 말끔한 것 같지 않아요?"

"그런가?"

"당연하죠."

성재는 구입한 식재료를 푸드트럭 안 소형냉장고 안에 넣은 후, 아버지에게 말했다.

"장사 시작하기 전에, 마지막으로 들릴 곳이 있어요."

"또 간다고? 재료는 다 샀잖아."

"예. 이번엔 재료 사러 가는 게 아니고요. 아버지랑 같이 가고 싶었던 곳이에요."

대한민국 대전광역시 유성구 온천동의 한 호텔 지하. 대한민국에서 다섯 손가락 안에 꼽는 온천에 아버지와 아들이 입장했다.

"온천?"

"예. 아빠하고 꼭 가고 싶었어요."

성재의 말에 강일용이 고개를 끄덕였다.

'그것도 그렇지만, 장사하는 사람들은 호감을 줘야 해요. 우리는 이게 전투나 마찬가지잖아요. 목욕하고, 말끔해진 모습으로 같이 나가 봐요.'

성재의 깊은 속을 아버지는 알아차렸을까?

탈의실 앞. 성재는 아버지가 옷을 벗는 모습을 보며, 순간 고개를 돌렸다.

허리 뒤 커다란 수술 자국. 허리디스크로 고생하신 아버지는 수술 이후 쇠약해지셨다.

"아빠, 먼저 탕에 들어갈게요. 천천히 들어오세요."

"그래."

성재는 동작이 느린 아버지가 자신의 눈치를 보는 게 싫어 일단 자리를 피했다.

탕에 들어가기 전 간단히 샤워를 하는 성재.

그의 단단한 몸매와 달리 바싹 마른 강일용의 몸매가 성재의 눈에 밟혔다.

성재는 온탕 안에 들어가서 아버지를 바라보았다. 다치기 전만 해도, 배관공 일을 하시며 얻은 근력으로 암바를 걸며 장난치던 게 엊그제 같은데, 벌써 세월이 이렇게 흘러버렸다.

잠시 후, 아버지가 탕 안에 들어왔다.

"오늘이 무슨 요일이지?"

"토요일이요."

"그래. 그렇구나."

서로 허리 아래를 온탕에 담근 두 부자는 한동안 말이 없었다.

물줄기 소리만 가득한 탕 안에서 아들인 성재가 침묵을 깼다.

"아빠."

"그래. 왜?"

"건강하세요. 그리고 힘내세요."

"…그래. 너희들 먹여 살리려면 더 힘내야지."

"제 걱정은 안 하셔도 되어요. 미안해요. 군대 늦게 가고 싶었는데, 영장이 나오는 바람에…."

"아니다. 내가 너한테 몹쓸 짓을 한 거지. 학업까지 포기할 정도로 경제력이 없는 이 아비

탓이지. 내가 누굴 탓하리…."
성재는 가슴이 먹먹했지만, 눈물을 흘리진 않았다. 이제 자신도 성인이었다.
어릴 적 아버지는 한없이 큰 존재였지만, 이제는 다르다.
같은 성인, 같은 생각을 하는 인격 대 인격의 만남.
아버지의 한없이 작아진 모습을 보며 성재는 결심했다.
'반드시 성공할 거야. 훌륭한 요리사가 되어서, 동생도 다시 데려오고, 아버지도 기쁘게 해 드리자. 난 할 수 있다. 반드시 그렇게 만들고 말 거야.'
그 결심은 곧 의지가 담긴 말로 아버지에게 전해졌다.
"미안해하지 마세요. 전 절 낳아주신 것만으로도 전 감사해요. 저희 열심히 살아요. 슬퍼하지 말고요."
"그래. 이런 말도 하고 많이 컸네. 우리 아들."
"그럼요. 이제 군대까지 갔는걸요. 몸도 불었는데, 때 좀 밀어드릴까요?"
"그럼 나야 좋지. 나도 모처럼 만에 아들한테 몸 좀 맡겨보자."
"그럼 탕에서 나가요~!"

목욕을 마치고, 성재는 자신감을 되찾은 아버지를 이발소에 밀어 넣었다.
"깔끔하게 쳐 주시고요. 인상 좋게 보일 수 있도록 신경 좀 써주세요."
성재의 말에 60대의 이발사는 인자한 미소와 함께, 강일용에게 되물었다.
"아들 녀석이 제법 늠름하네요. 아드님 말대로 다듬어 드릴까요?"
"예. 그렇게 해주세요."
"오랜만에 멋있는 부자를 봐서 기쁘네요. 면도는 서비스로 해드리겠습니다."
군대에서 첫 휴가를 나온 아들은 아버지와의 유대감을 확실히 형성했고, 아버지는 아들의 행동을 보며 말없이 기뻐했다.
'여보, 오늘따라 당신 생각이 많이 나네. 우리가 자식은 잘 키운 것 같아. 나 열심히 살게. 힘내서, 당신 몫까지 최선을 다할게.'
면도 전 이발사가 뜨거운 김이 모락모락 나오는 수건을 얼굴에 덮자, 아버지는 자신의 눈물을 수건에 흘려보내며, 자신의 감정을 정면으로 마주쳤다.

그날 오후. 대전 갑천 호수공원.
그곳에 자리 잡은 성재는 일단 스마트폰으로 네이버 카페에 접속했다.

　오늘 OO카페, 호수공원에서 정모합니다.

자신의 타깃이 이곳에 올 것이란 확신을 가진 성재는 씩 웃으며, 스테이크를 굽기 시작했다. 고기 굽는 냄새가 진동하는 가운데, 그 앞을 조깅하는 사람들과 자전거 동호회 사람들은 푸드트럭에게 눈길도 주지 않고 쌩 지나가 버린다.
아버지의 걱정이 묻어나는 질문.
"성재야. 여기가 과연 팔릴까? 사람들이 그냥 지나만 가는데? 여긴 운동하는 곳이잖아."
그러나 여유만만인 아들.
"기다려보세요."
성재는 스테이크를 조각조각 나눠, 손님 한 명 없는 호수공원에서 세팅하고.
아버지는 또다시 한번 염려스러운 말투로 말했다.
"성재야. 아무래도 우리가 자리를 잘 못 잡은 것 같다."
"후훗~ 기다려보시라니까요. 100프로 성공해요."
아버지는 아들의 자신감이 어디서 나오는지 감이 오질 않았다. 여기서 뭘 팔겠다는 건가?
성재는 열심히 스테이크를 굽는 데만 집중하자, 야속한 감정마저 들기 시작하는 강일용.
'식으면 못 팔 텐데…'
그러나 걱정은 기우였던가?

스테이크를 다 구운 지 5분도 되지 않아 저 멀리서 수많은 여성들이 트레이닝복을 입고 걸어오는 게 보인다.
성재는 그들을 보며 씩 웃었다.
그 여성들의 손에 들린 긴 목줄. 그 줄을 끌고 가는 용맹해 보이는 손님들.
사람들보다 냄새를 수십 배에서 수천 배까지 잘 맡는 녀석들.
그들의 함성이 들려왔다.

- 왈! 왈! 왈왈왈왈! 왈왈왈!

041

가성비 정말 좋아요

애완견 동호회 사람들은 스테이크 앞에서 걸음을 멈춘 반려견 때문에 곤란해 했다.
그때, 깔끔하게 입은 노란색 스트라이프 셔츠 복장으로 호감형 인상을 갖춘 남자가 환한 미소로 그들을 맞이했다.
"오구구~ 산책하느라 많이 배고픈가 봐요. 스테이크 드릴까요?"
그러자 요크셔테리어가 성재가 들고 있는 다 익은 스테이크를 보며 침을 질질 흘리더니, 결국 못 참고 짖고 말았다.

- 왈왈왈! 왈왈! 왈! 왈!

요크셔테리어가 짖자, 그 옆에 있던 말티즈도, 시츄도, 포메라니안도 냄새에 환장한 듯 짖어댔다. 배고파하는 반려견들과 진동하는 맛있는 냄새. 거기에 산책하느라 마침 출출할 시간과 장소 선정까지.
애견 주인들의 지갑은 성재의 손쉬운 공략 대상이었다.
'다행이다. 지방이 거의 없는 전지 부위라서 애완견한테도 먹일 수 있었어.'
잠시 후 동호회 사람이 떠난 자리. 순식간에 8만 원의 수익을 낸 성재가 아버지를 보며 입을 열었다.
"매주 토요일은 낮 1시에 호수공원에 오세요. 저 사람들은 매번 이곳에 올 거예요. 그때마다 애완견용으로 스테이크를 파시면 좋을 것 같아요. 대신 소금하고 후추 간은 빼야 해요. 강아지들한테 좋지 못하거든요. 다들 주인들하고 산책하느라 지쳐있으니까, 견주들만 설득 가능하면 잘 팔릴 거예요."

'성재 이 녀석은 이런 걸 어떻게 아는 거야?'

한편 강성재는 스마트폰으로 다른 정보를 확인하고 있었다. 이미 접속되어 있는 '대전 애견맘 카페'에서 나가기 버튼을 누른 그가 대전 노랑새 아파트에서 오늘 장이 열리는 것을 확인하곤, 관리사무실에 전화를 걸었다.

"오늘 자리 한 곳 남나요? 신청하고 싶은데요?"

노랑새 아파트 앞 간이시장.

아파트 단지는 보통 1주일에 한 번씩 관리사무소의 통제하에 간이시장이 열린다.

보통 오전 10시부터 밤 8시까지 10시간에 걸쳐 열리는데, 본격적으로 장사가 되는 시간은 오후 2시부터다.

성재는 그러한 정보를 '청년 푸드트럭 창업 카페'를 통해 알아냈다. 그리곤 금요일 열리는 알뜰 장터 중 가장 대규모 아파트 단지 중 하나를 골랐다.

"소장님, 여기 자릿세 내겠습니다."

"예. 2만 원입니다. 운이 좋았네요. 우연히 오늘 한자리가 빠졌거든요. 원래 1주일 전에 신청하는 거니까, 다음주도 신청할 거면 오늘 장사 끝나신 다음 저희 아파트 부녀회 번호로 연락주세요."

소장이 명함을 건네주었다.

〈노랑새 아파트 부녀회장 강미옥〉이라고 적힌 명함.

성재는 궁금증이 생겨 소장님께 되물었다.

"부녀회요?"

"네. 장사 처음이신가 보네요? 알뜰 장터는 대부분 아파트 부녀회에서 관리해요. 거기 부녀회장님 연락처 여기 있으니까, 다음부터 장사하고 싶으면, 여기로 먼저 연락주시면 될 거예요."

"예. 감사합니다."

성재가 명함을 주머니에 넣으려 할 때, 그의 앞에 또 다른 메시지가 떠올랐다.

> ⚙ ✓ ✗
> Keyword 부녀회장을 알게 되었습니다

'뭐지? 부녀회장은 어떤 의미가 있는 거지?'

성재는 계속 궁금해하며 푸드트럭으로 돌아왔다.

그동안 그의 아버지인 강일용은 아들의 행동 하나하나를 지켜보고 있었다.

푸드트럭 케이지를 연 성재가 불판 가스를 열고, 철판을 달구는 것을 보며, 아버지는 고개를 끄덕였다.

말이 필요 없었다.

아들의 행동을 지켜보고, 점차 자신만의 편견을 깨는 아버지.

지금의 아들은? 그 어느 때보다 든든하다.

성재는 호칭을 〈신뢰받는 부하〉에서 병영생활 상담관과의 면담에서 얻은 〈감동적인 인생스토리〉를 장착했다. 그러자 성재의 주변에 항상 머물던 푸르스름한 오오라가, 반짝이는 분홍 빛깔 오오라로 바뀌었다.

> ⚙ ✓ ✗
> 〈감동적인 인생스토리〉 호칭을 장착하였습니다
> 40대 여성에게 깊은 연민의 감정을 불러일으킵니다
> 호칭은 24시간에 한 번만 변경이 가능합니다

호칭을 바꾸고, 1분도 채 되지 않았다.

지나가던 40대 주부가 무심코 지나가다, 성재를 본 후, 자신도 모르게 시선이 고정되었다.

그녀의 시야에 포착된 것은? 스포츠머리를 한 아직 애틋한 청년.

그리고 '아빠 스테이크'라고 쓰여있는 간판.

주부는 자신도 모르게 청년에게 말을 걸었다.

"아빠 스테이크가 뭐에요?"

주부의 질문에 성재는 활짝 미소를 지으며 입을 열었다.

"저희 아빠와 함께 만든 스테이크에요."

"그래요? 뭔가 특별한 의미가 있는 줄 알았어요."

아들이 스테이크를 굽기 시작하고, 그 모습을 뒤쪽 좁은 공간에서 유심히 지켜보는 중년 남성.

'아빠와 아들이 장사하는 거였네.'

깔끔해 보이는 셔츠를 같은 스트라이프 모양에 다른 색깔로 맞춰 입은 그 둘은 분명 가족이 틀림없었다.

중년 남성은 자신과 같은 나이 또래로 보였다. 짙은 주름, 불편해 보이는 동작.

밝은 얼굴로 손님을 맞이하는 청년을 향해 자신도 모르게 또 한 번 말을 건네고 말았다.

"부자 관계인가 봐요. 엄마는 왜 같이 안 나오고?"

그러자 아들로 보이는 청년이 담담한 표정을 지으며 주부를 향해 입을 열었다.

"하늘에서 응원하고 계시겠죠. 항상 그러셨으니까요."

청년의 대답에 갑자기 주부의 말문이 턱 막혔다.

'…미안해라… 하긴 푸드트럭 장사하는 사람들은 대부분 힘든 사람이잖아…. 요 입이 또 주책이네.'

그냥 내뱉은 말투였는데, 40대 주부의 가슴이 먹먹해졌다.

그러나 그런 주부의 말에 전혀 개의치 않는다는 듯 자신의 일에 집중하는 사내.

이쑤시개에 꽂힌 스테이크 조각을 건네는 그의 동작과 함께, 청년의 친절한 목소리가 주부에게 전해졌다.

"이거 드셔 보실래요? 방금 한 거라 맛있을 거예요."

스포츠머리를 한 청년이 자신에게 닥친 삶을 긍정적으로 마주한다.

아버지와 함께, 이른 시간부터 나와 열심히 살아가는 모습이 기특했다.

그녀는 그런 청년의 후광에 스테이크 조각을 거부하지 못하고 입안에 넣었다.

그리고 3초 후.

씨익! 입가에 미소가 깃들었다.

'육즙 때문에 깜짝 놀랐어.'

그러나 그게 끝이 아니었다. 청년은 소스통에 담긴 특제소스를 뿌리며 입을 열었다.

"이번에 새로 개발한 레몬향 배과즙 토마토 소스거든요. 이것도 가미하면 더 맛있을 거에요. 뿌려드릴까요?"

처음 듣는 소스였다. 토마토 소스에 배과즙? 거기에 레몬향?

'먹어볼까?'

고민은 오래가지 않았다.

"그래요."

스테이크 위에 뿌려지는 소스.

앞다리살이라서 다소 뻑뻑할 수 있는 식감, 하지만 케첩의 원재료인 토마토가 그 맛을 감추고, 배과즙의 시원한 과일향이 입안에 맴돌았다. 그리고 아삭!

'우와…레몬향이 끝까지 남아있네?'

성재는 주부의 반응을 보며, 고개를 끄덕였다.

'먹혔어. 역시 스테이크는 고기도 중요하지만 더 중요한 것은 소스야. 소스였어!'

성재가 그렇게 생각한 이유는 다름 아닌 자신이 만든 요리의 등급 때문이었다.

| recipe | 전지(앞다리살)로 강성재가 만든 스테이크 ★★★ | ✖ |

항정살을 떼어낸 앞다리살로 구운 전지 스테이크, 두툼하고, 치밀한 조직이지만, 힘줄을 미리 잘라내고, 적절한 조리시간과 조리방법을 적용해 최고의 맛을 살렸다

자신이 만든 요리는 김성수 사장과 마찬가지로 3성 등급이었다.

하지만 특제 소스를 사용한 등급은 차원이 달랐다.

| recipe | 특제소스를 첨가한 전지(앞다리살)로 만든 스테이크 ★★★★ | ✖ |

기본 3등급 스테이크에 특제소스를 첨가해, 입안에 재미를 살렸다. 먹는 사람에게 특별한 느낌을 각인시킬 수 있다

성재가 그다음 해야 될 일은 별것 없었다. 기다리는 것뿐.

역시나? 성재의 예상대로다.

"4인분 포장해 주실래요?"

"네. 감사합니다. 4인분에 20,000원입니다."

"네. 잘 먹을게요. 아버지, 아들 사이가 참 보기가 좋네요. 열심히 장사하세요."

주부의 말에 뒤에 있던 강일용이 머쓱한지 고개를 숙였다.

그 후에도 아파트에 거주하는 주부층 고객들은 계속해서 찾아왔다.

결과는? 대 성공!

성공의 요인은 크게 3가지였다.

첫 번째, 가격을 확 낮춘 것.

두 번째, 깔끔한 인상.
목욕재계를 하고, 유니폼을 갈아입어 자칫 지저분할 수 있다는 푸드트럭에 대한 편견을 없애려 노력했던 것.

세 번째, 특제 소스의 개발.
등심보다 전지 부위가 좋다고는 절대 말할 수 없었다. 고기의 질이 떨어진 만큼 그것을 보충해줄 무언가가 필요하다. 그게 바로 소스.
식재료의 가격을 획기적으로 낮추고, 그것을 커버하기 위해 만든 소스가 효과를 보이자, 판매량이 수직상승하기 시작했다.

물론 성재가 가지고 있는〈감동적인 인생스토리〉호칭도 한몫한 것도 있었고.
"매주 오시나요? 처음 오신 것 같아서요."
강일용은 아들의 시선에 손님인 주부를 쳐다보며, 입을 열었다.
"다음 주부터 매주 토요일마다 올 예정입니다."
"잘됐네요. 정말 맛있어요. 매주 뵈었으면 좋겠어요."
그녀가 떠나자, 강일용의 경직되었던 얼굴이 풀리기 시작한다.
'그래요. 아버지, 바로 그 표정이에요. 그 얼굴이에요.'
성재의 아버지에게 처음 생긴 단골손님.
그리고 이어지는 좋은 소식!
"아빠, 고기가 다 팔렸어요. 장사 접어야 될 것 같은데요."
"그래? 벌써?"
"네. 오늘 50인분 준비했었거든요. 아쉽네요. 첫 장사라서 수요예측을 못했나 봐요."
성재의 말에 강일용은 당황했다.
그때, 처음 아빠 스테이크 4인분을 사 갔던 주부가 성재의 푸드트럭에 다시 찾아왔다.
"벌써 장사 접어요?"
"네. 죄송해요. 다 팔려버렸어요."
"아이~ 벌써 가면 어떻게 해. 우리 아이들이 너무 맛있다고 또 사오라는데… 내일은 어디서 장사해요?"

"음… 아직 안 정해져서요. 후후, 잠시만요~."

성재는 메모장에 인터넷 주소를 적더니 그 아주머니에게 건넸다.

"저희 푸드트럭 SNS 주소에요. 내일부터 파는 장소 여기다가 실시간으로 올릴게요. 1주일마다 노랑새 아파트 장 열릴 때마다도 올 거고요."

"고마워요. 아이들이 성화를 부려서~ 그런데 스테이크 정말 맛있네요. 가격도 싸고요."

"후후, 그렇죠?"

성재는 다시 한번 고개를 숙이며 노랑새 아파트 첫 손님이었던 주부에게 인사를 건넸다. 그러자 옆에 있던 아버지 강일용도 따라 고개를 숙였다.

"그럼 내일 뵈요~."

"네. 감사합니다."

성재의 말과

"열심히 하겠습니다. 감사합니다."

말문이 막혔던 강일용의 입에서도 드디어 용기가 담긴 말이 흘러나왔다.

강일용의 K사 스토리 SNS계정에는 푸드트럭의 장사 위치가 적혀있었다.

월요일 오전, 오후 : 충남대학교 후문 궁동 먹자골목

화요일 오전, 오후 : 목원대학교 입구

수요일 오전, 오후 : 노은동 한화꿈에그린 아파트 수요알뜰장터

목요일 오전, 오후 : 대전 동물원 매표소 앞

금요일 오전, 오후 : 한남대학교 후문 인근 맥도날드 앞

토요일 오전, 오후 : 갑천 호수공원, 노랑새아파트 토요알뜰장터

※ 일요일은 쉽니다. 가족과 만나는 소중한 날이라서, 이해해주시기 바랍니다.

댓글 (66)

[유니엄마] 스테이크 정말 맛나요~ 강력 추천

[호순맘] 꿀맛, 소스가 정말 지대로에요.

[노은동자연맘] 가성비 정말 좋고요. 사장님하고 아드님이 정말 친절하더라구요.
　　　　　　　　인증 사진 올립니다.

　　　　　　　．
　　　　　　．
　　　　　．

[식신머신] 정말 맛있습니다. 강추합니다. ㅇㅈ? ㅇ. ㅇㅈ.

[ㅇㅅㅇ] 진짜 맛있어요.

[ㅁㅁ] 아이들이 정말 좋아하네요. 한남대 앞까지 갔었는데, 이미 다 팔렸대요. 일찍 나오시는 게 좋을 거 같아요.

　　　ㄴRE : [도미연] 정말요? 한번 찾아가 봐야겠네요.

[애견사랑1] 제가 키우는 미미가 저 집 스테이크 먹고, 다른 고기를 안 먹어요. 사장님, 장사 접으면 안 돼요. ㅠㅠ 평생 고객 할게요.

042

엄마, 저 꿈이 생겼어요

휴가 10일 차, 일요일.
아버지와 아들은 푸드트럭을 타고 어느 시골 마을을 향하고 있었다.
대전 유성구를 지나면 보이는 대전 국립 현충원.
그로부터 이어지는 충청남도 공주로 진입하는 32번 국도.
대전과 충남 공주시의 경계에 도착하니, 국립공원 계룡산의 절경이 펼쳐졌다.
'진짜 장관이다.'

이곳을 지나면 항상 마음이 짠했다.
부자는 아무 말 없이 경치를 즐기며, 목적지를 향했다.
그로부터 30분.
아버지가 향한 곳은 충남 공주시 월미동에 위치한 연미산이었다. 그곳의 7부 능선 즈음에 어머니가 잠들어 계신다.
막걸리 한잔과 푸드트럭에서 만들었던 스테이크, 그리고 간단하게 철판에서 만든 부침개 한 접시를 올려놓은 강일용이 아들에게 말했다.
"절해라."
"예."

성재는 두 손을 모아, 어머니의 산소에서 두 번 절을 하곤, 아버지를 쳐다보았다. 아버지는 막걸리를 어머니 산소 주변에 뿌리며, 혼잣말을 내뱉었다.
"행복하게 살고 있는 거지?"
성재는 아무 말도 하지 못했다.
"……."
그러나 아버지는 말을 이어갔다.
"당신 부끄럽지 않게 열심히 살고 있어. 아참, 성재가 벌써 군대에서 휴가 나왔네. 성재야 엄마한테 왔다고 인사드려라."
아버지의 권유에 성재가 쭈뼛거렸다. 괜히 어색했다.
그런 성재의 마음을 눈치챘을까.
아버지는 담배 하나를 물더니, 자리를 비켜주었다.
잠시 묘를 지켜보던 성재.
"엄마, 저 왔어요."
성재는 말없이 묘에 덮인 잔디를 가만히 어루만졌다.
'그곳에선 건강하시죠? 전 잘 지내고 있어요.'
속으로 엄마에게 마음을 전하는 성재.
'엄마 저 꿈이 생겼어요. 엄마처럼 저도 요리사가 될 거에요. 최고의 요리사가 돼서, 반드시 성공해서, 엄마 대신 아빠랑 동생 제가 챙길게요. 그러니까 하늘에서 지켜봐 주세요.'
말없이 묘를 지켜만 보는 성재가 마음 정리를 끝내고 몸을 돌리자, 뒤에서 지켜보던 강일용은 울컥하며 고개를 돌렸다.
쓸쓸한 아버지의 뒷모습. 성재는 가슴이 먹먹해졌다.
'아버지, 제가 반드시 호강시켜드릴게요. 오래오래 사셔야 해요.'

"아빠, 아직 오후 3시에요. 어디 가시려고요?"
"무령왕릉 보러 간다."
성재는 아버지의 말에 입을 다물었다.
무령왕릉. 백제의 두 번째 수도 웅진이었던 곳이다. 국가문화재이자, 세계문화유산 중 하나이기도 한 이곳은 전 국민이 찾아오는 유명한 관광지.

그리고 23년 전, 아버지와 어머니가 처음 사귀자고 고백한 장소였기도 했다.
'순애보 사랑, 정말 대단해서.'

아버지는 무령왕릉 입구 앞에서 사진 하나를 꺼내, 흐뭇한 미소로 바라보더니, 아들을 향해 손짓했다.
"아들 이리 와봐!"
"예."
그리곤 지나가는 사람 한 명을 붙잡더니, 자신의 휴대폰을 건넸다.
"저기요. 사진 한 번만 찍어주실 수 있으십니까?"
"예. 여기서 찍어드리면 되나요?"
"네. 감사합니다."
지나가던 관광객이 아버지의 휴대폰을 들더니, 숫자를 센다.
"하나, 둘, 셋! 다 됐습니다."
"감사합니다."
"감사는 뭘, 아들분하고 꼭 닮으셨네요."
성재는 아버지가 계속 품에 안고 있던 사진이 무엇인지 바라보았다.
세 장의 사진.
한 장은 두 부부가 5살 시절의 자신을 안고 찍은 사진.
다른 한 장은 자신이 초등학교 4학년 때, 부모님의 왼손과 오른손을 각각 잡고 찍은 사진.
마지막 한 장은 장발이었던 아버지와 파마머리였던 어머니가 젊은 시절 찍었던 사진.
'그랬었구나. 엄마와 아빠의 추억이 담긴 장소였어. 그래서….'

성재는 추억에 잠긴 아버지에게 특별한 경험을 선사하고 싶어졌다.
"아빠!"
"왜?"
"여기서 오늘 장사해보는 게 어때요?"
"그럴까?"

무령왕릉 앞 주차장, 관리사무소 직원은 고개를 저으며 성재 일행에게 말했다.

"이곳은 안 되시고요. 밑으로 내려가시면 한옥 마을이라고 있어요. 거기에서는 가능하니까, 그쪽 가서 하세요."

"예. 감사합니다."

차를 이끌고 500m 즈음 갔을까?

고대 백제왕들의 무덤 밑으로 자리 잡은 수십 채의 한옥들. 그 앞에는?

전통행사를 통해 과거 백제인들의 삶을 체험하는 수백 명의 관광객들이 있었다.

"시작할게요."

"그래."

푸드트럭들이 몰려 있는 휴게소 앞에 자리 잡은 성재와 강일용이 장사를 시작했다.

장사 시작과 함께, 몰려드는 관광객들.

그들은 가격이 비싸든, 비싸지 않든 크게 개의치 않았다.

성재는 아버지의 조리를 지켜보며, 계산대에 앉아있었다.

"자기야~ 먹어봐. 맛있다."

"괜찮은 거 같은데, 몇 개 싸 갈까?"

"아니야. 식으면 맛없어. 2인분만 먹고 말자."

"응~ 꿀맛!"

반응은 나쁘지 않았다. 스테이크에 특제소스까지 뿌리면 등급이 ★만큼 상승했으니.

"아들! 놀다 와. 구경 좀 하고."

"…아빠 두고 어딜 가요."

"괜찮아. 어차피 다 혼자 할 수 있어. 너 이제 휴가 복귀하면, 나 혼자 해야 되는데, 우리 아들한테 아빠가 너무 의지한 것 같다."

아버지가 변하셨다. 자신감을 찾으신 게 틀림없었다.

"알겠어요. 한 시간만 바람 쐬고 올게요."

보세 츄리닝에 브랜드 없는 잠바를 걸쳐 입은 성재가 푸드트럭 밖으로 나왔다.
그리곤 주변을 둘러보았다.
늘어져 있는 기와 담장과 과거 양반들이 살았을 것 같은 기와집. 그 안에서 고기를 구워 먹거나, TV를 보며 하루 쉬러 온 사람들의 모습이 그대로 보였다.
'전통 가옥 형태만 유지하고, 숙박용으로 사용하는구나.'
기와 담장을 따라 걸어가다 보니, 커다란 광장이 보였다.
제기를 차는 사람들과 커다란 윷을 던지는 사람들, 그리고 자치기는 물론 연날리기까지.
성재는 행복해하는 관광객들을 보며, 씁쓸한 미소를 지었다.
'다들 행복하게 사는구나? 나한테도 저런 날이 언젠가는 오겠지?'
그때, 성재의 앞으로 무언가가 재빠르게 지나갔다.

퍼드드드득!
"아오, 깜짝이야."
성재를 놀래킨 정체는 바로 그네였다.
바람과 부딪치며 펄럭이는 소리를 내는 화려한 한복 치마.
한 여성이 한복의 자태를 뽐내며 더 높은 곳까지 오르기 위해 온 힘을 다해 그네를 구르고 있었다.
'위험하잖아. 그네가 얼마나 위험한데….'
성재는 한쪽으로 물러서며, 그 여성의 그네타기를 지켜보았다.
"민아야! 조금 더! 조금 더! 쬠만 더 올라가면 네가 1등이야!"
그녀를 응원하는 한복 입은 여성들과
"포기해! 우우우~ 그만해라!"
포기를 종용하는 또 다른 한복 입은 여성 무리들.
민아라 불린 여성은 위험함을 무릅쓰고 안간힘을 썼고, 결국 최대 높이까지 올랐다.
"이겼다!"
그녀가 소리를 지른 그 순간,
'턱' 하는 소리와 함께 그녀가 밟고 있던 그네의 목제발판이 뚝 떨어졌다.

그와 동시에 다리로 지탱하던 하중이 그녀의 양손에 쏠렸고, 관성을 이기지 못한 그녀는 동아줄을 놓쳐버리며 앞으로 날아가기 시작했다.

"꺄아아악-!"
여성이 날라가는 방향에 서 있던 성재.
'저러다 다치지… 어… 어, 어? 으악!'
찰나의 순간, 성재는 곧바로 자신의 스킬을 떠올렸다.
'요리사의 신체 개방.'
순간적으로 발휘된 엄청난 집중력.
성재는 팔을 뻗었다. 원심력이 실려 무시무시한 속도로 떨어지는 여성을 감싸 안고 힘겹게 받아들였다.

"웃차!"
충격으로 잠시 균형을 잃어서 자칫 엉덩방아를 찧을 뻔했지만, 뒤로 주르륵 밀려나며 여력을 해소한 성재. 성인 여성의 체중에 원심력까지 실려서 큰 사고로 이어질 수 있는 위험한 순간이었다.
'죽을 뻔했다… 근데 좀 무겁네.'
멈춰서 가만히 한복 여인을 안고 있던 성재는 무심코 군대에서 나르던 쌀포대보다 무겁다고 생각했다.
그래도 성재는 내색하지 않고 담담한 표정으로 물었다.
"괜찮습니까?"
"…아…."
그러나 여성은 충격에 빠졌는지 아무 말도 못 하고 울먹였다.
'정신도 못 차리는군.'
성재는 그녀를 바닥에 내려놓고는, 손바닥을 털었다. 그녀는 여전히 멍한 채였다.
"……."

짝짝짝짝!
"와 대박이다. 저거 받아내는 거 봤어?"

"응, 쩐다."

"아저씨 겁나 멋있어요!"

그네타기를 구경하던 관객들의 박수 소리가 울려 퍼졌다.

쑥스러워서 얼굴이 화끈거리는 성재 주변으로 그녀의 친구로 보이는 여성들이 몰려왔다. 하지만 목적은 성재가 아니었다.

"민아야, 괜찮아? 다친 데 없어?"

"간 떨어지는 줄 알았어. 진짜 놀랐겠다. 괜찮아?"

"큰일 날 뻔 했어. 어후…."

잠시 뻘쭘히 서 있던 성재는 주변 친구들이 그 여대생 주변으로 몰려들어 그녀를 걱정해주자, 미련 없이 고개를 돌렸다.

'고맙다는 인사도 없네. 뭐 아무도 안 다쳤으면 그걸로 됐지 뭐.'

그는 담담하게 고개를 돌리며 속으로 외쳤다.

'요리사의 신체 해제.'

전신에 들어가 있던 힘이 풀리자 적응이 안 되어 잠시 휘청거린 성재.

그리곤 아무 일 없다는 듯 손을 훌훌 털며, 자신의 푸드트럭으로 돌아갔다.

'휴가 복귀 전날 일진이 사나운데?'

잠시 후. 정신을 차린 민아는 자신을 구해준 남자를 찾았다.

"그 사람 어디 갔어?"

"누구?"

"나 구해준 남자 말야."

"어, 그러게? 어디 갔지?"

어리둥절해 하는 친구들. 민아는 미안해졌다.

'…미안하네. 어떻게든 감사의 인사를 했어야 됐는데, 내가 너무 무례했어.'

하지만 그 남자는 자취를 감추어버렸다.

"…어떻게 해… 그 사람 나 때문에 다쳤을지도 몰라."

"아니야. 민아야. 그 남자 멀쩡했을 거야. 다쳤으면 말했겠지."

"그 남자 비틀거리면서 갔단 말이야. 내 눈으로 똑똑히 봤어. 봤단 말이야! 흐흑!"

민아가 목격한 건 스킬 해제로 휘청거린 성재의 모습이었다. 그런 줄도 모르고 민아는 자신을 구해준 그 남자에 대한 생각과 미안함으로 가득해졌다.
"그럼 민아야, 내가 같이 찾아줄게. 아까 그 남자 저쪽 방향으로 가더라구. 우리 같이 찾아서 고맙다고 제대로 말하자."
"응."

"아들, 많이 피곤하니?"
"예. 날씨 추운 데 있었더니, 몸살이 왔나 봐요. 좀 쉬고 있을게요."
"후후후, 장사 다 끝났다. 다 팔았어."
"대박! 벌써요?"
"그래. 관광객들이 많아서 장사 엄청 잘되더라. 이제 어서 집으로 가자. 아빠가 맛있는 거 해줄게."
푸드트럭 장사를 접고, 주차장으로 나가는 부자. 그때 그녀의 친구 유은정이 강성재의 존재를 발견했다.
"민아야 찾았다. 저기야, 저기!"
"어디? 어디?"
"저쪽 푸드트럭 조수석에 타고 있어!"
"정말이야?"
"응! 어떻게 해! 떠나려나 봐!"
은정이의 말에 정민아는 온 힘을 다해 달리며, 손을 흔들었다.
"잠깐만요! 잠깐만! 잠깐만요!"
하지만 소란스러운 관광지에서 여성의 부름이 차 안까지 들릴 리 없었고, 무심하게도 푸드트럭은 정민아의 시야에서 사라지고 말았다.
끝자락에서 사라지는 푸드트럭을 보며, 그녀는 결국 주저앉았다. 그런 민아를 뒤따라 뛰어온 유은정이 입을 열었다.
"어떻게 해… 번호판은 봤어?"
"아니… 못 봤어. 그래도…."
"그래도?"
"아빠… 스테이크… 아빠 스테이크라고 적혀 있었어."

043
진급을 명받았습니다! 이에 신고합니다

휴가 복귀 당일까지 성재는 아버지의 일을 도왔다.
할머니 집에 내려갈 수도 있었지만, 그렇게 하지 못했다.
이제 막 적자를 벗어나, 돈을 벌기 시작하는 아버지의 푸드트럭을 지원하는 게 더 우선이었기 때문이었다.
그때 울리는 전화벨. 할머니 집으로부터 걸려온 전화였다.

"여보세요?"
- 성재니?
"예. 할머니, 건강하시죠?"
- 그래. 이 할미야~ 잘 있지. 휴가는 잘 보냈고?
"예. 죄송해요. 할머니, 내려갔어야 했는데… 시간을 못 냈어요."
- 아니다. 너그 아범 전화 좀 바꿔줄래? 요놈 자식, 전화를 안 받으니….
"예. 바로 바꿔드릴게요."
성재는 할머니의 말에 전화기를 아버지에게 돌렸다.
"예. 어머니."
그리고 이어지는 할머니와 아버지의 통화.

수화기 너머의 내용이 성재에겐 들리지 않고, 강일용의 말만 귓가에 메아리쳤다.
- ······.
"아니에요. 저 이제 돈 잘 벌어요. 어머니, 부담 갖지 마세요. 저야말로 죄송하죠."
- ······.

그러나 대충 무슨 내용인지 짐작이 간다.
'아버지가 할머니께 돈을 부치신 거겠지.'
성재는 자신의 수중에 돈 한 푼 들어오지 않았지만, 아버지를 원망하진 않았다. 다 가족을 위해서란 것을 알고 있었으니까.
아버지는 할머니와 통화를 끝냈는지, 성재에게 휴대폰을 넘겼다.
"민지다. 널 찾네."
"아… 네."
휴대폰 너머 들리는 어린아이의 목소리.
- 오빵? 오빠야?
"응. 오빠야."
- 미워, 오빠 미워! 약속 안 지키고 미워.
"미안해. 민지야. 다음 휴가 때는 꼭 민지 보러 갈게."
- 알았어. 그럼 몇 밤 자고 올 거야?
"음… 100밤?"
- 100밤 너무 길어. 30! 30밤만 자고 와.
"30밤은 힘들고 60밤."
- 우우우우웅, 알았어. 오빠 60밤 자면 꼭 민지 보러 오는 거야.
"그래. 오빠가 민지하고 한 약속 꼭 지킬게."
- 웅! 그리고 오빠!
"응."
- 나 유치원 선생님한테 그림 잘 그린다고 칭찬받았다!
"유…치원?"
성재는 동생 민지의 말에 울컥했다. 아버지가 자신한테 돈을 주기 전에 가장 먼저 한 게 바로 민지 유치원 활동비 납부였던 것이다.

'유치원에 다시 다니게 됐구나. 정말 다행이다. 아빠, 정말 잘하셨어요.'
성재는 휴가 나와서 자신이 한 행동이 의미가 되었다는 사실에 가슴이 벅찼다.
- 응. 그리구 민지 소원이 뭔지 그림으로 그리라고 해서 오빠하고 아빠하고 같이 사는 그림 그렸더니, 선생님이 칭찬해줬어.
말문이 막힌 성재.
'미안하다. 민지야. 민지야. 그 소원 내가 꼭 이뤄줄게.'
더 이상 아무 말도 하지 못한다. 그의 대답 없는 통화 사이로, 6살 강민지의 이야기가 전해진다.
- 오빠아~ 선생님이 소원을 빌면 반드시 이루어진대. 오빠도 같은 소원 빌어줘야 돼. 알았쩡?
"응… 알았어. 대신 민지도 선생님 말 잘 들어야 한다."
- 응!

민지와의 통화가 끝나고 잠시 후.
성재는 군복을 갖춰 입고 부대로 복귀할 준비를 마쳤다.
"아빠, 저 이제 올라가요."
"엊그제 온 거 같은데 벌써 가니… 그래. 잠깐만."
강일용은 자신의 주머니에서 5만 원권 2장을 꼬깃꼬깃 꺼냈다.
신사임당이 선명한 지폐를 보며, 성재는 고개를 저었다.
"괜찮아요. 아빠, 군인이라 어차피 돈 쓸데도 없어요. 넣어두세요."
"아들…."
"일단 돈 많이 버셔서 집도 이사 가시고, 따뜻한 곳에서 주무세요. 집이 너무 오래 되서 단열도 안 되고 너무 추워요. 그다음 민지도 다시 데려오시고요."
"…미안하구나."
"그런 말도 하지 마시고요. 이제 정말 가야겠어요. 복귀시간 늦겠어요."
"그래. 편지라도 보내줄까?"
"아니요. 괜찮아요. 핸드폰으로 자주 연락드릴게요."
푸드트럭을 타고 온 성재는 대전동부복합터미널에 내려 마지막 작별인사를 건넸다.

입구에서부터 자갈길을 걸어, 성재는 드디어 소초에 도착했다.

"왔냐?"

"충성! 그렇습니다. 잘 다녀왔습니다."

"그래. 후후후, 그럼 됐어! 들어가자."

성재를 기분 좋게 맞이해주는 사람, 윤동현 병장이 씩 웃으며 후임병을 반겼다.

"예. 알겠습니다!"

주둔지에 진입하였습니다
직업 보너스가 활성화되었습니다

휴가 복귀 후, 군기가 단단히 든 이등병은 여전히 아침식사를 준비하고 있었다.

'조리기구가 새 거네. 좋다.'

말단제대 현대화 시설 보급이라는 사업 때문인지, 취사장 내부의 조리기구가 전부 새 걸로 바뀐 상태였다.

좋은 장비를 갖췄으니 이제 사용할 차례.

성재는 커다란 밥솥을 들어 묵은 쌀을 씻고, 식초를 넣어 냄새를 제거한 후, 자동 취반기에 넣어 40인분의 밥을 지었다. 대부분의 취사병들은 자동 취사로 밥을 지었지만, 성재는 달랐다.

수동 취사를 눌러, 최적의 밥 상태를 이끌어내는 것.

'일단, 표준 조리 버튼을 누른 후에, 조리가 끝나고, 1분 정도 더 가열하면 최적의 밥맛을 이끌어낼 수 있지.'

사람 크기보다 더 큰 자동 취반기에 33L짜리 밥솥을 넣고 기다리면?

recipe | 강성재가 묵은쌀로 지은 밥 ★★★

강력한 오븐 직화식 가열 구조에서 짧은 시간에 밥을 익히기 때문에, 더욱더 맛있어진 밥

압력밥솥과 전기밥솥의 차이랄까?

그다음은 회전식 국솥이었다. 과거에 쓰던 건 아직 반납하지 못한 채, 취사장 밖에 덩그러니 놓인 상태.

'처음에는 몰랐는데, 공을 들여 길들인 것이 표가 나.'

처음 주물식 회전식 국솥이 들어오면, 길을 들여야 한다. 그렇지 않으면 요리가 들러붙고 녹도 슨다.

하지만 이번에 들어온 제품은 주물식이 아닌 스테인리스 재질이다. 국솥에 수도관이 연결되어 일일이 물을 떠 올 필요도 없고, 자동 점화 방식이어서 아주 편리했다.

오늘의 아침은 미역국.

성재는 말린 미역 50g 봉투 두 개를 미리 담아놓은 물에 투하했다.

그러자 미역이 물을 머금고 부풀어 오르기 시작한다.

부피는 10배 이상 증가하겠지.

성재는 미역이 부푸는 동안 다른 재료를 준비했다.

참기름, 국간장, 소금과 다진 마늘.

모든 재료를 척척 준비한 이등병은 다시 물에 불린 미역으로 향했다.

불린 미역을 가위질해서 먹기 좋은 크기로 잘라낸 후, 스테인리스 국솥에 집어넣었다.

그다음은?

미역 위에 참기름을 적시고, 스텐 국솥에서 미역을 일단 볶아준다.

그러자 미역과 참기름이 만나 고소한 냄새를 퍼트리는 동시에, 미역 고유의 진한 녹색이 연해지기 시작했다.

'다음은 간장이지?'

성재는 잠시 고민하다, 홀로그램 녀석을 흘겨보았다.

'역시 예상하고 다르지 않아.'

성재는 지금 홀로그램보다 15초 정도 조리를 일찍 하고 있었다. 성재의 동작에 맞추어 홀로그램이 따라 하는 형상. 잠시 조리순서가 헷갈렸지만, 홀로그램 녀석이 성재의 생각이 맞다는 걸 다시 한번 증명해줬다.

이윽고 간장이 졸아들며 미역 특유의 비린 맛이 날아가고, 쫀득하면서 질긴 식감이 장점으로 거듭나기 시작했다.

그때, 윤동현 병장이 다가오며 성재에게 물었다.

"잘 돼 가냐?"

"예. 그렇습니다."

"잠깐 맛 좀 보자."

선임병은 커다란 국자로 볶은 미역을 건진 후, 입에 갖다 대며, 간을 보았다.

'녀석, 못하는 게 없다. 진짜….'

이제는 놀랍지도 않았다. 알맞은 간, 알맞은 양, 알맞은 조리 시간. 삼박자를 고루 갖춘 최적의 레시피를 그대로 실현하고 있다.

"윤동현 병장님~ 이제 하산 하셔도 될 것 같습니다."

박주현 상병이 윤동현에게 농담조로 말했다.

"정말 맛있습니다. 이제 진짜 전역하실 때가 된 것 같습니다."

"됐어. 그런다고 국방부 시계 빨리 안 돌아간다."

"크크큭, 그렇습니다."

그때, 성재를 찾아온 인사계원 김영민 상병, 그가 다급한 목소리로 말했다.

"강성재! 중대장실로! 빨리 안 와?"

"?!"

성재는 영문을 모른 채, 자신의 선임병을 쳐다보고, 윤동현이 김영민 앞에 나서며, 그 이유를 묻는다.

"뭔데? 갑자기?"

"아~ 윤동현 병장님, 오늘 성재 진급하는 날이지 않습니까?"

김영민의 말에 성재가 고개를 저으며 말했다.

"김영민 상병님? 저 진급하려면 한 달 더 남았습니다. 체력검정 3km 달리기 측정 못 해서, 조기 진급 못 했습니다."

성재의 말에 김영민이 답답한 듯 입을 열었다.

"야~ 너 군단장님 표창 안 받았어?!"

"받았습니다."
"그게 조기진급이야 인마! 빨리 전투복으로 갈아입어! 당장!"
김영민의 성화에, 성재가 조리복을 입은 채로, 생활관으로 뛰쳐나가고, 김영민도 따라 나갔다.
홀로 남은 윤동현은 자신의 남은 전역일을 세며, 미소를 지었다.
'이등병 쫌찌일 줄만 알았는데, 이제 일병이라니… 짜식!'

전투복으로 환복한 성재.
그에게 명령하듯 말하는 임상희 일병.
"이병 계급장 떼라."
본래 행정보급관과 인사계원이 진급식 준비를 하고, 중대장이 주관하지만 오늘은 좀 달랐다.
"김영민 상병님? 조상준 상병님? 병장 진급 축하드립니다."
통신병 임상희는 각자의 국방무늬 전투복 상의에 붙은 계급장을 회수하며, 입을 열었다.
그러자, 김영민이 자신의 임무를 대리수행하는 임상희를 향해 농담을 던졌다.
"그래. 이제 어떡하냐? 후임병이 진급 따라잡는 거 아니야?"
"맞아. 같은 일병이니까, 서로 친구 먹으면 되겠네."
김영민 상병의 농담에 임상희가 갑자기 표정을 굳힌 채, 진지한 얼굴을 했다.
"그건 아닌 것 같습니다."
그러자 김영민과 조상준이 서로 키득키득 웃으며 말했다.
"크크크크, 이 자식 봤냐? 진지 빨고, '아닌 것 같습니다', 대박!"
"에이~ 그만 좀 해. 배 아퍼 죽겠다."
성재는 선임병들의 농담을 뒤로하며, 속으로 미소를 지었다.
'나도 이제 일병이구나.'
한 개와 두 개의 차이. 시간이 지나면 알아서 진급된다고는 하지만 자신의 노력, 성과로 얻은 조기진급이었기에 성재의 감회는 더욱더 새로웠다.
얼마 안 있어, 흡연장에서 담배를 피우던 행정보급관이 들어오고, 군번이 가장 빠른 선임 김영민에게 물었다.

"연습 안 해도 잘하지?"
"그렇습니다."
"그럼 중댐한테 보고한다?"
"알겠습니다."

중대장실.
태극기와 직속상관 관등성명이 액자에 걸려있는 8평 내외의 방.
그 앞에 전투복을 입고, 차렷 자세로 보고받는 중대장과,
일렬로 나란히 서서 신고를 하는 병사들.
"신고합니다! 상병 김영민 외 3명은 2017년 12월 1일부로 각각 1계급씩 진급을 명받았습니다. 이에 신고합니다!"
중대장이 임상희 일병이 양손에 올린 계급장을 하나하나 전투복 상의에 부착시키며 이동한다.
"병장! 김영민!"
"병장! 조상준!"
그리고 중대본부에서 마지막 진급자!
"일병! 강성재!"
관등성명을 대는 병사와 그의 어깨를 토닥이며, 치하하는 지휘관. 그의 손에 들린 일병 계급장이 성재의 전투복에 제대로 부착되었다.
"그래. 강성재! 진급 축하한다!"
"감사합니다!"
조석호 대위는 얼타던 이등병 티를 벗고 당당하게 조기 진급한 강성재를 바라보며, 고개를 끄덕였다.
그리고 이어지는 포토타임!
"중대장님? 진급 신고 사진 촬영하셔야 합니다."
"그래?"
"예. 그렇습니다. 소초, 중대 활동사항 1주일에 하나씩 대대 홈페이지에 올리라고 정훈장교가 말했습니다."

"그래, 그럼 가자!"

강림소초, 1층 입구 앞.

중대장이 중앙에 서고, 이제 막 진급한 녀석들이 뒤따랐다.

행정보급관은 어색함을 뒤로하고, 중대장 옆에, 병력들은 뒤쪽에.

임상희는 카메라를 든 채, 모두 앞에서 입을 열었다.

"사진 촬영하겠습니다. 하나, 둘, 셋 하면 모두 파이팅 포즈와 함께! 탄띠~ 하고 외쳐주시면 감사하겠습니다."

"그럼 사진 촬영하겠습니다. 하나! 둘! 셋!!"

"탄~띠!"

찰칵! 찰칵!

그와 동시에 시스템창이 떠올랐다.

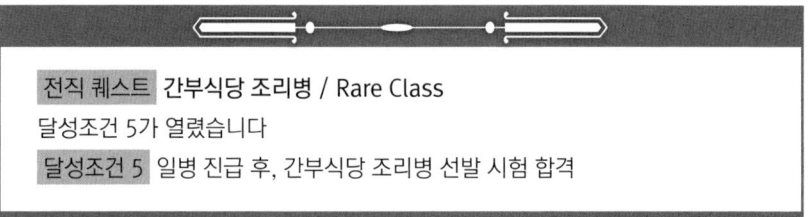

동시에 성재가 속마음으로 다음과 같이 말했다.

'달성조건 진행도 확인!'

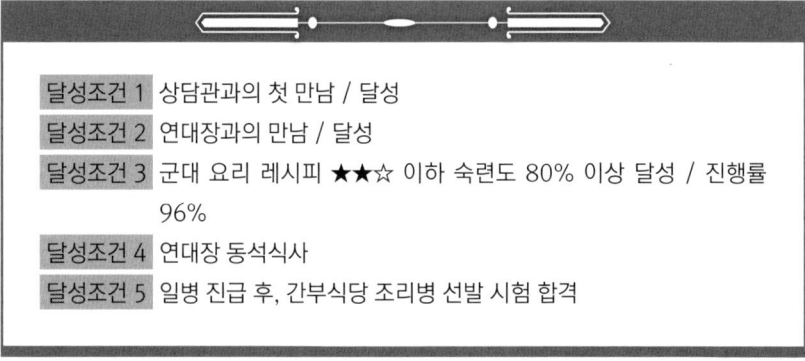

044

하얀 쓰레기?

야전상의에 방한외피를 입고, 전투화 대신 털 달린 방한화를, 방탄모 대신 방한모를 쓴다.
"오늘 복장은 E형이다. 다들 방한화로 교체해서 올 수 있도록!"
소초장의 명령에 일사불란하게 움직이는 병력들.
물론 취사병은 해당사항이 없다. 취사장에서 마무리를 하고 쉬던 성재가 선임병에게 물었다.
"윤동현 병장님 전역 얼마나 남으셨습니까?"
"40일 정도 남았지."
"아쉽습니다. 윤동현 병장님이 계셔서 얼마나 빨리 적응했는지 모르겠습니다."
성재의 말에 윤동현이 고개를 끄덕였다.
'사실은 나도 아쉬워. 너를 조금만 일찍 만났으면 나도 더 실력을 쌓았을 텐데….'
실제로 윤동현의 요리 수준은 성재 전입 이전과 이후로 나뉜다. 평균 2성급이었던 그의 요리는 이제 평균 3성으로 올라왔고, 소초원들도 윤동현의 요리를 최고라고 여겼다.
물론 강성재의 요리도 마찬가지.

저녁 식사를 마치고, 행정반에서 김영민 병장이 성재를 불렀다.
"충성! 일병 강성재, 행정반에 용무 있어 들어왔습니다."

그러자, TOD 조장이 씩 웃으며 성재를 바라보았다.
'뭐지? 조장님이 나하고 엮일 일이 없을 텐데….'
김성민은 전역 3개월 남은 말년 하사. 그는 성재에게 손짓하며 다가오라고 지시하더니, 그의 앞에 있는 상자를 가리키며 입을 열었다.
"네 택배 열어봐."
커다란 택배 상자. 딱 보기에도 라면 박스만 한 커다란 상자 안에 무엇이 들어있을지 상상이 가지 않았다.
"알겠습니다."
성재는 간부 앞에서 택배를 뜯기 위해 가위를 들었다.
본래 택배는 간부의 입회 한 후에 뜯게 되어 있다. 같은 자리에서 물품을 확인해서, 반입이 허락되지 않는 물품을 상호 확인하기 위해서였다.
조장은 잔뜩 부푼 기대감을 안고, 성재 앞에서 혼잣말 했다.
"어떤 보물이 들어있으려나?"
걸그룹 브로마이드? 19금 딱지가 붙은 잡지 스파키? 맨즈헬쓰?
그런데 성재가 뜯은 택배에는 뜬금없는 것들이 나왔다.
"호빵?!"

실망스러운 눈빛으로 바라보는 TOD 조장. 그러더니, 곧바로 자신의 기분을 드러냈다.
"아오~ 야! 식품계열 반입하면 된다고 했어? 안 된다고 했어? 어!"
"안 된다고 들었습니다."
"중댐이 말 안했냐? 잘 사는 병사하고 못 사는 병사가 있어. 잘 사는 병사가 소고기를 사 오면, 너희들이 와~ 하고 졸라 좋아하겠지?"
"…그럴 것 같습니다."
"그럼 못 사는 애도, 선임들한테, 동기들한테 잘 보이려면 소고기 사와야겠지?"
"…그렇습니다."
"그러면 당연히 잘 사는 애들하고, 못사는 애들하고 구분되잖아. 아니야?"
"맞습니다."
성재의 아버지가 자식을 걱정하며, 부대원들과 같이 먹으라며 보내준 호빵.
다소 억지스럽지만 부대에서 정한 규율. 자신이 어기면 모두가 지켜왔던 약속이 깨지게 된다.
다시 포장하다 안에 담긴 아버지의 편지가 보였다.
편지를 꺼내 들자, 조장이 단호한 말투로 말한다.
"그건 뭐야!"
"편지인 것 같습니다."
"열어봐."
"……."
성재가 울컥했다. 아버지의 편지를 강제 개봉하는 조장의 부조리. 하지만… 반항은 할 수 없었다.
편지 안에는 장문의 글이 적혀 있었다. 삐뚤빼뚤 글씨를 많이 써보지 않은 투. 기본적인 맞춤법도 틀려 읽기도 힘든 내용. 아버지가 보내주신 5만 원짜리 지폐 2장도 함께였다.
"야! 강성재!"
"일병 강성재?"
"이거 행보관님한테 맡기고, 통장에 입금해 준다. 대신 지시사항 불이행으로 벌점 2점 제출해."
상벌점제에서 벌점 2점, 큰 문제거리가 되지는 않는다. 벌점이 10점 쌓이면 외출, 외박이 통제고, 벌점 15점이 쌓이면 3개월간 포상 휴가가 통제된다.
상점 10점이 쌓이면 포상외출이 가능하고, 15점이 쌓이면 포상외박이 가능하지만 보통 그렇게 되진 않는다. 한 달마다 점수가 0점으로 초기화되기 때문. 하지만 막상 벌점을 받아보니, 기분이 썩 좋지는 않다.

그때, 구세주가 들어왔다.
"뭐야? 조장! 너 뭔데, 우리 성재한테 이래라저래라 소리를 질러? 어?"
'우리 성재? 언제는 관심 병사라면서 대놓고 욕할 땐 언제고….'
이중적인 행정보급관의 태도에 TOD 조장이 떫은 표정을 지은 채 대답했다.
"반입불가 물품 택배로 받아서 지도하고 있었습니다."
"야! 인마! 그게 지도냐? 갈구는 거지! 넌 얌마, 새X야! 군생활 하면서 실수해본 적 없어?"
"…있습니다."
"거봐. 너도 똑같잖아. 그리고 성재가 누구냐. 얜 이번에 군단장 표창받은 애잖아. 똑똑한 애라 적당히 알려주면 되는 걸 그렇게 고압적으로 가야 하나!"
자존심을 긁는 소리.
'행보관님도 지금 윽박지르면서….'
김성민은 짜증이 났지만, 계급적 상하관계가 명확한 이 조직에선 이 정도 사안 가지고 대들 수는 없다.
"죄송합니다. 주의하겠습니다."
TOD 조장이 슬그머니 자리에서 일어나더니, 고개를 숙이며 바깥으로 향했다.
그러나 그냥 나가지는 않았다. 터벅터벅 군화로 바닥을 찍으면서 간접적으로 불만을 표시한다.
그는 현관문을 지나자마자 참았던 욕을 내뱉었다.
"병X 같은 새끼."
한편, 행정반.
남아있던 행보관이 성재를 보며, 활짝 웃으며 어깨를 토닥여주었다.
"다음부터 애로사항 있으면 행보관한테 말해."
"알겠습니다."
"그래. 그리고 돈은 행보관이 내일 은행가면서 입금할 테니까 맡기고, 호빵은 일단 창고에 넣어둬. 나중에 어떻게 처리할지 행보관이 생각해 볼 테니까."
"감사합니다."
얼떨결에 행보관의 도움을 받은 성재는 어안이 벙벙했지만 좋게 생각하기로 했다.
'내 아군이 한 명이라도 더 있어서 다행이야.'
잠시 후, 생활관에 복귀한 성재는 아버지의 편지를 조심히 펼쳤다.

아들, 강원도는 많이 춥지 않니? 대전도 많이 추운데 걱정스럽구나. 네가 휴가 나온 기간 동안 가르쳐 준 인터넷 카페 덕분에 사람들도 많이 알게 되고, 많이 찾아오고도 한단다.

그리고 스마트폰으로 홍보하는 거, 그거 배우느라 얼마나 요즘 재미난지 몰라. 아, 그리고 다음에 휴가 나올 때는 집으로 오지 말고, 이곳 주소로 오거라. 일단 아빠가 30만 원짜리 단칸방으로 이사 갈 예정이거든. 올해까지는 돈 모아서, 임대아파트 신청할 거고, 아파트 얻으면 다시 할머니로부터 민지 데려올 거니까, 너무 걱정하지 말고….

아차차, 아빠가 맛있는 거 보내줄려고 했는데, 택배로 보내니까 조금 그렇더라. 그래서 호빵 100개 택배로 넣어서 보내니까, 군 선임들하고, 동기들, 후임들하고 맛있게 먹어. 그리고 돈도 넣었다. 시켜먹을 수 있으면 시켜먹고 그래.

우리 아들, 항상 건강하고, 몸조심해. 다음 휴가 때 보자.

자식들과 평생 함께하고 싶은 아빠, 강일용.

"……."
휴가 1주일 동안 하루 평균 25만 원 이상씩 매출을 올린 성재 가족.
성재는 아버지의 정성이 담긴 편지를 보며 담담한 표정으로 고개를 숙였다.
'아빠도 이걸로 겨울옷이라도 사 입으시지…. 감사히 쓸게요. 그리고 힘내세요. 저도 군 생활 열심히 하고, 요리 많이 배워갈게요.'
그때, 임상희 일병이 자신의 직속 후임병인 취사병 성재를 불렀다.
"강성재!"
"예. 임상희 일병님!"
"이발 안 하냐?"
"하겠습니다. 임상희 일병님이 해주십니까?"
"어. 빨리 와. 크큭, 준비 다 됐어."
"알겠습니다."
성재는 애써 눈물을 감춘 채, 편지를 관물함 가장 안쪽에 고이 접어 넣은 후, 활동복 차림으로 임상희 일병의 뒤를 따랐다.
이발실. 좁고 좁은 공간.
커다란 거울, 널브러져 있는 이발 기구, 어디서 주워온 10년도 더 되어 보이는 360도 돌아가는 빨간 미용실 의자. 그곳에서 이발 기구를 충전하고 있는 임상희가 씩 웃으며, 무언가를 내민다.

"서명해."

그건 바로 이발 명부.

임상희 일병이 이발병으로서 깎은 인원이 100명이 되는 순간, 포상 휴가가 나오는 마법의 서류였다. 그는 47번째인 강성재에게 사인을 받으며 씩 웃었다.

"서명 다 했으면 앉아."

"알겠습니다."

ON으로 버튼을 내리자 이발도구 특유의 소리가 전해진다.

지이이잉.

여기서 보통 한 번에 끝내진 않는다. 다시 OFF로 올렸다가 다시 ON으로 돌리는 임상희 일병. 그러자 아까와 같은 진동음이 계속해서 울려 퍼진다.

지이이이이이잉.

이발병들은 이발 전에 보통 저런 식으로 기구를 다룬다.

"몇 미리로 깎아줄까?"

"그냥 잘 다듬어주시면 안 됩니까?"

"후후, 6, 9, 12mm 중에 하나 선택해야 돼."

물론 임상희 일병이 장난치는 걸 성재는 알고 있었다. 그는 다른 선임들 앞에서는 항상 진지했지만, 유독 성재 앞에서는 장난과 농담을 쳤다.

그만큼 중대본부 내에서는 성재가 유일하게 농담을 할 수 있는 상대이기도 했고.

자칫하면 꼬일 군번이었던 임상희는 관심병사로 분류되어 중본에 계속 남게 된 성재가 잡일을 돕기 때문에 군 생활에 숨통이 트였다.

윤동현 병장이 전역하면, 분명 소대 본부로 소속이 변경될 것이다. 그래도 그전까지는 자신이 한 달 반 동안 데리고 있었던 첫 후임병이기에, 왠지 모르게 정이 갔다.

"뭐가 좋은 것인지 모르겠습니다. 임상희 일병님이 알아서 해줄 거라 믿습니다."

"그래."

이발기구의 움직임에 가뜩이나 짧은 머리카락이 우수수 바닥에 떨어진다.

숙련된 이발병이자 통신병인 임상희는 성재의 뒤통수를 고정시킨 채, 이발을 하면서도 대화를 이어갔다.

"12박 13일 어땠냐?"

"그냥 그저 그랬습니다."

"그저 그래? 넌 이미 전설이야. 인마!"

"전설? 전설 말입니까?"

"그래. 이등병 중에 누가 12박 13일을 나가냐? 이미 중대에 소문 싹 퍼졌다."

"이걸 좋아해야 될지 말아야 될지 모르겠습니다."

"왜? 휴가평등제 때문에?"

성재는 휴가평등제가 무엇인지 몰랐다. 자신은 생활이 힘든 가족 때문에 걱정이라 휴가를 자주 나가야 하는데 휴가평등제가 무엇일까? 이제 성재는 선임에게 물어볼 만큼 짬도 먹었다.

"휴가평등제가 뭡니까?"

"연예병사 놈들 때문에 국방부에서 포상 휴가 제한 걸었잖아. 육군은 18일이 최대일 걸?"

"그렇습니까?"

"그래. 넌 이미 중대장님 포상 1일, 군단장님 포상 7일 받았으니까, 이제 포상으로는 10일밖에 더 못 받아."

"…아쉽습니다."

"걱정하진 마. 경계보상이나 취사병 보상휴가는 그대로 나가니까~ 다 됐다. 눈 떠봐."

"예."

눈을 뜨고, 성재는 거울 앞 자신을 쳐다보았다. 훤칠한 외모에 빛나는 자연스러운 헤어스타일.

과하지도 않고, 덜하지도 않다.

"잘 나온 것 같습니다."

"그렇지?"

"예. 감사합니다."

"후후, 그래."

그렇게 이발 후, 머리를 감은 성재.

머리를 감은 수건을 널러 밖으로 나갔는데, 밤하늘에서 무언가가 내려오고 있다.

"어?"

밤하늘에서 살랑살랑 바다로 내려오는 하늘의 축복.

성재는 강원도 삼척의 아름다운 풍경에서 첫눈을 맞이하곤 행복한 미소를 지었다.

'첫눈이잖아~ 와 진짜 멋있다.'

그때, 같은 중대본부의 보급계원 조상준 병장도 빨래를 널기 위해 밖으로 나왔다.

그 역시 눈 내리는 것을 확인.

성재와 마찬가지로 하늘을 바라보더니, 성재 옆에서 갑자기 욕을 내뱉었다.

"XX, 쓰레기네."

"죄송합니다."

"아니, 너 말고, 눈! 하늘에서 쓰레기가 내린다고!"

'쓰레기? 그게 무슨 말이지?'

성재는 조상준 병장의 말을 이해하지 못했다. 이렇게 아름답고 감성을 울리는 날씨를 보며 왜 쓰레기라고 할까?

그 이유를 알게 된 것은 불과 세 시간 후였다.

사이렌 소리와 함께 이어지는 전체방송.

[소초 상황실에서 전파합니다. 지금부터 경계근무 투입을 B형 근무에서 C+로 전환합니다. 각 초소 근무자는 대공초소를 제외하고 전원 철수 바랍니다.]

- 위이이이잉 위이이이잉!

[전원 기상! 소초 전 책임구역에 재난재해 1단계 선포되었습니다. 전 장병은 기상하여 제설도구함 앞에 집결하기 바랍니다. 다시 한번 전파합니다…]

전투식량

경계근무 형태 C+형.

C+형이 발동되면 대공초소 이외 모든 근무를 철수하게 된다.

해안으로 적이 침투할 수 없는 날씨일 때만 걸리는 꿀맛 같은 경계 형태.

그래서 보통 태풍이나 해일이 예상될 때 걸리는데, 오늘이 바로 그 날이었다.

아직 군대에서 겨울을 맞이하지 못한 일병 이하는 기뻐하고, 상병 이하는 똥 씹은 표정을 한 채, 눈 내리는 섹터에서 무거운 통신기기를 들며 철수하고 있었다.

"아싸, 개꿀~ 개꿀~ 근무 빠진다!"

"그렇습니다. 6월에 태풍 올 때 빼고 처음인 것 같습니다."

"크크크크."

하지만 즐거움은 잠시. 세찬 바람, 끝없이 내리는 함박 눈.

너무나 추운 날씨에 고통스러운 근무를 서고 있던 병사들의 행복함은 두 시간도 채 가지 않았다.

TV 뉴스 또한 심각한 상황을 인지한 듯, 긴급 특보를 방송하고 있었다. 기자의 머리 위와 안경 위에 눈이 수북이 쌓여있다.

   - 안녕하십니까? 저는 강원도 강릉에 나와 있는 방대기 기자입니다. 지금 강릉은

불과 하루 만에 1m에 육박하는 눈이 내렸습니다. 출퇴근길은 물론이고, 고속도로와 해상, 화물길 모두가 막혔습니다.

현장에서는 민, 관, 군이 합동해서 제설작업에 힘을 쏟고 있으나, 워낙 많은 양이 한 번에 내려 금방 복구하기는 힘들 것 같습니다. 지난 2009년에 이어 2011년, 2012년, 2016년에도 1m가 넘는 폭설이 계속되고 있는데요. 기상청 관계자 분을 모시고 의견을 들어보겠습니다.

- 아무래도 한랭전선이 형성 및 정체됨에 따라 폭설이 내리는 것 같습니다.
- 쉽게 설명해주실 수 있으십니까?
- 구름이 태백산맥을 못 넘어서 폭설이 내린 겁니다. 강원도 인제나 양구, 이러한 지역들은 눈이 10~30mm씩 자주 내리지 않습니까? 강릉, 동해, 삼척, 양양, 속초, 고성 이 지역은 눈이 자주 내리지 않는 대신 1m, 1.5m 이렇게 쌓일 정도로 폭설이 내립니다. 그래서 대처가 힘들죠.
- 지역적 특색이 있단 말씀이시군요. 일단 사태를 지켜봐야겠군요.
- 그렇습니다.
- 이상으로 강원도 강릉에 나와 있는 KBC 기상특파원, 방대기 기자였습니다.

같은 시각! 부소초장이 답답한지 자신의 병사들에게 소리를 질렀다.
"야야야! 똑바로 안 해? 보급로 안 뚫을 거야?"
그러자 3분대장 박주현 상병 또한 답답함을 토로했다.
"부소초장님, 이걸 인력으로 다 어떻게 합니까? 저희 보급로 2.3km입니다."
"쓰발, 너네 밥은 안 먹냐? 오늘 부식수령 날인데, 차가 못 나가잖아!"
"…하겠습니다."
가장 보급로가 긴 섹터, 호산리 마을에서 소초까지 비탈길, 자갈길만 무려 2.3km, 산꼭대기에 있다 보니 보급로 제설작업을 하던 소초원들이 지쳐 퍼져버렸다.
"전반야 철수해서, 생활관에서 쉬고 있고, 후반야 근무자는 전반야가 마무리한 곳부터 이어서 제설 작전 시행한다!"
"알겠습니다!"
부소초장과 전투분대장이 제설작전을 지휘하는 가운데, 소초장은 소초 상황실에서 인트라넷 PC를 통해 전체 화상회의에 참석하고 있었다.

[각 소초 등장 바란다. 여기는 지원과장!]
- 부암소초 등장했습니다.
- 근덕소초 등장했습니다.
- 향림소초 등장했습니다.
- 강림소초 등장했습니다.
[오케이~ 다들 말 들리면, O,X 표지판으로 표시해줘!]
지원과장의 말에 각 소초장들은 O가 나타난 표지판을 들며, 대대 지휘통제실에서 화상으로 통제하는 지원과장의 질문에 답변했다.

[일단, 기상악화로 대대에서 부식을 수령 못 했다. 그래서 각 소초는 현재 보유하고 있는 전투식량 현황 파악해서 보고하고, 그다음 보급로 제설 완료까지 몇 시간 걸리는지 대략적으로 파악해서 보고하기 바란다. 알겠으면 O, 모르겠으면 X.]
지원과장의 화상회의 화면상에 소초장들이 전부 O를 들자, 지원과장의 명령이 이어졌다.

[그럼 앞으로 30분 후에 다시 화상회의 시작할 테니, 각 소초는 소초장 주관하에 통제할 수 있도록!]
- 알겠습니다. 고생하십시오.
- 고생하셨습니다.
- 나가보겠습니다.
- 다들 30분 뒤에 뵙겠습니다.
- 고생하십시오.

각 소초장들은 자신들의 할 말을 마무리 후, 곧바로 소초 밖으로 나갔다. 강림소초장도 마찬가지였다.
소초 밖.
병력들이 한데 모아 둔 눈이 한가득 쌓여 있었다. 무려 5톤 트럭 한 대 분량의 눈을 치워 놓았다.

그런데 치운 자리에 또다시 눈이 쌓이기 시작한다.

'와 미쳤구나!'

소초장은 바로 부소초장을 찾았다.

"갈매기! 여기는 까투리."

- 까투리! 여기는 갈매기!

"현재 진행 정도는?"

- 반의반! 반의반.

"입감 완료. 잠시 대기 바람."

"하아…."

그러자 1층에서 중대본부 병력들과 눈을 치우던 중대장이 올라와 소초장을 향해 입을 열었다.

"뭐래?"

"아직 멀었다고 합니다. 사분의 일 정도 했다는데, 이대로는 보급로 못할 것 같습니다."

"…어떻게든 해야지. 전 병력 투입시켜서라도 해야 될 거 아니야?"

"중대장님?"

"왜?"

"이미 전 병력 투입했습니다. 인력이 아니라 장비가 필요합니다."

"장비를 지금 어디서 구하냐? 대대에서는 뭐래?"

"자체적으로 조치하라는 이야기밖에 없었습니다. 지금 저희 소초만 그런 게 아니라, 삼척, 동해, 강릉 전 지역이 비상사태인 것 같습니다."

"…미치겠네."

소초장과 중대장이 고민해서 해결될 일이 아니다. 성재와 윤동현은 아침밥을 다 해놓고, 취사장 앞에 눈을 치우며 말했다.

"윤동현 병장님, 눈 내려서 좋은 줄 알았는데, 그게 아닌 것 같습니다."

"당연하지. 악마의 비듬이 자꾸 떨어지는 데 좋아하겠냐?"

"그렇습니다. 너무 심한데 말입니다."

"그러게…. 아무튼 우리는 우리가 해야 될 일을 하자고."

겪어보지 않은 사람은 도저히 상상도 할 수 없을 터. 미국 북부나 러시아에서나 일어날 법한 일들이 대한민국 강원도 동북 지역에서 일어나고 있었다.

"아~ 씨X! 아~아아아아아!"

부소초장이 화가 잔뜩 난 채 하늘을 향해 소리 질렀고, 병력들도 다들 숨을 헐떡거리며 짜증을 삼켰다.

"씨바씨바씨바."

혼자 씩씩거리는 김관철. 그 모습을 멀찍이서 바라보던 3분대장 박주현 상병이 키득키득 웃었다.

"박주현 상병님, 왜 웃으십니까?"

"크크, 저 새끼, 내일 휴가 출발인데, 아무래도 못 갈 것 같은데?"

"누구 말입니까?"

"김관철! 2분대장, 존나 꼬시네. 저 새끼는 왜 이렇게 휴가 운이 없냐?"

"뭐, 평소에 나쁜 짓을 골라 하니 벌 받는 거 아니겠습니까?"

관심병사 B급 김관철 상병의 휴가는 과연 어떻게 될는지….

모두들 눈을 치우느라 힘이 빠지고 지쳐서 그런지, 식당에 도착한 병력들은 밥을 허겁지겁 먹기 시작했다.

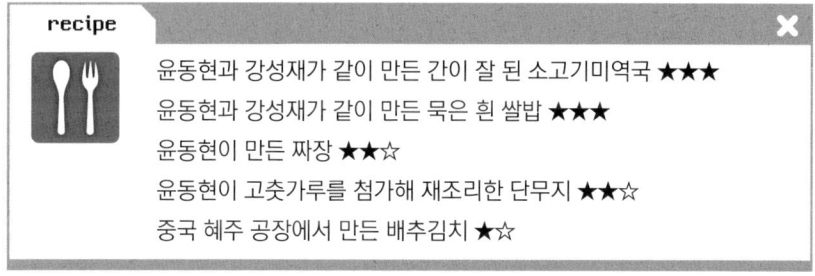

평균 등급 ★★☆짜리 요리를 먹으니 드디어 병사들의 얼굴이 펴진다.

"아… 밥 먹으니까 살 것 같다."

"그렇습니다. 죽을 뻔하다 살아났습니다."

"근데 밥에 꿀 발랐나. 왜 더 맛있냐. 오랜만에 힘 좀 써서 그런가."

"그러게. 그나저나 눈은 언제까지 내리려나? 똥덩어리들 계속 떨어지네."

"아~ 분대장님! 똥얘기 그만 하십시오. 밥 먹지 않습니까?"

"알았어! 알았다고!"

식사를 하고 있는 병력들.

멈추지 않는 폭설.

도저히 차가 지나갈 수 없는 상황.

상황을 파악한 윤동현은 고개를 저으며 강성재에게 말했다.

"큰일인데? 부식 안 들어올 것 같은데?"

"그렇습니까?"

"어. 이거 전투식량 각이다!"

"전투식량 말입니까?"

"어."

"한 번도 안 먹어 봤습니다."

"그래? 일단 여러 종류가 있는데, 즉각 취식형으로 먹었으면 좋겠다. 그럼 하루 OFF인데…."

윤동현의 예상대로 그날 저녁부턴 즉각 취식형 전투식량으로 요리가 대체되었다. 소초는 물론, 해안대대, 내륙대대, 연대본부까지도 부식이 들어오지 않는 상황이기 때문. 모두 비상이 걸린 탓에 연대장이 사단장의 결심을 받고 조치한 것이다.

보통 혹한기 훈련, RCT 때나 맛볼 수 있는 즉각 취식형 전투식량은 현재 제공되는 전투식량 형태 중에 가장 고급이었다. 해외 파병용으로 개발한 이 식품은 국방색이 아닌 사막용 얼룩무늬로 포장되어 있는 것이 특징이었다. 알루미늄 호일 같은 재질로 싸여있는데, 진공 포장된 발열체를 열면 두 개의 끈이 있었다.

"그거 두 개 동시에 당기면 돼."

"아, 알겠습니다."

윤동현의 말에 성재가 끈을 당기자, 갑자기 진공포장된 발열체 내부에서 부글부글 소리가 들려오며, 수증기가 위로 올라오기 시작했다.

"연기 나오지?"

"그렇습니다."

"연기 나오는 부분을 위로 올리고, 상자 안에 다 집어넣어."

"아, 이렇게 보온하는 겁니까? 끝인 겁니까?"

"어. 맞아. 기다리면 돼."

성재는 저절로 조리되는 즉각 취식형 전투식량을 보며 '요리사의 눈'을 사용했다. 그러자 떠오르는 보조창.

아직 공개되지 않은 레시피입니다
군대 요리 Rank C가 필요합니다

'뭐?'

처음이었다. 하긴 성재가 군대요리 레시피에 투자한 포인트는 겨우 3.

랭크는 겨우 D였다.

'투자할까?'

'시스템창 열람.'

오랜만에 상태 창을 띄운 성재.

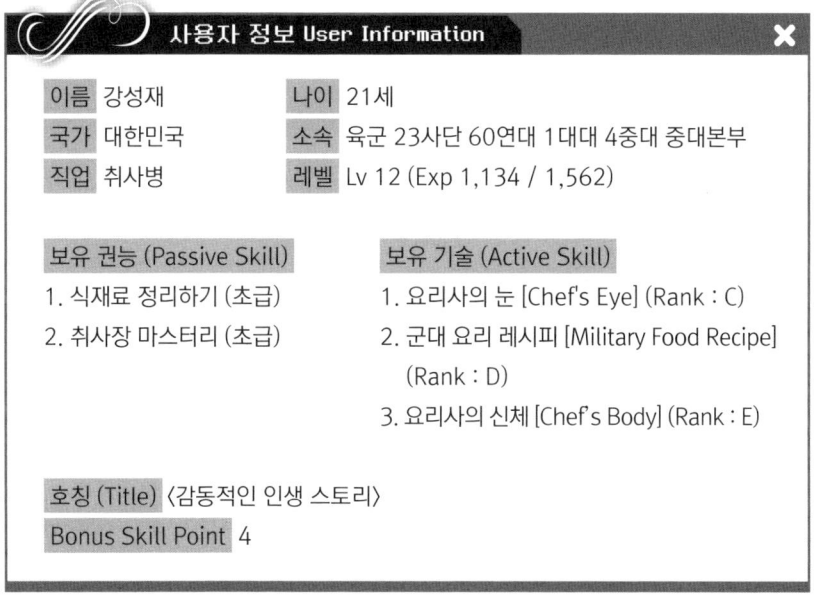

'어느새 이렇게 레벨이 오른 거지.'

레벨을 보니 감회가 새롭다.

성재는 일단 호칭을 〈감동적인 인생 스토리〉에서, 다시 〈신뢰받는 부하〉로 변경했다.

'군대 내에서 40대 여성한테 요리를 제공할 일은 없겠지. 상관한테 인정받는 요리보너스

가 나아.'

그러자 분홍빛의 은은한 오오라가 푸르스름한 오오라로 바뀌었다.

'군대 요리 레시피에 투자를 더 하는 게 좋겠지? 아니, 다른 스킬에 투자해볼까? 어? 잠깐, 이게 뭐야?'

> ⚙ ✓ ✗
>
> 군대 요리 레시피 [Military Food Recipe]를 (Rank : D)에서 (Rank : C)로 상승시키겠습니까?
> 스킬트리를 충족하지 못했습니다. 랭크 상승이 불가합니다
> 하위 스킬트리를 불러옵니다
> <u>하위 스킬트리</u> 한국 음식 레시피 [Korean Food Recipe](Rank : E)

'아…그렇구나? 하긴, 한식의 기본도 모르면서, 너무 쉽게만 생각했어.'

성재는 주저하지 않고, 한국 음식 레시피를 투자했다. 그러자 Bonus Point가 4에서 3으로 줄어들며, 새로운 레시피를 획득했다.

> **recipe**
>
> 김밥 레시피 (0%) ★★를 획득했습니다
> 떡볶이 레시피 (0%) ★★를 획득했습니다
> 잔치국수 레시피 (0%) ★★를 획득했습니다
> 쫄면 레시피 (0%) ★★를 획득했습니다
> 콩국수 레시피 (0%) ★★를 획득했습니다
> 물냉면 레시피 (0%) ★★를 획득했습니다

전문하사

'아쉽네. 이럴 줄 알았으면 휴가 갔을 때 투자해두는 건데….'

성재는 아쉬움을 뒤로하고, 잔여 스킬 포인트 3을 군대 요리 레시피에 투자했다. 어차피 전역할 때까지 18개월 이상 남은 상태.

'이제 3성급이려나?'

그러나 성재의 예상과 달리 새로 생긴 레시피의 등급은 그리 높지 않았다.

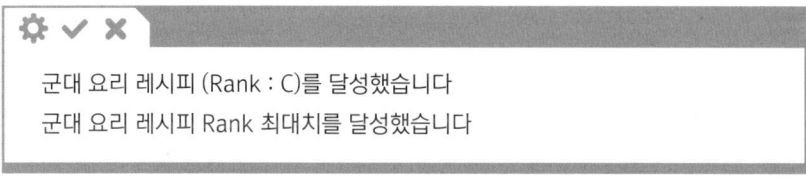

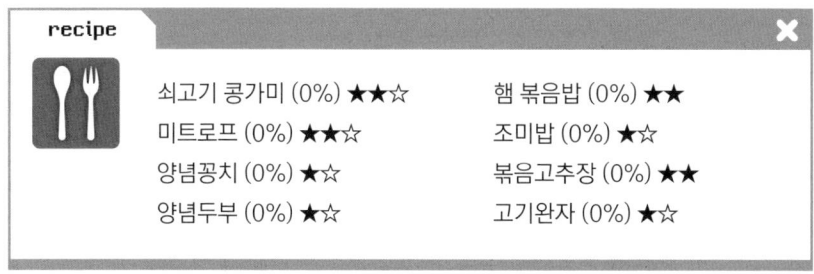

'어? 전투식량 메뉴들이잖아….어떻게 활용하는 거지?'

모락모락 올라오던 수증기가 멈추자, 윤동현은 자신의 즉각 취식형 전투식량의 뚜껑을 열고, 아몬드케이크를 가장 먼저 꺼내며 성재에게 말했다.

"우유 가져와."

"예. 알겠습니다."

 15분간 데운 아몬드케이크

수분을 없애고, 진공포장하여 2년의 세월이 흐른 아몬드케이크. 그냥 먹으면 목이 멜 수 있으니, 물하고 꼭 같이 먹어야 한다

윤동현은 아몬드케이크를 반으로 가르고 우유를 붓더니, 숟가락으로 으깨기 시작했다. 자연스레 벌어지는 입. 자신만만한 표정으로 성재에게 말을 꺼내는 선임병.

"이게 전투식량에서 제일 별미야."

성재는 자신도 윤동현 병장과 똑같이 전투식량 중에서 아몬드케이크를 꺼낸 후, 식판에 풀어 우유와 섞었다.

새로운 요리를 시도 중입니다
새로운 레시피가 발견되었습니다
밀크 아몬드케이크 예상등급 ★☆ ~ ★★★

성재가 우유를 붓기 시작하자, 등급이 변화하기 시작한다.

'밀크 아몬드케이크 예상등급 ★☆ ~ ★★★' 이었던 것이… 우유 200ml를 붓자,

'밀크 아몬드케이크 예상등급 ★★☆ ~ ★★★★☆'로 변화한다.

밀크 아몬드케이크 ★★★ 레시피를 알게 되었습니다

 **강성재가 만든 밀크 아몬드케이크 ★★★**

카스테라를 눌러놓은 듯한 맛을 우유로 풀어 아몬드케이크 고유의 맛을 96%까지 구현했다. 카스테라 특유의 단맛과 아삭아삭 씹히는 아몬드의 조화가 일품. 군대용 간식으로 손색이 없다

"먹어봐! 어때? 괜찮지?"

윤동현은 식판에 아몬드케이크를 풀어 수프처럼 변해버린 음식을 숟가락으로 떠먹었다. 성재 또한 선임병의 행동을 따라 먹기 시작하는데… 두 눈이 동그랗게 커졌다.

'와~ 진짜 달콤하다. 진짜 빵집에서 갓 구운 카스테라 먹는 것 같아.'

"이거 아무나 못 해먹는 거다."

"그런 것 같습니다."

더욱 돈독해지는 선후임.

그사이 눈이 쉬지 않고 계속 내리며 상황은 더욱 악화되고 있었다.

폭설 후 이틀이 지났다.

대대나 연대본부 등 주둔지와 그와 가까운 소초들도 이제야 부식이 들어오기 시작하는 중이니 말 다한 셈.

문제는, 치장용으로 비축해두었던 전투식량도 슬슬 바닥을 드러냈다는 거다.

"이게 정말 마지막이야?"

"그렇습니다."

"아… 우리 이러다 죽는 거 아니야?"

중대장이 보급계 조상준 병장에게 다시 한번 되물었지만, 없는 식량이 어디서 생겨날 리도 없다.

성재 또한 중대본부 생활관에서 TV시청을 하고 있었다. 상급부대에서 해안 임시 철수를 고려하고 있다는 이야기까지 나오는 가운데, 제설작전은 큰 의미가 없었기 때문이었다.

뉴스 또한 대서특필하며, 강릉, 동해, 삼척의 폭설 관련 소식으로 도배를 했다.

- [남성 앵커] 여전히 강원 동해안에 대설 특보가 발효 중인 가운데, 오늘도 50cm가 넘는 폭설이 예상되고 있습니다.
- [여성 앵커] 3일간 계속 내린 폭설로 주요 도로는 여전히 마비 중입니다. 첫 소식, 김동현 기자입니다.
- [김동현 기자] 현재 정부에서는 특별재난지역 선포를 검토하는 가운데, 삼척지역 일부 강설량이 2m를 넘었다는 소식이 전해졌습니다. 현재 지자체에서는 어

떤 활동을 하고 있습니까?
- [시장] 눈이 너무 비처럼 많이 와서, 제설활동 하는 데 어려움이 있어요. 중앙정부의 적극적인 지원이 필요한 실태입니다. 장비, 물자, 식량이 다 부족합니다. 하루빨리 특별재난지역 선포를 해주셨으면 좋겠습니다.
- [남성 앵커] 현재, 강릉이 가장 큰 피해를 입은 가운데, 삼척시와 동해시가 그 뒤를 잇고 있습니다. 주민들은 외출은 꿈도 못 꾸고 있으며, 비닐하우스 대부분은 주저앉아 농민들의 피해가 예상되고 있습니다. 그래도 좋은 소식도 있다죠?
- [김동현 기자] 그렇습니다. 현재 23사단 수색대대 장병들은 군용 헬기를 이용해 고립지역에 사는 노약자분들을 구출하며….

푸슉!
선임병이 TV를 껐다.
"아, 우리들은 생각 안하냐고! 임상희! 어떻게 생각하냐?"
김영민이 짜증을 내며, 통신병을 향해 말하고, 임상희가 고개를 저으며, 입을 열었다.
"저희도 챙겨줬으면 좋겠습니다."
"그거뿐이야? 강성재, 넌 어때?"
"…배고픕니다."
"크큭, 원초적 본능 찍냐? 아 진짜 배고프긴 하다."
소초도 이때까진 괜찮았다. 하지만….
꼬르륵, 꼬르륵!
"아… 진짜 배고픈데?"
"아직 참을 만 하지 않습니까?"
"와! 미친다… 굶어 죽는 거 아니야?"
슬슬 한계가 다가오고 있었다.
그때, 성재가 조용히 윤동현을 불렀다.
"저기… 윤동현 병장님? 드릴 말씀이 있습니다."

같은 시각. 사단 지휘통제실에서도 비상상황에 돌입해서 대책을 세우고 있었다.

사단장이 CCC(지휘통제본부)를 소집한 가운데, 작전참모에게 사단 책임지역을 띄운 스크린을 보며 물었다.

"작전! 저기 빨간색들이 전부 고립된 소초라는 거야?"

"아닙니다. 빨간색 점은 식량은 보급되지만, 작전투입이 제한되는 곳이고, 검은색 점이 식량도 보급하지 못했고, 작전투입도 제한되는 소초입니다."

"후우, 그럼 쟤네들은 지금 뭐 먹고 있나?"

"일단 치장창고에서 전투식량으로 대체 중이고, 자체 보유한 비상식량인 건빵, 라면 등으로 버티는 중입니다."

작전참모의 말에 군수참모가 끼어들었다.

"사단장님, 지금 36개 소초 유선으로 확인 결과 총 15군데에서 식량이 떨어졌다는 보고가 들어왔습니다. 이 중 8곳은 오늘 오후 중으로 보급로가 확보되었으며, 7곳은 아직 조치 중입니다."

★★(투스타) 계급장을 가진 사단장이 답답한 표정으로 군수참모를 몰아붙였다.

"조치 중이 정확하게 어떻게 조치 중이야?"

"현재 60, 61, 62연대 중에서 암석지형이 많은 60연대 7곳만 보급로 확보가 안 되고 있습니다. 현재 도자 차량을 60연대에 2대 배속시켜, 연대에서 직접 운영 중에 있습니다."

"차량 2대? 그걸로 되겠어?"

"예. 그렇습니다. 연대 군수과장은 충분하다고 했습니다."

같은 시각. 연대 지휘통제실. 연대장이 불같이 화를 내고 있었다.

"야야야! 대대장이 소초 병력들 식사를 못 줘서 어떻게 하냐고 난리가 났는데, 군수과장은 지금 어디서 뭐 하는 거야?"

연대 작전과장은 속으로 한숨을 내쉬며, 입을 열었다.

"군수과장, 현재 대민지원 통제하러 통제관으로 나갔습니다."

"이 멍청한 새끼가! 대민지원이 먼저야? 우리 병력들이 죽게 생겼는데? 너희 참모들은 그 자식 안 말리고 뭐 했어? 어제까지만 해도 문제없다며? 괜찮다며! 소초에 전투식량 충분하다고 그랬잖아!"
"그게… 2주일 전 유통기한이 다 된 전투식량을 회수했는데, 군수과장이 최신화되지 않은 자료를 보고, 충분하다고 연대장님께 보고를 드린 것 같습니다. 죄송합니다."
"이 거지 같은 새끼, 저런 새끼가 어떻게 아직도 군 생활을 하는 거야? 바로 사단 참모장님께 연결해."
"예. 알겠습니다."
연대장은 참모장과 전화통화를 통해 급한 상황을 알렸다.
"참모장님, 각 소초에 헬기 투입해서, 식량 보급해야 될 것 같습니다."
- 그렇게 심각한 상황입니까?
"그렇습니다. 오늘 당장, 늦어도 내일 아침에는 보급해줘야…"
- 알겠습니다. 지금 옆에 사단장님 계신데, 바로 연결해드리겠습니다.

풀이 죽은 채, 소초에서 TV를 보는 병력들. 중대장도, 소초장도, 부소초장도, 할 수 있는 것은 없었다. 간부들이 모여서 대책회의를 해보지만 딱히 방법이 없다.
'섹터 통해서 항구 쪽으로 철수해야 하나…'
보급로이자 진입로로는 절대 빠져나갈 수 없고, 그나마 호산항으로 간다면 500m만 뚫고 가면 빠져나갈 수 있다. 하지만 그다음은? 항구에서 어떻게? 교통도 마비되었을 텐데….
'배고파 미치겠네.'
그때, 소초 상황실에서 TOD 조장이 방송을 시작했다.
[소초 상황실에서 TOD 조장이 전파합니다. 각 생활관에서 한 명씩 소초 상황실로 와서 호빵 받아가기 바랍니다.]
"호빵?!"
"호빵이다아아!"
방송을 듣자 눈을 뒤집고 상황실로 달려가는 소초원들. 다들 허기진 가운데, 희망적인 소식에 웃음 지었다. 그리고 소초 상황실에서 이제 막 전자레인지에 돌린 호빵을 병력들에게 나눠주는 성재와 윤동현.
"호빵 잊고 있었는데 성재가 보고를 참 잘했다. 아이고 이쁜 것. 덕분에 한시름 덜었네."

옆에 있던 행보관이 기특하다는 눈빛으로 성재를 처다봤다. 그리고 함께 있던 TOD 조장은 얼마 전 혼냈던 성재를 옆에 두고, 머쓱한 얼굴을 하며 병사들을 향해 입을 열었다.
"취사병인 강성재 일병 아버지가 보내주신 거야. 다들 성재한테 잘 먹었다고 해~!"

헬기로 전해 받은 비상물자 덕분에 취사장도 정상적으로 운영할 수 있었고, 밥을 먹고 체력을 회복한 병력들이 제설도구를 이용하여 보급로를 뚫었다.
날씨도 1주일 전과는 달리 평년 기온을 되찾았다. 아직 도로에는 눈이 쌓여있고, 순찰로에 쌓인 눈도 조금 더 치워야겠지만, 취사병이 임무수행하는 데는 제약이 없었다.
그리고 이제 윤동현 병장의 전역이 한 달 앞으로 다가왔다.
소초 상황병 부사수가 헐레벌떡 뛰어오며 윤 병장을 찾았다.
"윤동현 병장님?"
상황병이 자신을 부르자, 귀찮은 듯 대답하는 취사병.
"뭐야?"
그러자 부사수인 김현호 일병이 명랑한 목소리로 윤동현에게 말했다.
"연대에서 공문 내려왔나 봅니다."
전역이 얼마 남지 않아 여전히 심드렁한 표정을 한 채 의무적으로 되묻는 윤동현.
"뭔데?"
"전문하사 지원 대상자 파악하랍니다. 지원하면 장려수당 30만 원 포함해서 130만 원 준답니다. 지원하실 겁니까?"
전문하사.
병장 전역 후 희망에 따라 6개월~18개월까지 하사로 복무할 수 있는 제도로, 병사들 모두가 그 제도를 알고 있다. 하지만 정작 지원자는 얼마 되지 않는다.
박봉이면서, 대우도 제대로 받지 못한다는 것을 알기 때문.
윤동현이 김현호의 말에 혀를 차며 말했다.
"뒈질래?"
"죄송합니다."
"한 번만 더 그 소리 하면 진짜 뒤진다! 어?"
"…알겠습니다."

 Keyword 전문하사를 알게 되었습니다

047

조명탄 사격?

어느덧 12월 중순. 기상한 소초원들이 평소보다 바쁘게 움직였다.
"포 수입했어?!"
"…죄송합니다!"
"빨랑빨랑 수입 안 해?"
박격포의 위력은 포탄의 긴 사거리와 피해반경. 거기에 곡사포 특성상 엄폐된 지형도 공격할 수 있다는 장점 때문에 여전히 강력한 무기로 인식되고 있다.
그런데 의문점 하나! 해안의 아군 지형에서 포탄을 쏠 일이 있을까?
이렇게 간단하게 접근하면 오산이다.

포탄은 크게 3가지로 분류된다.
파괴를 목적으로 하는 화력용 포탄과 차단을 목적으로 하는 연막탄, 추적을 목적으로 하는 조명탄.
물론 연막탄 내부에 인, 황 등을 채워 넣어 불타게 만드는 소이탄도 있지만, 81mm에 들어가는 포탄에는 많은 양을 담을 수 없기 때문에 통상 사용하지 않는다.
앞서 말한 세 가지 포탄 중 해안에서 사용하는 포탄의 종류는 대부분 조명탄이다.
어두워진 바닷가에서 초병들이 적의 위치를 추적하고, 동태를 살필 수 있는 상황을 만들어주기에 조명탄은 작전 개념상 매우 중요한 위치임에 틀림없었다.

소초 상황병 부사수가 포 위치로 달려와 조석호 대위에게 보고했다.
"대대장님 출발하셨답니다."
"언제?"
"30분 전에 출발하셨다고 합니다."
"그걸 왜 지금 보고해?"
"역으로 추적해서 알아냈습니다."
"알았다. 아…."
그때, 계산병(FDC)이면서 상황병 사수를 맡고 있는 강민혁 병장이 고개를 저으며 말했다.
"중대장님?"
"왜?"
"카시오 공학용 계산기에 입력해 둔 사각, 편각 계산식이 날아갔습니다."
"뭐야?! 그게 뭔데?"
중대장이 당황한 듯 계산병을 갈구고, 강민혁은 품에서 M17 계산판을 꺼내며 중대장을 설득했다.
"계산판 이용해서 조치하겠습니다."
"너 그거 할 수 있어?"
"예. 할 수 있습니다."

그때, 열려있는 위병소 안으로 작전차량 한 대가 들어왔다.
"대대장… 아니… 연대장님 차량 들어왔습니다!"
차에서 연대장이 내리고, 곧바로 뒤 차량에서 대대장이 내리는 가운데, 중대장이 긴장한 채, 야간이라 경례구호 없는 거수경례로 연대장을 맞이한다.
취사장에 있던 성재는 오늘이 그 날이란 것을 알게 되었다.
전직을 위한 '달성조건 4', 연대장에게 3성급 이상의 디저트를 제공하는 날.
윤동현은 어둑해진 저녁, 취사장에 있다가 연대장과 대대장이 들어온 것을 확인한 후, 후임병에게 말했다.

"성재야, 난 생활관 간다! 누가 어디 갔냐고 물어보면 화장실 갔다고 해."
"알겠습니다."
성재는 윤동현이 왜 자리를 피하는지 알고 있었다. 전역이 가까워졌으니, 간부들과 괜히 엮이고 싶지 않다는 것을 누가 모를까? 더구나 오늘 소초에 온 간부는 연대장과 대대장, 자신의 마지막 남은 휴가를 바로 자를 수도 있는 사람들.
성재는 오히려 윤동현의 빈자리를 반겼다.
'오히려 잘 됐어. 지금 내가 해야 할 일은 연대장이 먹을 야식과 디저트를 만드는 일, 그것만 집중하자.'
성재가 청색의 앞치마와 조리모를 착용하고 모든 신경을 집중했다.

참치 햄 볶음밥 ★★★ 레시피(100%)를 선택했습니다

지이이잉!
성재의 옆에 성재와 똑같이 생긴 녀석이 소환된다.
커다란 도마 위에 올려 있는 양파, 호박, 햄, 오이, 감자
성재의 식칼이 쉼 없이 움직인다.
마치 리듬게임을 하듯, 템포를 올리는 썰기 동작.
탁! 탁탁! 탁탁탁!
경쾌한 음률에 의해 손톱의 1/4만한 크기로 각 재료들이 정돈된다.
그다음에는 팬에 식용유를 두르고, 계란을 풀었다.
자르르르~ 계란과 달궈진 식용유가 만나 기분 좋은 소리를 냈고, 흰자와 노른자가 어느 정도 익자, 요리스푼을 이용해 먹기 좋은 크기로 조각내기 시작했다.
다음 순서는?
조금 전 썰었던 채소와 햄, 그리고 참치를 팬에 투하.
양파가 기름과 만나 투명해질 때까지, 요리스푼으로 저으며, 볶아주기 시작한다.
양파와 호박, 오이, 감자가 익어가자, 성재는 홀로그램 녀석의 동작 그대로 미리 지어둔 밥을 쏟아부었다.
소금과 후추를 적정량을 넣고, 채소들과 밥이 어우러질 수 있도록 섞었다.

흰 밥에 채소들의 색감이 입혀지고, 조직들이 치밀했던 채소들은 뜨거운 열기와 만나 점차 연해졌다.

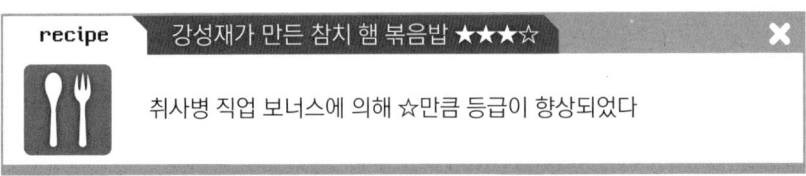

성재는 팬을 들어 만들었던 볶음밥을 압력밥솥에 담고 뚜껑을 닫고 보온 버튼을 눌렀다. 그때, 밖에서 통, 하는 소리가 들려왔다.

성재는 취사장 밖으로 나가 소리가 난 곳을 쳐다보았다.

낙하산과 함께, 주황색 빛깔을 내는 조명이 하늘에서 바닷가로 천천히 내려오고 있었다.

'저게 조명탄이구나?'

잠시 후, 취사장 뒤편에서 박수가 들려오고, 저번에 만났던 연대장의 호쾌한 말투가 들려왔다.

"하하하, 잘하네! 조석호!"

"4중대장!"

"잘했어!"

"감사합니다."

대대장인 김관우 중령은 이대로 떠나려는 배원영 연대장을 붙잡고 싶었다. 이제 12월, 사단에서 발표하는 우수부대에 중요한 영향을 미치는 지휘관 점수.

그것뿐만이 아니다. 후반기 지휘평정, 대대 ATT 평가 등 연대장이 대대장에게 미칠 수 있는 영향은 한없이 컸다.

'아… 야식이라도 해놓으라고 할 걸… 중대장은 뭐하는 거야?'

연대장이 앞서 나가고, 대대장이 살짝 뒤로 빠져, 중대장에게 눈치를 주기 시작했다. 조석호 대위만 들릴 정도로 작은 목소리로 물었다.

"야식! 야식! 준비시켰어?"

그러자 조석호가 고개를 저으며….

"아직…."

"씨…."

중대장의 말이 끝나기 무섭게 대대장이 연대장 옆으로 빠른 걸음으로 걸어가며, 입을 열었다.
"연대장님, 바깥에서 식사라도 하시는 게 어떠십니까? 근처 물회 잘하는 곳 알고 있습니다."
"그래? 그것보다 소초 동석식사라도 하지. 작전부대 지휘관이 밖에서 싸돌아다니면서 먹는 것도 주민들이 보기엔 안 좋아."
김관우 중령은 자신의 직속상관 말에 고개를 숙였다.
'이렇게 말씀하실 줄 알았다. 어휴, 4중대장, 쟤는 왜 하나만 알고 둘은 모르는 거야?'

그때, 취사장에서 소리 없는 힘찬 거수경례를 하는 병사가 보였다.
연대장이 눈썹에 손을 올렸다 내리자,
자신의 손을 내리며! 당당하게 말하는 취사병.
"작전간 이상 없습니다!"
정자세로 멋진 경례자세를 소화하는 병사에게 눈길을 주던 연대장이 깜짝 놀라 녀석을 쳐다보았다.
"어?! 너는 그 이름 뭐였지?"
"일병 강성재!"
"아, 진급했구나? 오~ 맞아. 맞아. 대대장!"
"1대대장?"
"얘가 그 식중독 예방사고 발견한 병사잖아. 너도 알지?"
연대장의 말에 대대장이 눈을 돌려 성재를 쳐다보았다. 사실 4중대 행정보급관이 잘해서 조치 받은 걸로 알고 있었던 대대장의 시선이 병사를 향한다.
'어? 쟤는? 저번에 선임병이랑 같이 내가 포상 휴가 조치한 병사잖아.'
대대장이 신기한 듯 성재를 바라보자 그때 4중대장이 연대장의 대답에 바로 옆에 따라붙어 대답했다.
"그렇습니다. 강성재 일병이 부식검수 간 발견한 병사 맞습니다."
"오~ 한 달도 안 됐는데 벌써 진급했구나."
연대장의 말에 4중대장은 즉각 대답하며 대대장으로부터 찍혔던 위기를 모면했다.
"예. 연대장님이 군단장님 표창 조치해주셔서 조기진급 했습니다."

그런데 연대장의 관심은 병사에게서 멀어질 줄을 모른다.
"그래? 병사야!"
"일병 강성재?"
그리고 이어지는 질문.
"혹시 소초에서는 야식 어떻게 해주고 있어?"

대대장이 긴장한 듯 고개를 저었다.
야식은 모든 소초가 해주지 않는다. 취사병도 쉬는 시간이 필요하고, 병사 개개인별로 1주일에 3회 이상 보급되는 컵라면, 건빵, 카스테라나 팥빵 등으로 스스로 해결하는 게 육군 지침이었기 때문이었다.
'하아, 미치겠네. 일병한테 직접 질문하시면 어떻게 해.'
그때, 중대장이 대대장의 기분을 읽고 먼저 입을 열었다.
"저희 소초는 1일 1회…."
"중대장! 너한테 질문한 게 아니잖아."
"…그렇습니다."
하지만 역효과… 대대장은 자신의 부대에 대한 평가가 바로 앞에 서 있는 강성재 일병에게 달려있음을 알게 되었다.

그때, 강성재 일병은 마치 예상하기라도 한 듯, 연대장이 원하는 대답을 했다.
"일병 강성재! 저희 소초 야식에 대해 설명 드리겠습니다. 저희 소초는 대대장의 지침과 중대장의 관심 어린 지도 아래, 매일 8인분 이상의 야식을 상시 준비하고 있으며…."
보고하던 성재가 입이 마른 지, 침을 꿀떡 삼켰다. 그것을 보고 연대장이 응원하듯 그를 쳐다보았다.
"있으며? 성재야. 떨지 말고 말해. 연대장 듣고 있어."
성재는 윤동현 병장이 인계했던 수첩의 내용을 속으로 되짚으며 보고를 이어갔다.
"부소초장과 행정보급관이 이원화되어, 취사병은 물론 취사장 전반에 대해 매일 1회 상호 체크하여, 식중독 예방은 물론, 질 좋은 급식을 매일 제공하고 있습니다."
"그래? 역시 내 눈이 틀리지 않았어. 똘똘하네. 그래, 또 있어?"
"그렇습니다. 저희 취사병은 간부들의 세심한 지도아래, 매일 조리 전 손 씻기를 생활화하고 있으며, 손톱 정리, 신체검사 등 다양한 루트를 통해 사고 예방에도 힘쓰고 있습니다."

"하하하, 키야! 대대장!"

"1대대장."

"내가 다 기분이 좋다. 조명탄도 잘 쏘지! 병사 관리도 잘하지, 간부들도 솔선수범한다니까 빈말이라도 기분이 좋다."

"감사합니다."

그때, 눈치 빠른 조석호 대위는 야식이 준비된 것을 확인한 후, 취사장 문을 열며, 연대장과 대대장을 안내했다.

"연대장님, 야식 준비되었습니다."

"그래. 병력들이 어떻게 먹는지 지휘관이 돼서 확인해봐야지."

대대장은 이런 전개에 안도의 한숨을 쉬면서도, 한편으로는 걱정도 앞섰다.

'맛없으면 어떻게 하지…. 저번에 내가 여기 와서 먹었을 때는 괜찮았던 것 같긴 한데….'

김이 모락모락 올라오는 따끈한 참치 햄 볶음밥을 푸는 연대장.

뒤를 따라 대대장과 4중대장, 그리고 연대에서 수행 나온 작전담당관이 식판에 햄 볶음밥을 뜨기 시작한다.

성재는 재빨리 조리실로 돌아갔다.

'빨리, 빨리! 지금 빨리 조리해야 돼!'

그때, 연대장은 식판에 뜬 햄볶음밥과 김치를 보며 미소를 지었다.

"소초 병력들이 야식을 이렇게 먹는단 말이지?"

그러자 작전담당관이 우물우물거리며, 연대장이 보이지 않는 뒤편에서 고개를 끄덕이고, 연대장을 수행하는 대대장이 미소가 담긴 얼굴로 대답한다.

"그렇습니다. 병력들 전부가 먹는 건 아니고, 개개인이 희망하는 인원만 취식하고 있습니다."

"그래?"

"예. 다이어트 하려는 병사도 있고, 볶음밥을 선호하지 않는 병사도 있기 때문에, 강제로 취식하고 그러진 않습니다."

그때,

화르르르륵!

버너에 불이 올라오고, 연대장의 시선이 조리실로 향했다.
"어? 뭐야? 아까 그 취사병이 뭔가를 더 하는데?"
돌발 상황에 대대장과 중대장이 당황하고, 식사를 중지하고 호기심 어린 시선으로 성재를 바라보는 연대장의 태도에 작전담당관이 고개를 갸웃거린다.
심상치 않은 느낌에 대대장이 중대장에게 눈치를 주고, 조석호 대위가 일어나 조리실로 향하는데, 강성재 일병은 환한 미소를 지으며, 방금 조리한 따끈따끈한 후라이팬을 그대로 들고오며 연대장님께 보고한다.
"연대장님?"
"어. 그래. 병사야! 뭘 또 준비한 거야?"
"그렇습니다. 오늘 메뉴는 참치 햄 오므라이스였습니다. 계란 덮어드리겠습니다. 케첩은 기호에 맞게 뿌려드시면 되겠습니다."
강성재의 말에 연대장이 활짝 웃었다.
"하하하, 여기 취사병이 제대로구만!"

성재가 계란을 덮자, '강성재가 만든 참치 햄 볶음밥 ★★★☆'이었던 음식이 스르륵! 흔들리더니,
'강성재가 만든 참치 햄 오므라이스 ★★★★'로 변해버렸고,
성재 주변의 푸르스름한 오오라가 반짝이며, 자신의 상관인 연대장과 대대장, 중대장의 주변에 옮겨 퍼졌다.
그들은 자신의 발밑에 오오라가 생성된 것도 느끼지 못한 채, 강성재가 만든 오므라이스에 자신의 기호에 맞춰 케첩을 뿌렸다.

형이라고 불러봐

연대장은 참치 햄오므라이스에 케첩을 뿌리기 시작했다.
쭈욱~ 계란 위에 하트 모양 케첩이 그려진다.
'헉, 연대장님…'
대대장도 자신의 오므라이스 위에 하트를 그리고 중대장도 하트를, 작전담당관도 하트를 그린다. 연대장은 부하들을 둘러보며 중후한 목소리로 입을 열었다.
"먹자?"
그러자, 대대장부터
"식사 맛있게 드십시오."
중대장은 물론 작전담당관까지.
"식사 맛있게 드십시오."
라고 대답하며 간단히 목례를 하더니, 숟가락으로 계란이 덮인 오므라이스를 뜨며, 입안에 집어넣었다.
"하아…"
금방 한 밥이라 그런지, 아직은 뜨거웠다. 입을 벌리며 식혀서 먹는 연대장의 반응.
대대장이 당황하며 연대장의 표정을 살폈다.
'너무 뜨겁잖아. 연대장님 화내시는 거 아니야? 내가 실수했다. 어떻게든 밖으로 끌고 나

갔어야 되는데… 미치겠네.'
작전 담당관도 마찬가지였다.
'연대장님 입맛 엄청 까다로우신데….'
하지만 연대장의 경직된 얼굴이 스르르 풀어지고.
다시 숟가락으로 오므라이스를 뜨며, 입으로 가져간다.
"하아~ 하아…."
아직 뜨거운데도, 연대장은 말없이 먹는 것에 집중했다.
윤기가 자르르르 흐르는 오므라이스의 계란과 볶음밥의 복합적인 향.
식도를 향해 꿀꺽! 넘기는 연대장이 드디어 입을 열었다.
"어? 어! 어?"
'어'라는 글자를 연속으로 세 번 뱉는 연대장.
'왜 이렇게 맛있지? 내가 너무 굶었나? 고작 오므라이스일 뿐인데….'
분명 오므라이스를 군대에서 먹는 일은 흔하지 않다.
'너무 오랜만에 먹었나?'
대대장 또한 연대장의 반응을 보며, 자신도 숟가락을 넘겼다.
'뭐야? 왜 이렇게 맛있어? 꿀 바른 것도 아니고!'
작전담당관도 마찬가지였다.
'우와! 내가 자주 가는 김천(김밥천재)보다 더 맛있잖아?'

작전담당관은 사실 가성비를 따지는 미식가였다.
삼척의 3개 정도 되는 김천 가맹점 중에서도 교동에 있는 김천(김밥천재)만 가는 그의 입맛은 매우 까탈스러웠다.
그런데? 그 김천 가맹점 중에서도 유독 교동점만 가던 그의 입맛을 일개 병사의 오므라이스가 달리 생각하게 만들고 있다.
반면 중대장은 그리 특별함을 느끼지 않았다.
'평소보다 맛있네. 다행이다.'
매일 3성, 3성 반급 요리에 길들여진 조석호, 이미 그의 입맛은 미식가나 다름없다.
하지만 연대장의 입에서 감탄사가 흘러나왔다.
"야! 대대장! 오므라이스가 이렇게 맛있을 수 있냐?"

그러자 대대장도 입바른 소리를 하며, 연대장의 비유를 맞췄다.

"진짜 맛있습니다. 취사병이 정말 대단한 것 같습니다."

연대장은 대대장의 말에 공감하며 고개를 끄덕였다.

평소라면 저런 말을 내뱉는 부하들은 그저 분위기만 맞추는 기회주의자라고 생각했을 것이다. 하지만 이건 정말 맛있어서 나오는 말이었다. 미사여구를 늘어놓을 필요도 없었다. 그냥 '맛있다. 정말 맛있다.'로 모든 것이 설명된다.

연대장은 궁금증을 해소하지 못하고, 조석호 대위를 향해 물었다.

"중대장! 평소에도 이렇게 맛있나?"

그러자 중대장이 자신에게 온 기회를 놓치지 않고 대답했다.

"그렇습니다, 연대장님. 저희 소초가 사단에서 제작한 '철벽소식, 우리소초가 맛있어요' 코너에서 맛, 영양, 위생, 친절 부분에서 만점을 받았습니다."

"아~ 기억난다. 기억나! 걔네들이 오버한 건가 싶었는데, 그게 과장된 기사는 아니었네?"

"그렇습니다. 저희 소초 밥 진짜 맛있습니다."

어느덧, 식판은 전부 비고 연대장이 아쉬운 듯 고개를 젓는다.

"더 먹으면 안 될 것 같지?"

"……."

아무런 대답도 못 하는 대대장과 중대장.

본래 전반야 근무가 끝난 병사들이나, 후반야 근무를 투입하는 병사들을 위해 만든 야식을 간부들이 먹은 상황. 너무 맛있어서 서로 눈치를 보는 애매한 상황에 구원투수가 등장했다.

당연히 그 사람은 취사병인 강성재 일병. 그가 들고 오는 쟁반에는 스텐으로 된 국그릇 4개가 올려져 있다.

대대장은 예측 불가한 취사병의 행동을 추리했다.

'뭐지? 커피나 녹차 같은 걸 가져왔어야지. 수정과인가? 아니야. 군대에 수정과가 어딨어? 도대체 뭘 들고 오는 거야?'

중대장도 마찬가지였다. 성재를 쭉 지켜봤지만, 저 녀석이 이렇게 적극적으로 나서는 적은 본 적이 없었다.

'성재야, 넌 도대체 뭘 하려는 거니?'

작전담당관은 어설픈 취사병을 보며 고개를 저었다. 분명 오므라이스는 맛있었지만, 너무 늦게 나왔다고 생각했다.

'짜장이나 장국을 내올 거였으면 진작에 내놓았어야지. 늦었잖아.'

중국집이나, 분식집에서는 오므라이스를 주문하면 장국이나 짜장 또는 짬뽕 국물도 내놓는다.

그래서 당연히 오므라이스와 함께 나왔어야 하는데, 너무 늦게 나온 것을 보며 혀를 차며 취사병을 쳐다볼 뿐이었다.

그런데? 스텐으로 된 국그릇에는 예상했던 짜장이나 장국이 아니라, 새하얀 우유가 담겨 있었다.

"어? 어?!"

연대장이 고개를 저으며, 취사병의 행동을 유추했다. 그러나 이 병사가 우유를 내놓은 게 도저히 이해가 가지 않았다. 왜? 국그릇에 우유를 담아?

강성재는 아랑곳하지 않았다.

"건프레이크입니다."

"건프레이크?"

병사들만 아는 별미, 간부들은 건빵을 거의 먹지 않는다. 건빵은 간부용으로 보급도 나오지 않고, 간부들도 일부러 건빵을 먹으려 들지는 않는다.

더구나 보리건빵에서 쌀건빵으로 보급이 바뀐 이후, 군대에서 건빵은 더욱 귀해졌다.

"그렇습니다. 우유에 건빵과 별사탕을 갈아 넣은 걸 건프레이크라고 합니다."

강성재의 대답에 연대장이 빵빵 웃음을 터트리며 말했다.

"하하하, 건프레이크는 또 처음 들어보네. 콘프레이크 따라 한 건가?"

연대장의 호탕한 웃음에 중대장은 또 긴장했다.

'이딴 것을 내놓으면 어떻게 해. 물론 부식용으로 나오는 거니까, 괜찮긴 한데, 이딴 싸구려를…'

그런데? 연대장의 반응이 심상치가 않다. 강성재가 직접 숟가락으로 우유 안에 담긴 건빵을 누르며, 한쪽 방향으로 젓자, 건빵이 잘게 부서지며, 우유와 섞이기 시작한다.

건빵의 건더기, 그리고 우유의 자칫 밋밋할 수 있는 맛을 탄수화물과 별사탕의 단맛이 잡아준다.

"야! 뭐야? 이거 진짜 맛있는데?"

달콤함이 가미된 건프레이크를 한 숟가락 뜬 연대장이 환한 미소를 지었다. 그러자 방금 전까지 의구심을 갖던 대대장도, 중대장도, 수행하던 작전담당관도 건프레이크를 먹으며 찬사를 남발한다. 연대장의 태도에 이중성을 보이는 간부들.

"연대장님! 진짜 맛있습니다."

"장병들이 참 똑똑한 것 같습니다. 이렇게 맛있는 것을 해먹는지 전혀 몰랐습니다."

"그렇습니다. 진짜 맛있습니다."

성재는 간부들의 칭찬을 보며, 자신의 시스템창을 확인했다.

> recipe **강성재가 만든 별사탕이 가미된 건프레이크 ★★★**
>
> 그냥 먹으면 목멜 수 있는 건빵을 우유에 불려, 탄수화물 고유의 맛을 살렸다. 거기에 건빵의 별미인 별사탕을 가루로 만들어 조미료로 활용해 단맛도 추가
> 직업 보너스에 의해 등급이 ☆만큼 향상되었다

연대장이 건프레이크를 스푼으로 다 떠먹은 후, 자신의 배를 어루만지며 만족한 얼굴을 보였다. 잠시 후, 먹는 것에 집중하던 그의 입이 대대장을 부른다.

"대대장!"

"1대대장?"

"이렇게 열심히 하는데, 포상 휴가 줘야지?"

"그렇습니다."

"좋아! 아까 조명탄 쓰는 병사랑 오늘 취사병까지 포상 휴가 조치해!"

"알겠습니다!"

연대장의 말이 끝남과 동시에 떠오르는 시스템창.

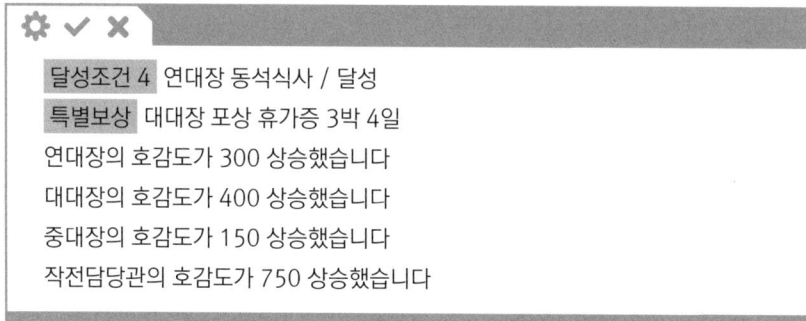

※ 레전드 직업에 전직하면 상대방의 현재 호감도를 조건에 따라 확인할 수 있습니다

다음 날, 아침 준비를 마친 강성재가 쉬고 있던 말년병장 윤동현에게 다가갔다.

"윤동현 병장님? 아침 준비 끝났습니다."

"그래? 야~ 너 어제 연대장님 앞에서 뭐 했냐?"

"별거 없었습니다."

"…사실대로 말해. 임상희가 다 말했어. 순찰 간에 중대장님이 계속해서 네 칭찬만 했다고…."

윤동현은 이제 성재에 대해 정확히 파악했다. 이 자식은 반드시 성공할 거라고, 꼭 요리를 잘해서가 아니라, 사람이 좋아서 곁에 둬야 된다고, 꼭 그런 느낌이 들었다.

자신의 성과를 남들 앞에서 드러내지 않고, 겸손할 줄 아는 후임병.

이제 곧 전역하는 자신과 아직 군 생활이 많이 남은 녀석.

함께한 지 2개월이라는 아주 짧은 기간이었지만, 그 어느 누구보다 가까이 있었기에 느껴지는 유대감, 신뢰.

그때, 떠오르는 시스템창.

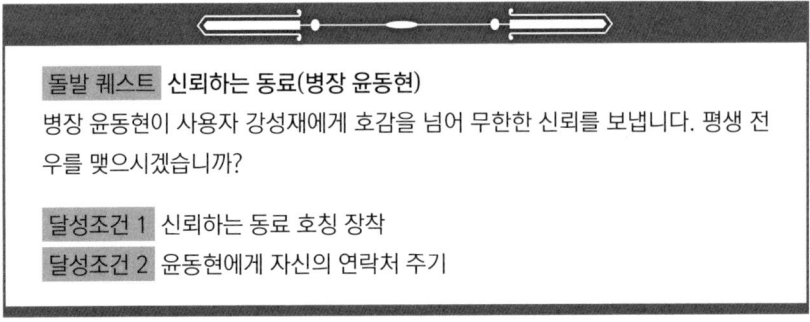

성재는 돌발 퀘스트에 응하며, 속마음으로 '신뢰하는 동료 호칭 장착'을 외쳤다.

>  사용자 정보 User Information
>
> 호칭 (Title) 〈신뢰하는 동료〉
> 서로에 대한 호감이 20% 상승합니다. 같은 장소에 오래 머무를수록 감정이 더욱 깊어집니다

그러자 자신 주변에 있던 푸르스름한 오오라가 사라지고, 짙은 황록색의 오오라가 성재의 주변에 펼쳐졌다. 그 황록색이 윤동현 주변에 닿자, 그의 발밑에 성재만 보이는 오오라가 주변을 돌기 시작한다.

"성재야."

"일병 강성재?"

"형이라고 불러봐."

성재는 고개를 저었다. 군대 내에서는 선임과 형, 동생으로 지낼 수 없다. 계급사회에서 형, 동생은 용납되지 않는다.

"군대에선 안 된다고 배웠습니다."

"그럼 나 전역하면 형, 동생으로 지낼래?"

윤동현의 말에 성재는 말로 대답하지 않고 진지한 태도로 고개를 끄덕였다.

그러자 윤동현이 씩 웃었다.

"왜 말을 못해? 존나 소심하네."

"?!"

"크큭, 이럴 때는 참 어리버리하단 말이야. 됐어. 인마!"

그의 퉁명스러운 말에 강성재가 말없이 미소를 지었다.

그때, 이어지는 시스템창.

> 연계 퀘스트 윤동현과 동업 1 - 휴가 기간 윤동현과 만남 갖기
> 윤동현은 전역 후 요식업 사업을 꾸리려 한다. 휴가 기간 윤동현과 만나 유대감을 쌓아라
> 성공 시 연계 퀘스트(윤동현과 동업 2) 생성
> 실패 시 연계 퀘스트(윤동현과 동업 1) 실패,
>   신뢰하는 동료 목록에서 윤동현 삭제

> 연계 퀘스트란 튜토리얼 진행 간 특정퀘스트 완료 시 발생하는 부가퀘스트입니다. 튜토리얼 진행과는 무관하지만 실생활 간에 영향을 미칠 수 있는 인지도, 호감도 등을 추가로 얻을 수 있습니다

성재는 혼자만의 미소를 지으며, 선임병을 불렀다.

"윤동현 병장님?"

그러자 퉁명스러운 말투로 윤동현이 대답했다.

"왜?"

무뚝뚝하면서도, 낯간지러운 말투를 내뱉는 성재.

"전역하시고 제가 연락하면 만나주십니까?"

그런 그의 말에 마음이 놓이는지 활짝 웃는 선임병. 그러나 한번에 O.K하진 않는다.

"왜? 내가 그렇게 좋나?"

그러면 성재도 마찬가지. 밀당을 해야 한다.

"뭐, 그리 나쁘진 않은 것 같습니다."

"크크, 성재~ 많이 컸네."

"그렇습니다. 이제 전역하시면 저희 형, 동생 아닙니까? 그래서 대답은 어떻게 하실 겁니까? 예스입니까? 노입니까?"

성재의 돌직구에 윤동현이 뒤돌아선 채, 입꼬리를 올리며 생활관으로 향했다.

"글쎄다? 남은 기간 너 하는 거 봐서?"

049

후임병이 왔다!

며칠 후, 수제선 정밀정찰을 마치고 강림소초 부소초장이 무언가를 들고 올라왔다.

취사장으로 향하는 그가 누군가를 불렀다.

"윤동현! 윤동현!"

통발을 들고 오는 부소초장은 윤동현이 없음을 알고, 성재에게 물었다.

"야! 윤동현 어디갔냐?"

"…잠깐 쉬러 간 것 같습니다."

"그래? 민성이랑 같이 가서 취사장으로 당장 오라고 전해."

"알겠습니다."

성재는 부소초장이 들고 온 통발을 보며 '요리사의 눈'을 사용했다.

'어? 직접 잡아온 건가?'

바닷가 지역 주민이 아니면 해산물을 포획할 수 없다.

어촌계장에 의해 그 마을 주민들만 해산물을 포획할 수 있는 허가를 받기 때문이다. 농촌에서는 농민들만 농사를 지을 수 있는 것처럼, 어촌마을에서는 마을 주민들만 해산물 포획을 허용한다.

예외가 존재한다. 그건 바로 군사제한구역.

군에서는 어민들이라도 군사제한구역에 들어와서 해산물을 포획하는 행위를 원천 금지하고 있다.

하지만 어디나 불법행위는 존재하는 법.

마을 어민이나 해녀들은 경계가 뜸한 낮에 군사제한구역에 매일같이 몰래 들어와 해산물을 채취하곤 한다.

그 이유는? 그만큼 상품성 가치가 높은 해산물들이 즐비하기 때문이다.

전방 GOP와 마찬가지랄까? DMZ(군사분계선) 일대는 사람들의 출입을 금지하기 때문에 각종 야생동물이 서식하기 좋은 환경이다.

그렇다면? 식용재배작물도 자라기 좋은 환경이란 뜻.

그래서 희귀 작물을 노획하기 위해 위험을 무릅쓰고 DMZ에 들어가기도 한다.

한번 들어가면 수백만 원치 작물을 획득할 수 있다던가?

문어 통발도 마찬가지. 마을 주민이 불법으로 군사제한구역에 들어와서 놓고 간 물건이었다. 그걸 가져온 것은 부소초장이었고.

성재는 부소초장의 지시에 따라 생활관으로 향했다. 2층, 소대본부 생활관에서 여전히 자고 있는 그를 보며 성재는 고개를 저었다.

'괜히 깨우면 화낼 것 같은데?'

성재는 일단 눈치를 살폈다.

"윤동현 병장님? 부소초장님이 취사장으로 오시랍니다."

그러자 침낭 속에 들어가 있는 윤동현이 귀찮은 듯 말했다.

"야~ 자는 거 안 보이냐?"

"…데려오라고 하셨습니다."

"어휴~ 짜증나. 야! 뒈질래?"

"…죄송합니다."

성재는 제아무리 착한 선임이라도 말년 병장은 건드리지 말아야 된다는 것을 깨달았다.

유민성이 다시 돌아갔다.

잠시 후 성재의 시야에 유 일병에게 조금 전 상황을 보고받은 부소초장이 들어오고, 성재의 예상처럼 부소초장이 빡친 표정으로 생활관으로 윤동현을 잡으러 간다.

성재는 요리사의 눈을 사용해서 돌문어에 대한 상세정보를 찾아보았다.

그러자 돌문어의 손질방법이 떠올랐다.

손질방법은 크게 3가지.

부소초장은 어떻게 해먹으려는 걸까?

그때, 윤동현 병장이 부소초장에게 붙들리다시피 취사장으로 끌려왔다. 억울한 표정으로 말하는 선임병.

"부소초장님?"

"뭐 인마!"

"저 내일 말출 나갑니다."

"그런데?"

"봐주시면 안 됩니까?"

"크큭, 안 돼 인마!"

"……."

아침부터 부소초장에게 끌려온 윤동현은 문어를 보며 한숨을 쉬었다.

"돌문어 입니까?"

"어. 손질 가능하지?"

"그렇습니다. 뭐랑 드실 겁니까?"

"뭐긴 뭐야. 당연히 라면이지."

"알겠습니다."

윤동현은 돌문어를 들어 곧바로 문어다리 밑동을 잘라냈다.

성재는 부소초장과 윤동현의 옆에서 그들의 행동을 지켜보았다.

조리방법 요리사의 눈(Rank C)로 확인한 손질법

〈돌문어 손질방법〉
1. 문어의 다리를 잘라낸다
2. 문어의 가운데 부분을 자른 후, 버린다
3. 머리를 반으로 가른다
4. 문어의 입과 먹물 주머니를 제거한다

시스템을 그대로 보고 한 듯, 동일한 동작으로 문어의 맛없는 부분을 제거하는 윤동현.

'우와 해산물 손질은 진짜 능숙하다. 저번에 전복 손질도 진짜 잘하시던데….'

성재의 생각을 읽기라도 한 걸까? 부소초장이 윤동현의 동작에 감탄하며 말했다.

"야~ 역시 넌 인마 최고야. 일식 조리 기능사 자격증 있다고 했나?"

"그렇습니다. 중식 조리 기능사 자격증도 있습니다."

"아…어쩐지."

그때, 성재의 시스템창이 윤동현의 말에 반응했다.

Keyword 일식 조리 기능사 자격증을 알게 되었습니다
Keyword 중식 조리 기능사 자격증을 알게 되었습니다

그리고 커다란 종소리가 울리며, 새로운 퀘스트를 알리고,

메인 퀘스트 조리 기능사 자격증 4종 획득하기
조리 기능사는 한식, 양식, 일식, 중식, 복어 조리기능사로 분류하고 있습니다. 그 중 한식, 양식, 일식, 중식 조리 기능사를 획득하여, 상위 직업군을 열람하십시오
제한시간 없음
달성조건 1 한식 조리 기능사 획득   **달성조건 2** 양식 조리 기능사 획득
달성조건 3 일식 조리 기능사 획득   **달성조건 4** 중식 조리 기능사 획득

'와 미쳤다. 자격증 종류가 왜 이렇게 많아?'

성재의 생각이 깊어졌다.

한편, 말출이 하루 남은 윤동현은 귀찮았지만, 부소초장과의 의리를 생각하며 요리했다.

대파와 양파를 썰어 냄비에 넣은 다음 물을 끓였고, 그 위에 후추를 뿌리며 투덜댔다.
"원래 파슬리나 월계수 잎 같은 것도 넣어야 좋은데 좀 아쉽습니다."
"그래? 어쩔 수 없지."
물이 팔팔 끓자, 채소국물이 우러나고, 손질된 문어를 집어넣는 선임병.
냄비 뚜껑을 닫더니, 다른 냄비를 꺼내며 부소초장에게 말했다.
"라면 몇 개 드실 겁니까?"
부소초장이 자신의 옆에 있는 유민성 일병과 성재를 바라보며 쿨하게 물었다.
"다 먹을 거지? 이거 아무 데서나 먹을 수 있는 거 아니다?"
"그렇습니다."
대충 사람 수를 확인한 윤동현은 4인분만큼의 물을 집어넣으며, 성재에게 지시했다.
"라면 4개 가져와."
"알겠습니다."
보급받은 라면은 30년 전통의 삼일라면! 이 라면은 쫄깃한 면발이 특징이었다.
끓는 물에 라면과 라면수프를 넣은 윤동현이 한쪽 채소국물을 우려낸 냄비에서 문어만을 건지려 한다. 그러자 부소초장이 궁금한 말을 꺼내 들었다.
"일부러 따로 삶은 거야?"
"그렇습니다. 이렇게 따로 삶으면 기생충도 제거 돼서 안심하고 먹을 수 있습니다."
"그래?"
성재는 궁금해서 도저히 참을 수가 없었다. 문어 라면은 도대체 몇 성일까?

'어? 2개? 대파나, 참치, 치즈 같은 것을 넣으면 등급이 조금은 오르지 않을까?'
성재의 생각도 잠시, 채소국물에 익힌 문어를 고무장갑을 끼운 손으로 꺼내더니, 뜨거운 문어를 식칼을 이용해 토막 내기 시작했다.
뽀드득! 뽀드득!
식칼로 문어 머리와 다리가 조각나고, 잘게 잘린 문어 토막은 라면이 끓는 냄비에 풍당 소리를 내며 빠졌다.

"부소초장님, 다 됐습니다."

 **윤동현이 끓인 문어라면 ★★★**
돌문어의 식감을 그대로 살려 만든 라면. 꼬들꼬들한 면의 식감과 쫄깃쫄깃한 식감의 조화는 언제나 훌륭하다

말년 병장은 국자를 가져와 식판 4개에 각각 라면을 옮겨 담으며 부소초장에게 말했다.
"계란 넣으실 겁니까? 전 안 넣을 거라서"
"그래. 가져와."
부소초장의 말에 윤동현이 퉁명스럽게 말했다.
"네. 오늘이 마지막이니까 특별히 서비스해드리겠습니다."
"크크크, 짜식, 졸라 퉁기네."
서로 눈치 볼 것 없이 부족하면 식탁 중앙에 있는 냄비에서 문어 라면을 식판에 덜어먹는 사람들. 어느새 비워지는 냄비를 보며 부소초장이 윤동현을 보며 말했다.
"전역하면 뭐하나?"
그러자 윤동현이 부소초장을 정면으로 쳐다보며 말했다.
"유학 갈 생각입니다."
"유학?"
"예. 요리 학교 생각 중입니다."
"요리 학교? 부모님이 반대하신다고 하지 않았나? 부모님이 다시 공부해서 의사하라고 하셨다고 했잖아."
"그렇습니다. 하지만 여기 와서 생각이 바뀌었습니다."
윤동현은 말없이 자신의 후임병인 강성재를 바라보았다. 그와 함께한 후 지난 2개월 동안 자신의 실력이 월등하게 올라갔다.
그 차이가 무엇인지 알았고, 그는 자신의 인생 목표를 요리사로 결정해 버렸다.
'성재가 건네준 레시피를 통해 확실히 깨달았어. 요리는 지식과 과학이야. 완벽한 레시피를 개발하고, 이행하는 것, 그래야만 더욱 높은 경지에 오를 수 있는 거야.'
그의 말에 부소초장이 아쉬운 듯 말했다.
"전문하사 할 생각 없냐? 지금이라도 지원하면 할 수 있는데… 너 성재랑 더 같이 더 복무하고 싶어 했잖아."

그의 말에 윤동현의 얼굴이 빨개졌다.

"아… 부소초장님! 그거 비밀이라고 하지 않았습니까?"

"뭘, 남사스럽게? 성재한테 요리 배우고 싶다며? 배울 점 많다며?"

윤동현이 대답을 못 하고,

"……."

부소초장이 자신이 신임하는 1분대 유민성 일병을 불렀다.

"유민성! 상황실 가서 전문하사 지원서류 가져와."

"알겠습니다."

유민성이 1분도 지나지 않아 전문하사 지원서류를 가져왔다. 취사장 식탁 앞에 서명만 하면 되는 서류가 놓인 가운데, 부소초장이 다시 한번 윤동현에게 말했다.

"지원할래? 안 할래?"

"죄송합니다. 이미 유학 가기로 결정했습니다."

"야! 너 며칠 전까지만 해도 전문하사 생각 있다며? 나 배신할래?"

"죄송합니다. 프랑스 르 꼬로동 블루에 입학지원서 넣어뒀습니다. 내년 3월 출국합니다."

"르 꼬로동 뭐? 거기가 너한테 뭘 해줄 수 있는데? 그냥 전역할 거야?"

"거기가 세계 3대 요리 학교입니다. 가서 전문성 키우고 올 생각입니다. 저 20년 안에 세계 최고의 요리사가 될 겁니다. 부소초장님, 죄송합니다."

"그래. 됐다. 인마! 너 때문에 일부러 묻어까지 잡아왔구만! 배신자! 실망이다."

부소초장은 자신의 목적을 이루지 못한 채 삐진 표정으로 자리에서 일어났고, 유민성 일병도 부소초장을 따라 취사장에서 떠났다.

성재는 윤동현 병장을 보며 축하의 말을 건넸다.

"유학 가시는 것 축하드립니다."

"크큭, 뭐가 축하야? 실력 다 갖춘 놈이!"

윤동현은 농담을 던지며 취사장에 홀로 있는 성재의 목에 초크를 걸었다.

"컥컥… 윤동현 병장님?"

 요리학교에 대해 알게 되었습니다
 르 꼬로동 블루에 대해 알게 되었습니다

다음날 윤동현 병장은 3차 정기 휴가와 남은 경계보상 휴가를 나갔다.

이제 강림소초 취사병은 강성재가 유일했다.

벌써 12월 중순. 내년 1월 초에나 복귀할 윤동현.

'정말 좋은 선임이었어.'

성재는 쓸쓸한 미소를 지었다. 자신을 위해주고, 챙겨주던 선임이 떠난 빈자리.

그리고 오늘 아침 막 달성한 전직 퀘스트.

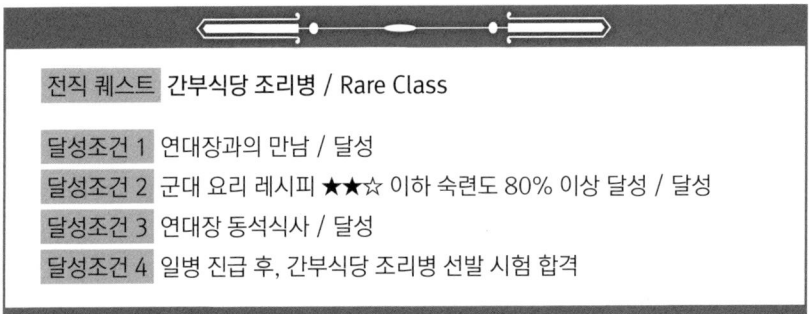

전직 퀘스트 간부식당 조리병 / Rare Class

달성조건 1 연대장과의 만남 / 달성
달성조건 2 군대 요리 레시피 ★★☆ 이하 숙련도 80% 이상 달성 / 달성
달성조건 3 연대장 동석식사 / 달성
달성조건 4 일병 진급 후, 간부식당 조리병 선발 시험 합격

'이제 조리병 선발시험만 합격하면 되는 건가?'

성재는 쓸쓸함을 뒤로 한 채, 전직 퀘스트 시스템창을 바라보았다.

'조리병 선발 시험은 어떻게 보는 거야? 내가 떠나면 이 소초는 누가 요리하지?'

그때, 행정보급관이 작전차량인 레토나를 타고 소초로 들어오고, 뒷좌석에서 처음 보는 병사 하나가 의류대를 뒤에 메고 차량에서 하차했다.

'뭐야? 쟤는?'

행보관이 그 녀석을 1층 행정반으로 끌고 가자, 운전병이 차량을 주차했다.

차량에서 내린 연대 파견운전병 김종현이 성재에게 말을 걸었다.

"성재 씨, 축하해요."

이제는 친해져서 아저씨라는 표현 말고, 이름을 부르는 사이가 된 운전병.

"예? 종현 씨, 축하라뇨? 무슨 말이에요?"

그러자 김종현은 환한 미소를 지으며 말했다.

"방금 못 봤어요? 성재 씨, 후임병이잖아요. 취사병이래요!"

"네?! 후임?"

To be continued...